宮部みゆき
kinodoku-bataraki
miyabe miyuki
気の毒ばたらき
きたきた捕物帖 三
PHP

目次

きたきた捕物帖絵図
本所深川
下谷
佐竹右京大夫
郡代屋敷
柳原土手
御籾蔵
浅草御門
柳橋
両国橋
尾上町
本所元町
政五郎の家
御舟蔵
相生町
一ツ目橋
松坂町
横網町
回向院
御蔵橋
御米蔵
西福寺
浅草
田原町
本所
御竹蔵
石原町
駒形町
浅草寺
二ツ目橋
弥勒寺
南割下水
津軽越中守
吾妻橋
竪川
向島
西
南
北
東
三ツ目橋
花町
横川町
北辻橋
横川
新辻橋
津軽越中守
西尾隠岐守
業平橋
霊山寺
作業場
押上村
四ツ目橋
御材木蔵

佃島
石川島
八丁堀
霊岸島
湊橋
銀座
豊海橋
田安殿
永代橋
御船手組
秋元但馬守
佐賀町
大川（隅田川）
中洲
富勘長屋
永代寺門前仲町
村田屋
上ノ橋
新大橋
北永堀町
清住町
仙台堀
富久町
海辺新田
永代寺
御籾蔵
深川元町
海辺大工町
相生橋
千吉親分の家
常盤町
富岡町
正覚寺
冬木町
高橋
北森下町
富岡八幡宮
浄心寺
霊巌寺
おかみさんの家
小名木川
田安殿
洲崎
深川
土屋采女正
木置場
木置場
木置場
松平伊賀守
扇橋町
新高橋
菊川橋
福永橋
猿江橋
扇橋
欅屋敷
細川越中守
一橋殿
猿江町
猿江稲荷
長命湯
細川越中守
六万坪
十万坪
小名木川橋
五本松
猿江

装幀——こやまたかこ
画————三木謙次

気の毒ばたらき

――きたきた捕物帖㈢

第一話

気の毒ばたらき

一

雲一つなく晴れ渡った青空のまん真ん中で、一羽《わ》のとんびが回っている。深川十万坪《ふかがわじゆうまんつぼ》の端《はし》っこで、木枯《こが》らしの端っこが北一《きたいち》の耳たぶをかすめる。

横川《よこかわ》のほとり、扇橋町《おうぎばしまち》の「長命湯《ちようめいゆ》」まで、猿江《さるえ》の作業場で溜《た》まった紙くずや焚《た》き付けになりそうなものをまとめて運んでいったら、釜焚《かまた》きの喜多次《きたじ》は出かけていて留守《るす》だった。そのかわり、たまに挨拶《あいさつ》をかわす婆《ばあ》ちゃんが、歯のない口をもごもごさせながら、北一にこう言った。

「怪我《けが》はよくなったんだね。これ、遅くなったけどお見舞いだよ」

そして、子灯心《ねとうしん》の包みをくれた。

江戸の町は霜月《しもつき》（十一月）も半《なか》ばとなり、酉《とり》の市《いち》の初酉も過ぎた。今年は三の酉まである、火事の多い年だ。どこもかしこも傾《かし》いで雨漏《あまも》りだらけの長命湯でも、莫迦《ばか》に達筆な「火ノ用心」の貼り紙だけは新品《まつさら》である。

「あ、ありがとう」

岡っ引きの真似事《まねごと》の挙《あ》げ句《く》に北一が怪我をしたことを、婆ちゃんは誰から聞いたのだろう。喜多次かな。あいつしかいねえよな。ってことは、あいつ湯屋のなかではそういうことをしゃべったりするのか。

びっくりしたのと嬉《うれ》しいのと訝《いぶか》しいのとで、北一は目をまん丸にしてしまった。ありがてぇ。

「うちで灯《とも》して、拝みます。来年のねずみ祭りには、おいらが子灯心をお返しするよ」

「あら、嬉しいねえ」

男湯しかなく、素性《すじょう》の怪《あや》しい連中がしばしばたむろしているこの湯屋には、この婆ちゃんと婆ちゃんの亭主らしい爺《じい》ちゃんのほかにも、何人か年寄りが働いている。主人と奉公人《ほうこうにん》の組み合わせではなさそうだし、さりとて血縁者ばかりとも思えない。それなりに謎めいているのだが、ここの爺婆《じじばば》がみんな優《やさ》しくて世話好きなことだけは確かだ。「怪しい」といったらこいつがいちばんであろう行き倒れの喜多次を拾って、仕事と飯と住処《すみか》を与えてくれた。そんな喜多次と何となく縁があってつるんでいるだけの北一にまで、こんな思いやりをかけてくれる。

霜月初めの子《ね》の日に、大黒天《だいこくてん》様にお供えをして福徳を祈る習わしを、ねずみ祭りという。その日に買い求める行灯《あんどん》や瓦灯《がとう》の灯心は、特に「子灯心」と呼ばれて、家内安全のお守りになると尊ばれる。当然、蠟燭屋《ろうそくや》や小間物屋《こまものや》は灯心を買い求める人びとで混み合うことになるし、売り切れて買いそびれてしまうことだってある。

北一自身はといえば、今年はもろもろの事情でもみくちゃにされていて、ねずみ祭りのことはきれいに忘れていた。こんな形で縁起物を一包みもらえるなんて、本当にありがたい話だった。

長命湯で荷台を空《から》にした荷車は、近ごろ、欅《けやき》屋敷の用人《ようにん》・青海新兵衛《おうみしんぺえ》がどこからか調達してきてくれたものだ。新兵衛さんという人は立派な二本差しなのだが、堂々と「何でも屋」を自称しており、そのへんの商人《あきんど》よりも物作りや商《あきな》いの知恵があって、人手や物を集める伝手《つて》も持っている。この荷車も、困っている誰かさんに知恵を貸してやったお礼にもらったのだとかで、羽織袴《はおりはかま》の外出着姿でいきなりがらがら引いて作業場に現れたもんだから、みんな驚くより呆《あき》れたものだ。

当の本人は、職人頭《がしら》の末三《すえぞう》じいさんに、

「新さん、こういうときは、ご自分で引いてきちゃいけない。そのへんにいる小僧《こぞう》に駄賃《だちん》をやって、ここまで届けさせればいい。わかりましたかね」

と叱《しか》られて頭を掻《か》いていた。

北一の生業《なりわい》のもとである文庫は紙箱だから、よほど特別な場合でない限り、荷車で運ぶことはない。梶棒《かじぼう》を引くのも、車輪の回る音を背中で聞くのも珍しいことなので、澄んだ青空の下《もと》、何となく心が躍《おど》った。せっかくの荷車を空のまま猿江まで引いていくのはもったいない、何か積み込めるものはないかと考えてしまうのは貧乏性だ。

——そんな都合のいいものは、道ばたに落ちてねえって。

一人笑いしながら荷車を引いてゆくと、重願寺《じゅうがんじ》そばの武家屋敷の土塀《どべい》の前で、十《とお》かそこらの男の子が座り込んでいるのに出くわした。籠《かご》を背負っており、その籠の中には柚子《ゆず》がたくさん入っている。転《ころ》んだ拍子《ひょうし》に転がり出てしまったのか、二、三個がそこらに落ちているが、男の子は痛そうに両脚《りょうあし》を縮《ちぢ》めており、それを拾う気力もないようだった。

ホントに道ばたの落とし物だ。北一は慌《あわ》てて駆け寄って、男の子に声をかけた。

「おい、どうした」

男の子は涙目《なみだめ》になっていて、きれぎれに「こ、こむら、がえり」とうめいた。ふくらはぎが攣《つ》ってしまったのだ。どっちの脚かと問えば、両方いっぺんだという。

「災難だったなあ」

笑いかけながら、少しずつ脚を伸ばさせ、両手で揉《も》みほぐしてやった。いちいち痛がっていた男の子も次第に縮み上がらなくなり、涙目が乾いてきた。

「冬至《とうじ》は過ぎたのに、そんなにたくさんの柚子をどうするんだい？」

「冬至を過ぎたから、余ってるやつ、色が悪くなったり、傷がついたりしたやつを安く売ってもらうんだよ」

皮ごと輪切りにして、蜜《みつ》に漬けて菓子として売るのだという。

「へえ、旨《うま》そうだね」

男の子は北一が行こうとしている猿江御材木蔵《おざいもくぐら》の方から来て、富岡町《とみおかちょう》へ帰るのだという。しばらく様子を見てみたが、まだ歩き方がぎくしゃくしている。落とし物を拾ってしまった以上、ここで放り出すのは人情に欠けるってものだろう。

「この荷車で送ってってやるよ」

「え、いいの？」

「ご覧のとおり、荷台は空だ。さあ、乗った乗った！」

男の子と一籠の柚子を載《の》せると、荷車の車輪の軋《きし》みが静かになった。空荷のときよりも引きやすい。北一と男の子は打ち解けてしゃべりながら、がらがら進んだ。男の子の歳《とし》は十一、名は三吉《さんきち》。おっかさんと姉さんと三人暮らしで、富岡町の八幡様《はちまんさま》近くで団子屋《だんごや》を営《いとな》んでいるのだという。

「屋台に毛が生《は》えたような店だけど、うちの団子は市中でいちばん旨いよ！」

それを聞いたら北一の腹の虫が鳴った。ちょうどいい、この子を送り届けたら団子を買って、冬木町《ふゆきちょう》のおかみさんを訪ねよう。団子と子灯心がいいお土産《みやげ》になる。

だだっぴろい木置場《きおきば》を抜ける道を通ってゆくと、また木枯らしが北一のほっぺたを張り、耳たぶをちょいとつねって吹き過ぎてゆく。

「三吉のうちは、いつから団子屋を――」

そこで問いかけが宙《ちゅう》ぶらりんになったのは、ついさっきまでは雲一つなく、とんびが舞っているだけだった冬の空の一角に、灰色の煙が一筋《ひとすじ》立ちのぼっていることに気がついたからである。

ゆるゆると。ふわふわと。うねうねと。柱というほど太くはなく、棒きれというほど細くはない、煙の筋。

――あの方角は。

ここからは遠い。見当としては、新大橋《しんおおはし》のちょっと南側。木置場近くにいる北一から見ると、右斜め前のだいぶ向こう。

そこで立ちのぼっている煙が見える。

灰色の煙。だんだんと黒みを増してくる。立ちのぼるほどに、上の方の横幅が広くなってきた。

「うわぁ……」

荷車の荷台で膝立《ひざだ》ちになり、三吉が煙の方を指さした。

「火事じゃねえ？」

その言葉尻《じり》を噛《か》むように、擦《す》り半鐘《ばんしょう》の最初の一打ちが聞こえてきた。遠い。まだ遠い。だが、北一が立ちすくんでいるうちに、最初の火《ひ》の見櫓《みやぐら》から次の火の見櫓へと、どんどん飛び火して音が増してゆく。

あの方角は、深川元町《もとまち》だ。

亡《な》き千吉《せんきち》親分の文庫屋があるところ。

「大変だ！」

前後を忘れて、北一は駆け出した。

今年の年明け、千吉親分は時季遅れの河豚《ふぐ》に中毒《あた》って頓死《とんし》してしまった。親分の遺志で、岡っ引きの跡目はいない。成り行きで北一がその真似事をしてはいるが、本人にはまだ岡っ引き

になる覚悟なんてない。深川に住まう人びとの多くも、北一を親分の跡目と認めるどころか、北一が親分のいちばん下の下の下の子分であったことさえ知らないだろう。

一方、親分の生業の文庫屋の方は、万作《まんさく》という一の子分が継いだ。万作は真面目《まじめ》だが鈍重《どんじゅう》な男。歳は三十過ぎで、北一が親分に拾われたときには既《すで》に文庫屋に住み込んでおり、おたまという女房《にょうぼう》もいた。次から次へと子ができて、今では十二を頭《かしら》に六人の子持ちだ。長作《ちょうさく》という名の長男は、北一と同じように天秤棒《てんびんぼう》を担《かつ》いで文庫の振り売りをしている。

千吉親分の〈朱房《しゅぶさ》の文庫〉は、もともとは蓋《ふた》に家紋《かもん》や屋号を描き入れるくらいの質素な作りだった文庫という品物に、季節の風物や縁起物を描いたり、その切り絵を張ったりして美しくしつらえたものだ。親分の死後は、これが千吉親分の案であることを示すために、立派な意《い》匠《しょう》の花押《かおう》も添えて、初めて「朱房の」と名乗れるようにした。偽物《にせもの》の横行を防ぐための工夫《くふう》である。

万作・おたま夫婦は、親分が亡くなったとき、親分の雇《やと》い主《ぬし》である八丁堀《はっちょうぼり》の旦那《だんな》や、親分と気脈を通じていた深川の顔役や世話役の意を受け、皆に認められて文庫屋を継いだ。当然、朱房の文庫の花押を捺《お》す資格がある。

一方の北一には、最初は何にもなかった。親分という親代わりを亡くし、住処も失ってしまって、独《ひと》りぼっちだった。差配人《さはいにん》の〈富勘《とみかん》〉が長屋を世話してくれて、北一がこれまでどおりに文庫を仕入れて振り売りできるように話をまとめてくれたおかげで、どうにか飢《う》え死《じ》にしないで済んだぐらいのものである。

その風向きが変わったのは、親分の妻である松葉《まつば》――冬木町のおかみさんが北一に肩入れしてくださったからだ。取り柄《とえ》と言えば骨惜《ほねお》しみせずに働くことだけ、外見も中身もパッとしたところのない北一なのに、おかみさんは気に入ってくれた。さらに、生前の親分も、北一の好《よ》いところをちゃんと認めていたと励ましてくれた。

その後ろ盾《だて》のおかげで、北一も朱房の文庫の花押を使うことを認められ、万作が継いだお店《たな》の品を卸《おろ》してもらわずとも、自前の文庫をこしらえる作業場まで構えることができた。

当然、万作・おたま夫婦とは不仲になった。というか、実のところ（牛みたいに寡黙《かもく》な）万作よりも、北一を激しく憎んで嫌《きら》っているのは女房のおたまの方である。北一もおたまに、売り言葉に買い言葉で喧嘩《けんか》をしてしまった覚えがあり、それは充分承知しているし覚悟も決めている。ただ北一は、自分からそのことを言い広めたりはしなかった。一方のおたまは、あたるを幸いに、誰にでも北一の悪口を言った。いわく恩知らずの、いわく裏切り者の、犬畜生《いぬちくしょう》にも劣《おと》るみなしご野郎《やろう》だ、と。

その結果、今では周辺の誰もが文庫屋夫婦と北一の仲が良くないことを知っている。

「そういうの、ふぐたいいてんのてきっていうんだよ」

北一に教えてくれたのは、「富勘長屋」の店子《たなこ》仲間のおかよという女の子だ。おっかさんのお秀《ひで》と二人暮らしで、近所の手習所《てならいじょ》に通っている。その手習所の師匠《ししょう》である武部権左衛門《ぶべごんざえもん》も、北一がひとかたならぬお世話になっているお人である。

「おかよちゃんは、難しい言葉を知ってるんだね。武部先生に習ったのかい」

「ううん。丸ちゃんときっちゃんが言ってたの」

二人とも手習所の友だちだろう。

「確かに、ふぐはおいらの敵だからなあ。千吉親分をあの世に送っちまった、憎い憎い魚だもん」

「これ、おさかなのふぐのこと？」

「きっとそうだよ。ふぐといったら、当たると死ぬ鉄砲さ！」

そんなふうにおかよを煙《けむ》に巻いておいて、あとで少し気に病《や》んだ。あんな小さい子たちのあいだにまで、おいらと万作さんのお店の不仲の噂《うわさ》が広まるなんて、けっして世間体《せけんてい》のいいことじゃねえ。

――千吉親分にとっちゃ、身内の恥だ。

来年のお盆には、親分の魂《たましい》が北一のそばに戻ってきて、寝ているあいだにでっかい拳骨《げんこつ》を喰《く》らうかもしれない。それでもいい、額《ひたい》からはみ出すようなたんこぶができてもいいから、親分が生き返ってくれたらなあ……なんて思って、涙ぐんだりもした。つい最近のことだ。

少しは仲直りしないといけない、と思っていた。

歩み寄るなら、目下《めした》の自分の方からだと思っていた。

思い出せば、万作にはいじめられた覚えなんかない。おたまはいつも意地悪だったが、あたられたのは北一だけじゃなかった。他の兄《あに》ぃたちも、出入りの御用聞きも、女中《じょちゅう》さんたちだってチクチクがみがみやられていた。

北一は独り立ちした。おかみさんや富勘や青海新兵衛や末三じいさんや若様の栄花《えいか》様や味方してくれる人たちみんなのおかげだ。その人たちの前で、大人になったところを見せたい。悪口を言われた分だけ言い返すような、ガキのまんまではないと示したい。

長命湯の婆ちゃんが案じていてくれた北一の怪我は、命に関《かか》わるほどのものではなかった。しかし、怪我をするに至った成り行きは、命がけになってもおかしくないほど危険だった。実際、冷たい江戸前の海で溺《おぼ》れ死んでいたかもしれなかった。

その経験が、北一を少し成長させたのだ。死にかかったことで、魂の形がちょっとだけ変わった。このまんまじゃいけないと思うことがあったのだ。

万作さんとおたまさんと仲直りしよう。それができなくても、こっちは頭を下げよう。この年末年始がいい折になるかな。正月よりも、師走《しわす》の挨拶まわりにかこつける方が、今年の内にすっきりしていいかな。おいら一人で行くべきか。やっぱり富勘に頼んで見届けてもらおうか。万作さんはともかくおたまさんは、振り上げた拳《こぶし》の下ろしどころをこっちから差し出さないと、恰好《かっこう》がつかねえだろう。

今度という今度は、どれほど罵《ののし》られようが、嘲《あざけ》られようが、北一は頭を下げる。そう思い決めていたのに。

千吉親分が構えた文庫屋が燃えている。

建物は太い黒煙と灰色の煙に包まれ、あらかたの窓の奥に火が見える。ちょろちょろとした舌《した》もあれば、一人前の炎《ほむら》もある。

あたりは阿鼻叫喚《あびきょうかん》だ。昼火事だというのに、近隣の人びとは揃《そろ》って悪い夢を見ているかのように叫《さけ》び、呻《うめ》き、逃げ出そうとしている。なのに、みんな動きが鈍《にぶ》い。悪夢のねばつく膠《にかわ》に囚《とら》われた蠅《はえ》みたいだ。

駆けつけてきた火消しの男たちだけは、まっとうな人として動いている。幸運なことに、これまで十六年の人生で、北一は大きな火事に遭《あ》ったことがない。だから今の今、生まれて初めて火消しの纏《まとい》を間近に仰《あお》ぎ、竜吐水《りゅうどすい》を見た。

「火消し」という作業は、水をかけて鎮火《ちんか》を目指すのではない。延焼を防ぎながら火種《ひだね》を潰《つぶ》すのだ。燃えそうな建物や造作《ぞうさく》を叩《たた》き壊《こわ》すのだ。

千吉親分の文庫屋が壊されてゆく。

北から吹き込んでくる木枯らしは、火事の熱気をはらんで熱風と化し、逃げる人びとや押し寄せる野次馬《やじうま》をなぎ倒さんばかりの勢いで吹きすさぶ。北一は髷《まげ》を結《ゆ》うこともできない自分の薄毛が、ちりちりと焦《こ》げる臭《にお》いを嗅《か》いだ。それでも文庫屋に近づこうとして、誰かに後ろからむんずと襟《えり》をつかまれ、

「バカ野郎、下がってろ！」

怒鳴《どな》りつけられて耳がき〜んと鳴った。

煙が苦《にが》くて酸《す》っぱい。吸い込んじゃ駄目《だめ》だ。首に巻いていた手ぬぐいを、口を覆《おお》うように巻き直す。指が震《ふる》えて結び目がうまく作れない。何やってんだ、おいらは。

火の粉《こ》が舞い上がる。針の頭ほどのちっちゃい金魚みたいで、宙でくるくる回ってきれいだ。見惚《みと》れていると、目やほっぺたにちくりと刺さって痛みを残す。

野次馬のなかから、万作とおたまを呼ぶ声が飛んでくる。六人の子どもたちを呼ぶ声も聞こえる。

昼時だ。子どもらはみんな文庫屋の奥にいたっておかしくない。手習所に通ってたって、昼食《ちゆうじき》のためにいったん帰ってくる頃合《ころあ》いだ。

北一の躰《からだ》中の血が逆流し、目が回った。立っていられなくなって、野次馬の輪のなかからよろけ出た。すると今度は、誰かの手で腕をつかまれた。何か喚《わめ》いている。北一の耳には聞こえない。耳が駄目になってしまった。

「——さん！」

喚いているのじゃない。泣き声だ。ただ腕をつかんでいるのじゃない。北一にすがりついている。

「き、きたさん」

北一はようやく我に返った。目の前にいるのは長作だ。顔は煤《すす》だらけ、着物の肩が脱《ぬ》げて、胸のあたりまで丸見えだ。煤で黒く汚れているのはわかるが、肌《はだ》が赤くなっているのは何でだろう。

火傷《やけど》だ。

「な、中から逃げてきたのか？」

長作の肩をつかまえて、北一はぐらぐら揺さぶった。途端《とたん》に、長作の下ぶくれの顔が壊れた。両目にわあっと涙が浮いてくる。

「お、おいらは、外を歩《ある》ってた」

火が出たとき、長作はいなかったのだ。それなのに肌に火傷を負っているのは、文庫屋の中に入って家族を助け出そうとしたからだ。

理解が追いついてきて、北一は長作を抱きかかえると、さらにその場から引き離そうとした。長作はとっさに北一の力に抗《あらが》ったけれど、急に脱力して、あとはされるままに引き摺《ず》られた。

「無事でよかった。もう命を粗末にしちゃ駄目だぞ。万作さんたちは無事だ。あれだけ派手に火が出たんだから、みんな気がついて逃げ出してる。昼火事なんだからさ。長作はここで待ってろ。おいら様子を見てくる」

譫言《うわごと》のように言い置いて、北一が文庫屋の方へ戻ろうとしたそのとき、ひときわ大きな崩壊音と共に、土埃《つちぼこり》と煤と煙をいっぱいにはらんだ風が吹きつけてきた。

「壁を倒したぞぉ！」

「屋根が崩れるぞぉ！」

「叩け、叩け」

火を叩け！　火消したちの野太《のぶと》い声が飛び交《か》う。北一は膝から崩れ落ち、地べたに両腕をついて、激しく咳《せ》き込んだ。

そのあと、何がどうなってどうしたのかわからない。気がついたら文庫屋からは道を何本も隔《へだ》てたところにいて、地べたに座り込んでいた。空っぽになった天水桶《てんすいおけ》が一つ、すぐ傍《かたわ》らに転がっている。近くで人の行き来はあるが、北一のそばには誰もいない――と思ったら、

「正気づいたか」

頭の上から声がして、ぞろりと長いざんばら髪が目の前に現れた。薄汚れてもつれたその髪のあいだから、切れ長の目が覗《のぞ》く。

喜多次だ。どこから現れたんだ、こいつ。

北一はまばたきをして、自分が頭のてっぺんから爪先《つまさき》まで煤だらけ灰だらけになっていることに気がついた。

「……おいら」

どうしたんだろう？　問いかける前に、喜多次が北一の脇に腕を入れて、ぐいと立ち上がらせてくれた。そして吐《は》き捨てるようにこう言った。

「痴《し》れ者《もの》が」

空を覆っていた煙は、何事もなかったみたいにきれいに晴れていた。

二

あれでも火事としては小さくて幸いだったんだ――と、富勘は言った。

「さすがに小火《ぼや》じゃあないが、昼火事だったからな。見通しがいいから火消しも思い切りよくって、まわりの建物をどんどんぶっ壊していった。おかげで、焼けたのは文庫屋だけで済んだのさ」

だけで済んだ。千吉親分が遺《のこ》した文庫屋は焼け落ちて、もう見る影もない。でも、だけで済んだことを、きっと親分は喜ぶだろう。幸いなことに、死者は一人も出なかったし、重い怪我人もいないという。

「万作もおたまも子どもらも無事だ。職人も奉公人たちも、近所の連中もみんな、ちっと火傷してちっと燻《いぶ》されたくらいで済んだ。ありがたい、ありがたい」

北一も、躰のあちこちに軽い火傷や擦り傷があるくらいで、命に別状はなかった。喉《のど》がいがらっぽいのは煙を吸い込んだせいだが、それくらいなら一日で治るだろうと、これも富勘の言《げん》だ。江戸の町の手練《てだ》れの差配人は、否応《いやおう》なしに火事とその後始末に慣れてしまうのである。

北一のちっぽけな住まいには、店子《たなこ》仲間のお秀・おかよ母子《おやこ》に鹿蔵《しかぞう》・おしか夫婦、斜向《はすむ》かいのおきんも集まっている。北永堀町《きたながほりちょう》の富勘長屋にとっても、深川元町の火事は目と鼻の先だから、みんな一時は生きた心地《ここち》がしなかったと興奮してしゃべっていた。そこへ富勘が顔を出して、大難が最小の難で済んだと報《しら》せてくれたので、いっそう賑《にぎ》やかになったというわけだ。

棒手振《ぼてふり》の寅蔵《とらぞう》・太一《たいち》父子《おやこ》や天道《てんとう》ぼしの辰吉《たつきち》は、昼間は商いで留守にしているし、鹿蔵は唯一《ゆいいつ》の男手《おとこで》だが、悲しいかな弱々しい爺ちゃんだ。いざというときには、女たちが一丸《いちがん》となって逃げようと話し合っていたという。

「普段から、火事や大水のときにはどうしようかって話し合ってたからね」

うなずき合うお秀とおきんの顔を、富勘はちょっと眩《まぶ》しいものを見るように眺《なが》める。

火事は恐ろしい。文庫屋が焼けたのは残念で悲しい。でも凶事《きょうじ》は終わった。その安堵《あんど》と嬉しさに、誰もが上《うわ》っ調子になっていて、おしゃべりが止まらない。北一も、富勘と店子仲間の囀《さえず》りを耳にしているうちに、動転でひっくり返っていた魂がゆっくりと元に戻ってゆくようだった。

話がようやく一段落ついたところで、ふと思いついたように、鹿蔵が問うた。

「ところで、北さんを連れ帰ってくれたあの兄《あに》さんはぁ、どこのお人だね」

すると、おかよがもともとつぶらな目を飴玉《あめだま》みたいにいっそうまん丸くして、飛びついてきた。「あたしも見たよ。あのひと、北さんといっしょに商いをしてるの?」

二人が言っているのは、喜多次のことだろう。火事場の近くで、腑《ふ》抜《ぬ》けみたいに道ばたに座り込んでいた北一に肩を貸して、どうやら富勘長屋まで連れ帰ってくれたらしい。「どうやら」「らしい」というのは、北一本人は頭がぼうっとしていて、あの場で喜多次の顔を見た覚えはあるのだが、細かいことをよく思い出せないからだ。これも煙を吸い込んだせいだろうか。

「それって、おどろ髪がぼうぼうの、薄汚くて痩《や》せこけた野郎のことだよね」

北一が問い返すと、鹿蔵とおかよは顔を見合わせて笑った。

「そりゃまた北さん、ずいぶんな言いようだけど」

「火事場で助けてもらったんだよね？」

「……うん。あいつ、何か言ってたかな」

「わしは見かけただけだけども、かみさんは話をしたようだぁ」

鹿蔵が言って、隣にいるおしかに目を向けた。青物《あおもの》と漬物売りのこの老夫婦は、御神酒徳利《おみきどっくり》みたいにいつも一対《いっつい》でいる。別れ別れになるのは、湯屋《ゆや》ぐらいじゃないか。二人ともおっとりと気が好く、言葉尻を引っ張るような軽い詬《なま》りがある。おしかの方は、実は出自が良いらしいと聞いたこともあるが、気取ったところは微塵《みじん》もない夫婦だ。

おしかは小さくかぶりを振り、「あたしも口はきかなかったよぉ。あの若い人、煤まみれの北さんを木戸のところに座らせてなぁ、たまたま近くにいたあたしに、ぺこんと頭を下げてすぐに行っちまったの」

そこでおしかは、火事場の方から来たのか、北一さんを助けてくれたのか、あんたも水の一杯ぐらい飲んでいきなさい――と声をかけたのだが、

「まばたきするくらいのあいだに、姿が消えててねぇ。足の速い兄さんもいたもんだわ」

喜多次め、しょうがねえ奴《やつ》だ。もうちっと愛想《あいそ》ってもんがあるだろうよ。北一はぼんやりと思い出す。あのときあいつ、おいらには何か文句《もんく》を言ってたような気がする。怒った顔してさ。

「あたしもお秀さんも、真っ黒けな北さんしか見てないわ」おきんが残念そうに言った。

「北さんの命の恩人なら、挨拶したかったのにね」と、お秀も同調する。

まだ煙で曇っている北一の頭だが、この肝《きも》っ玉《たま》母ちゃんと姉ちゃんの二人が、座り込んでいる真っ黒けな北一を見つけるなり、怪鳥《けちょう》みたいな奇声を発して、代わる代わる水を汲《く》んできては頭からぶっかけてくれたことは思い出せる。そのへんの汲み置き水も片っ端から使ったらしく、糠臭《ぬかくさ》かったりどぶ臭かったりした。

「焼け出されたり、住まいをぶっ壊されちまった人たちのために、『福富屋《ふくとみや》』さんが、木置場の一角に仮住まいを建てるとおっしゃってる。箸《はし》に茶碗《ちゃわん》に鍋釜《なべかま》に、着物履《は》き物、子どもの玩具《おもちゃ》なんぞ、要《い》りそうなものを思いついたら、みんな持ってってやっておくれ」

私はこれから炊《た》き出しの手配に行く――と言い置いて、富勘は腰をあげた。そして去り際《ぎわ》に、

「北さん、あとで冬木町に顔を出しておいで。おかみさんが案じておられた」

それで、北一はいっぺんに目が覚《さ》めた。焼け出された人たちを除いたら、いちばんに火事見舞いを受けるべき人。千吉親分の思い出の残るお店と家を失ってしまった、おかみさんだ。

北一は強く頭を左右に振って、自分をしゃんとさせた。「今すぐ参ります」

「しゃっきりして行きなよ。おみつはおかみさんより先に泣いてどうしようもない。おかみさんが安心して悲しめるように、北さんは踏ん張るんだよ」

富勘のそんな台詞《せりふ》を聞いただけで、親分のあれこれと、文庫屋で過ごした日々を思い出し、北一は泣きそうになった。

「ぜんぜん踏ん張れないじゃないの」

おきんに叱られて、ぐうの音《ね》も出なかった。

冬木町の貸家を訪ねると、北一の顔を見ておみつがいっそう泣き出し、二人しておかみさんに慰《なぐさ》めていただき、思い出話をしているうちに、北一も引っ張られて泣きが来て、折り詰めの弁当を三人前置いていった。文庫屋火難《かなん》の一報を聞き、真っ先に見舞いに来てくれた福富屋の大番頭《おおばんとう》に、おかみさんが頼んでおいてくださったのだ。

「今夜はおみつも、何もしないでゆっくりしてちょうだい。だけど二人とも、そんなに泣いたらお腹《なか》が減るだろうからね」

おかみさんの思いやりに、北一は思い出した。いつか千吉親分が言っていたことを。

──何か大事《おおごと》が起ころうと、人は飯《めし》を食うし湯茶を飲むし、厠《かわや》に行く。当たり前のことだ。変事や難事のときこそ、当たり前への気配りを忘れるなよ。

そうしたいけど、普通は忘れちゃうんですよ、親分。おいらたち、ちっちゃいからね。

親分は大人《たいじん》だったし、おかみさんも大人だ。大人夫婦だ。子どものころに目が見えなくなって、世間から引っ込んだ暮らしをしていたおかみさんは、だけど心の目の光は失わなかった。若いころから岡っ引き稼業に奔走《ほんそう》し、世間のささくれやひび割れを嫌《いや》というほど目にしてきた親分は、闇《やみ》や泥《どろ》のなかでほのかに光っているおかみさんという花を見逃《みのが》さず、大事に囲って愛《め》でて一緒に生きてきた。

めったにない夫婦だったのに、なんで親分は先に逝《い》っちまったんだ。なんでおかみさんを一人で遺したんだ。

　なんで万作とおたまなんかに文庫屋を継がせたんだ。誰が決めたんだよ。親分が亡くなって一年も経《た》たないうちに火事でお店を灰にしちまうなんて、あの夫婦はただ器《うつわ》がちっちゃいだけじゃねえ、とんまの抜け作だ。

　涙の潮《しお》が引くと、喉の奥から言葉が溢《あふ》れてきた。いや、ただの「言葉」ではない。非難であり、悪罵《あくば》であり、憎悪《ぞうお》であり侮蔑《ぶべつ》だ。北一もおみつも、それぞれ一人で吐き出すだけでなく、二人がかりで、互いに互いの怒りを受け止めては喰らい、さらに大きくふくらませて吐き出して、それをまた喰らい合った。

　おかみさんは黙ってそれを聞いていた。二人が存分に悪口《あっこう》を吐き出して、疲れて黙り込むまで待っていた。

　それから、北一に「風呂《ふろ》をたてておくれ」と言いつけた。

「おみつも、悪いけれど手を貸しておくれ。こんな夜こそ、床《とこ》につく前にお風呂で躰を温めたくなってしまったよ」

　北一もおみつも否《いな》やはない。北一は内風呂の焚き口にしゃがんで、焚き付けを放り込み、火《ひ》吹《ふ》き竹《だけ》を使った。湯がいい案配《あんばい》になると、おみつがおかみさんの手を引いて、風呂に入った。

「湯加減はいかがでしょう」

「ちょうどいいよ、ありがとう」

　おみつは湯をかき、浸《ひた》した手ぬぐいを使い、おかみさんの肌を洗っているのだろう。柔《やわ》らかな水音がする。
「北一、聞こえるかい」
「はい」
「うちの小さい風呂釜のなかで、今どれくらいの火が燃えているかえ」
「ちょぼちょぼと」
「その火が、急に躍り出したらどうする？」
「躍り出すと申しますと……」
「あんたは何もしていないのに、吹き込んだ風のいたずらで、あるいは焚き付けにまじってい
た油紙《あぶらがみ》のせいで、いきなり炎《ほのお》が大きくなってさ、あんたの顔を舐《な》めるように飛びかかってき
たら？　着物の袖に燃え移り、焚き口に散らばっている焚き付けに燃え移り、風呂場の外壁《そとかべ》の
杉板につうっと走って」
おかみさんと、湯気《ゆげ》の向こうでおみつの声がする。「おっかないことをおっしゃらないでく
ださいまし」
「おみつはどうだえ。今、焚き口で火が出たら、どうやって消し止める？」
おみつは返事をしない。湯をかく音が止まった。
「ねえ、おみつ。台所の竈《かまど》の火は、確かに消えているかえ。消し炭《ずみ》はちゃんと埋《う》もれているか
え。そのまわりに、燃え移りやすいものをうっかり出しておいていないかえ。行灯《あんどん》はどうだろ
う。燭台《しょくだい》の脚が、がたついているなんてことはないかえ」

おみつの沈黙。北一も何も言えない。

「縁起でもないかえ」と、おかみさんが続けた。「昼間の火事を見たばっかりなのにね。でも、火はいつもどこにでもあるものだよ。今だって北一の目の前にある」

おかみさんの口調《くちょう》が、少しだけ厳しくなった。北一にも、おかみさんが何をおっしゃりたいのか、どうしていきなり風呂をたてろと命じたのか、理解できた。

北一は火吹き竹を握りしめ、口を強く引き結んだ。おいらは、汚《きたな》いことを言った。

――火事が起こる直前までは、不恰好《ぶかっこう》なやり方でもいいから万作さん、おたまさんと仲直りをしよう、こっちから頭を下げようなんて、殊勝《しゅしょう》なことを考えていたのに。

そんな考えなど吹っ飛んでしまって、思うさま悪罵を吐き出してしまった。おかみさんの、あの鋭《するど》い耳の真ん前で。

「火事が恐ろしいのは、誰もそんなつもりがないときに起こるからなのさ」

ただ風呂を沸《わ》かしていただけ。煮物、焼き物をしていただけ。小さな火を使う細工物《さいくもの》や、火花の出る仕事をしていただけ。蠟燭《ろうそく》や瓦灯《かとう》を使っていただけ。

「どんなに気をつけていても、いくつかの不具合と不運が重なれば、あっという間に起こってしまうのが火事なんだ。風呂を焚く北一にだって、台所で火を使うおみつにだって、他人事《ひとごと》じゃないんだよ。明日は我が身だ」

だから、火元を責めるな。

万作・おたまを咎《とが》めるな。

「少なくとも、今はまだね。何も事情がわからないんだから」

あいすみませんと、おみつが涙声で囁《ささや》いた。北一は焚き口の地べたに膝をつき、両手をついて平伏《へいふく》した。

「北一もお詫《わ》び申します。恥ずかしいふるまいをいたしました。お許しくだせえ」

しばらく間があってから、ざぶりと湯が騒ぐ音がたった。

「悲しいのは、わたしも一緒さ」

そこで初めて、おかみさんの声に涙がにじんだ。もう一度、ざぶり。ああ、顔を洗っているのだ。

「残念だね。本当に残念だ」

火事と喧嘩は江戸の華《はな》なんて、強がりでも言えやしないよねえ――


一夜明けて、冬の早朝のたよりない陽《ひ》の下、北一が井戸端《いどばた》で顔を洗っていると、木戸のところでがらがらと荷車を転がす音がした。

「おはようございます。文庫売りの北一さん、おいでですかね」

その日暮らしの店子仲間は、真冬でも早起きだ。たちまちぞろぞろ現れて、

「北さん、お客さんだよ」

呼ばれていって驚いた。昨日、猿江の重願寺の前で拾ってやった男の子、富岡町の団子屋の三吉だ。その傍《かたわ》らには、三吉を二回り大きくして女にしたような、笑ってしまうほどよく似た

顔立ちの女が一人。三吉の母ちゃんだろう。

「あ、北一さん」

三吉のほっぺたは、ぴかぴかに赤くなっている。

「昨日はありがとう。荷車を返しに来たよ」

「三吉がお世話になりました」

団子屋の母ちゃんは、深々と身を折って頭を下げた。

北一は恥ずかしくなった。「いやいや、大したことはしてねえよ。というか、あんな場所で置き去りにしちまって、ごめんな」

木置場で北一に置いてけぼりをくらった三吉は、しょうがないから荷車を引っ張って団子屋に帰った。店先でその顚末《てんまつ》を話していると、居合《いあ》わせた客が、

――その兄さんなら、きっと朱房の文庫売りの北一さんだよ。確か、相生橋《あいおいばし》の近くの富勘長屋に住んでるはずだ。

そう教えてくれたのだという。

「北さん、名が売れてきてるんだねぇ」

「大したもんだわなぁ」

鹿蔵とおしかに褒《ほ》められて、北一はほっぺたが熱くなった。三吉みたいにぴかぴかに赤くなってたりして。

「おきゃくさん？」

住まいの戸口からぴょこんと顔を出したおかよと、北一のすぐそばで起き抜けの手足を伸ばし、ぼきぼきと節々《ふしぶし》を鳴らしていた太一が、声をあげて同じことを言った。

「いいにおい」

「いい匂《にお》いだ」

あとから出てきたおきんも、鼻をくしゅくしゅさせて「あらホント」

団子屋の母子は、顔を見合わせてにっこりした。二人の後ろには、梶棒をおろしたあの荷車が停《と》めてある。

「北一さん、ここに来るまで、また荷車を借りちまった」

確かに、藍染《あいぞ》めの風呂敷《ふろしき》に包んだ、何か四角いものが載せてある。

「お礼に、皆さんにうちの団子を食べてもらいたいと思いまして……」

団子屋の母ちゃんが風呂敷の結び目をほどくと、三段重が現れた。豪勢な塗《ぬ》り物ではなく、木目が見える簡素な重箱だ。あ、確かにそこからいい匂いがする。

「こしあんと、みたらしと、磯辺焼《いそべ》き」

「うちの自慢の味でございますよ」

わ～！　と歓声があがる。いつの間にか、昨夜《ゆうべ》は酔《よ》い潰れて、まだ寝ている寅蔵を除く、店子仲間全員が揃っていた。

「お湯を沸かすわ！」

「うちの七輪《しちりん》も使うよ！」

「漬物を出しますねぇ」

「湯飲み茶碗を集めようぜ」

「どこに集まろうかのぉ」

「俺《おれ》のところに、その重箱を載っけるのに手ごろなお膳《ぜん》がある」と言ったのは天道ぼしの辰吉だ。いつもは文句ばかりのおたつ婆さんも、倅《せがれ》の背中に隠れて、重箱に目が釘付《くぎづ》けだ。

「串《くし》団子？　小皿は要らない？　お手拭《てふ》きでいい？」

おかよが歌いながら飛び跳《は》ねる。おとっつぁん、おとっつぁん！　おきんに尻を叩かれて、寅蔵もふらふらと起き出してきた。

「この匂い、何だぁ？　餅《もち》つきか」

「暮れにはまだ早《はえ》ぇよ。しょうがねえ酔っ払いだなあ」

太一が寅蔵をつかまえて、井戸端へ引っ張っていこうとする。みんなが笑う。そのとき、長屋の木戸に、また新しい人影がさした。

「あれ、先生！」と、おかよが喜ぶ。

「いいところに来るわぁ。先生、匂いました？」と、お秀がからかう。

現れたのは、この近所で手習所を営む武部権左衛門。おかよが習っている武部先生だ。

「おはようございます」

一同、口々に挨拶する。だが北一は、旨そうな団子の匂いに、口の中いっぱいにわいていた唾《つば》が干上《ひあ》がっていくのを感じていた。

――先《せん》にもあった。こういうこと。

あれは長月《ながつき》（九月）の十日の朝、北一が振り売りに出る支度《したく》をしているときだった。武部先生が訪ねてきた。

――朝っぱらから何の御用でしょう。

先生が運んできたのは凶報だった。二ツ目橋のそばの弁当屋「桃井《ももい》」で、一家三人が殺されていたという酷《むご》い事件の。

「せ、んせい」

北一の声が舌につっかえた。少しずつ明るみを増してゆく薄日《うすび》のなかで、武部先生の顔は霜柱《しもばしら》のように強《こわ》ばっていた。

「すまんな、北一」

北一の心にある不安な思いを、先生はお見通しだった。

「私が朝っぱらからおまえを訪《おとな》うときは、ろくな用件ではない」

だが、富勘に頼まれた。北一に、今朝《けさ》は振り売りに出ずに長屋にいろと伝えてくれと。

「昨日の火事に、放火《つけび》の疑いがあるそうだ」

放火。

誰かが、文庫屋に火を点《つ》けた？

「今朝、おたまが番屋に引っ張られた。詳《くわ》しいことはまだわからんが、沢井《さわい》様から、北一にも何らかのお尋《たず》ねがあるかもしれん」

けっして慌てるな。臍下丹田《せいかたんでん》に力を込めて、覚悟をしておけ。

「富勘も、あちこちへ報せに走っている。冬木町には福富屋の者が詰めてくれるそうだ。おまえはとにかく、落ち着いて待て」

そこで武部先生は太い息を吐き、まるで謝るみたいに眉根《まゆね》を下げ、口の端を曲げて、言った。

「いい匂いだな」

北一はその場の人びとを見回した。蒸したてのつるりとした団子みたいに真っ白になった、顔、顔、顔、顔を。

三

手習所の習子《ならいご》に、昨日、延焼を防ぐために叩き壊された家の子どもが何人かいるそうで、武部先生はこの足で福富屋が建てている仮住まいへ向かうと言う。それを聞いて、団子屋の母ちゃんとお秀とおきんが手早く団子を分けて包むと、先生に託した。

「仮住まいは木置場にあるんですね？　あとから追っかけて、もっと届けますから」

「じゃあ、早く帰ろうよ」

団子屋母子《おやこ》が長屋の木戸を出ていくと、入れ違いのように、上ノ橋《かみのはし》のたもとにある自身番《じしんばん》からのお使いだという小僧が、北一を呼びに来た。

——放火の疑いがある。

武部先生が持ってきてくれた凶報は、北一の腹の底に石のように固まって沈んでいる。その石の重みで心が揺れる。

沢井の若旦那は、なぜ北一をお呼びになるのか。何をお尋ねになりたいのか。心は、暗い考えの方に揺れて傾く。

千吉親分の文庫屋を継いだ万作・おたま夫婦と、北一の仲はよくなかった。とりわけ、おたまとは盛大な言い合いをして、北一の方から啖呵《たんか》を切って袂《たもと》を分かった過去がある。

——これから、あんたらとおいらは商売敵《がたき》だ。

おたまに向かって言い放った。あのとき、まわりには文庫屋の職人や奉公人たちが何人もいた。大声でやりあっていたから、往来にまで聞こえたかもしれない。

文庫屋夫婦と北一は仲が悪かった。互いに嫌い合い憎《にく》み合っていた。世間様にそう思われたってしょうがない。だってさ、お互いに隠してなかったから。

文庫屋が本当に放火されたのであるならば、北一は下手人《げしゅにん》ではないかと疑われても仕方のない立場にいる。少なくとも、疑いをかけられる者の一人に数えられても仕方がない。いや実際、富勘長屋の人たちだって、みんな一瞬のうちにそう思ったから、団子みたいに白い顔になったのだ。

ついさっきまで、旨い団子を囲み、みんなでわいわい楽しんでいたことが嘘《うそ》のように目の先が暗くなり、喉が干上がる。

おいらの言いようはよくなかった。おたまに対しても、あまりに生意気《なまいき》だった。可愛《かわい》げがなさすぎた。これじゃ親分だって悲しむだろうと、自《みずか》らを省《かえり》みて悔《く》やんで、こっちから頭を下げようと思っていたところでした。先手を打ってそうまくし立ててしまいたい。おいらは万作さんとおたまさんを恨《うら》んでなんかいません。悪く受け取ってばかりいたのは間違いでした。本当です、信じてください。

よせよせ。先走って悪い方へ考えすぎだ。沢井の若旦那は、おいらの働きを認めてくださった。そのおかげで、検視の手練《てだ》れの栗山《くりやま》の旦那と繫《つな》がりができたくらいだ。おいらには信用がある。いきなり放火の下手人だと疑われるわけがねえ。

昨日、前後を忘れて文庫屋へ駆けつけたのも、けっしておかしな行いではなかったはずだ。だって、千吉親分の文庫屋なんだから。おいらにとって大事なお店で、冬木町のおかみさんにとって大事な思い出の家で、だからおいら、何も考えずに駆けつけて――

駆けつけて、それから何をした？　火消しや建物を打ち壊す手伝いをしたか。逃げる人たちを助けたか。荷物を運び出したり、年寄りや子どもを背負ったりしたか。

――何にも覚えてねえ。

覚えているのは、煤《すす》と灰にまみれて道ばたに座り込んでいるところを、長命湯の喜多次に助けられたことだけだ。

――おいら、火事場でバカみたいに呆然《ぼうぜん》としてただけだったのかもしれねえ。

ただの役立たずである以上に、それはものすごく怪しいふるまいではなかったか。

ぐるぐる考えるほどに、心の傾きが急になってゆく。

番屋——自身番の建物の造りは決まっており、柵《さく》に囲われた正面二間《けん》の出入口のところは玉《たま》砂利《じゃり》を敷いたお白洲《しらす》になっていて、右手には捕物《とりもの》に使う三道具《みつどうぐ》（突棒《つくぼう》・刺股《さすまた》・袖搦《そでがらみ》）が立ててある。富勘長屋のある北永堀町から富久町、佐賀町《さがちょう》あたりまで受け持つこの番屋には、野暮《やぼ》用《よう》から大事な用まで、様々な用事があって出入りしてきた北一だが、今までこの三道具とお白洲を、こんなに切羽《せっぱ》詰まって恐ろしいと感じたことはなかった。

本所深川《ほんじょ》方の同心・沢井蓮太郎《れんたろう》は、そのお白洲に足を置き、手前の三畳間に上がる式台《しきだい》に腰掛けていた。膝の上に何か薄べったい文書《ぶんしょ》を紙挟《かみばさ》みで束《たば》ねたようなものを広げて、そこに目を落としている。

三畳間にはこの自身番にいつも詰めている書役《かきやく》がいて、北一も顔見知りの人なのだが、普段とは全然顔つきが違っていた。書役は名主《なぬし》や地主《じぬし》から俸給をいただく堅い仕事だ。ちゃんとした大人でないと務まらない。ここの書役も温和で落ち着いた小父《おじ》さんなのに、今は顔ばかりか躰ぜんたいが板っきれみたいになってしまっている。

一方、沢井の若旦那はいつもどおりだった。落ち着いていて、冷ややかだ。ちらっと文書から目を上げると、短く声をかけてきた。

「おお、北一」

北一はお白洲に正座して、かしこまった。もう罪人になった気分だった。一畳《じょう》余りの広さしかなくても、お白洲とはこういう効《き》き目がある場所なのだ。

「その顔色を見ると、文庫屋の火事に放火の疑いがあることが、もう耳に入っているんだな」

ここらはおしゃべりが多いな……。ぺらりと文書をめくって、旦那は低く呟《つぶや》いた。

「おまえは近ごろ、いつ文庫屋に行った？」

昨日行きました。でもそれは煙を見てびっくりしたからで！　北一の返答が、湯が噴くように込み上がってきて、喉元でつっかえた。ぐぐっと、げっぷみたいな息が漏《も》れる。

「まあ、行く用がないのは承知だ」

また低く言って、若旦那はようやくまともに北一の顔を見た。北一はさらに頭を下げ、身を縮めた。

「どう思い違いしているのか知らんが」

若旦那の口調に、かすかではあるが、面白《おもしろ》がっているような軽みがまじった。

「誰もおまえが放火の下手人だなんぞと疑っちゃいない」

え。北一は縮こまったまま顔だけ上げてみた。沢井蓮太郎は、不器用な手間大工《てまだいく》が打ち損《そこ》なった釘《くぎ》みたいに口の片方の端を曲げて、北一を見おろしていた。

「無論、万作の文庫屋とおまえの文庫売りが商売敵であることぐらい、私も知っている。おとなしい万作はさておき、気が強いおたまは、何かというとおまえの悪口《あっこう》を吠《ほ》えていたし、おまえもそこそこ負けてはいなかったらしいな」

ここまで言って、曲げ釘みたいな口元が、ちゃんとした笑《え》みに変わった。

「お、おたまさんは」

北一はようやく声を取り戻した。

「おいらの悪口を吠えていたんでしょうか」

犬じゃねえんだからさ。よっぽどだよね。

「野良犬《のらいぬ》も顔負けにな」と言って、若旦那は笑みを浮かべたまま、顎《あご》の先を指でちょっと掻いた。「当のおまえには聞こえていなかったようだな」

聞かないことにしていたからだ。わざわざ告げ口してくる（嫌な）お節介《せっかい》焼きも、今の北一のそばにはいない。

「おたまのおまえに対する悪口雑言《ぞうごん》は、いっぺんどころじゃない。亭主の万作でさえ飽《あ》き飽きしていたそうだ」

まあ気にするなと、若旦那は言った。

「万作の文庫屋は、千吉の文庫屋を継いで、〈朱房の文庫〉を名乗っている。おまえの文庫売りには、冬木町のおかみさんの後ろ盾があって、〈朱房の文庫〉の印《しるし》がついている。そういうことだよな？」

若旦那の顔をしっかり仰いだまま、北一は大きくうなずいた。「へえ、その花押を戴《いただ》いております」

「これは要するに暖簾《のれん》分けみたいなものだと私は思うし、世間もそう認めて済んでいるところだろうが、おたまは気に食わなくて、文句ばかり並べていたんだよ。今は深川元町の番屋で、少しは殊勝にしているだろうが」

上がり口の三畳間の奥には、同じ広さの板の間がある。その奥の板壁には下手人を繋ぐ鉄の鐶《かん》が取り付けられている。

若旦那の「殊勝にしている」という言に、北一の目はついこの番屋の板壁の鐶に吸い寄せられた。もちろん、誰も繋がれていない。

北一の目の動きに、沢井蓮太郎もそちらを見た。鉄の鐶に小さくうなずき、

「おたまも、繋がれているわけじゃない」と言った。

それを聞いて、北一の心の底に沈んでいる石が動いた。心も動いて、ほのかな明かりが差した。

「いろいろ訊《き》かれているだけさ。ほっとしたかい？」

若旦那に尋ねられて、北一は口を結んで、こっくり、こっくりとうなずいた。

「あ、あいすみません」

「かまわん。しかし、おまえは気が良いな」

おたまを案じてやるなんて――と言う。

違います。自分が疑われてるんじゃないかって、そっちで頭がいっぱいだった。それだけでござんす。その程度の野郎でござんす。

なのに涙がにじんでくる。おかしい。

膝の上の文書の綴《つづ》りをへらりと閉じると、沢井の若旦那は言った。

「昨日、最初に火の手が上がったのは、文庫屋の勝手口の脇にある芥箱《ごみばこ》だった」

今年の如月《きさらぎ》（二月）半ば、富勘長屋に移るまでは居《い》候《そうろう》していた家の勝手口のことだが、北一には、そんなところに芥箱があった覚えがない。

「文庫を作るときに出る切れ端を、台所から出るごみと一緒にその芥箱に溜めておいて、竈の焚き付けにしていたんだそうだ」

北一はつい目を見張《みは》ってしまった。

「以前は、そんな習慣はなかったのか」

「はい」北一は目尻の涙を拭《ぬぐ》った。「切れっ端でも、大事な商い物の材料ですから、芥箱に溜めたりはしません。おいらの作業場では、別の容《い》れ物《もの》を設けてあります」

「そのへんが違うんだな」と言って、沢井の若旦那は書役の方を振り返った。「厠《かわや》へ行ってきていいぞ」

これからのやりとりは「書き取るな」という命令だ。書役の小父さんはすぐさま察して、

「では失礼いたします」

目の隅《すみ》で北一を励ますように微笑《ほほえ》みかけると、番屋を出ていった。板っきれみたいだった表情が、だいぶ柔らかくなっていた。

若旦那はちょっと首をかしげて言った。

「商売敵なんだから、万作の文庫屋の品物を買って、検分するんだろう」

「いいえ、一個も買ったことがございません」

「気にならんのか？」

「評判を聞きますので、それだけで充分でございます」

「悪い評判をな」

「千吉親分のお店だったころと比べると、文庫が壊れやすくなったという評判なら、何度か耳にしたことがございます」

「紙の質を落としているからだよ」

「若旦那はご存じで」

「親父《おやじ》から聞いたのさ」

若旦那の親父殿は先代の本所深川方同心・沢井蓮十郎《れんじゅうろう》だ。今は八丁堀を出て、気ままに俳《はい》諧《かい》の師匠をしたり、近ごろは文鳥《ぶんちょう》を飼うことに凝《こ》っているとか、噂を聞いている。

「梅雨《つゆ》の入りのころだったかな。万作の店で買ったばかりの文庫が、窓際に置いておいて雨が降りかかったら、すぐ駄目になってしまったと怒っていた」

──夕立《ゆうだち》ではないぞ。梅雨の走りの雨にあたっただけで、このざまだ。

「千吉も怒って化《ば》けて出るだろうと言っていたが、北一、親分の幽霊《ゆうれい》に会ったかい？」

「残念ながらございません」

その返答に、意外なほど爽やかな表情をつくって、「ははっ」と若旦那は笑った。

「文庫屋の商いとしては、あまり長持ちしないように作るという手はございます」

お白洲の石は丸いが、正座したままだから、だんだん向こうずねが辛《つら》くなってきた。ちょっとだけ身じろぎして、北一は続けた。

「特に朱房の文庫は、季節の花鳥風月《かちょうふうげつ》に彩《いろど》られていることが売りでございますから、季節を外《はず》れたらいい頃合いで壊れるぐらいがちょうどいい、千吉親分はよくそう言っておりました」

すると、沢井蓮太郎はぐっと身を乗り出してきた。

「だが、おまえの文庫はもっと丈夫に作ってあるだろう？　何なら、一年経って次の年の同じ季節まで保《も》つくらいに」

驚きだ。沢井家の父子《おやこ》同心は、顔を合わせるとそんな話をしているのだろうか。

「それは、おいらの文庫はまだ売り出し中だからでございます」

「売り出し中だからこそ、しょっちゅう買い換えてもらった方がいいじゃないか」

「まだ海のものとも山のものともつかぬ振り売りに、ちょいちょい金を使ってくださる奇特《きとく》なお客はおりません。おいらの文庫売りでは、目先の儲《もう》けよりも、いっぺん買って、しっかりした出来の文庫だと納得《なっとく》してもらう方が先でございます」

――まず、北さんの朱房の文庫に「信用」を容れて売り歩かねばな。

これは末三じいさんの案であり、その案に一も二もなく肯《がえ》んじた青海新兵衛の意見でもあった。

北一がそのあたりを訥々《とつとつ》と語ると、沢井の若旦那はつっと起き直り、「なるほど」と言いながら、膝の上の薄べったい文書の束を手に取った。

「千吉の構えた店を、千吉が築《きず》いた信用ごとそっくり受け継いだ万作は、そこに油断があったというわけだな」

手にした文書をくるりと丸めると、

「これはな、千吉のころから文庫屋の上得意だった上野池之端《うえのいけのはた》にある料亭の主人が書いたものなんだ。どんな文書だか当てられるかい？」

筒《つつ》にした文書を右目にあてて、遠眼鏡《とおめがね》みたいなふりをしてみせる。若旦那にはこんな子どもじみた仕草《しぐさ》をする一面があるのか。

「お得意さんなら、注文状でしょうか」

「同じ注文でも、こういう品を作ってくれというものではない。あれが困る、もっとこうしてくれという方の注文だ」

万作が親分のお店を継ぎ、得意先に挨拶を済ませた今年の弥生《やよい》（三月）二十日から、つい先月の初めまでのあいだに、その料亭が万作の文庫屋に送りつけたものだという。

「昨日の火事のなかで、お店の誰かが慌てて持ち出した紙束のなかにまじっていたんだよ。こういうものがそこらに紛《まぎ》れ込んでいるということからして、弛《たる》んでいるな」

まったく、おっしゃるとおりである。

「万作とおたまは、お店だけでなく、文庫を作る職人も、絵を描く絵師も、切り貼りの内職先も、得意先もそっくり引き継いだはずなんだが……」

お店の内情はごたごた続きで、件《くだん》の料亭のような古くからの上客からは、苦情が絶えなかったようだという。

「こうやって譴責書《けんせきしょ》を送りつけてくれるところは、まだ情がある。何も言わずに取引を止めてしまった得意先も、両手の指に余るほどあるそうだよ」

「そこまで立ち入った事情は、おいらは存じませんでした」

「あちらの文庫屋を離れた客が、おまえの方に来てはいないのかい？」

そんな客がいたら、わからないわけがない。今のところは一軒もない。

「へえ、意外だな」

そんなことはない。北一には腑《ふ》に落ちる。

「昔からご贔屓《ひいき》いただいていたお得意さんだからこそ、万作さんの店からおいらの方に乗り換えるなんて、千吉親分の墓の上を踏んづけて通るような真似だ、けっしてやるまいと思ってくださるんでしょう」

そんなもんかねえと、若旦那は顎の先をつねっている。

席を外した書役はまだ戻らない。北一は、いよいよ疼《うず》き始めた向こうずねを宥《なだ》めるために、ちょっと尻を浮かせた。

「昨日、薄汚れた手ぬぐいで姐《あね》さんかぶりをした女が、勝手口の芥箱に火の点《つ》いた油紙を投げ入れて逃げてゆくのを見かけた者がいるんだ」

誰かが、放火のその場を見ていた――

「仙台堀《せんだいぼり》に沿って、しょっちゅう歩き回っている紙くず買いの爺ちゃんでな。目はちゃんと見えているから、逃げていく女の横顔はしっかり見た。だが、まず躰が弱いんで大きな声が出ない。足腰が衰《おとろ》えているんで、女を追いかける力がない」

どうしようもなくあわあわしているうちに、芥箱から煙が立ちのぼり、すぐと炎が上がって、板戸へと燃え移った。

「このところ雨がなくて、乾《かわ》いていたのも運が悪かった」

木置場から見たあの煙の色を思い出すと、北一は今も胸が騒ぐ。

「火を点けて逃げた女は、お染《そめ》。万作の文庫屋で、つい三日前まで、住み込みの女中として働いていた。北一も知っているだろう？」

お染さん。北一は一瞬、向こうずねが疼くのを忘れた。足の甲《こう》に当たる丸石の硬い感触を忘れた。お白洲からじんわりと躰ぜんたいにしみ込んでくる冷えを忘れた。

「台所のことを、ほとんど一人で引き受けていた人です。おいら、さんざん飯を食わせてもらいました」

——北さん、はい、残り物。

他の奉公人や職人たち、兄《あに》ぃたちの手前、北一には残り物しか食わせることができないから、お染はことさらのように声を大にしてそう言った。毎食、毎食。五食に一食ぐらいの割合で、本当の残り物ではなく、「残り物」としてお染が取り分けておいてくれた煮物や焼き物や大きな握り飯が出てきた。

「さんざん、世話になった人です。お染さんはそんな、放火なんかする人じゃねえ！」

一息に叫んでから、気づいた。三、日、前まで住み込みの女中として働いていた？

「お染さんは、迷子《まいご》のおいらが親分のもとに引き取られたときには、もう文庫屋に住み込んでいたはずです」

北一は、初めてお染に会ったときの記憶がない。それくらい、当たり前のように文庫屋にいた女中だったのだ。歳《とし》はたしか、今年で五十路《いそじ》かその前後。何年か前に年女だと言っていた。そう、子年《ねどし》生まれだって。

――だから、お染さんは働き者なんだな。

コマネズミのようによく働く人だった。台所を取り仕切り、誰よりも早く起きて、遅くまで起きていた。みんなの口に飯が入るように、いつも気を張り工夫を凝らし、やりくりをしていた。

「三日前に、おたまがお染を追い出したんだよ」と、若旦那が言った。

お染がお店の手文庫から金子《きんす》を盗《ぬす》んだと責め立てて。

「この目で見た、間違いないと責め、その場で奉公人たちがお染を身ぐるみ剝《は》がして、金を隠していないか確かめたんだが」

腰巻き一枚にされたお染からは、金など一文《もん》も出てこなかった。

「呑《の》み込んだんだろうとさらに責めて、台所の水瓶《みずがめ》まで引っ張っていって、水を飲ませて吐かせようとしたそうだが」

そこで万作が止めに入り、盗みのことは不問に付すかわりに、文庫屋を出ていけと命じたのだそうだ。

「奉公人も職人も、一緒に働いてた女中さんたちも、誰もお染さんに味方しなかったんでしょうか」

問いかけて、北一は一つ胴震《どうぶる》いをした。沢井蓮太郎が、口を一文字《いちもんじ》に結んで首を振る。

「あの文庫屋は、そういうお店じゃなくなっちまったんですね」

いちばん下の端っこにぶら下がって暮らしていた北一にとってさえ、けっして居心地《いごこち》が悪くはなかった千吉親分の文庫屋とは違う店なのだ。

「お染さんがそんな目に遭わされたって知ってたら、おいら、夜中だって走ってってって何とかしたのに」

総身を巡《めぐ》る血が熱い。怒りの熱だ。なのに手は冷え切って、爪《つめ》が真っ白になっている。

ひと呼吸の沈黙のあと、沢井蓮太郎が不意に口調を変えて言った。

「ゆっくりだったな」

書役が戻ってきたのだった。それを潮目《しおめ》に、若旦那は丸めた文書を懐《ふところ》に突っ込み、黄八丈《きはちじょう》の腿《もも》を軽くぱんと叩いて立ち上がった。

「おまえがお染を匿《かくま》っていないことは、よくわかった。ご苦労だったな、北一」

ええええ。北一は凍《こお》りつく。おいら、そっちの疑いをかけられてたの？

書役がふっくりと笑いかけてきて、言った。

「福富屋さんの木置場じゃ、仮住まいの連中がいろいろ困っているだろう。手伝いに行ったらいいよ、北さん」

四

福富屋が木置場の一角に仮住まいとして建てたのは、掘《ほ》っ立《た》て小屋を横に並べたような大雑《おおざつ》把《ぱ》な造りの長屋だった。今はそこが、不謹慎な言いようではあるけれど、大いに賑わっていた。家を失った人びと、彼らを手伝いに来た人びと、当座の暮らしに要るものを持ち寄ってきた人びとに、長屋の脇に据《す》え付けられた急ごしらえの竈《かまど》で炊き出しをしている人びと。突然の火難の驚きと恐怖は薄れて、早く暮らしを立て直そうという前向きな活気が場に満ちている。

驚いたことに、富岡町の団子屋からは、本当に山のような差し入れが持ち込まれていた。やることが早い。配っているのはお店の売り子であるらしい若い男女で、団子屋の母ちゃんと三吉の顔は見当たらない。きっと店で忙しく立ち働いているのだろう。

「おお、北さん」

後ろから声をかけられて、北一はさらにびっくりした。何と青海新兵衛がいる。袴の裾《すそ》をたくし上げ、襷《たすき》で袖をくくって、剝《む》き出しの両腕いっぱいに、洗いざらしの浴衣《ゆかた》や手ぬぐいを抱《かか》えていた。

「昨日、擦《す》り半鐘《ばんしょう》が聞こえてきたとき、私はたまたま高橋《たかばし》の碁会所《ごかいしょ》におったのだ」

そのまま馴染《なじ》み客の数人と外へ飛び出し、火事場から逃げる人びとを助けたり、荷物を運んでやったりして手伝った。その縁で、仮住まいにもこうして何度か足を運んでいるのだという。

「これは、碁会所の近隣からの差し入れだ」

腕に抱えたものを、よいしょと持ち直してみせながら、「こういうものは、いくらあっても使い道があるからの」と言った。日々寒気《かんき》が募《つの》るこの時季に、額にうっすらと汗をかいている。

その汗の光るのを見て、北一は、胸のなかにある屈託《くったく》をいったん忘れることにした。お染のこと、放火《つけび》のこと、おたまのこと。考えたってしょうがねえ。それより働け！

「おいら、情けないことに、てめえのことで手一杯で、やっとお手伝いに来られました。何をやりましょうか」

「それなら、あっちへ行って、藍染めの印半纏《しるしばんてん》を着ている——今こっちに背中を向けている、あの親方に聞いてごらん。ここの采配役《さいはいやく》だ。仮住まいが出来上がったから、次は福富屋のそばから樋《とい》を引っ張ってくるらしいぞ」

水が引ければ、仮住まいの人びとが、いちいち遠くまで水汲みに行かなくて済むようになる。

「材料を運び込まにゃならんから、いくらでも人手がほしいと言っていた」

「ガッテンです！」

新兵衛が顎の先で指し示してくれた印半纏の小柄《こがら》な背中の見えるところへ、北一は勇《いさ》んで駆け寄っていった。

それからたっぷり二刻《ふたとき》（四時間）ほど、材木を担いだり、土嚢《どのう》を作ったり、ごみやがらくたを運び出して片付けたり、掃き掃除《そうじ》をして地面を均《なら》したり、親方に命じられるまま長さを測《はか》るための木綿糸《もめんいと》を手に福富屋と仮住まいのあいだを何度も往復したりと、北一はよく働いた。気がついたら、膝ががくがくするほど腹が減っていた。

「小僧、ちっと休んで飯を食ってこい」

富岡町の団子屋では名を知られていた北一も、福富屋との縁で新材木町《しんざいもくちょう》の方から呼ばれてきたという親方とその一党の大工たちの前では、ただの小僧である。それが気楽でよかった。

「千吉親分の端《はし》くれの子分の北一」ではないことで、両肩が軽くなった感じがした。

「へえ、ひと休みさせてもらいます」

竈の一つでは大釜で飯を炊いており、もう一つで汁物《しるもの》をこしらえている。芋《いも》と根菜《こんさい》と油揚げがたっぷり入った味噌汁《みそしる》だ。いい匂いに涎《よだれ》がわいてきて――

いや、炊き出しの世話をしている女衆《おんなし》のうちの一人の顔を見て、北一の涎は瞬時に引っ込んだ。胸の奥がひやりとした。向こうも北一を認めて、息を呑んだ。

「あらまあ北さん、ご苦労さま。そこに掛けて。すぐよそってあげますからね」

竈のまわりには、空樽《あきだる》や木箱、踏み台、端っこが焦げた行李《こうり》、水をかぶって染《し》みがついている長持《ながもち》など、ここで炊き出しにありつく者がちょっと腰掛けられるような物が、雑多《ざった》に並べてある。いつの間にか昼時どころかおやつ時も過ぎていたから、今は北一のほかは誰もいない。世話役の女衆も、次の飯が炊き上がるまでは、火加減《ひかげん》を見ながらひと息入れているふうであ

る。

「はい、お待たせ」

握り飯の皿と味噌汁の椀を持ってきてくれたのは、生前の千吉親分が贔屓《ひいき》にしていた煮売り屋のおかみ、お仲《なか》だ。屋台に毛が生《は》えたようなその店は、北森下町《きたもりしたちょう》にある。もともとは夫婦で営んでいた煮売り屋だが、肺病にかかった亭主が何年か病《や》みついて亡くなってしまってからは、お仲一人で鍋を守って暮らしている。味付けは濃いめで、煮物はみんな大きめ。売り物の一つが家鴨《あひる》の卵の煮卵《にたまご》で、これは数に限りがあるから、親分でさえ事前に頼んでおかないと買えなかった。

おかめ顔でむっちりと太りじし、目と目のあいだがやや離れ気味なので、あまがえるみたいな愛嬌《あいきょう》のある顔をしているお仲は、文庫屋のお染と親しくしていた。歳のころも同じくらいだった。

文庫屋の台所をあずかるお染は、たいていのお菜《かず》は上手《じょうず》にこしらえて食わせてくれたけれど、「煮物だけはお仲さんにかなわない」とよく言っていた。

――やっぱり、お金をとるだけのことはあるのよ。同じように作ったつもりでも、あの味にはならないの。

そうした事どもを思い出したから、北一の胸はひやりと冷えたのだった。それはお仲も同じなのだろう。握り飯に食らいつく北一をそのままに、いったん竈のそばへ行って、やがて湯飲みを一つ持って戻ってきた。ずっと、寒そうに身を縮めていた。

「これ見てよ、ノコギリになりそうだわ」

季節外れの青葉柄《あおばがら》の湯飲みの縁《ふち》は、何ヵ所も欠けている。中身は白湯《さゆ》だ。

「熱いわよ。気をつけて」

空になった皿と汁椀を北一の手から取り上げて、洗い桶につける。そしてお仲は、ちょっと息を整えた。

「お染さんのことなら聞きました」

先んじて、北一は言った。お仲はぱっと目を上げて、北一の顔を見た。

「……そう」

「その絡《から》みで、おたまさんは今、深川元町の番屋でいろいろお尋ねを受けているそうです。三日前――昨日の火事から数えたら二日前に、お染さんがお店の金を盗んだって騒ぎがあって、ごたごたした挙げ句、おたまさんがお染さんを叩き出したんだそうですね」

それを恨みに思ったお染が、文庫屋に火をかけたのではないか――

「お仲さんの耳にも入ってますよね？」

お仲は北一の目を見据えたまま、歯を食いしばるようにして一つうなずいた。

「近所じゅうの連中が知ってるわよ。北さん、ここで文庫屋の人たちに会った？」

会っていない。万作と子どもたちは、仮住まいの建物のどこかにいるはずだが、まだ顔を見るまでの踏ん切りがつかない。というか、万作にどんな顔を見せていいのかわからない。

「放火のその場を見た人がいて、あわあわ騒いだもんだから、火が燃え広がるよりも、お染さんが放火したんだって噂が広まる方が早かったんじゃないかしら」

その言い方は正しくない。油紙を放り込んだのは「姐《あね》さんかぶりの女」だ。お染だという決め手はない。

北一は言った。「お仲さん、お染さんを匿っちゃいませんか」

お仲は目を剝いた。こんな話でなかったら、その顔の前に手を出して、「目玉が落ちちゃうよ！」と笑うところだ。ああ、そういえばこれは、北一が幼かったころ、お染がよくやったおふざけだった。温かい飯を食わせてもらったり、団子や饅頭《まんじゆう》をもらって、腹っぺらしの北一が「わあ、うめぇ！」と目を瞠《みは》ると、「そんな顔するんじゃないよ」と笑って、目玉を受け止める仕草をしてみせた。

「もし匿ってるなら、おいらには正直に教えてくだせえ」

バカみたいに真っ向《まっこう》から問う北一の顔から、お仲は目をそらさなかった。目尻が赤くなり、涙が浮いた。

「匿ってあげたくても、どこにいるのかも知らない」

お仲の口の端が引き攣《つ》る。今の今まで、お仲さんも我慢していたんだと、北一は覚《さと》った。

――お染さんが放火なんかするもんか！

そう叫びたいのを。大声で喚きたいのを。お染を疑う連中の胸ぐらをつかんで、頭をぐわんぐわんと揺さぶってやりたいのを。

「そしたら、順々に訊きますけども」北一は声を落とし、お仲の方に顔を寄せた。「お染さんが盗みの疑いをかけられた一件のことを、お仲さんはいつ知りました？」

　お仲は少し考えて、眉間《みけん》に皺《しわ》を寄せた。

「たぶん、騒動のあった翌日だと思う。昼前に来たお客さんが、千吉親分の文庫屋で揉《も》め事があったらしいよって教えてくれて……」

「じゃあ、お仲さんはそのとき、お染さんには会ってねえんですかい」

「会わなかったの。最後に顔を見たのが、ざっと半月は前だったと思う」

　お仲はここで、ちらりと周りの目を気にした。竈のそばには火の番の女が一人。あとは他所《よそ》で手伝いをしているのか、姿が見えない。股引《ももひき》に腹当てという勇ましい出《い》で立《た》ちで、泥まみれになった男が二人、握り飯を両手に一個ずつつかんで、くしゃみをしながら去っていった。遠くの方で、杭《くい》を打っているような槌音《つちおと》がする。

「北さんも気づいてたでしょうけど、文庫屋さんは、万作さんの代になってから、売り上げが落ちてたのよ」

　だから、おたまは日々の費《つい》えにうるさくなっていて、

「昔みたいに、お染さんが大鍋を提《さ》げてうちに煮物を買いに来てくれることも、なかなか少なくなってたの」

　――金を出してお菜を買ってくるんなら、住み込みの台所女中なんざ要らない。無駄遣《むだづか》いするんじゃないよ！

「いっぺん、お染さんがおたまさんの声真似をしてみせてくれて、二人で笑ったけど、本当は

笑い事じゃないなって、あとで思って」

鍋のそばについていなければ商いにならないお仲と、文庫屋を離れたら仕事にならないお染だ。用事がなければ会うこともかなわないし、互いの身に何か起こったとしても、右から左にそれが伝わる繋がりもない。

「あたし心配で……。そんな話を聞いてからこっち、ちらちら考えてたのよ。それで、次にお染さんに会ったら、持ちかけてみようと思ってたんだ」

——うちに来て、一緒に煮売り屋をやらない？

「大年増《おおどしま》が二人、食べていく分くらいだったら、うちの鉄鍋ひとつで充分に稼《かせ》げるもの。肺病の亭主の薬礼《やくれい》だって、あたしは煮売りで払いきったんだからね。お染さんの食い扶持《ぶち》ぐらい何とでもなるし、女だって二人でいたら心強いし」

早口で言いつのるお仲の声が、ここで乱れた。嗚咽《おえつ》がまじり、それを呑み込むために手で口元にきつく蓋をする。それでも呻くような声が漏れた。

「は、早く、持ちかけていれば、よかった。そしたら、こんな、ことには」

嗚咽を押さえた分、涙が落ちた。空になった汁椀のなかに滴《したた》った。

「お染さんが頼っていきそうな場所に、心当たりはありませんかい」

お仲は口に蓋していた手を外すと、息をついた。鼻をしゅんと鳴らして、まばたきして涙を散らして、

「あたしの他には——北さん」と言って、手の甲で鼻を押さえた。

「お染さんが、行くところがありませんって頼ってきたら、北さんは力になってあげるでしょう?」

北一は小さくうなずいた。「おいらの他に、富勘さんもいます」

「差配さんだと、叱られそうじゃないの。何とかして取りなしてやるから、文庫屋へ帰れって言われそう」

富勘は意外とそういうふうではない。理不尽《りふじん》な我慢をするのは大事な寿命《じゅみょう》の無駄遣いだと、けろっとして言い放つような豪胆《ごうたん》なところのある差配人だ。

三人のうちの誰でもいい。金を盗んだと責め立てられたとき、お染が助けを求めに来てくれていたら、お仲も富勘も、確かに北一も、必ずかばって助けただろう。文庫屋を出ていっても、お染の暮らしが立つように計《はか》らうか、その伝手《つて》を探したろう。

――そしたら、お染さんは放火の疑いをかけられることもなかった。

あくまでも「疑い」だ。「放火なんかする羽目《はめ》にはならなかった」ではない。とんでもない疑いをかけられながら、お染は今どこにいる。なぜ現れない?　なぜ、放火なんかしていない、濡《ぬ》れ衣《ぎぬ》ですと訴えようとしないのだ。

お仲も、苦い物を噛みしめるようにしてかぶりを振って、

「ほかには思いあたる人はいないわ。お染さんの顔馴染みなんて、文庫屋さんに出入りしていた御用聞きや、行商人ぐらいでしょう。そういう人たちのなかじゃ、あたしがいちばん親しかったはずだけど」

文庫屋出入りの商人について訊いてみれば、文庫屋の人びとに訊いてみれば、より確かな筋《すじ》がわかる。そのためにも、北一は、いよいよ腰をあげて万作たちに会わねばならない。

「お仲さんが知ってる限りで、お染さんが金に困ってたってことはありそうですか」

この問いに、お仲は北一に品の悪い駄洒落《だじやれ》でも吹きかけられたみたいに、つと顎を引いて身を遠ざけながら、嫌な顔をした。

「北さん、あの人が盗みなんかすると思うの？」

「おいらは盗みのことを訊いたんじゃありませんよ。お染さんが――」

「あるわけないでしょう、そんなこと。雀《すずめ》の涙のお給金を、次の八幡様のお祭で寄進したいからって、大事に貯《た》めてたくらいのつましい人よ」

それは北一も知っている。お染の着物も帯も継《つ》ぎ接《は》ぎだらけだったし、髷《まげ》には古びてすかすかになった柘植《つげ》の櫛《くし》をさしているだけ。いっとき、文庫屋のなかで黄表紙《きびようし》が流行《はや》ったときも、出入りの貸本屋にどれだけまけてあげるからと説《と》きつけられても、お染は手を出さなかった。

贅沢《ぜいたく》はもとより、ちょっとした無駄遣いの楽しみでさえ、お染の暮らしのなかには見当たらなかった。それも、ひどく辛い我慢をしてそうしているのではなく、お染にとっては当たり前のことだった。北一が知っているお染は、そういう女中さんだった。

主《あるじ》が代わった文庫屋を出て、富勘長屋に移るとき、北一はお染と、とりたてて大げさな別れはしなかった。まだ毎日のように文庫屋に出入りして、北一は〈朱房の文庫〉を卸してもらわねば食っていけない立場だったから、お染ともしょっちゅう顔を合わせるだろうと思っていたからだ。

お染の方にも、北一が出ていくことを驚いたり、残念がっているふうはなかった。千吉親分がいなくなってしまった以上、今までどおりにはいかない。

——じゃあね、北さん。お腹が減って死にそうなときには、顔を出しなさいな。

明るく笑いながら、そんなことを言われた覚えがある。確かこっちも、「頼りにしてます」と応じたのじゃなかったっけ。

幸せなことに、冬木町のおかみさんのところでしばしば夕飯を奢《おご》ってもらえるようになったから、実際には北一がお染にすがることは一度もなかった。お染はそれを喜んでくれたろうか。少しは寂《さび》しく思っていただろうか。

何とかして、見つけ出さなきゃ。

「旨かった。ごちそうさまでした。万作さんのお見舞いに行ってきます」

お仲に湯飲みを返すと、北一は腰をあげた。

お仲は北一の顔を仰ぐと、くちびるを噛みしめてから、

「放火の下手人《げしゅにん》は、火あぶりになるのよね」

火あぶりという言葉そのものが、口の中で熱くてたまらないというように、早口で吐き出すように問うてきた。

「千吉親分がいてくだすったら、けっしてお染さんをそんな目に遭わせやしなかったはずよ。

大事な奉公人に、そんな恐ろしい濡れ衣を着せるようなこと、親分は許さなかったはずだからね」

お仲の目元も口元も、怒っているみたいにぴくぴくしている。だから北さん、下手《へた》を打ったら勘弁《かんべん》しないよ。あの世の親分も見てるんだからね。

どうしておいらが、このお叱りに応じなきゃならないんだ。

「残念だけど、親分はもういねえ」

それだけ言って、北一はその場を離れた。そんなつもりはなかったけれど、傍目《はため》には逃げてゆくように見えたろう。

親分はもういねえ。

親分だったらどうしたか、誰のところに掛け合ったか。直《じか》に問うて返事をもらうことはできない。

考えろ、北一。考えろ、考えろ。

直視できない、難しすぎる。

「おっと、ごめんなさい」

うなだれて、心の目だけでなく、顔についている目玉も閉じてしまっていたのか、誰かとすれ違いざまに肩がぶつかった。ちょっとよろけてしまった北一よりも先に、ぶつかった人の方が詫びを入れてきた。

「いけませんねえ、書きながら歩ってたもんで。失礼しました」

お店者《たなもの》ふうの若い男――いや、そう若くはないか。顔色がよく、肌に張りがあり、たっぷりと髪油《かみあぶら》を使って整えた髷も立派なので、若々しく見えているが、三十路《みそじ》くらいかな。縞《しま》の着物は結城紬《ゆうきつむぎ》だろうか。薄い綿入《わたい》れのちゃんちゃんこを着ている。外出着としては、あまり見かけない身なりだ。

男が「書きながら」歩いていたのは、短冊《たんざく》の端を束ねたような細長い帳面《ちょうめん》だ。これを左手に、右手には筆《ふで》を持っている。帳面にはたくさん書き込みがしてあった。

「こっちこそ、うっかりしてました」

北一が詫びると、二人で頭を下げ合う恰好になった。その拍子に、男の髪油がまた薫《かお》った。鼻先につんとくる、薬のような匂いだ。これも珍《めずら》しい。

「皆さん、ほとんど身一つでございますからね。いろいろ足りないものが多うございます。早々に調達しないといけません。ごめんくださいよ」

男はするりと北一の脇を抜けていく。ああ、火事は怖《こわ》いねえと独《ひと》り言《ごと》のように呟き、ちょっと行った先で赤ん坊を抱いた女に出くわすと、さっそく帳面と筆を構えて、

「そこのおかみさん、おむつ足りてますか。おや、赤ちゃんは火傷《やけど》しているの？　その肩のところですよ。おかみさんも？」

親しげに母子《おやこ》に近寄り、赤ん坊の腕に触ったりして話し込む。

「馬油《まーゆ》が効くから持ってきてあげよう。災難だったねえ。気の毒に、気の毒に。できるだけ力になりますからね」

どうしてか、そのやりとりに引きつけられて、北一はじっと見つめていた。男は母子と別れ、木置場の出入口の方へと歩いてゆく。後ろ姿と歩き方を見ると、また考えが変わった。三十路よりも年下だ。

何が気になるのか。何にもねえだろ。ただ万作のところに行きたくなくて、ぐずぐずしているだけなんだ。北一はそのぐずぐずを吹っ切るために、ふんと鼻息を強く吹いた。

五

「なんだ、北一じゃねえか」

がらっぱちな口調には、聞き覚えがあった。首をよじってこっちを振り返る、頬《ほお》がこけて鼻先の尖《とが》った顔にも見覚えがあった。

「——楢八兄《ならはちにい》さん」

楢八は、今年の初めに千吉親分が急死して、子分たちの誰も跡継ぎにはなれないとわかると、すぐさま親分の文庫屋から離れていった兄ぃたちの一人である。以来、消息も知れなかった。

歳は北一より十ぐらい上だったはずだ。大勢いた兄貴たちのなかで、親しくしていた方ではない。親分の手下《てか》といっても立場は様々で、住み込みもいれば通いもいた。月にいっぺんぐらいしか顔を出さない者もいれば、盆暮れ正月に挨拶するだけの者もいた。

楢八は月にいっぺんぐらいの口で、さりとて他に手に職があったわけでもなさそうで、食いっぱぐれると親分のところに顔を出し、食わせてもらって、またぷいといなくなる。少なくとも北一の目には、そのくらいの半端《はんぱ》でいい加減な子分に見えていた。

だけど今は、ずいぶんと居丈高《いたけだか》だ。身なりも、そう奢ってはいないが、あのころと比べたらマシなものを着ている。歯が斜めにすり減ってガタついた下駄《げた》ではなく、ちゃんと草履《ぞうり》を履いているし。

「久しぶりだよなあ」

言うと、楢八はなぜか口の端を歪《ゆが》めて、今にも横っちょへ唾を吐くようなふりをした。

焼け出された文庫屋の人びとは、仮住まいの南側のこの一角に集まって身を寄せているようだ。火事のなかから大慌てで持ち出したらしい荷物が、出入口の腰高障子《こしだかしょうじ》の脇に雑多に積み上げられている。

その前に、煤で汚れた木箱に腰をおろして、万作がうなだれている。火傷を負ったのか、首筋や二の腕、両の臑《すね》に膏薬《こうやく》を貼《は》っている。ぺらぺらの浴衣《ゆかた》の上に継ぎ接ぎだらけの綿入《わたい》れを着込んでいるが、寒そうだ。濁《にご》り酒みたいな顔色で、目尻だけが赤い。

楢八は、そんな万作の前に仁王立《におうだ》ちして、懐手《ふところで》で見おろしているのだった。火事見舞いに駆けつけて、かつての兄貴分を慰めているふうには、とうてい見えない。

それでも、北一はまずちゃんと楢八に頭を下げて挨拶した。

「へえ、お久しぶりです。おいら、相変わらずやることが鈍《のろ》いもんで、お見舞いも遅くなっちまいました。面目《めんぼく》ありません」

そして小腰《こごし》をかがめて万作に近づき、

「その恰好じゃ、冷えるでしょう。かい巻きなんかはありませんか」

北一が声をかけた拍子に、万作の鼻から鼻水がつうっと一筋流れ落ちた。これは寒さのせいではない。泣いているのだ。

「余計《よけい》な真似をするんじゃねえ」

榾八が声をあげた。鞭《むち》を鳴らすような、鋭い叱責《しっせき》。一歩足を横に出して、北一を万作から遠ざけようとする。両手はあくまでも懐の前で組んだまま、足だけ出すなんて、横着《おうちゃく》で行儀が悪い。

千吉親分は、相手が大人だろうが子どもだろうが、こんなふるまいを許す人ではなかった。

「兄さん、いきなり怒らねえでくださいよ」

低姿勢のまま、声音《こわね》も柔く保《たも》って、北一は言い返した。

「ご覧のとおり、万作さんは怪我をしてる。とにかく、風の当たらないところに入りましょう。おいら、炊き出しのおばさんから、お茶の一杯でももらってきますから」

榾八の顔が怒気《どき》に染《そ》まった。「だから、それが余計だって言ってンだ。相変わらず、ドブネズミみてぇにちょこちょこうるせえ野郎だなあ！」

喚くなり、北一の胸ぐらをつかんで持ち上げた。榾八は棒っきれみたいに痩せこけているが、背丈《せたけ》は六尺《しゃく》（約百八十センチ）近い。小柄な北一は、あっさり吊《つ》り上げられてしまった。

「俺はなあ、北一。火事見舞いなんかに来たんじゃねえ。うちの親分が、万作がお縄《なわ》になっちまう前《めえ》に訊いておきたいことがあるって仰《おお》せだから、わざわざ迎えに来てやったんだ」

それをこの野郎め、親分のところに行かねえって逆《さか》らいやがる。言いつのる楢八の口つきは、見るからに憎々《にくにく》しげだ。

北一はいろいろな意味で啞然《あぜん》とした。「うちの親分」って誰だ？　楢八はその親分とやらの威光《いこう》を借りて、かつてはいちばん偉《えら》い兄貴《あにき》だった万作を呼び捨てにし、「この野郎」呼ばわりするのか。だけど今の本所深川で「親分」といったら――

「お、親分って、回向院裏《えこういんうら》、の」

政五郎《まさごろう》親分ですかいと訊こうとするが、首が絞《し》まって息が苦しくて声が出ない。

「何が回向院裏だ！　気安く言うな、このはんちく野郎が」

怒鳴りつけるなり、楢八は北一を仮住まいの板壁に向かって放り出した。手っ取り早いが第一の安普請《やすぶしん》ではあるが、材木は福富屋のものだ。そこそこ厚みのある板壁に、北一はまともにごつんと頭をぶっつけて、目から火が出た。

あ痛《いて》え……。すぐには立ち上がれず、板壁にもたれたまま目をしばたたいていると、楢八は今度こそペッと横に唾を吐いて、

「やい、万作！　うちの親分の仏心《ほとけごころ》を無駄にしやがって、てめえのようなうすのろ野郎には、もう浮かぶ瀬はねえぞ。番屋どころか、伝馬町《てんまちょう》にまっしぐらだ。火あぶりにされる前に、牢屋敷《ろうやしき》の奥で苛《いじ》め殺されておしめえだよ！」

毒づくようにまくしたてると、後足で砂をかけるような勢いで、大股《おおまた》に去っていった。

――いったいぜんたい何なんだ？

北一は頭のぶっつけたところに触れてみる。早くもたんこぶがふくれ始めている。

ぐしゅんと洟《はな》をすすって、万作が木箱から腰をあげた。北一に近寄ってきて、手を差し出す。北一はその手をつかんで身を起こした。軟膏《なんこう》のツンとする臭《にお》いと、万作の指の震えと、手の熱さ。顔からは血の気《け》が抜けているのに。

「熱があるんでしょう」

北一は立ち上がりながら、万作の躰を支えてやった。案の定《じょう》、胴震いしている。

「あったかくして寝てないと駄目だ。さあ、中に入って」

腰高障子を開け、仮住まいの一部屋に足を踏み入れると、狭《せま》い三和土《たたき》があって、上がれば四畳半の広さの板の間。せんべい布団《ぶとん》がなぜか二枚重ね合わせて敷いてあり、壁際《かべぎわ》には、火と水と煤を逃《のが》れた荷物がごったまぜで積み上げてあった。

北一が手を貸すと、万作は二枚のせんべい布団のあいだに躰を入れて、横になった。たったそれだけ動くあいだにもぶるぶる震え、息を切らしていた。また洟が出て、くしゃみをして、それでつっかえが外れたみたいに猛烈《もうれつ》な咳《せき》をし始めた。

「け、けむり、の、せいなんだ」

煙を吸い込んだからだと、万作は切れ切れに教えてくれた。

「おや、ぶんの、かたがみちょうを、取りに戻ったら、煙に、巻かれて」

千吉親分の――型紙帳《かたがみちょう》。いちばん下の振り売りだった北一は、見たことも聞いたこともないものだ。今だって、ただ卸してもらった文庫を振り歩いているだけだったなら、聞いてもぴんとこないだろう。

だが、末三じいさんに技《わざ》を教わり、（滅相《めっそう》もないことだが）お抱え絵師の栄花と意匠の相談をし、作業場を構えて自分の文庫をこしらえている今の北一には、その帳面の大切さがよくわかる。

「えらい目に遭いましたね。けど、万作さんも親分の型紙帳も無事でよかった」

北一が万作を労《いたわ》っているうちに、誰かから何か知らされたのか、さっき炊き出しの竈《かまど》のところにいた女衆《おんなし》の一人が、土瓶《どびん》に湯冷《ゆざ》ましを満たしたのを持ってきてくれた。またぞろ湯飲みは縁が欠けまくっていたが、そんなのはご愛嬌だ。

「水飴《みずあめ》とか、飴湯が喉にいいんだよね。差し入れで手に入ったら、持ってくるわね」

「ありがとうございます」

おいらもよく覚えといて、調達しよう。

湯冷ましを飲ませると、万作の咳はどうにか止まった。胸は少しぜいぜいしている。手の震えも止まらないので、湯冷ましがこぼれてせんべい布団が濡れた。

「おれが、こんなふうだから、代わりに、おたまが引っ張られちまったんだ」

北一が何を問うまでもなく、万作の方から言い出してくれた。

「女中のお染の放火《つけび》は、お店《たな》の主人のおれの不始末なんだから、本当は、おれが沢井様に連れられて」

苦しげに喘《あえ》ぐように息を吸う。鼻水が出る。少し鼻血がまじっている。

「だけども、こんなんじゃ、手間がかかるばっかりで、まともに、お調べに、答えられねえから」

おたまが進んで、亭主に代わってあたしが番屋に参りますと、沢井の若旦那に申し出たのだという。

「言い訳なんぞ、しようが、ねえ。おれは火あぶりになろうと、獄門《ごくもん》になろうと、もう、しょうがねえ」

だけど、おたまは悪くねえ。万作は必死に声を振り絞る。

「女中の躾《しつけ》が、行き届かなかったのは、おれが、悪いんだ」

北一は黙ったまま、震える手に手を添えて、万作が湯飲みに残った湯冷ましを飲み干すのを手伝ってやった。

商家の奉公人が悪事をなした場合、その内容にかかわらず、ほとんどの場合、雇い主であるお店の主人も罪に問われる。むしろ、当の本人よりも重い罰《ばつ》を科せられることだってある。これは大家《おおや》と店子、田畑《でんばた》持ちの農家と小作人《こさくにん》の場合も同じで、つまりは奉公人や店子や小作人は一人前の人として勘定《かんじょう》されていないのだ。だから、「人ではない者ども」を召し使う立場の方が、その不始末を問われるのである。

北一はついこのあいだ、他のどんな確かな証《あかし》よりも、疑いをかけられた者の「わたしがやりました」という白状の方が重んじられてしまうという、御定法《ごじょうほう》の決め事の理不尽さを学んだ。今度はそれに続く、二つ目の理不尽だ。女中が放火をしたら、雇い主の主人も火あぶりの刑に処される——

「沢井様は、おれが逃げたら、おたまは問答無用で牢屋敷送りだって、おっしゃった」

沢井蓮太郎の冷たく整った顔立ちと、感情で乱れることのない声音を、北一は思い出す。

「おれは、けっして、逃げたりしねえが」

興奮して喉が詰まり、また咳が出る。万作の背中をさすりながら、

——おいらが知ってる万作さんより、肉が落ちてる。

北一は嚙みしめる。怒りなのか苛立《いらだ》ちなのか、哀《あわ》れみなのか、自分でもよくわからない心のざわめきを。

「ちっと、躰がよくなったら、おれは番屋に行く」

鼻血のまじった鼻水を垂《た》らしながら、万作は北一の顔を見上げた。

「北一、文庫屋のことは、富勘さんに頼んで、おたまが……商いを、続けられるように」

「何も心配しなくていいように計らいます」

皆まで言わせずに、北一は請《う》け合った。

「冬木町のおかみさんにもお願いして、千吉親分の文庫屋が絶えねえように、しっかり計らってもらいます。だから万作さんも、今はそこまで案じないで、休んだ方がいい」

万作の苦しみを目の当《ま》たりにして、北一は今さらのように、火事の恐ろしさに肝が凍るのを覚えた。火に追われ、煙を吸い込むと、命には別状がなくっても、人はこれほど躰を損ねてし

まうものなのか。

北一だって、自分で思っていた以上に危《あぶ》なかったのかもしれない。あの場から連れ出してくれた喜多次に、ちゃんと礼を言わないといけない。

心が揺れて、考えが乱れる。北一も万作には訊きたいことがある。確かめたいことがあるのだ。

「それに万作さん、まだ放火がお染さんの仕業《しわざ》だって決まったわけじゃねえんだし」

北一がそう言い終えないうちに、万作が顔を歪めた。また咳か——と思ったら、違った。万作は怒ったのだった。

「なんで、おまえが、そんなことを言えるんだ」

目が血走るほどに怒っている。震える手を拳《こぶし》にして、北一の肩を打とうとする。

「おれは、見たんだ。おたまも。あンとき、そばにいた者はみんな、見たんだ」

姐さんかぶりをしたお染が、燃え上がる芥箱《ごみばこ》を背に、逃げてゆくのを。

「誰か、台所に居合わせた女中が」

——お染さん、何するの！

「大声で、叫ぶのを、聞いたから、みんなで駆けつけて」

北一は息を呑んだ。姐さんかぶりの女が勝手口脇の芥箱に火を点《つ》けるところを見ていたのは、仙台堀沿いに歩いていた紙くず買いの爺ちゃんだけではなかったのか。

「お店のなかで、先《せん》からお染さんと揉めてたっていうのも、本当ですかい」

三日前、お染がお店の手文庫から金を盗み、その場をおたまが見ていて、泥棒だと責め立てた。金を隠していないかと、お染を身ぐるみ剝いで検《あらた》めて、金が出てこないと、拷問《ごうもん》まがいのひどいことまでやろうとした。

「万作さんがそれを止めて、盗みのことは問わねえ代わりに、お染さんをお店から追い出したんだって、おいらは聞きました。それで間違いねえんですか」

拳を固めて力《りき》んでいた万作は、くたびれたのか、がくりと頭をせんべい布団の上に落とした。拳も緩《ゆる》む。

「それしか、収めようが、なかった」

「だけど、お染さんは、盗みなんかする人じゃねえじゃねえか！」

思わず声を高めてしまったら、出入口の腰高障子に人影が差して、がたぴしと開いた。見れば、北一もよく知っている文庫職人が二人と、お染と一緒に働いていた女中が一人。三人とも無事なようだが、北一と万作の顔を見ると、一様《いちよう》にお化けでも見るみたいにびっくりした。

「なにしてるんだね、北一」

「北さんあんた、親分の跡継ぎみたいな真似をしてるって、本当なの？」

「万作さんを引っ張りに来たのかね。そりゃ、恩知らずだとは思わねえのかね」

いきなり詰《なじ》られて、女中には泣かれ、北一はへどもどしながら三人を宥めた。万作は気絶したように眠ってしまい、その疲れ果てた白い顔を囲んで、ようやく落ち着いて話ができるようになった。

「おいら、岡っ引きの真似事なんかしちゃいません。ただ、お染さんには世話になったから、心配でたまらなくってさ、事情を知りたいってだけなんだ」

辛く、悔《くや》しく、信じ難《がた》いことだけれど、この三人から話を聞き出してみると、三日前のお染の盗み疑惑も、昨日の昼前に起きた文庫屋の放火の経緯《いきさつ》も、大筋で万作の語ったことと重なるのだった。違う意見、異なる説明は、この場の三人からは出てこなかった。

北一は騒がせたことを詫び、欲しいものがあれば調達してくるからと、三人に訊いた。三人が三人とも、万作を気遣ってあれこれ言った。かい巻きが欲しい。火傷に効く馬油《まーゆ》が欲しい。

そういえば馬油のことは、さっきも小耳に挟んだばかりだ。

文庫職人の爺さまが、声を潜《ひそ》めて訊いてきた。「北一、ここで椿八さんに会ったかい」

ちょうど、こっちもそれを訊きたかった。

「へえ。椿八さんの親分のところへ、万作さんを連れていくとか言ってましたね」

二人の爺さまが、苦々《にがにが》しい顔を見合わせて、

「あの野郎め、わしらを犬みたいに追っ払いやがって」

やっぱり、居丈高だったのか。

「椿八兄さんの親分って、どこの親分のことなのか聞きましたかい？」

「そりゃあ、本所の政五郎親分だろ。回向院の親分だって、反《そ》っくり返っていた」

政五郎親分は「回向院裏」だ。茂七《もしち》大親分を憚《はばか》って、進んでわざと「裏」と言っているんだ。それに、誰に対しても反っくり返るお人じゃねえし、どんな用事で相手が誰であろうと、

自分の差し向けた手下がさっきの楢八のような態度をとったら、仁王様のようにお怒りになるはずだ。

「その話は眉唾《まゆつば》ですよ。真《ま》に受けねえで、用心してください。万作さんだって、沢井の若旦那のご命令がねえ限り、どこにも引っ張っていかれやしません」

騒がせたことをもう一度詫びて、北一は四畳半の仮住まいを出た。諦《あきら》めきれず、そのあたりをうろうろして、文庫屋の人びとを見つけると、声をかけて見舞いを言ってから話を聞いた。お染のことが心配なのだと打ち明けると、北一の気持ちに寄り添ってくれる者もいたが、こっちが何を言おうが、露骨《ろこつ》に嫌がって逃げてゆく者もいた。何人かは楢八を見かけていたが、追っ払われたり、からまれたりした者はいないようだった。

北一がもっとも知りたいこと、雨粒《あまつぶ》ほど小さくてもいいからつかみたいことは、三日前に文庫屋を追い出された後のお染の行き先と、今、お染がいそうな場所だ。誰か心当たりはないか。誰もお染を匿ってはいないのか。

もしも――もしも本当にお染がお店の金を盗んだのならば、そうしなければならなかった切実な理由があったはずだ。それを知っている者はいないか。当て推量でもいい。何かないのか。

来たときよりもはるかに重い足取りで、北一は福富屋の木置場を後にした。頭のなかにも、胸の奥にも、濁った泥水と腐《くさ》った油のようなものがぐるぐる渦巻《うずま》いていて、ちっとも考えがまとまらない。

忙しい青海新兵衛は、荷車ごと姿を消していた。富岡町の団子屋もいない。ずっと姿を見かけていないが、富勘はどうしているのだろう。まだ火事の後始末に追われているのか、それとも文庫屋の今後のために奔走しているのか。番屋のおたまはどうしたろう。様子を見に行った方がいいか。差し出がましい真似をして、かえって裏目に出てしまうか。

――おいらが、やらなくちゃならねえことがあるはずなんだけど。

頭が回らない。半ば亡者《もうじゃ》になったみたいにふらふら歩いているうちに、冬木町のおかみさんの住まいまで来ていた。裏庭の生《い》け垣《がき》に添って歩けば、網代垣《あじろがき》と木戸が――

北一は立ち止まった。

誰か先客がいる。

誰だ？　市松模様《いちまつもよう》の着物の裾をはしょり、藍色の印半纏《しるしばんてん》。背中に大きく、〇に「丁」の字が染め抜いてある。その背中をこちらに向けている。背はそう高くないが、肩に厚みのある、体格のいい男だ。股引の脚もたくましい。今、ちょっと横顔が見えた。もみあげと鬚《あごひげ》の跡が濃い。

腰の高さの木戸を挟み、その男と向き合っているのは、ほかでもない、おみつだった。

何だか知らないけれど、頬を染めて。

六

男の名は松吉郎《しょうきちろう》といった。青果問屋《どんや》の番頭を務めており、この縁起のいい字面《じづら》の名前は、小僧から平手代《ひらてだい》にあがったとき、お店の主人がつけてくれたのだそうだ。

それにしても、間近で向き合うといっそうたくましい男だ。肉付きがいいだけでなく、骨も太い。きっと力持ちなのだろう。野菜や果物を扱う商売だから、やわじゃ務まらないんだろうな。

おみつをあいだに挟んで、木戸のところで立ち話。

「おかみさん、ちょっと横になってるところなの。昨夜はやっぱりよく寝《やす》めなかったご様子で……」

もちろん、おかみさんも落胆《らくたん》して、心が沈んでいるのだ。ゆっくり休む必要がある。北一は、それをおもんぱかりもせず、いじめられた子どもがおっかさんのところへ泣いて帰るみたいに会いに来てしまった自分を恥じた。だらしねえ。

一方、松吉郎もまた（理由はぜんぜん別だろうが）恥じ入ったような様子で、

「あいすみません。こんな、なしくずしに挨拶するつもりじゃなかったんだが」

大きな躰を縮めて、たぶん暦《こよみ》の一回り分は歳下であろう北一の前で頭を掻いている。恐縮しているというよりは、照れているようではあるが、うっすら汗までかいていて、

「おかみさんには、ちゃんと日を決めて、身なりを整えてご挨拶に伺《うかが》うつもりでいます」

松吉郎、いい奴のようじゃねえか。こういうのは、意外とパッと見の感じが大事なのだ。

おかげで、胸の端っこがちょっと明るくなり、北一は慰められた。

「おかみさんにちゃんとしさえすれば、おいらなんか立ち話で全然かまいませんよ」

はにかんでいるおみつの顔を見やると、こっちも照れくさい。

「おみつさんにいい人ができたんじゃないかなって思うところは、先からあったし」

「え、ホント？　あたしったら、北さんに気取《けど》られるほど浮《うわ》ついていたかしら」

おみつは両手で頰を押さえる。袖から覗く二の腕が、むちむちっとして色っぽい。だからそういうところだよ――とは、さすがに言えない。近所のお稲荷《いなり》さんに誓《ちか》って、北一はおみつをいやらしい目で見たことはないが、ものの言い方を間違えたら、そう信じてもらえなくなってしまう。

「ところで、昨日の火事じゃ、北一さんも危《あや》うく命を落としかけたそうだね」

松吉郎は顔も大きいし、眉も鼻も目も口も、一つ一つの作りが大きい。だから浮かべる表情も大きい。

おみつも大真面目な目をして、「富勘長屋のお秀さんに聞いたわ。親切な人が北さんを助けてくれて、長屋まで担ぎ込んでくれたんだって。そのときの北さんは躰じゅう煤まみれで、顔が真っ白で、くちびるが紫色になっていたって」

「それはね、ちょっとのあいだにしろ、息が止まってたってことだ」と、松吉郎が続ける。

「火事で湧《わ》いて出る煙は、目に見える真っ黒なやつだけじゃないんだよ。はっきり見えるような色がついてなくても、吸い込んだら命取りになる煙もあるんだ」

へえ。松吉郎は、どうしてそんなことを知っているのだろう。北一の疑問を察したのか、あるいはこういうやりとりに慣れているのか、松吉郎はひらりと着物の右袖をめくって、肩を見せてきた。

北一は息を呑んだ。火傷《やけど》の痕《あと》だ。優に大人の手のひら分くらいはある。

「こいつは、背中の方まで広がっております」と、松吉郎は慇懃《いんぎん》な口調になった。「ちっとも自慢できることじゃねえ。ちょうど北一さんぐらいの歳のころだったかな。俺は思い上がって、怖いもの知らずでね」

うっかり火にまかれ、死にかけた。

「それで火消しになり損なって、うちの旦那様に拾ってもらったんだ」

火消しの梯子《はしご》から転がり落ちた男とは。おみつも、珍しい縁をつかんだものだ。

当の本人は、「今じゃ、松さんはお店と旦那様への奉公一途《いちず》よ」と、恋しい男の横顔を仰いでいる。

江戸市中には、青物（野菜）や水菓子《みずがし》（果物）を扱う青物市場が何ヵ所かある。いちばん大きいのは、神田多町《かんだたちょう》や須田町《すだちょう》を中心として青果問屋がずらりと軒《のき》を並べているところだ。松吉郎が奉公する「三輪丁《みわちょう》」もそこにあるのだが、

「松さんは今年の初めから、三輪丁さんが本所花町《はなまち》に出した分店を任されるようになって……」

そこでは小売りもしているので、おみつと知り合うきっかけがあったのだそうな。

「おかみさんは水菓子がお好きだし、どうせなら、できるだけ香りのいい上物《じょうもの》を召し上がってほしくて、あたし、ちょいちょい分店に通っていたから」

ちなみに三輪丁の屋号は、この問屋が商い物を運ぶ際に使っている、猫車《ねこぐるま》を大きく頑丈《がんじょう》に

したような三輪《さんりん》の手押し車が由来になっている。「丁」の字は、拝み屋に縁起を調べてもらい、音と画数を整えた方がいいと勧《すす》められて付けたのだとか。

「ちょう」の音が付く屋号というと、北一には近いところで嫌な思い出がある。松吉郎がいい奴で、三輪丁が奉公しがいのある良店であるならば、その嫌な思い出もこれで帳消しになるだろう。ちょうがちょうけし。洒落《しゃれ》てるじゃねえの。

「それでね、このところ、桃《もも》とか梨《なし》とかの傷がつきやすい水菓子を小売りするとき、布でくるんで文庫に容れたらどうだろうって相談もしていたのよ」

「もちろん、その文庫には、うちの三輪荷車の絵柄《えがら》をつけてもらって、何なら口上《こうじょう》もそれらしいのを考えて、それを唱《とな》えながら売り歩いたり、配達するのはどうだろうかと」

商いの話をしていても、二人の言葉と呼吸《いき》から恋の匂いが立ちのぼる。いささか当てられそうになって、

「そりゃ面白い案だし、おいらの文庫を見込んでもらえるなら、こんな嬉しいことはありません。そっちもまた日を改めて、きっちり相談させてください」

北一は丁寧《ていねい》に頭を下げ、退散することにした。生け垣の角を曲がるとき、ちらりと肩越しに見たおみつの総身は、幸せの後光《ごこう》に輝いていた。

世の中ぜんぶが火事で焼け焦げ、打ち壊されたわけじゃない。おいらも気を取り直さねえと。

その夜、北一は、長屋の近くの飯屋に頼んでこしらえてもらった弁当を提《さ》げて、扇橋《おうぎばし》の長命湯を訪ねた。

喜多次は腹っぺらしだ。夜食に弁当を持っていけば、何よりの礼になるだろう。安い飯屋のものだけれど、味は折り紙付きだし、虎《とら》の子の蓄《たくわ》えを費《つい》やしてゆで卵をつけてもらった豪華な弁当だ。もちろん喜多次だけでなく、北一の分も入れて二人前である。

夜のとばりが下りると、長命湯の裏手にある釜焚き場では、あらゆる種類のごみと焚き付けの山は闇に沈み、ごうごうと炎の上がる釜の内だけに、眩しいほどの紅《くれない》の光が渦巻いている。今夜も今夜とて、何かのまじないで命を吹き込まれた案山子《かかし》みたいな喜多次は、その赤光《しゃっこう》を背負って痩せっぽちな影となり、肩を回したり、躰をひねったり、脚を曲げ伸ばししたりしていた。その様子がなかなか面白いので――おいら、あそこまでうんと脚を伸ばせねえ――つい見入ってしまった。

弁当が冷めきっちゃう。

「動かしてねえと、もとの案山子に戻っちまうのかい？」と、声をかけた。

喜多次はちょっと首をかしげて、「食いもの」と言った。北一が提げている弁当のことだ。目ざといぜ。

釜のそばに座っていると、二階の座敷や湯殿《ゆどの》の方から、ときどき客たちの話し声が聞こえてくる。長命湯には男湯しかないし、胡乱《うろん》な輩《やから》がわんさか出入りするところだ。バカ笑いや喧嘩腰のやりとりにも、いちいち驚いてはいられない。

だが今夜は静かだった。一人だけ、誰かがずっと長唄《ながうた》を唸《うな》っている。いや、湯あたりで唸っているのかもしれない。聞き分けられぬくらいの下手《へた》さ加減だ。

喜多次は弁当に飛びついた。すごい勢いで喰らってしまったので、北一にはこいつがどれくらい喜んでいるのか量《はか》りかねた。で、気がついたら自分の分も平《たい》らげられていた。

赤々と燃える炎の前に野郎が二人並んで、粗末な面《つら》を照らされている――と言いたいところだが、喜多次はきれいにすれば役者のようないい男なので、粗末なのは北一の方だけである。

こいつはどうしていつもこんなに薄汚《うすよご》れたまんまなのかな。湯屋に住み込んでいるんだから、終《しま》い湯を使わせてもらったらいいだろうに。頭の隅でそんなことを思いながら、北一は店《たな》子《こ》仲間に聞いたことや、おみつと松吉郎の恋について話し、松吉郎から「色がついてなくても命とりになる煙」のことを教わったと語った。

「おまえは物知りだから、昨日もとっさにおいらが死にかけてるって見抜いて、助けてくれたんだよな。ありがとう」

北一がしゃべっているあいだに、喜多次が釜の中に薪《たきぎ》と紙くずを放り込んだので、せっかくのお礼の言はぶつ切れになった。

「――あんな無茶をして」

釜の方を向いたまま、喜多次が言った。

「あんた、火事場から持ち出したいものでもあったのか」

北一はだいぶ慣れてきたから、問われているのだとわかる。喜多次の平《ひら》べったい口調をよく知らない人には、みんな独り言のように聞こえるはずだ。

「千吉親分の形見とか」

北一には、そんなつもりは微塵もなかった。ただ、木置場のところから、親分の文庫屋のあるあたりで立ちのぼる黒い煙を見つけた瞬間、駆けつけることしか考えられなかった。それだけのことだった。

「もうあんたの親分の店じゃねえ。あんたを便所虫みたいに嫌ってる兄貴分夫婦の店なのに、なんでそんなに気を揉んだんだ」

喜多次は淡々と問うてくる。万作・おたま夫婦との軋轢《あつれき》をずばりと口にされて、北一は顔が釜になったみたいに熱くなった。おいら、こいつに愚痴《ぐち》ってたんだな。

「火事場に駆けつけるって、そういうもんじゃねえだろ。理屈抜きで、とにかく行かなくちゃって」

だけど、それは子どもっぽいふるまいで、店子仲間にも心配をかけてしまった。これからは、駆け出す前にまず分別《ふんべつ》を働かせよう。北一は肝に銘《めい》じた。

「長屋のみんなが、喜多次のことを知りたがってたよ。おいらの命の恩人だって」

喜多次は骨張《ほねば》った肩をすくめるだけで、何も言わない。

「隣《となり》のおしかさんには、頭を下げてくれたんだってな。みんないい人たちなんだ。ありがとうよ」

途切れ途切れにずっと聞こえていた長唄もどきが、やっと止《や》んだ。謡《うたい》の源が湯から上がったのか、それとも湯あたりで伸びてしまったのか。

その静けさが、北一を饒舌《じょうぜつ》にした。釜の炎の放つ熱で、少しのぼせているのかもしれない。胸が緩み、舌が軽い。

「いい人だって言ったら、お染さんだって、おいらにとってはいい人でしかなかった」

また愚痴をこぼすことになる。みっともない。そう思いながらも、昨日の火事の前後の経緯《いきさつ》を打ち明けてしまった。楢八《ならはち》や万作と相対《あいたい》したとき、この薄べったい胸の奥に寄せてきた怒りや哀れみの細波《さざなみ》まで、行きつ戻りつ拙《つたな》い説明で、吐き出すように語っていった。

北一がしゃべり終えても、喜多次は黙っていた。気がついたら、釜の内の火勢が弱くなっている。終い湯が近いのだ。

──おいらも、もう引き揚げよう。

北一が腰をあげると、

「あんたによくしてくれた人を、悪く言うつもりはねえが」

こちらに目を向けることもなく、喜多次が言った。

「それだけ確かに見咎《みとが》められてたんじゃ、お染さんは放火《つけび》の罪を逃れようがねえ」

「……うん」

きっちり言葉にされると、その事実が北一の腹の底に落ちてきた。放火という大罪にくだされる罰は、火あぶりだ。

「このまま見つからず、捕《つか》まらねえように祈ってやったらいい。あんた一人ぐらいは、こっそり味方してやったたって、後生《ごしよう》が悪いことはねえだろ」

今度は声を出さず、北一は深くうなずいた。

よれよれの股引の膝から灰《はい》を払って、喜多次も立ち上がった。ちょいちょいと、北一を手招きする。耳を貸せ、と。

そのとおりに北一が耳を寄せると、喜多次は湯殿の耳を憚るように、囁き声で言った。

「昨夜、うちの二階でおかしな話をしてる奴らがいた」

そもそも湯屋の二階は、男どもが酒・女・博打《ばくち》を安く楽しむ場所だ。深川という新開地の外れにあるおんぼろ湯屋の長命湯には、一夜のお楽しみを求めて、破落戸《ごろつき》・筋者《すじもの》・博打うちに盗人《ぬすつと》と、後ろ暗い奴らが集まってくる。蛇《じや》の道はヘビで、そんな場所でこそつかむことができる耳寄りな話もあるから、千吉親分はここを切り盛りしている爺ちゃん婆ちゃんたちに挨拶を欠かさぬようにしていた――ということを、北一は喜多次と知り合いになってから知った。

「釜の火を落として、ごみを集めに二階の座敷へ上がっていったら、障子戸の向こうでひそひそしゃべってるのが聞こえてきたんだ」

北一も押し殺した声で問うた。「どんなふうにおかしい話だった？」

「火事がどうとか、狙《ねら》いどころは云々《うんぬん》とか、荷物は下の方から漁《あさ》れとか」

話し合う声を聞いている限りでは、三人だったという。いちばん若く、よくしゃべっている声が指南役《しなんやく》のようで、あとの二人は相づちを打ったり、質問を投げたりしていた。

「その火事は、深川元町の火事を指してるんだと思う」

「……だろうな、うん」

「とっくに鎮火したあとの夜更《よふ》けの悪だくみじゃ、火事場泥棒とは違うだろう。でも剣呑《けんのん》だから、俺も耳をそばだててたんだが」

ちょうど階下からここの女中の婆ちゃんに声をかけられたので、座敷の男たちに気取られぬよう、喜多次は素早《すばや》くその場を離れた。

「ただ、火事から二日目の夜にここでまた落ち合おうと、指南役の男が言ったのは聞き取れたんだよ」

ってことは、明日の夜か。

「昼間、あんたの耳に入れようと思って、焚き付け集めのついでにあちこち寄ってみたんだけど、行き会えなかったから」

今夜の釜焚きを終えたら、北一を訪ねようと思っていたのだそうだ。

「あんたの方から来てくれて、手間が省《はぶ》けた」

喜多次が「訪ねてくる」やり方は、かなり変わっている。音もなく、台所の煙抜きから逆さまにぶら下がって顔を出したりするので、訪ねられる方は寿命が縮まるのだ。手間が省けてよかった。

「いいことを聞かせてもらった。おいら、明日また来てみるよ」

三人の男たちがどんな悪だくみをしていたのか、突きとめたい。

「仮住まいの方にも、何か盗まれたりしてねえか、明日さっそく聞き合わせてみる」

釜の火が消えて、あたりは真っ暗な闇に包まれた。温められた躰が冷え切らぬうちに、北一は富勘長屋へ帰った。

さて、翌朝。

起き抜けの北一のもとに、またもや手間が省けたことに、嫌な報せの方から飛び込んできた。

「作助《さくすけ》さんとおみよさんが、虎の子の切り餅二つを隠してた胴巻きを盗まれたんだって！」

作助とおみよは、深川元町の文庫屋の近所に住んでいた夫婦もので、作助は版木彫《はんぎほ》りの職人、おみよは亭主の仕事を手伝いながら、あれこれ内職をして暮らしている。歳は、二人とも四十路《よそじ》を過ぎたぐらいだろうか。

千吉親分の文庫屋では、夏が近づくと、おみよが家じゅうの蚊帳《かや》の手入れに来てくれるのが習いとなっていた。大きな家では必要な蚊帳の数も半端ではないし、季節外れのあいだはどうしてもほったらかしになってしまうので、いざ入り用な時季が来て広げてみると、虫食いやネズミに齧《かじ》られた穴だらけ——ということも珍しくない。おみよは毎年、納戸《なんど》に積んであった埃《ほこり》っぽい蚊帳を運び出し、一枚ずつ丁寧に広げて検分し、必要なら繕《つくろ》ったり、縫《ぬ》い合わせ直したりしてくれた。千吉親分はおみよにけっこうな手間賃《てまちん》を払い、ついでに近ごろ話題の浮世《うきよ》絵《え》の意匠や、流行《はやり》ものの絵柄のことなんかを問うたりしゃべったりして、楽しそうにしていた。

今朝《けさ》早々に、仮住まいの人たちの水汲みを手伝いに行って、切り餅盗難の話を聞き込んだというおきんは、

「ねえ、版木彫りってそんなに甲斐性《かいしょう》があるの？　あたし、あんなのはその道が好きな人がはまるもんで、食っていけたら御《おん》の字ぐらいに思ってたの。うんと稼げるんだったら、話はぜんぜん違ってきちゃうわ！」

ぜんたいに古びて傾きかけた長屋の建物を揺るがせるような声で、ぎゃんぎゃん騒いでいる。

「話が違うって、おきんちゃん、版木彫りの職人に口説《くど》かれたことでもあるの？」

鍋のそばでお玉を手にして、お秀が問う。みんなでかわりばんこに使っている七輪で、今朝はお秀が里芋《さといも》の味噌汁をこしらえているのだ。昨日、上がりがよかったという辰吉が、大根と里芋を山のように抱えて帰ってきたからだ。富勘長屋の店子仲間はみんなで助け合い、賄《まかな》い合っている。

「え？　んと、そういうことじゃないけど」

寒さに負けず、焼け出されて気の毒な赤の他人のために水汲みに行くくらいだから、おきんは気立てのいい娘なのだ。飛び抜けて器量よしではないが、おかめ顔で愛嬌がある。なのに、どうにも良縁に恵まれない。弟の太一の言を借りるならば、「磯《いそ》の鮑《あわび》ばっかりつかんでる」。恋してても実らないのだ。本人もそれを気に病んでいる。

「だけど、お秀さんもおしかさんも知ってた？　版木彫りが儲かるなんてさ」

切り餅一つは二十五両だ。三両あれば、一年間遊んで暮らせるとよく言うが、米の値が上がっている昨今は、半年暮らせたら、それこそ御《おん》の字だろう。

とはいえ大金には違いなく、昨夜の釜焚き場での話と合わせなくたって、盗みと聞いたら放っておけない。店子仲間の賑やかな掛け合いを背中に、北一は木置場の仮住まいへと走った。

七

いちばん乗りで駆けつけたつもりだったのに、木置場には先に楢八が来ており、その場に集まっている仮住まいの人びとを、居丈高に怒鳴りつけていた。大声でがなりながら、むやみに砂を蹴《け》り上げる。その砂をかぶるところに、古着を丸めたみたいなものをしっかりと抱きしめた爺ちゃんが一人、平身低頭するような姿勢で身を丸めていた。

「兄《にい》さん、何でまたそんな大きな声を出していなさるんで？」

楢八の前に回って、北一は爺ちゃんをかばった。楢八の顔は真《ま》っ赤《か》で、額には青筋《あおすじ》が浮かんでいる。

「このクソ爺《じじい》めが、盗んだ切り餅を出さねえからだよ！」

唾を飛ばして、楢八は甲高《かんだか》い声を張りあげる。こんな急場だが、

——男なのに、怒鳴ると声が裏返っちまうって、様《さま》にならねえなあ。

そんなことがちらりと北一の脳裏《のうり》をよぎり、一瞬で消えた。今はそれどころじゃねえ。もっ

と大事なことがある。

「切り餅って、作助さんとおみよさんが盗まれたっていう虎の子の五十両のことですかい？」

「そうに決まってらぁ」と、楢八は凄《すご》む。「クソ爺、そのボロ着のあいだに隠していやがるんだよ！」

北一は爺ちゃんを脅《おど》かさないようにそっと身をひねり、呼びかけた。

「ジイちゃん、おいら、朱房の文庫売りの北一っていいます。どっか怪我してねえか心配だから、顔を上げてみせてくれねえかな」

骨張った躰ぜんたいで頭を守って縮こまっていた爺ちゃんが、おそるおそるという感じで北一を見上げる。

「き、きたさん」

顔を見てみれば、親分の文庫屋の近くに住んでいた夜鳴き蕎麦屋《そばや》の爺ちゃんだった。

「わ、わしは金を盗んだりしてねえ」

涙目《なみだめ》の爺ちゃんに、北一はにっこり笑いかけてうなずいた。「もちろん、ジイちゃんが盗人なんかじゃねえってこと、おいらはよぉく知ってる」

手を貸して起き上がらせる。爺ちゃんは、痩せた両腕でまだ古着を抱きしめたままだ。

「それ、大事なものなんだね」

北一は爺ちゃんに寄り添いながら、座り直して楢八の顔を仰いだ。

「兄さんは、この古着の包みの中に、盗まれた切り餅があると睨《にら》んでるんですね」

「おお、そうよ」と、楢八はまだ鼻息が荒い。

「それじゃ、こいつをほどいてみて、切り餅が出てこなかったら、ジイちゃんの疑いは晴れるってことでいいですよね？」

小鼻《こばな》をふくらせたまんま、楢八がちょっとたじろいだ。あんなに怒鳴り散らすほどの確信があるのなら、どうしてここでへどもどするのか。

「いいんですよね？」

声を強くしてたたみかけると、楢八は顔を横に向けて本当に唾を吐いた。

「やってみやがれ、この捨て子のはんちく野郎が」

北一は夜鳴き蕎麦屋の爺ちゃんに向き直り、地べたに正座したまんま、頭を下げた。

「という次第なんだ、ジイちゃん。うんと大事なものなんだろうけれど、ジイちゃんが盗人じゃねえってことをお天道様《てんとさま》の下《もと》で明らかにするためだ。その包み、ほどいて見せてもらえねえかな」

爺ちゃんは北一と同じように座り直すと、まったくためらう様子は見せずに、震える指で丸めた布をほどいた。それが何なのか、北一にはすぐわかった。いつの間にか周りに集まってきていた野次馬の人びとの目にも、それは明らかなようだった。

色あせた麻《あさ》の葉模様《はもよう》。赤子《あかご》のおくるみだ。それと、何度も洗って使ってくたくたになって、黄色いシミがしっかり染《し》みついているおむつが何枚か。こちらは、もとは大人の浴衣《ゆかた》をほどいて縫い直したものであるらしく、朝顔や金魚の模様がうっすらと——本当に目を細めないと見えないくらい薄く残っている。

そして、それらで大事にくるんであったのは、手札《てふだ》くらいの大きさの古びた紙包みが二つ。角《すみ》を揃えて重ねてある。

「わ、わしの、おかあの髪と」

爺ちゃんはくちびるを震わせながら言った。

「むすめの、へその緒《お》じゃ」

途端に、まわりを囲んでいた野次馬の輪が揺れて、次々と声があがった。爺ちゃんのおかみさんはお産で亡くなったんだよ。爺ちゃんはもらい乳をしながら赤ん坊を育てたんだよ。色白の可愛い女の子だったから、いい家にもらわれていって、それっきり爺ちゃんは一人暮らしを続けてきたんだよ。おかみさんと娘さんの思い出を胸にしまって、夜鳴き蕎麦の屋台を引っ張って、四十年近くも暮らしてきたんだよ——

「うるせえ！　喚くんじゃねえ！」

拳を固めて凄み、楢八が皆を脅しつける。だが、爺ちゃんを守るように固まった人びとは、さっきみたいにおろおろしなかった。

「楢八さん、爺ちゃんに謝《あやま》っとくれ」

「そうだ、そうだ」

「ろくすっぽ調べもしないうちに、頭っから盗人だって決めつけてさ」

「あんたさあ、そんなふるまいをしてて、千吉親分に恥ずかしくないのか？」

この一言が、いちばん痛かったのだろう。楢八の顔から血の気が引いた。

「……てめえ」

声を放った若い男に向かって、狂犬みたいに飛びかかった。

楢八が踏み出したところに、北一は素早く足を出した。見事に引っかかって、楢八はうわっと前のめりになった。その躰の勢いと、北一が足払いをかけた刹那《せつな》の呼吸《タイミング》がぴったり合って、楢八はくるっと宙返《ちゅうがえ》りしかけ、半端なところでその勢いが尽きて、肩口からどっと地面に落っこちると、したたか顎を打って伸びてしまった。

「ざまぁねえなあ」

さっきの若い男など、その場の人たちが「あとは任せろ」と言ってくれたので、北一は急いで作助とおみよに会いに行った。

版木彫りの夫婦は仮住まい小屋の中を片付けて（あるいはまた探し直して）いるところで、北一の顔を見ると、いきなり二人して謝り始めた。

「面目ねえ。俺たちがぼさっとしてたばっかりに、北さんに手間をかけることになって」

「本当にごめんなさい。騒ぎ立てるつもりじゃなかったんですけど」

何を言っているんだ。虎の子の切り餅が失《な》くなって、騒がないでいられる奴がこの世にいるもんか。

作助はげっそりした顔をして、「北さん、楢八さんには会ったかい？」

「うん」多くは答えず、北一はちょっと肩をすくめた。「えらく張り切って盗人捜《さが》しをしていなさるようだけど、だいぶ前に来てたのかな」

「今朝早くから押しかけてきて……」

ここの炊き出しで朝飯を済まそうと思っていたらしい。ちなみに、大根をたっぷり入れた味噌粥《がゆ》だったとか。旨そうだ。

「俺たちもてんでに朝飯をもらって、おみよは洗い物や片付けの手伝いに行って」

作助は小屋に残り、仕事に出かける支度をした。兄弟子《あにでし》にあたる版木職人が声をかけてくれて、当面はその家に通って働き、日銭《ひぜに》をもらえることになったのだそうだ。

「そんで、おみよが戻るまでは、ここは空《から》になるから、俺たちの虎の子をどうしたもんかと迷っちまって」

作助はひどく恥じ入ったような顔で続ける。

「俺が持って出るのも物騒《ぶっそう》だし、置きっぱなしにするのは不用心だし」

その恥ずかしそうな様子に、北一は千吉親分の教えを思い出した。

——男でも女でも、まっとうで真面目な者ほど、金の話になると恥じ入るもんだ。別に後ろ暗いことがあるわけじゃねえのに、金の話は口に出しにくいんだよ。だから、その様子を見《み》誤《あやま》っちゃいけねえぞ。

とりあえず、作助は火事騒動のときに抱えて持ち出した薄べったい行李《こうり》に手を突っ込んで、二つの切り餅に触《さわ》ろうとした。ちゃんとここにある、と。

「恥ずかしながら、焼け出されてからこっち、日に何度かそうやって切り餅に触ってたんだよ。こいつがあるから大丈夫、こいつがあるから大丈夫って」

「あたしもそうしてましした」と、蚊《か》の鳴くような声でおみよが言った。

北一は言った。「そんなの、当たり前だよ。もしもおいらが同じ立場になったら、指先に胼《た》胝《こ》ができるほど切り餅に触っちまう。腹巻きに挟んで、厠《かわや》にまで一緒に持ってってって」

「――で、ぽっとんと落っことす」

外から声がして、急ごしらえの板戸をがたんがたんと引きながら、富勘《とみかん》が小屋に入ってきた。で、すぐに言った。「北さん、椙八は、今さっき息を吹き返して引き揚げていったよ」

「息を吹き返して？」と、作助とおみよが声を合わせる。富勘は破顔《はがん》した。

「北さんが、いい案配に足を出したそうだ。手は出してないんだから、兄さんに無礼《ぶれい》を働いたことにはならない。椙八も、つまずいて転んで伸びちまったことなんか、みっともなくて他所《よそ》じゃ口にできないだろう」

北一は笑いを嚙み殺し、畏《おそ》れ入ったふうに首を縮めてみせた。富勘は傍《かたわ》らの踏み台にひょいと腰かけると、「それじゃあ、切り餅が消えてることには、そのとき気がついたんだね？」と、話の続きを促《うなが》した。

作助とおみよは、今度は顔を見合わせた。

「気がついたのは、確かにそのときなんですけども……」

失くなったのがそのときかどうかは、わからない。

「寝ているうちだったかもしれませんし」

仮住まいの暮らしを調《ととの》えるために、やることはたくさんある。そのつもりがなくても、ついうっかり、ちょっとのあいだだけ夫婦でここを空《あ》けることだってあった。

「本当に切り餅が失《う》せているのか、俺、這《は》いつくばって探し回って、持ち出した荷物も全部ひっくり返して検《あらた》めたんですよ」

そこへ、用事を済ませたおみよが戻ってきて、事情を聞き、今度は夫婦で小屋の中と持ち出した荷物を検め直した。

「それでも、切り餅は見つからなくて」

切り餅を包んでいた作助の胴巻きごと、神隠しに遭ったみたいに消えてしまった。

夫婦でどたばたして、挙げ句に幽霊《ゆうれい》のように萎《しお》れているから、まわりにも異変を覚《さと》られた。で、この話が走り出して北一の耳にまで飛び込んできたわけだが、

「朝飯を食ったあとも、竈《かまど》のそばに居座《いすわ》ってた楢八さんが」

——なんだ、盗みだと？

「それなら俺が下手人《げしゅにん》を挙げてやるって、仮住まいのみんなのところへ踏み込んでいって、家《や》探《さが》しを始めたんです」

そのやり方も酷《ひど》くって、

「仮住まいしているお隣同士で、それぞれの荷物を検めろって怒鳴るんです。逆らったら、それだけで盗人の証《あかし》になるから、ふん捕《づか》まえて番屋に引き摺ってくぞって、そりゃあおっかない顔をしていたわ」

十手《じって》持ちでもないくせに、大音声《だいおんじょう》で番屋番屋と繰り返し、竈で使っていた火吹き竹を振り回しながら、楢八はその場の人びとを睨み回したという。

普段だったら、そんな乱暴狼藉《らんぼうろうぜき》がまかり通ったりしない。だが、今ここにいる連中は、火に追われ住まいや生計《たつき》の場を失ったばかりの立場なのだ。同じ身の上の夫婦がやっとこさ持ち出した虎の子の大金を盗まれたと聞かされては、「自分のところは大丈夫か」と青ざめるのも無理はない。結果として楢八の言いなりになってしまい、

「うちでも、無事に持ち出したはずのものが見当たらないって言い出す人たちが、何人か出てきました」

それらは、今のところわかっている限りでは、切り餅のような大金ではなく、着物や小物、女の櫛、簪《かんざし》の類《たぐい》だ。

「それに、そういう細かいものだと、あやふやなところもありましてね。昨日までは確かに持ち出したつもりだったけれど、なにしろ慌てていたから、本当にちゃんとあったかどうかわからなくなってきた、あんまりしっかり確かめていなかったし、という調子で」

それもまた無理もないと、北一は思った。その場にある物は、目と手で「ある」と確かめられる。だが、ない物について、「昨日もなかったか」「いつからないのか」と問われてすぐ明快に答えられるほど、人の心はよく出来ていない。

しかもこの件では、うっかり勘違いをして口に出したら、誰かが番屋に引き摺られていってしまうかもしれないのだ。逆に、誰かがうっかり覚え違いをしていただけなのに、自分や家族

が番屋に引っ張られる羽目《はめ》になるかもしれない。あとから「間違いでした」と言って追いつくようなことではない。

火事の直後から、文庫屋のおたまの身柄《みがら》が番屋に留《とど》められたままだということも、皆の心を脅《おびや》かしたろう。そういえば、奉公人たちがここで寝起きして落ち着けば、万作も進んで番屋に行くと言っていた。

「富勘さん、今朝、万作さんには会いましたか」

富勘は、北一のおつむりがそっちの方へ回ってしまったことをちゃんと察して、

「安心しな。仮住まいで休んでるよ」

聞けば、富勘は、今日じゅうにおたまの身柄が返されてくる、万作はわざわざ出向かなくていい、沢井の若旦那のお調べは済んだから、あとは殊勝にお沙汰《さた》を待つように――という伝言を携《たずさ》えてやってきたのだという。そういうこと、早く言ってくれよ。

「ああ、よかった」

小屋の床《ゆか》に敷いた筵《むしろ》の上で、安堵のあまり、北一はちょっと目が回りそうになった。富勘はそんな北一を見据《みす》えて、

「これでお染が見つからず、放火《つけび》じゃなくてただの火の不始末だってことで事が収まれば、万々歳《ばんばんざい》だよ」

北一もまったく同感だけど、はっきり口に出して言っていいことじゃない。富勘という人は、手練《てだ》れの差配人のくせに、健気《けなげ》な子どもに弱かったり、女好きだったり、妙に洒落気《しゃれっけ》があ

ったり、畳《たたみ》や床に座るとすぐ腰が痛いとぼやいたり、蕎麦の出汁《だし》とゆで加減にうるさかったり、言いにくいことを梅雨時《つゆどき》の蛙《かえる》みたいにけろけろ囀《さえず》ってしまったりと、いろいろ難点もある御仁《ごじん》だ。

「だから、私らはこの切り餅の件にばっかり頭を使えるってもんだ。で、虎の子があるのを最後に確かめたのは、いつなんだい？」

　作助は昨夜床について寝る前だった、おみよは昨日の夕方だったように思う、と答えた。

「焼け出される前の家じゃあ、どこにしまっていたんだね。やっぱりこの薄べったい行李に入れて、押入れとか物入れに？」

　すると、二人とも音がしそうなほどぶんぶんと首を横に振った。

「米の中に隠していました」

　より詳しく言うと、米や雑穀《ざっこく》を容れておいた――おみよの言をそのまま使うならば「大きめの骨壺《こつぼ》くらいの」蓋付きの陶器の鉢《はち》の中に、米や雑穀にまぜて隠していたという。

「ちょっと見には、そんなところに大金があるとはわかりませんし、重さもごまかせるので具合がよかったんです」

　一昨日《おととい》、火事を報せる擦《す》り半鐘《ばんしょう》を聞き、流れてくる煙の色と臭いに、

「こいつは逃げないとまずいと思ったんで、大事なものをまとめて、手分けして担ぐことにしました。そのとき、俺がこの行李に切り餅を二つ、古い胴巻きに包んで放り込んで、蓋をして紐《ひも》でくくって持ち出したんです」

件《くだん》の薄べったい行李は、すっかり日焼けしてしらっちゃけており、触ればかさかさと指に刺さる。

「切り餅は、その胴巻きごと失せているんだよな？」

「へえ」

「この行李に、ほかにはどんなものが入ってたのか、見せてもらってもいいですかい？」

北一が問うと、作助は大事そうに蓋を取って開けてくれた。中身は、弁当の折ぐらいの大きさの板きれと、その半分くらいの大きさの板きれが、合わせて十数枚くらいか。ごわごわの半紙にくるんである。その半紙には、漢字やひらがな、文書の切れっ端みたいなものが書かれて――いや、刷《す》られている。あっちこっちの向きから重ねて刷ってあるから、試《ため》し刷りだろう。

「俺が十《とお》の歳に弟子入りした、最初の師匠の形見《かたみ》なんですよ」

言って、作助はごわごわの半紙を広げ、その上に取り出した板きれを並べ始めた。

「版木だね」と、富勘がうなずく。

「へえ。師匠が俺のために彫ってくれたお手本で」

じっくり眺めると、漢字では十干十二支《じっかんじゅうにし》、役者の名前、町の名前、酒屋や米屋の屋号などなど、ひらがなとカタカナでは、いろはにほへと、確かにお手本書きらしい文字がたくさん彫られている。

「この人、今もこれを枕元に置いて、毎日ためつすがめつしているんです」と、おみよが言った。亭主の横顔を見る眼差《まなざ》しが優しい。

「だから火事のときも、真っ先にこれを取り上げて……」

虎の子の切り餅二つ五十両も、この中に容れたと。納得のいく説明である。

「版木は一枚も失くなってねえんですか」

「うん。それはしっかり確かめた」

毎日ながめていたものなのだから、これに限ってはあやふやな点はなさそうだ。

「金だけ消えているんだ。盗みで間違いなかろうよ」

富勘は長い羽織の紐をいじくりながら、むっつりと言った。

「無造作《むぞうさ》にどこかに突っ込んで隠しておいたわけじゃない。こうやってしまってあったところから、切り餅ばかりがぽっかり失せたんだから、思い違いや置き忘れなんぞであるもんかね」

どこかに盗んだ者がいる。

「けしからん盗人めが」

口元をひん曲げる富勘の前で、作助とおみよは肩を落とす。この夫婦は、万に一つ、千万に一つ、自分たちの勘違いであってほしいと願って、げっそりするほど這い回り探し回っていたのだ。

「どこのどいつか、疑おうと思ったら、誰でも疑える」と、北一は言った。「だって一昨日からこっち、上を下への大騒ぎで、この仮住まいには大勢の連中が出入りしてたんだから。おいらもそのうちの一人だし」

まさか北さんが――と、作助は言う。北一は軽くかぶりを振った。

「それくらい、えこ贔屓《ひいき》なしで考えないといけないってことですよ。遠慮もいけねえ。作助さんもおみよさんも、うんと心を平らにして、盗人に心当たりはありませんかね」

「それを言うなら、心を鬼にしてだよ、北さん」

富勘が混ぜっ返しても、作助とおみよはげっそりとしたままだ。互いに互いの目の色を窺《うかが》い合い、まばたきを交わし、小さくかぶりを振り、溜息《ためいき》を吐《つ》く。

「まるっきり、心当たりはありません」

「誰のことも疑えないんです」

おみよの目尻が赤くなっている。「この人もあたしも、深川元町に住みついて十五年ぐらい、ご近所の皆さんから、ずっとよくしてもらってきました」

作助の版木彫りという生業《なりわい》は、ものすごく珍しいわけではないが、犬も歩けば当たるほどありふれてもいない。装飾品をこしらえる飾《かざり》職人と同じで、綺麗《きれい》な手仕事だという印象もある。おかげで作助とおみよは、近所の人びとから一目《いちもく》置いてもらってきた。

「子どもがいませんから、暮らしに賑やかなこともまるでないのに、ご近所の皆さんが仲良くしてくれたから、夫婦二人でも寂しく感じたことはありません」

そこまで言って、おみよは急に思い出したみたいに、北一の顔にひたと目をあてた。

「亡くなった千吉親分にも、本当にお世話になりました。親分がいてくださったから、あたしたち、どれだけ心強かったことか」

親分が一方的に世話を焼いていたのではない。おみよは骨身を惜しまぬ働き者で、親分と文庫屋の者どもが蚊に食われぬよう、何年も辛抱《しんぼう》強く蚊帳の手入れをしてくれた。こういうのを相身互《あいみたが》いという。

「それでも、ここは一つ心を静めて、昨日から今朝までのことを隅々まで思い返して、誰か怪しいふるまいをする者がいなかったか、考えてみてくだせえ」

あんまり心苦しかったら、千吉親分の供養《くよう》のためだと思えばいい。

「おいら、細かいものが失せているっていう、ほかの人たちの話を聞いてきます。別の手掛かりが見つかるかもしれねえ」

北一の頭の隅には、喜多次とのやりとりが浮かんでいた。長命湯の二階で交わされていた、怪しげな男たちの怪しげなやりとり。

――荷物は下の方から漁《あさ》れとか。

盗人らしいやりとりではないか。次の集まりは今夜遅くだ。北一は喜多次の手を借りて、長命湯の二階を見張るつもりでいる。

もしもその男たちが盗人一味で、首尾良く捕まえることができれば、作助とおみよの虎の子を取り返す目も出てこよう。ただ、今はまだそれを口に出すのは早すぎる。ぬか喜びになりかねない。

「頼んだよ、北さん」

「はい。富勘さんは、おたまさんが戻るまで、ここにいてくれるんですか」

「別に、文庫屋さんのために侍《はべ》ってるわけじゃありませんよ、私ゃ」

富勘にはこういうところもある。不親切ぶって、優しくないふりをするのだ。

「ここの人別帳《にんべつちょう》を作らなきゃならないんでね。帳面と矢立《やたて》を持ってきましたのさ」

「それじゃあ、励んでくだせえ」

北一は小屋を出て、小物を失った、あるいは失ったような気がすると申し立てている人たちを訪ねて回った。楢八が怒鳴っていてくれたおかげで、話はすぐ通り、みんな進んで教えてくれた。皮肉だし腹立たしいが、まあ助かった。

とはいえ、失せた（かもしれない）ものは、本当にささやかなものばかりだった。子どもの晴れ着、大事にしていた犬張《いぬは》り子《こ》、荒物屋《あらものや》の古い大福帳《だいふくちょう》、ご先祖様の位牌《いはい》、お札《ふだ》、お伊勢参《いせまい》りのお土産にもらった暦、箱根七湯の絵図がついたうすべったい名湯読本《めいとうとくほん》。どれもみんな、「火事だ！」と聞いて真っ先に抱えて逃げるほど大事なものではなさそうな、ただまあ、思い出や思い入れがある品物ではありそうな。

「絶対に持ち出して逃げてきた」「本当にホント？」「間違いねえ！」「千吉親分の墓にかけて誓えるくらい、ちゃんと覚えてるかい？」「……そこまでの自信はないかも」

というくらいのものであった。

それでも聞き集めたことを小さい帳面に記して懐に突っ込み、万作たちが住んでいるあたりをちょっと覗いてみたが、まだおたまが戻った様子はない。富勘も今は別のところにいるらしい。

よし、冬木町のおかみさんのご機嫌《きげん》伺いに行こう。ここの盗人のことも、長命湯の怪しい男たちのことも、おかみさんがどう思われるか、いろいろ訊いてみたい。

水も飲まずにしゃべり続けていたので、喉がからからだ。空咳《からせき》をしたついでにくしゃみも飛び出して、北一は着込んでいたちゃんちゃんこの前を合わせ、足を速めた。

と、木置場の出入口の近く、ここに来たとき榾八が騒いでいたあたりで、何枚もの敷《しき》ものと夜具《やぐ》を縄でしばり、木台のついた背負子《しょいこ》に積み上げて背負った若者が、集まった婆ちゃんおばさんたちと話しているのを見かけた。

古ものを売りに来たんだな、と思ったが、婆ちゃんおばさんたちのはしゃいだ声音と顔つきからして、すぐ違うとわかった。

「悪いわねえ、こんなにたくさん」

「これなんか、まだふかふかじゃない？」

「にわか普請《ぶしん》だから、やっぱり底冷えしてたまらないのよ。助かるわぁ」

仮住まいじゃ、まだまだ物が足らない。敷ものと夜具《やぐ》も、もらえるもんなら何枚だって欲しいところだ。

婆ちゃんおばさんたちに囲まれた若者は、もちろん侍《さむらい》ではないのだが、職人ふうでもお店者《たなもの》ふうでもなかった。

――お屋敷勤めの中間《ちゅうげん》かな。

髷《まげ》の先をちょっとひねって角度をつけ、月代《さかやき》は深く剃《そ》り上げてある。着ている小袖《こそで》は鮫小紋《さめこもん》か。威勢良く尻《しり》っ端折《ぱしょ》りしているが、本当は寒がりなのか、綿入れを着て襟巻《えりま》きをぐるぐるに巻き付けている。

足を止めて見やっていると、ひねり髷の若者がにこにこの笑顔で、

「気の毒だねえ。たいへんだねえ。ほかにも足りないものがあったら、できるだけかき集めて持ってくるぜ。ホントにこの寒空の下で仮住まいじゃ、気の毒だよお」

言葉だけなら、婆ちゃんおばさんたちを労《いたわ》っている。しかし、何だこの口調の軽さは。よく通る明るい声音。酔っ払っていい気分。そんな感じだ。

北一はひねり髷の若者を見つめた。そして、昨日もこれと似たやりとりを見たような気がする——と思った。気の毒だね、ホントに気の毒だよ。

動けない北一の前で、婆ちゃんおばさんたちがひねり髷の若者を取り囲み、てんでにその袖を引っ張って、住まいの方へと案内してゆく。親切な兄さん、ありがとう。

北一はもう一度ゲホンと咳をして、からみついてくる蜘蛛《くも》の糸を切り、歩き出した。とにかく今は、おかみさんに会おう。

八

冬木町のおかみさんは、おみつと二人、陽当《ひあ》たりのいい奥の座敷でくつろいでいなさるところだった。長火鉢《ながひばち》を挟んでおかみさんと向き合うおみつの膝の上には、読み物が一冊伏せてある。

「おや、北一」

目の見えないおかみさんの方が、おみつよりも先に気づいてくれる。手妻《てづま》みたいに耳がよくて鼻が利《き》くからである。

「いいところにおいでだね。これから、おみつが大福餅をふるまってくれるよ」

おみつは笑いながら腰をあげ、

「北さんはここであったまってなさいな。今日は北風が強いわよね」

おみつがうっかり読み物を置いて立ったので、北一はそのそばに膝を折り、手に取ってみた。その動きを、おかみさんはすぐと察知《さっち》する。

「おみつに読み聞かせてもらっていたのさ」

題簽《だいせん》には、『花鶉道中記《はなうずらどうちゅうき》　巻《まき》ノ参《さん》』と記してある。読み物の本体は、だいぶ手擦《てず》れがしていて年季が入っている。

「もともとは村田屋さんの貸本だけれど、わたしがあんまり気に入ってしまったものだから、写本をこしらえてもらったんだ」

この道中記は、文化《ぶんか》年間（一八〇四～一八）に、江戸の酒問屋の隠居夫婦が仲良くあちこち旅をしながら書き残したものなのだという。夫婦は一回り以上も歳が離れており、「巻ノ壱《いち》」では、足腰の痛みに苦しむ夫を妻が励まし支えながら、伊豆《いず》や信濃《しなの》の温泉へ湯治《とうじ》に出かけてゆく。その甲斐があって、「巻ノ弐《に》」では念願のお伊勢参りがかなうのだが、帰路の半ばで夫は病《やまい》に倒れ、大井川《おおいがわ》を渡ることができずに客死《かくし》してしまう。

「この三巻目は、残されたおかみさんが夫のお骨《こつ》を抱いて家に帰り、一周忌《いっしゅうき》を済ませてから、お伊勢様の次に行こうと約束していた金比羅様詣《こんぴらさまもう》でを果たすまでの経緯《ゆくたて》が書かれているんだけど」

まず旅先で死んだ夫を荼毘《だび》に付し、供養《くよう》してもらって、その骨壺を連れ帰るまでの苦労話と奮闘《ふんとう》ぶりが、書き手の文章におかしみがあることもあって、何とも愉快《ゆかい》なのだという。

「どこの土地にも、頭の固いお役人がいるんだよね。その一方で、旅先で出会っただけの通りすがりなのに、損得抜きで力になってくれる人たちもいる」

世間とは面白いところだよ――と、おかみさんは噛みしめるように言った。

北一は問うた。「花鶏っていうのは、何か意味があるんでしょうか」

「このおかみさんの名前がお花《はな》さんという。それと、亡くなった旦那さんは鶏を飼うのが趣味で、しかも上手だったそうなんだよ」

語るおかみさんの瓜実顔《うりざねがお》に、寂しげな色がさしていると思うのは、北一の思い過ごしだろうか。閉じたままの瞼《まぶた》の奥で、おかみさんは今、千吉親分の顔を思い浮かべているのではなかろうか。そう思うのも、気を回し過ぎだろうか。

――おかみさんも、親分と一緒に温泉へ行きたかったろうな。お伊勢参りだって行きたかったろうにさ。

でも、親分はもういない。おかみさんが親分と暮らした家も、火事で焼けて打ち壊されてしまったばかりだ。

そんなときに、写本を作らせるほど気に入っているというのだから、もう何遍《なんべん》も読み返しているだろうおしどり夫婦の道中記を、わざわざ取り出しておみつに読んでもらったなんて、おかみさんの胸中には、今どんな風が吹いているのだろうか。

北一の想《おも》いをよそに、おかみさんは「巻ノ参」に描かれている讃岐《さぬき》の金比羅宮《ぐう》の様子などを語ってくれる。そこへ、大福餅を盛った皿と茶道具を運んで、おみつが戻ってきた。

「この大福餅、髪結床《かみゆいどこ》の宇多次《うたじ》さんからのお見舞いなのよ」

髪結いのうた丁《ちょん》は、千吉親分に惚《ほ》れ込んでいた大男の髪結いだ。商売柄、巷《ちまた》のあれこれに通じているので、北一にとっては有り難い世渡《よわた》り指南役の一人である。店は深川元町だから、先日の火事ではうた丁だって肝を冷やしただろうに、すぐと冬木町のおかみさんの傷心を思いやってくれるなんて、やっぱり気働きが違う。

「北さんのことも案じていたわ」

「あとで顔を出して、ちゃんとお礼も言ってくるよ」

大福餅は旨いし、熱いほうじ茶も腹に染みる。有り難く一息入れる北一だが、

「今朝早くに、仮住まいで騒ぎがあったそうだね。大金が盗まれたとか」

「北さん、様子を見に行ってきたんでしょう。作助さんとおみよさん、がっかりしていなかった？」

おかみさんもおみつも、しっかりと噂を耳にして気を揉んでいた。北一は、うんと一つうなずいてから、胸につっかえているこれまでの見聞を話し出した。

「それが、おかしな盗みでして」

作助・おみよ夫婦の大金を別にすると、他の失せ物――盗まれたかどうかさえはっきりしないものは、ささやかなものばかりなのだ。

「子どもの晴れ着や飾りものの類なら、古着屋に売ればいくらかになるでしょうけど、それ以外はそもそも値《ね》がつくようなシロモノじゃありません」

それと、二日続けて出くわした、仮住まいのなかを闊歩《かっぽ》する「気の毒だねえ」の男たち。親切そうだが、どうにも胡散《うさん》臭い。昨日すれ違ったお店者ふうの奴と、さっき見かけた中間ふうの奴。

「こいつら、一味じゃねえかって気がするんです」

それというのも扇橋の長命湯の二階で――ということまで北一がしゃべり終えると、

「なるほどねえ」と、おかみさんは口を挟んだ。「おみつ、煙管《キセル》をおくれ」

はいと応じて、おみつは煙草盆《タバコぼん》の引き出しから刻《きざ》みを取り出す。煙管の先に詰めて、おかみさんの手元に差し出し、長火鉢に埋《い》けてある炭火《すみび》で火を点《つ》けるところまで、さらりと手を添える。

ぽっかりと煙の輪。かすかに菊の花の匂いがするようだ。

「火事場泥棒というのは、昔からあるもんだけどね」と、おかみさんは言った。「これは、まさに火が燃えさかっている最中《さなか》に盗みを働くというだけの狭い意味じゃない」

火事という大きな「騒動」の渦中《かちゅう》で、狼狽《ろうばい》している人びとの隙《すき》を窺って金品を盗むという

ことだ。

「だから、焼け出された人たちが仮住まいしているところにだって、もちろんのさばってくるだろうさ。その二人は怪しいし、北さんが睨んでいるとおり、仲間なんだろう」

おかみさんのお墨付《すみつ》きをいただいた！

「でも、おかみさん」他に誰がいるわけでもないのに、おみつがまわりを憚るように声を落とした。「あたしは、そもそも作助さんとおみよさんが五十両も盗まれた——そんな大金を貯めていたっていう方が信じられないんですけどね」

他の失せ物が大したものではないというのなら、なおさらに。

「おや。あの夫婦の嘘だというのかえ」

「嘘というか……。盗《と》られたと嘆《なげ》いていたら、誰も正面切って、おまえたちがそんな大金なんて持っているもんかと混ぜっ返したりできませんでしょ。ご近所の間柄《あいだがら》だし、ひどすぎますものね」

北一は、今になって大福餅の粉がヘンなところに入ってしまったみたいに、喉が詰まった。おみつの言うとおりだとすると、作助・おみよの方がひどい嘘つきになる。そんな考えは、今まで北一のおつむりの隅をよぎったことさえなかった。

「あいにくだけれど、その読みは外れているよ」と、おかみさんはあっさり退《しりぞ》けた。おみつが言い出したことに驚いているふうはなく、叱るようでもない。

「おみよは、蔵前《くらまえ》の札差《ふださし》の娘だからね。お妾《めかけ》さんの子だから、おおっぴらに認められることはなかったけれど」

　その札差の家では娘はおみよ一人だったので、外腹《ほかばら》の子ではあるが、冷たく切り捨てられることはなかったらしい。

「作助と添うときにも、派手な嫁入り支度をしてやれない代わりに、札差のおとっつぁんが五十両持たせてくれたのさ。もちろん、それでしまいという意味もあろうけど」

　切り餅二つ、嫁の持参金だったのか。夫婦はそれに手をつけず、ずっと大事にしまっていたのだ。

「……そうだったんですか」おみつは、素直にびっくりしている。「おかみさんは、どうしてそんなことをご存じなんです？」

「親分が、おみよの生まれのことを承知していなさったからね。作助と所帯《しょたい》を持って、近所に住むことになったときには、その札差の方から挨拶があったんだ」

「まあ。あたしったら、すみません」おみつは指で鼻先をちょっとつまんでみせた。「酸っぱいことを申しました。いえ、けっして、あのご夫婦が見栄《みえ》っ張《ぱ》りだとか言いたかったわけじゃないんですけど――」

　近所で夫婦と親しくしていた者たちも、作助の版木彫り師としての腕前については、よくわかっていなかった。もちろん、修業の要る手仕事を生業《なりわい》にしているわけだから、そこには一目も二目も置いていたが、派手《はで》に評判になった浮世絵や、読み本の挿絵《さしえ》などを彫ったわけではないから、皆でもてはやすほどのことはなかったのだと、おみつは淡々《たんたん》と言う。

「おみよさん、実はそれが不服なんですよ。もうずっとね。人目《ひとめ》につくところで歯ぎしりしていたわけじゃありませんけど、あたしたち、わりと仲良くしていたもんですから、察するところがありました」

だから、密《ひそ》かに隠し持っていた五十両を盗まれたと騒いだのは、「作助はそんな大金を稼げるほどの腕前なのだ」と言い広めるために違いないと、おみつは思ったのだそうな。それこそ火事騒動のなかだから、みんな浮き足立っており、口が滑《すべ》りやすくなっているということもありそうだ、と。

そう聞かされれば、筋は通っている。だが、北一はかぶりを振った。

「おいら、切り餅二つを隠しておいたという容れ物を見せてもらってきました。作助さんが版木彫りの師匠からいただいた大事なお手本もしまってありましたよ。とうてい、作り話とは思えなかった」

北一の声音に棘《とげ》があったのだろう。おみつは首を縮めると、

「ごめんね、あたしの勘《かん》ぐりで、北さんにも嫌なことを聞かせて」

面目なさそうに、くちびるをすぼめる。

「何かの折に、ちゃんとおみよさんに謝ります。あちらは、どうして詫びられるのかわからないでしょうけど」

「本人に言うことはないよ。お稲荷さんにでもお詫びしておきな」

おかみさんは言って、北一の方に顔を向けた。

「それで北さんは、その湯屋の怪しい客をどうするつもりでおいでだね」

そちらの話こそ本題だ。北一は身を乗り出した。「今夜、張り込んでみます」

「一人で行くのかえ」

おかみさんの眉が心配そうに下がる。いやいや、ご案じめされるな。北一は胸を張って言った。

「長命湯には、おいらの相棒《あいぼう》がおります。おつむりもいいし、何より腕っ節《ぷし》の強い奴だから、百人力《ひゃくにんりき》ですよ」

「何よ、それ」

おみつは不安顔をするが、おかみさんの方は瞼をひくひくさせて、軽く吹き出した。

「へえ、北さんには相棒ができたんだね」

「おかみさん、駕籠《かご》かきじゃないんですから」

「いつの間にか朱房の文庫をこしらえる職人を雇って、作業場まで構《かま》えた北さんだよ。岡っ引きの修業のついでに、いい相棒を見つけたとしたっておかしくはないさ」

おかみさんは喜んでくださるのに、おみつは不安から不満顔になっている。

「誰かと組むのなら、まずここへ連れてきて、おかみさんに人物を見てもらってからになさいな。北さん、お人好《ひとよ》しで危なっかしいんだから」

あんまり姉さんっぽく上から言われるので、北一もちょっと揚《あ》げ足《あし》を取りたくなった。

「そういうおみつさんだって、おかみさんに人物を見てもらう前に、ねんごろの男をつくっちまってるじゃねえか」

途端に、おみつは小さく息を呑み、口元に手をあてて真っ赤になった。そのバカ正直な恥じらいに、剣突《けんつく》を返した北一も恥ずかしくなってきた。「ねんごろ」なんて言い回し、自分の頭のどこから出てきたんだろう。

見事な相打《あいう》ちで間抜《まぬ》けな間が空《あ》いて、そこへおかみさんの明るい笑い声が響《ひび》いた。

「あんたたち、面白いねえ。ほとんど姉と弟のような間柄でも、やっぱり色恋《いろこい》のことは恥ずかしいものなんだね」

煙管を手にしたまま、むせそうになって笑っている。そして言った。「北一、心配しなくても、おみつのいい人が、いつも青物と土の匂いをさせていることを、あたしはちゃんと知っている」

「え！」

おみつだけでなく、北一も叫んだ。

「なんでご存じなんで？」

「おみつに会いに、しょっちゅう裏木戸《うらきど》に来ているからね。いい人と会ったあとのおみつからは、土のついた野菜の匂いがするし、風向きによっては、いい人が来た途端に、あたしの鼻には匂う。おみつより先に気がついたことも、何度かあるくらいさ」

ふと見ると、真っ赤だったおみつの顔からは血の気が失せて、真っ白になっている。

「お、おか、おかみさん。あたし」

おみつは半べそ顔で言い出して、

「不調法《ぶちょうほう》なことをいたしまして、あいすみません！」

そんな蛙みたいになって謝るほどか？　さっきの作助・おみよ夫婦への嘘つきの濡れ衣の方が、北一の耳には嫌な感触を残したのに、あっちは「ごめんね」で、こっちでは平《ひら》べったくなるの？　わかんねえなあ。

おかみさんは一人であわあわするおみつの勢いに圧《お》されず、長火鉢の縁《へり》に煙管をぽんと打ち付けると、声を張った。

「はばかりさま、この松葉姐《ねえ》さんだって、人たらし女たらしの千吉親分に惚れて惚れられたぐらいの女さ。いい歳の男女が好き合うことを、不調法なんて咎めるものか」

おお。北一は、いつか親分の十手を手にしたおかみさんに大見得《おおみえ》を切ってもらったときのことを思い出した。

——様になるよなあ。

しかし、それ以上に見事なのはおかみさんの鼻の力だ。ほとんど神通力《じんつうりき》だ。松吉郎もおったまげることだろう。

「まあ、おみつのいい人には、おいおいお目もじすることにしよう」

と片付けるついでに、おみつに煙管も片付けさせて、おかみさんは北一に言った。

「北さん、そこにまだ『花鶉』はあるかえ」

読み物の「巻の参」は、大福餅の粉がくっつかないように、北一の背後に下げてある。

「そしたら、栞《しおり》の挟んであるところをめくってごらん」

言われたとおりにしてみる。千吉親分のおかげで、手習所にはきちんと通うことができた北一だが、これだけみっちり書き込んである読み物は、つと目を落としただけでは読み取れない。

「何か、有り難いお経《きょう》みたいな手筋《てすじ》ですね」

「そういうときは〈手跡《しゅせき》〉という言葉を使うんだよ」

この写本は、親分が直に村田屋に頼んだので、当時はまだ存命だった治兵衛《じへえ》の父親である先代村田屋が書いてくれたのだという。

「三巻目では、もうおかみさんの道中記だから、本当は女の手跡の方がふさわしいんだけど、先代さんがわざわざ筆を取ってくださったんだから、文句は言えない」

大切に読んでもらってきたと、おかみさんは言った。

「そしたらこれ、かなりの年季物《ねんきもの》なんですね」

「後ろの表紙の内側に、親分の親指の痕がついているはずだから、見てごらん」

北一は慌てて丁《ちょう》を繰《く》ってみた。確かに、大きめの親指の形らしき痕が、裏表紙の下の角にくっついている。かすれてはいるが、飴色のしみだ。

「親分が、読みながら甘辛団子《あまからだんご》を食べていたからだって、謝ってくださった」と、おかみさんは微笑む。「本文《ほんもん》に、旅先の茶屋や飯屋でいろいろ美味《おい》しそうなものを食べる様子が書かれているから、これを読んでいると、確かに口寂しくなるんだよねえ」

おかみさんが深川元町の文庫屋から離れることに——追い出される羽目になったときには、北一だって胸にわだかまるものがあったし、付き従うおみつも、眺めているしかない富勘も、まわりの者はみんな切なかった。だけど皮肉なことに、おかみさんが家移《やうつ》りしたからこそ、こうした大事な読み物や書物は今回の火事で失われずに済んだのだ。

その思いを胸にたたみ込み、北一は慎重《しんちょう》にまた栞のページを開いた。

「お経みたいな字で読みにくいようだから、先に語ってしまおう」と、おかみさんは続ける。

「この道中記を書いた酒問屋のおかみさん、お花さんは、息子を三人、娘を二人育て上げた立派なおふくろ様だった」

夫婦で隠居し、「巻ノ壱」の温泉巡りを始めたころには、孫も十三人いた。

「ただ、この子どもらも孫たちも、一人としてお花さんの血を引いてはいなかったんだ」

お花自身は子を授かることがなく、立派な息子も娘たちも、全員が外腹の子だった。お花は、夫が他所《よそ》の女に産ませた子どもらを引き取って自分の子どもとして育てたのである。

「お店の繁栄《はんえい》のため、家のため」

それでも、胸の底には暗く軋むものもあったはずである。

「隠居したあと、夫婦で旅をしよう、そのためにはいくらでも費やしてかまわない。旦那さんがそんな太っ腹のところを見せたのも、お花さんに対する感謝と負い目《おめ》があったからかもしれないねえ」

ともあれ、お店と家族は安泰《あんたい》だ。

「お花さんの内心を憚って、このお店では、おかみさんが実母ではないということは、固く内《ない》緒《しょ》にされていた」

それはもっとも厳しく守られ、隠されるべき秘密だった。

「何より、当の子どもらがそれを知らない。赤子のうちに引き取られて、お花さんに抱かれて育ったから、お花さんを実母だと信じて疑わないのさ」

だから、なおさら真実は伏せられねばならなかった。

「『巻ノ弐』で旦那さんが亡くなって、二人で次に出かけようとしていた金比羅詣でを、お花さんは一度は諦めかける。でもそのとき、当時十七歳の三治郎《さんじろう》という孫が、自分が一緒に付いていくと言い出して、お花さんを励ますんだ」

で、めでたく旅が実現し、「巻ノ参」の道中記ができるのだが――

「この旅の途中、金比羅様に渡る船を待つ大坂《おおさか》の宿に逗留《とうりゅう》しているとき、相部屋《あいべや》になった、やはり江戸から旅しているという老婆から、お花さんは不躾《ぶしつけ》な言葉を投げかけられる」

――おかみさん、連れの男は奉公人でしょうに、ずいぶんと親しげに口をきかれるものですねえ。

「この老婆は若いころに病で目の光を失い、その分、耳と目が利くようになっていた。ちょうど、あたしと同じだね」

老婆が金比羅宮を目指すのは、廻船《かいせん》業を生業とする一族の厄除《やくよ》けと招福を祈願するため。これまでにも何度か参拝しており、老婆は目は見えぬものの、足腰はまだまだ達者《たっしゃ》で、物言《ものい》いもはきはきしていた。それくらいでなければ、本宮《ほんぐう》まで七百八十五段の石段を上るという金比羅詣でに来られまい。

「お花さんは、老婆が何を言っているのか、意味がわからなかった。傍らに付いていた三治郎は、自分から祖母の道中の世話役に志願するくらいだから、気が利いて角《かど》の丸い若者だったようだけど」

　さすがに訝《いぶか》しんで、老婆に言った。

　──わたしどもは、祖母と孫でございます。手前は奉公人ではございません。

「すると老婆は大げさに驚いて、そんなはずはないと言い返してきた」

　──だってあなた方二人からは、同じ血の匂いがしないからねえ。だいいち、こちらのおかみさんは、一度だってお産をしていないでしょう。お産をしたことのある女と、したことがない女では、髪や肌の匂いが違うんですよ。

　本当に不躾な物言いだし、そんな匂いの違いなんて、巷で聞いたことがない。言いがかりにもほどがある。北一は呆れてしまい、この場面でのお花と三治郎がきっとそうであったと同じように、挟む言葉も見つからない。

「あたしは、もう二十年も昔、このくだりを読んだとき、思ったんだ」

　おかみさんの声が低くなった。

「ああ、あたしと同じことができる人がいる。あたしだけの思い過ごしではないんだ、と」

　ということは──

「おかみさんも、匂いでそういう見分けがつくんですか?」

言葉を呑んでいる北一に代わって、おみつが尋ねる。着物の胸元に手のひらをあてて、

「誓って申し上げますけれど、あたしは今まで赤子を妊《はら》んだことも、産んだこともございません。匂いでそれがわかるんですか」

わかるとも——と、おかみさんはうなずいた。

「ついでに言うなら、あんたが生娘《きむすめ》ではないこともわかる」

しっかり嗅《か》ぎ分けることができる。

「男の方は、女と比べたら難しい。月のものがないし、子を産まないからね。ただ、妻であれただの情婦《いろ》であれ、女と共に暮らしているかどうかはわかる。躰に彫りものや刺青《いれずみ》があるかないかもわかるし、これは有り難いことにごく少ないけれど、その男が人を殺《あや》めたことがあるかどうかも、かなり正しく嗅ぎ分けられるよ」

北一はおみつと顔を見合わせた。おみつのほっぺたが毛羽《けば》立っている。おかみさんのお言葉ではあるけれど、薄気味《うすきみ》悪いのだ。

「ねえ、北一」

おかみさんの声音が優しくなった。

「お染はどこにいるんだろうね。なぜ放火《つけび》なんかしたんだろう。それ以前に、なぜお店の金に手をつけようとして、見咎められるような羽目になったんだろうか」

突然のお尋ねだ。お染のこと。わからない。北一はそれを突き詰めて考えることから逃げて

いる。

「生真面目《きまじめ》な働き者だったよ。忠義者だった。何かよっぽどの理由がなければ、お染が悪事に手を染めるとは思えない」

北一の想いも同じだ。よっぽどの理由がなかったら。

「女が善悪を忘れて何かをしでかすのは、自分のためじゃない。想う男か、子どもの命がかかっているときさ」

千吉親分の教えだろうか。北一には、まだよくわからない。

「だから……お染が、これまでの人となりや働きぶりからは考えられないようなことをやらかしたとしたならば、きっと男か子どものためだろうと、あたしは思う。それで、どっちかと言えば、男よりも子どもという読みの方が当たっていると思えてしょうがない」

だって、おかみさんの鼻には、もう何年も前、お染がそばで女中として働き始めたその日から、匂っていたから。

「間違いなく、お染は子どもを産んだことがある。だけど、あの女の口から子どもの話が出てきたことは、一度もなかった」

訊かれないから言わない、という程度のことではなかった。お染は隠していた。何かしら事情があってのことだろう。

「もしも北さんが手詰《てづ》まりでいるならば、お染の子どものことを探ってみたらいいんじゃないか。そう言おうと思ってね」

北一に会う前に、『花鶉道中記』のそのくだりを読み返していたのだという。

「信じ難いかもしれないけれど……」

とんでもない。北一は今、分厚《ぶあつ》く塞《ふさ》がっていた胸のまん真ん中に、小さいがすっきりと向こう側まで風の通る穴が空いたような気分なのだった。

九

日が暮れるとすぐに、北一は長命湯の釜焚き場に行くことにした。

「夜遅くまで見張ることになるんでしょ。お弁当をこしらえておくから、出かけるついでに取りにおいでなさいよ」

おみつのお言葉に甘え、冬木町の貸家に立ち寄ってみると、立派な二段重《にだんじゅう》を持たせてくれた。ちゃんと背負えるように包んである。

「北さんも釜焚きの子も、一生でいちばんお腹が空《す》く年頃だもんね。しっかり腹ごしらえして、お役目を果たしてちょうだい」

お役目か。今さらのように、北一は気恥ずかしくなった。今夜の張り込み、――ホントなら、沢井の若旦那にご注進して、いいように取り計らっていただく方がいいんだ、きっと。

そう思う反面、火事で住まいを失い、心細い思いをしている仮住まいの人びとから金品をくすねてゆくような不届き者を、この手で捕《と》らえることができるかもしれない——と思えば、胸が弾《はず》んでしまうのだ。

いや、正直に言おう。北一が一人だったなら、胸が弾むよりも先に腰砕《こしくだ》けになる。だが喜多次が一緒ならば百人力、二百人力だ。何にも怖がることはない。

北一が釜焚き場に顔を出すと、軒下ほどの高さまで積み上げてあるごみの山の陰から、喜多次がお化けみたいにすうっと出てきた。

「うわ！」

毎度思うのだ。頼むから、音たててくれよ。

ざんばら髪に顔を隠し、案山子《かかし》みたいに痩せこけたこいつは、薄暗がりのなかで鉢合《はちあ》わせすると、この世のものとは思えないのである。

喜多次はぼそっと呟いた。「……飯」

北一の背中の重箱が匂うのか。

釜焚き場には、焚き付けに使う様々なごみが集められているので、はっきりいって臭《くさ》い。一年でいちばん爽やかな秋風が吹く季節や、全《すべ》てのものが凍り付いてしまう真冬のまん真ん中であっても、いくらか臭《にお》いが感じられるくらいである。それでも、こいつは弁当の旨そうな匂いを嗅ぎ取ることができるのか。

「鼻がいいんだなあ」

驚くよりも呆れながら、北一は背中の包みをおろした。

「匂いはわからねえ」

喜多次は言って、両手で重箱を受け取った。

「おまえが背負ってくるなら、夕飯だろうと思っただけだ」

ん？　それは、北一が何かを背負っているのを見たということか。宵《よい》の口とはいえ、焚き口のまわり以外は闇に沈んでいる、この湯屋の裏っ方で。じゃあ、目がいいんだ。

「フクロウみたいな目だねえ」

「いや、違う」

釜の中では、ごうごうと火が燃えている。その赤みがかった光のなかで、喜多次はざんばら髪の頭を軽く横に振った。

「重箱の分だけ、おまえの足音が重かった」

勝手知ったる釜焚き場だが、北一は思わずつまずいてしまった。そのへんに立てかけてあった何かに、おでこをぶっつけた。

「おいらの足音の重さの違いがわかるってのか？」

「うん」

喜多次は地べたに座り込み、重箱を手近にあった空樽（横っ腹に穴が空いている）に載せて、包みをほどき始める。

「なんでそんなに吃驚《びっくり》してるんだ。おまえの冬木町のおかみさんだって、きっとそれぐらいのことはできるはずだぞ」

言われて、北一はあっと思った。確かに、こいつの言うとおりだ。冬木町のおかみさんは、目が見えないけれど、それを補っておつりがくるくらいに耳や鼻がいい。

「お、豪勢《ごうせい》だ」重箱の中身を見て、喜多次は舌なめずりする。「里芋とイカの煮物だ。卵焼きもある」

おみつの卵焼きは甘みが強い。その隣には、北一が好きな魚の味噌焼きも詰めてあった。

湯殿には客が入っており、話し声と桶が鳴る音がする。夜がまだ浅いこの時刻に来る客は、躰を使って汗をかく仕事をしている者が多い。長命湯は場末《ばすえ》のおんぼろ湯で、ろくでなしの集まる吹きだまりではあるが、堅気《かたぎ》のお客が一人も来ないわけではない。今、湯殿から聞こえてくる声の主《ぬし》は二人、指が曲がらないほど大きくなって固まってしまった肉刺《まめ》をどうにかしたいとしゃべり合っているから、何か手職《てしょく》の職人だろう。

今夜ここで胡乱《うろん》な会合をするはずの連中は、もっとずっと遅い時刻におでましのはずだ。北一も気をほぐして、重箱の中身を眺める。ここまで近くに寄ると、煮物のいい匂いを感じた。

二段重の下の段には、握り飯とおいなりさんが並んでいた。おいなりさんの油揚げの味が隣の握り飯に染みてしまわぬよう、青い葉っぱで仕切りをつけてある。

「こいつは食えねえ」

葉っぱを引っ張り出して、喜多次が呟く。

「知ってるよ。けど、せっかくだから、そのまま挟んでおきなよ」

弁当や折り詰め料理に使われるこうした葉っぱの類《たぐい》も、青果問屋が扱う商いものだ。八百屋《やおや》ではなく、料理屋や仕出屋《しだしや》、弁当屋に卸す。それをおみつがさりげなくあしらっているのは、もちろん、松吉郎との仲があるからだろう。以前は、何かで弁当を詰めてもらったとき、こんな洒落た葉っぱは使っていなかった。

さっそくがっつき始めている喜多次の手から、北一は二段目のお重を取り上げた。

「何すンだ」

「今夜は遅くまでおいらがうろうろするから、爺ちゃん婆ちゃんたちに挨拶してくる。煮物と焼き物の方を食ってろ」

湯屋の入口の方へと回ると、爺ちゃんが番台で居眠りしていた。婆ちゃんたちは奥の小座敷《こざしき》にいて、ちょうど夕飯を食べようとしているところだった。

北一は何度もこの長命湯を訪ねているけれど、ここに住んで働いている爺ちゃん婆ちゃんたちの顔と名前を覚えきれない。というのは、主人の（ひどく耳の遠い）爺ちゃんと、おかみである（目が衰えている）婆ちゃんの夫婦を除くと、あとの何人かはしばしば替わるからだ——ということにさえ、気がついたのは最近だ。

最初のころ、北一の顔を見ると何かと親切にしてくれた女中の婆ちゃんは、このところ見かけない。代わりに、えらくてきぱきと掃除と洗いものをしている（他の婆ちゃんたちと比べれば）若めの婆ちゃんがいる。しかし今、夕飯を囲もうとする面々のなかには、主人夫婦とまた別の爺ちゃん婆ちゃんがいて、若めの婆ちゃんはいなかった。

四人揃って、重箱の中身に大喜びしてくれたものだから、北一は思った以上に大盤振《おおばんぶ》る舞《ま》いで、握り飯とおいなりさんをお裾分《すそわ》けすることになってしまった。それに気が引けたのか、新顔の婆ちゃんが奥に入り、形も大きさも赤ん坊の頭ほどの何か真っ黒けなものを持ってきて、手近にあった手ぬぐいでくるんで差し出してきた。

「これ、釜の火で焼いて食べな」

「ありがとうございます。おいら、今晩は遅くまで喜多次と一緒にいるもんで……」

「いいよ、いいよ。ついでに終《しま》い湯に入っておいき。泊まったっていいよ」と、おかみの婆ちゃんは歯のない口で笑った。

湯屋の入口から外に出ると、ちょうど新たなお客が来たところだった。駕籠かきだろうか、体格のいい無精髭《ぶしょうひげ》の二人連れだ。

すれ違いざまに、その二人が口を揃えて、「う、黴《かび》くせえ！」と声をあげた。

言われるまでもなく、北一も「黴くせえ！」と感じた。重箱と真っ黒けな正体《しょうたい》不明のものをなるべく近づけないようにしながら、湯屋の建物の裏手に戻った。

煮物や焼き物、卵焼きは、あらかた食い尽くされていた。

「……あんたはいつでも食わせてもらえるだろ」

北一の恨みがましい目つきを、喜多次は鼻であしらった。で、

「その黴の塊《かたまり》はどうした？」

「くれたんだ。釜の火で焼いて食べろって」

すると、喜多次が笑い出した。痩せこけてぺったんこの腹を抱えるようにして、けっこうな

大笑いをした。

——こいつ、こんなに笑うんだ。

驚きに気をとられて、北一は食いものの恨みを忘れてしまった。

「こいつはいったい何なんだい？」

赤ん坊の頭ほどの真っ黒けな塊。北一がそれを持ち上げて尋ねると、喜多次はまだ口元を笑わせながら、「鏡餅」と答えた。

「え、おかがみ！」

今はもう霜月も終わろうとしている。その次は師走だ。師走といったら正月の手前の月だ。鏡餅は正月の供《そな》えものだ。ということは、

「一年近くも前の鏡餅かぁ？」

「うん。一年近くほったらかしで、黴と埃にまみれてるな」

「鏡開きの日に、汁粉《しるこ》にしなかったのかよ」

「汁粉は女中の婆ちゃんがつくってくれた。そいつは別口のお鏡で、余ってたんだろう」

別口の鏡餅ってのは何だよ。そんなにいくつも飾るものなのか？

「誰かが持ってきたんだろうさ。ここは、この界隈《かいわい》の爺ちゃん婆ちゃんたちの木賃宿《きちんやど》みたいなもんで、食い扶持《ぶち》になりそうなものを持ってくるか、雑用をして働くなら、好きなだけ住んでいいんだから」

あ、やっぱりそうなのか。北一の思い込みではなく、主人夫婦以外の爺ちゃん婆ちゃんたち

は、入れ替わりがあるのだ。

「おおらかなんだね」

「困ったときにはお互いさまだって、おかみの婆ちゃんは言ってた」

家族と喧嘩して飛び出してきたとか、雨漏《あまも》りがひどくて長屋に住めなくなったとか、店賃《たなちん》を払えなくて追い出されたとか、倅《せがれ》夫婦が商いの借金をこしらえて夜逃げしてしまって置き去りにされたとか、様々な爺ちゃん婆ちゃんたちが、長命湯を頼ってくるそうな。

去年の暮れ、浴衣一枚でここの裏庭に倒れていたという喜多次を、騒ぎもせずに拾い上げて介抱《かいほう》し、番屋に突き出すこともなく、そのまま居着かせてくれたこの湯屋は、（とてもそんなふうには見えないが）実は肝っ玉の据わった老夫婦の根城《ねじろ》なのである。

だもんで、鏡餅の一つや二つ、真っ黒けになるまで黴《か》びさせたところで、苦しゅうない。

「まあ、黴と埃を引っぺがして、よく焼けば食えるだろう」

と言いながらも、黴の塊を前に、喜多次は鼻に皺を寄せた。

「中身は餅だ。俺の国じゃあ、真冬の寒気にあてて乾《かわ》かした〈さらし餅〉なんか、一年どころか四年も五年もとっておかれたぞ」

釜焚き口の前で、手近にあった道具で真っ黒けなお鏡の表面を削《けず》り始めた。北一はそれを眺めながら、残った握り飯とおいなりさんを食った。

そして思い出した。喜多次の生まれた国の話と、深川のどこかで稲荷寿司《ずし》の屋台を出していたという、喜多次のご先祖さんのこと。大伯父《おおおじ》さんだっけ。

「……おでこさんに訊いてみようと思いついたけど、それっきりになってたな」

「何が」

喜多次はどこかから鉋《かんな》を見つけ出してきて、それで餅の表面を削り出した。このごみの山には何でもある。

「茂七大親分の代のことだから、政五郎親分だって覚えてるかどうかわかんねえし、おでこさんがいちばん確かだって思ってさ」

北一は、最後の一つのおいなりさんを食っているところだった。聡《さと》い喜多次は、それで北一の考えを察したのだろう。

「俺のご先祖様のことなんか、探ったって面白くもねえぞ」と言った。

「どのくらい旨いおいなりさんだったのか、それだけでも知りてえ。おっと」

もう一つ思い出した。

「その話をしたとき、言ってたな。おいなりさんは、おまえの国の名物だって」

そんなわけがあるか、おいなりさんはどこの国にだってある食べ物だ。北一はそう考えたのだが、

「冬木町のおかみさんに訊いたらさ」

——稲荷寿司は、十年ばかり前に、江戸市中で売り出されたのが始まりだって、ものの本で読んだことがあるけれどどね。

もっと昔から食べられていたという説もあるし、振り出しがどこなのか、最初に作った人が

ない。

誰なのか、そんな細かいことまではわかっていないらしい。少なくとも文書として残ってはい
「おかみさんがそう言うんだから、おまえの吹いてることも、まんざら嘘じゃねえんだろう。

ただ、名物って自慢するくらいなんだから、きっと豪勢なおいなりさんだったんじゃねえの？」

喜多次は鏡餅を削る手を止めて、眉をひそめた。「豪勢って？」

「飯に具が入ってるとか」

「ただの酢飯《すめし》だよ。ごまを混ぜる家もあったけど」

「え。じゃあ、でっかいとか？　そのおかがみぐらいに」

「そんな大きさの油揚げがあるかよ」

かん、かん、かん。喜多次は真っ黒けな鏡餅の表面を削る。一部がぱかんと剝げて、手元に
落ちてきた。鏡餅の本体にも、深い割れ目ができている。

「うへ」

「どうした？」

「中も真っ黒けだ」

喜多次が鏡餅をこっちに向けて見せた。白いところが全然ない。

「真ん中へんは無事かもしれねえ」

かん、かん、かん。それに呼応するように、湯殿の中から桶の鳴る音が響いてくる。

「——俺の国じゃ、おいなりさんは式日《しきじつ》の食いものだったんだ」

喜多次がこぼすように呟いた。

「しきじつ?」

「元服《げんぷく》とか、祝言《しゅうげん》とか、そういう祝い事」

「めでたいときに、おいなりさんを食うのか」

それは……北一にとってはすごく嬉しい習いだが、その国独特の祝い事の習慣としては、かなり地味なものではなかろうか。鯛《たい》の尾頭《おかしら》付きとか、寿司じゃないんだぞ。

訝《いぶか》る北一をよそに、喜多次は続けた。「油揚げが好物の狐《きつね》は、家の守り神でもあったしな」

お稲荷さんという神様じゃなくて、狐が守り神? それもまた変わってないか。人を化かす魔物《まもの》だぞ。

釜の奥で何かが軽い音をたてて爆《は》ぜた。湯殿の方から、「お〜い、釜焚き。温《ぬる》くなってきたぞ」と声がかかった。

喜多次はするりと立ち上がり、北一に真っ黒けな鏡餅と鉋を託して、釜焚きの作業を始めた。北一は黴の臭いに閉口《へいこう》しながらも、ちょっとずつ鉋を使って黒い餅を削った。

そして、ついつい考えを巡らせた。

喜多次は腕っ節が強い。それは単に喧嘩に強いとか、剣術の腕が立つというのではなく、何というか——人の急所をよく知っていて、手早く相手を倒す技を身につけているという感じだ。

それと、あの耳と目のよさ。たぶん鼻も同じくらい利くのだろう。

冬木町のおかみさんは、子どものころに疱瘡《ほうそう》で目の光を失って、それからずっと毎日の暮らしのなかで少しずつ鍛錬《たんれん》を重ね、まるで神通力みたいなあの力を得た。喜多次もまた、生まれつきあんなふうであったはずはない。

——きっと鍛錬したんだ。いや、訓練されたのか。

初めてあいつの動きを見たとき、まるで忍びみたいだと感じた。その感じは間違っていなくって、あいつはそういうお役目を背負った家に生まれたのだろう。

狐を守り神にして、めでたい日和《ひより》のご馳走に稲荷寿司を食べる、質素な家。それを考え合わせると、さっき言ってた〈さらし餅〉だったっけ、四年も五年も保《も》つ餅にも、何だか意味がありそうに思えてくる。何があっても飢えないようにとっておく、最後の切り札の食べ物とかさ。

おみつの心遣いを平らげ、手を合わせて「ごちそうさま」と言おうとしたとき、いきなり喜多次がそばに飛んできて、北一の口を指で押さえた。こういうふうに音もなく、ただ動くのではなく「飛ぶように動く」のも、こいつの特技だ。これもまさに、忍びの技。

「しまった」と、喜多次は囁きに近い小声で言った。「この前の声の主が、もう湯に入ってる」

話し声が聞こえてきたのか。北一は焚き口の上の格子窓《こうしまど》を仰いだ。今夜はバカに早いじゃないか。

「あのしゃべり声は、このあいだ来た三人のなかでも指南役の、いちばん若い奴の声だ。あいつだけでも、早く来る理由ができたのかもしれねえ」

「この時刻だと、まだ二階にほかの客がいるだろ？　すぐには胡乱《うろん》な相談はできねえだろうに」

「これから時をつぶすつもりなのかもしれねえが……。どっちにしろ、こっちは近くでやりとりを聞きとらねえと始まらねえ」

夜が更《ふ》けて、二階に他の客がいなくなってから、北一は押入《おしいれ》に忍び込み、喜多次は天井裏《てんじょううら》に上がって連中を待つ、という段取りを考えていたのだ。

「ソンなら、おいら、指南役の野郎が湯にいるうちに、二階の座敷の押入に入ってるよ」

他の客の目をごまかすぐらい、何とでも言い訳のしようがある。だが、勇んで立ち上がろうとする北一を、喜多次は指一本できゅっと肩口を圧すだけで押しとどめた。

「それより、あんたはここで釜焚きをしてくれ」

「え。おいらが？」

「お客が熱いと言ったら焚くのを休んで、温いと言ったら焚けばいいんだ」

そして、よく耳を澄ませていろ。

「あの若い男が、誰かと湯の中でしゃべるかもしれない」

今は黙《だま》って湯を浴《あ》びているらしく、ざぶざぶと湯の流れる音がするだけだ。

「で、奴が湯から出たら、俺に教えてくれ」

「おまえはどうすンの」

「入口で、これから来る客を張る。指南役に会いに来る奴がいたら、無理に近づいてやりとりを聞きとるよりも、帰っていくのを待ち受けて、あとを尾《つ》けよう」

湯殿の方からのんきな声がかかった。

「お〜い、釜焚き。居眠りしてるのかぁ。日向水《ひなたみず》だぞ〜」

陽気な若い男の声だ。喜多次が北一の顔を見て、片っぽの眉を吊り上げた。よし、この声か。北一は強くうなずいた。


それから四半刻《しはんとき》（三十分）ほどして、新しい客が湯殿で、指南役の男と挨拶を交わした。新しい客は中年の男で、口調は丁寧、商人らしく歯切れがいい。二人のやりとりを聞いていると、指南役の男がこの商人に何か作ってほしいと頼み、それが出来上がったので、ここの二階で受け渡しをして、指南役の男が商人に一杯おごる――という約束になっているとわかってきた。商人の方は湯にはつからず、すぐ湯殿を出ていった。

湯屋の二階は遊興《ゆうきよう》の場であるから、店の方で酒肴《しゆこう》の用意をする場合もあれば、近くの店から出前をとることもある。長命湯は（何度も言うが）場末のおんぼろ湯屋なので、酒肴を運んできてついでに春も売り買いする提《さ》げ重《じゆう》の女が商いをするには、みすぼらしすぎるのだろう。一人も寄りつかないわけではないが、かなり少ない。近所には、酒肴を手軽に調達できる、手頃な料理屋や仕出屋も見当たらない。だから爺ちゃん婆ちゃんたちがささやかな酒肴を調《ととの》え、客はそれに銭《ぜに》を払う。

「あいつら、二階で酒を飲むって。おいらが運んでって、様子を窺ってくるよ」

「よし、頼んだ」

喜多次とやりとりしてから、北一が台所の方へ回ってみると、指南役が、寝間着《ねまき》の上に綿入れを着込んだあの若めの婆ちゃんに、熱燗《あつかん》と肴《さかな》を頼んで二階へ上がってゆくところだった。

若めの婆ちゃんは、終い湯のあとの掃除を受け持つので、今のうちに仮寝《かりね》をしていたそうなのだ。あくびをしながらも手早く干し魚を焼き、鉢に作り置きしてあった和《あ》え物《もの》を小鉢に移した。北一はお手伝いを申し出て、熱燗をつけた。あいつらの胃の腑が火傷《やけど》するといいのにと祈りながら、ぐらぐらに熱くした。

「それじゃお願いしますよ」

「あい！」

熱燗の銚子《ちょうし》と杯《さかずき》、肴を一つの箱膳《はこぜん》に入れて、そのまま持ち運ぶ。北一が梯子段《はしごだん》を上がってゆくと、夕暮れどきから居座っている客が四人、とっくのとうに湯冷めしているだろうに、賽《さい》子博打《ころばくち》に興《きょう》じて熱くなっていた。

「ああ、酒はこっちへおくれ」

指南役の若い男は、湯上がりの上半身をさらけだし、肩から手ぬぐいをかけただけの恰好で、壁にもたれて団扇《うちわ》を使っていた。声を聞く前から、ああこいつだとわかった。つるりとした男前で、女形《おやま》のように色白だ。背は高く、胸は薄い。力仕事はしていないな。それと、声は若いが本体はさほど若くない。二十五、六か。

相方の商人も、声よりも本体の方が年配だった。鬢《びん》は真っ白で、右の瞼は半分ほど垂れ下がっている。両の頬も垂れているから、五十を過ぎているのかもしれない。身形《みなり》はそこそこ上等、こちらもまた、何かを作る生業《なりわい》を持っているようには見えなかった。さっそくの熱燗の、お酌《しゃく》を受ける指も爪も綺麗すぎる。

二人の傍らには、藍色の風呂敷に包んだ四角いものが置いてあった。ちょうど千両箱みたいな形と大きさだ。もしやこの中に、盗んだ切り餅がぎっしり詰まっているとしたら、いったいいくらになるだろう。一瞬そんなことを考えて、北一は冷たい汗をかいた。

ついでに座敷のごみを拾い、軽く片付けをしながら耳を澄ましていたら、指南役と商人は、この四角いもののことを「道具箱」と呼んでいた。商人がちょっとこれを持ち上げようとして、かなり重そうにしていた。大工の道具箱か？　しかし、指南役が大工であるはずはない。もしもそうだったら、北一は逆立ちして永代橋《えいたいばし》を渡ってやる。

二人の男は熱燗を二合あけると、さらに二合頼んで、賽子博打にまじって遊び始めた。やがて、ずっと丁だ半だと興じていた男たちは、夜鳴き蕎麦を食おうと言って出ていった。それに引っ張られるように、指南役の男が厠《かわや》に立った。

何かしら用事がありそうなふうを装《よそお》って、二階の座敷に出入りしていた北一も、これを機会にいったん階下へ下りた。喜多次は釜焚き口の前に座っていた。

「どうだった？」

北一が道具箱のことを語ると、

「俺も、あの指南役の男が大工だとは思わねえ。だけどあの道具箱は、大工の道具箱と同じくらい重たい」

何でわかるんだと聞きかけて、北一はすぐ呑み込んだ。こいつの耳なら、聞きとることができるんだ。

「中身は布や紙じゃねえ。人形や本でもねえ。本だけであの重さになるには、箱の大きさが三倍ぐらいないとおかしい」

北一は、ごく素直に口に出してみた。「千両箱じゃねえのかな？」

「本物の千両箱を見たことあるのか」

「……ない」

北一の暮らしには縁がなかった。

「千両箱だったら、もっと薄べったいよ」

喜多次は見たことあるんだな。

「音が聞ければなあ。ちょうどあの商人が来たとき、入れ違いに別の客が出ていったところで、音がまぎれちまったんだ」

それより、中身を見られればもっと話が早い。北一は早口に問うた。「あの座敷の天井裏に上がるには、どうするんだ？」

階段を上がりきったところのすぐ右手にある物置の天井板を持ち上げて、そこから上るのだという。

「じゃ、そっちはおいらがやる。喜多次は連中の動きに目を光らせていて、聞き取れそうなことは耳の穴をかっぽじって聞き取ってさ、そんで、あいつらがここを出たらすぐあとを尾けてくれよ」

こんなことに慣れない北一では、尾けたところで見失ってしまうかもしれない。もっと悪いのは、相手に覚られることだ。

「よし、わかった。座敷の天井板を踏み抜くなよ」

笑い事ではなさそうな忠告をしてから、喜多次は続けた。「もう一つ、思いついたことがあるんだ」

その思いつきは、さらに笑えそうにないものだったが、確かにいい案だった。

「でも、あてはあるのかい？」

「ある」

となると、北一も嫌とは言えなかった。


それから半刻《はんとき》（一時間）ばかり経って、歳は二十歳《はたち》ぐらいだろうか、半纏《はんてん》に股引、職人ふうの出で立ちの若者が一人、指南役を訪ねてきた。湯には入らず、いきなり二階に上がった。するど、商人の方が暇《いとま》を告げて引き揚げていった。かなりきこしめしていたので、顔が赤いし足取りが怪しい。

こいつを尾けることは、最初から無理だ。こっちは二人しかいないのだから、仕方がない。ただ、喜多次の妙案があとでその分を助けてくれるかもしれない。

指南役と若者は、温くなった燗酒《かんざけ》の残りと食べ散らかした魚をつつきながら、額を寄せて話し合っている。埃だらけの天井裏に寝そべり、天井板の隙間《すきま》から下を窺っている北一の耳には、そのやりとりは聞こえない。指南役の男が、商人が残していった正体不明の箱に手をつける様子はないが、若者はそちらを気にしているようだ。一度だけ、早く箱を開けてくれ（中身を見せてくれ）と急《せ》かすのを、

「三人揃ったらね」

と、指南役が宥めるのは聞きとれた。

「へえ、急かしてすみません」

若者のその言を聞きとったとき、北一の耳の奥で何かがぱちりと噛み合った。

この声、どっかで聞いた覚えがある。

何とかして、この若者の顔をよく見たい。くそ、天井裏にいるから、かえって不便だ。湯屋の小僧のふりをして、座敷に出入りした方がよかったか。

そのとき、天の助けがきた。

「今夜は冷えますねえ」

寒そうに肩をすくめ、若者がぐるりと首をまわして、天井の方に顔を向けてくれたのだ。

――あいつだ。

昼間、木置場の仮住まいで見かけた。婆ちゃんやおばさんたちに囲まれていた。古ものを売りに来たのかと思ったら、商いではなく、焼け出された人たちに、敷ものや夜具を配りに来て

いた。

「悪いわねえ、こんなにたくさん」と、おばさんたちが感謝していた。

あのときは、侍でもなく職人でもお店者《たなもの》でもなく、武家屋敷勤めの中間《ちゆうげん》かと思った。ひねり髷《まげ》なんて珍しかったからだ。

今、北一の目の下に見えている髷は、ごく普通の真《ま》っ直《す》ぐに整えてある。小袖も鮫小紋《さめこもん》なんて上物じゃなく、素《そ》っ気《け》ない格子縞だ。それでぜんぜん印象が違うのだ。

こいつはいったい、どういうからくりだ。北一の胸がざわついた。

それからもう半刻以上も待ったろうか。ようやく、一味の三人目が現れた。

こちらは全く若者ではない。三十は過ぎているだろう。背恰好はすらりとしていて、身に着けているものも安っぽくはなさそうだ。小商人《こあきんど》ふうと言っておくか。

「やっと来たかい」

いささか眠そうな指南役と、所在なげにあくびばかりしていた若者に、小商人はぺこぺこ頭を下げて、言った。

「あいすみません。女房がまた血を吐いて、しばらくそばを離れられませんでした」

そりゃ大変だと、指南役は身を起こした。

「今は落ち着いたのかい」

「眠ってますが、熱が高くて」

「早く朝鮮人参《ちようせんにんじん》を呑ませてやりたいね」と、若者が言う。

それには答えず、小商人は、月代《さかやき》がてらてら光るほどの汗を手の甲で押さえた。

「ああ、泡《あわ》を食って走ってきたから、汗だくですよ」

つと仰向《あおむ》けた顔を目にして、北一はどきりとした。

この顔も知ってる。覚えている。

昨日、やっぱり木置場の仮住まいで、こいつとぶつかった。あのときは、たっぷりの髪油《かみあぶら》で髷を整えて、薄いちゃんちゃんこを着ているのが珍しくて目を引いた。

今は、あんな形《なり》ではない。どこにでもいる、普通の小商人ふう。貧しくはないが、洒落者《もん》を気取《きど》ってもいない。

「じゃあ、さっそくお宝を分けようか」

指南役の男が言うと、若者が座敷の出入口の障子戸に寄り、人気《ひとけ》のないことを確かめた。梯子段の下にも誰もいない。いるのは天井裏の北一だけだ。

指南役の男は、風呂敷包みをほどいて、中身を取り出した。四方を金具でとめてある、ただの木箱だ。それも新品ではなさそうだ。

蓋はきっちり閉まっており、指南役は苦労していた。それも、ぱかっと開きはしない。ずらすようにして、三分の一ほどがようやく開いた。

「うわぁ」と、若者が声をあげた。小商人の背中が丸くなって、その顔が木箱の方へと吸い寄せられる。

「心配しなくても、あんたらの取り分だからね。二人とも、容れ物は持ってきたよね」

指南役の言葉に、若者と小商人はそれぞれ懐から麻袋《あさぶくろ》を引っ張り出した。雑穀や豆を入れるのに使われる丈夫なものだ。紐が通してあって、背負うこともできる。

「それじゃ、まずトミさん」

指南役は、木箱の中からずっしりと重そうなものを取り出した。目にしてみれば、何ら珍しいものでも不思議なものでもなかった。

銭差《ぜにさ》しだ。

麻紐や細い縄に小銭《こぜに》を通し、まとまった金額を持ち歩けるようにしたものだ。行商人や旅人が持ち歩く。小銭の束だから軽くはない。金額が大きくなるほど重くなる。

「これと……これと、これだけ合わせて、二両と二分《ぶ》」

北一は思わず「へ?」と声を出しそうになった。二両と二分なら、どうして小判二枚と二分銀にしないんだ?　なんでまた、もっと安い小銭をわざわざ束ねて、それだけの金額にするんだよ。

「イノさんには、こっちね」

小商人の麻袋にも、銭差しが入る。袋の底にきちんと銭差しが落ち着くように、形を整えながら入れていく。

「これが蓋の代わり」

指南役が取り出したのは、二人が持っている麻袋の半分くらいの大きさの、もっと柔そうなくたびれた布袋だ。ただし、ふくらんでいる。振ると、ざっざっと音がした。

「大粒の小豆《あずき》だよ。うちに帰ったら、小豆粥にして食うといい」

なるほど。これを麻袋の上に載せることで、銭差しを隠すわけだ。万に一つ、麻袋の口が開いてしまっても、外から見えるのはこの小豆が入った袋だけだ。

「今回の気の毒ばたらきも、上々の出来でございました」

指南役の男は座り直し、にこやかに言った。

「深川元町の方は、手じまいだ。あんたらは、もう近づいちゃいけません。次の機会のことは――あんたらにその気があるかどうかだけ伺っておきましょうか」

中間ふうに装っていた職人ふうの若者と、昨日は髪油たっぷりでちゃんちゃんこを着ていた小商人は、背中を伸ばして正座している。ちょっと譲《ゆず》り合うように顔を見合わせてから、小商人の方が先に口を開いた。

「手前は、次の機会もぜひ働かせていただきたいと思っております」

おれも――と、若者があとに続く。そんな二人の顔を見比べて、指南役は満足そうにうなずいた。

「では、またお願いしますよ」

北一は吐き気がしてきた。天井裏の埃と暗がりと窮屈《きゅうくつ》な姿勢のせいではなく、胃の腑ではない、別のところから湧いてくる、怒りの吐き気だった。

十

「次の的《まと》が決まったら、また繋ぎをとりましょう。それまでお達者で」

指南役の言葉を潮に、「トミ」「イノ」と呼ばれた男たちは、それぞれの分け前の麻袋を担いで梯子段を下りていった。指南役は居残って、帰る様子はない。

三人がばらける。しかし、いちばん要《かなめ》になりそうなのは、何といってもこの指南役だ。北一は慌てて動かず、じっと天井裏に寝そべっていた。

一人になった指南役は、大あくびをして寝そべると、腕枕でうたた寝を始めた。小さくいびきまでかいている。まだ誰か来るのかもしれない。北一もじっと我慢だ。

だが、トミとイノが去ってから半刻ほど経つと、指南役はむっくり起き上がり、身支度《みじたく》をした。着物は袖と裾まわりに大きな市松模様が入っており、その上に着込んだ羽織は、同じ市松模様で同じ色合いでありながら、模様の場所と大きさが違《たが》えてあった。生地《きじ》は薄っぺらい絹物のようで、いささかくたびれているから、格別に贅沢とは言えない。だが、色柄《いろがら》の合わせ方に凝っているのは洒落《しゃれ》ている。

――おっと、襟巻きまでお揃いだ。

指南役の男は、長い襟巻きを器用に首に巻き付けると、胸の前に小粋《こいき》な結び目をこしらえて、仕上げにぱんぱんと裾を払った。

半纏《はんてん》に股引のトミ、小商人ふうのイノは、今夜の出で立ちの方が本来の彼らのもので、正業なのだろう。仮住まいの木置場に出入りしているときは、別の生業《なりわい》、別の立場の者であるように——トミは武家屋敷の中間、イノはたっぷりの髪油をぷんぷん匂わせた洒落者を装っていたと思われる。

未《いま》だに名前もわからぬ指南役のこの男と、銭差しを山ほど詰め込んだ道具箱を担いできて、こいつに引き渡していったあの商人は、何が表の顔なのか。

指南役の男は、商人が担いできたときより、よほど軽くなったであろう道具箱をひょいと担ぎ上げると、梯子段を下りていった。北一もすぐ天井裏を抜け出し、物置から廊下へと出てゆくと、梯子段の下で指南役の男と若めの婆ちゃんが話をしていた。どうやら、指南役が婆ちゃんに小銭をやったらしい。

「今夜は冷えるね。おねえさん、風邪《かぜ》を引かないでおくれよ」

「毎度どうも。またお越しくださいよ」

「今度来るときは、湯豆腐《ゆどうふ》で一杯やりたいなあ。心がけといておくれよ」

「はい、はい」

何だよ、仲良しじゃねえか。

憮然《ぶぜん》としていると、若めの婆ちゃんが二階を片付けに上がってきた。北一はいったん物置に隠れ、婆ちゃんと入れ違いに急いで階下へ下りた。梯子段のいちばん下の段を踏んだと思ったら、いるのに。

「こっちだ」

喜多次の声がした。梯子段の裏側にしゃがみ込んでいる。指南役の男の姿はとっくに消えて
北一はつい声を荒《あら》らげた。「あいつを尾《つ》けてねえのかよ?」

「慌てなくても、しいるしは付けた。気取られねえように、間をとった方がいいんだ」

しるし?　訝る北一の鼻先に、喜多次が真っ黒なものを突きつけてよこした。

「かぶれ」

頭巾《ずきん》だった。不思議な手触りの布でできていて、頭からすっぽりと肩口まで覆い、鼻の部分だけが空いている。

「これじゃ前が見え――」

見えなくなかった。かぶるとわかるのだが、両目の部分は透《す》けているのだ。

「夜の闇のなかじゃ、人の顔なんか見分けられねえ。けど、ほんのかすかでも光があると、白《しろ》目《め》はよく目立つんだ」

だから、闇にまぎれて何かをしようとするときは、目を隠すことが肝心《かんじん》だというのだ。

「便利な頭巾だな」

北一は頭巾の上から自分の顔に触れてみた。手触りはつるつるしている。

「本物の忍びは、こういうものを使うのか」

「これくらいのもん、気の利いた夜盗《やとう》だって使う」

埃っぽい暗がりのなかで目を細めていた喜多次は、「そろそろ行くぞ」と動き出した。梯子段の裏側の壁を引っ掻いている。何をしているのかと思えば、その壁板が外れて、人が這って出入りできるくらいの四角い穴が開いた。

「これ、おまえが開けた内緒の出入口か？」

「そんな勝手なことをするもんか。ごみの出し入れ口だ」

なるほど、喜多次にくっついて這って出てみると、釜焚き場の一角のごみ溜めに出た。真っ暗でも臭《くさ》い。臭《にお》いは寝静まらない。

「あいつ、どっちへ行った？　しるしを付けたってどういうことだよ」

北一のせっかちな問いかけに、喜多次は黙って夜空を指さした。その指先に目をやって、北一は信じ難いものを見た。

淡い紅色の煙の筋だ。ほんの一筋、夜気《やき》のなかを頼りなく漂《ただよ》って、尻尾《しっぽ》の方から薄れて消えてゆく。

「雨が降らずに、風がない夜じゃないと使えねえんだけど」

今夜はちょうどよかったと、喜多次は言う。

「どんな手妻《てづま》なんだ？　じゃなくて、忍術道具か」

「バカなこと言うな。ただの線香《せんこう》だよ」

火は小さいが煙の保ちはよくなるように、材料を工夫して練ってある特製の線香で、ほとんど香りがしないという特徴もあるそうな。それを細い糸に結び、行き先を知りたい人物の衣類や履き物にくっつけておく。線香の長さと太さで、ある程度の距離を追えるように調整できるのだという。

「追っかけよう」

　喜多次は落ち着き払っている。北一は、やたらに荒い自分の鼻息のせいで、頭巾の内側が騒々《そうぞう》しくってしょうがなかった。


　喜多次のしるしの線香は三町《ちょう》（約三百三十メートル）で尽きてしまったが、それでよかった。指南役の男は長命湯を出ると、町家《まちや》が建ち並んでいる方ではなく、俗に深川十万坪と呼ばれる広大な田地《でんち》の方へと足を向けたのだ。こんな時刻にあぜ道を歩く人影はないし、火の気もない。尾行する二人も線香の火も、あまりにも見つけられやすい綱渡《つなわた》りだった。

　あぜ道の土手に伏せて、枯れ草と乾いた土にまみれながら尾けてゆくと、小名木川橋《おなぎがわばし》を渡って五本松を過ぎた先で、男は川端に下りていった。そこには危なっかしく傾《かし》いだ小さな桟橋《さんばし》があり、猪牙《ちょき》が舫《もや》ってあった。

　男はまず道具箱を猪牙の中に下ろすと、繋いでいた縄をほどき、市松柄の着物の裾をめくって、ひょいっと猪牙に飛び移った。慣れた手付きで櫓《ろ》を操《あやつ》り、桟橋を離れると、さらに東の方へと漕《こ》いでいった。夜の闇と川の闇の狭間《はざま》に吸い込まれて消えてゆく。

「……どうする？」

　土手から起き上がり、北一は問うた。人を尾けるって、こんなにも思うようにいかねえことなのか。

「引き返そう」と、喜多次は言った。「用は足りた」

「へ？」

「櫓の握りのところに焼き印があった」

〈○に六の字〉商家の屋号だろうと言う。

「調べりゃわかる。商人の方はもう素性がわかったし」

え、え、え。いつ？　いつ突きとめたの？

「あいつにも、線香のしるしを付けてたのか」

「いや。あんな重たい荷物を一人で担いできたんだから、おおかた近所だろうと思って、尾けた」

北辻橋《きたつじばし》のそばの質屋《しちや》だった、と言う。確かに、横川に沿って長命湯から真っ直ぐ行ったところだ。

「そっちも『六実屋《むつみや》』だったから、指南役の男の〈○に六の字〉とも関わりがあるのかもしれないし、ただの偶然なのかもしれない。ま、どっちだっていいが」

喜多次はけろりとしているが、北一は、天井裏や土手道で寝そべったり這い回ったり、そうかと思えば暗闇のなかでにわかにいろいろ判明してきたりして、頭がぐるぐるだ。

「あのトミとイノって奴らは……」

喜多次一人で、まさかあの二人の行き先までつかんで——いてもおかしくはない。

「手は打ってある。今夜のうちに確かめてみるか」

喜多次は言って、夜風の匂いを嗅ぐように、鼻先を上げた。

「早い方がいいし、あいつらも夜中の方が走りやすいしな」

走りやすい……あいつらって？


犬だった。

マジで本当に、犬のあてがあったんだ、こいつ。釜焚き場で口笛を吹いたら、あら不思議。お犬様の登場だ。

喜多次の思いつきというのは、指南役の男と落ち合ったあと、別れてゆく他の男たちの着物や履き物に臭いをつけておくという案だったのだ。で、あとからその臭いを追っかける。人よりもずっと鼻の利く、犬を使って。

「初仕事だから、上手《うま》くいくかどうか」

そう言いつつも、二匹の犬たちの頭を撫《な》でてやる喜多次の手付きは堂《どう》に入《い》っていて、犬たちも喜多次に懐《なつ》いているようだった。まあ、懐いてなかったら、口笛で呼ぶなんてこともできやしないよね。

一匹は薄汚れた白犬で、片耳が千切《ちぎ》れ、片目が半分潰れている。一人では、なかなか抱えきれないほどの大きさと重さがある。

もう一匹は小柄で華奢《きやしや》な白と茶色のブチ犬だ。耳がピンと立ち、尻尾もきりりと巻き、目はぱっちりと澄んでいるが、鼻面《はなづら》に傷痕《きずあと》がある。何かで削《そ》がれたみたいな傷だ。

「こいつら、忍者犬？」

「野良犬だよ」

それにしちゃ飢えてないし、北一を警戒する様子もない。

「湯屋の爺ちゃん婆ちゃんたちと、あんたの匂いは覚え込ませてあるからな。ただ、指の数を減らしたくなかったら、あんたはまだこいつらに触らない方がいい」

はい、触りませんとも。

「名前はつけたのかい」

「シロとブチ」

愛想がねえなあ。

「二匹もまとめて、いつ拾ったんだ？」

犬たちは喜多次がくれた残飯らしい餌《えさ》を食い、水を飲んでいる。喜多次は振り返って、北一の顔を見た。

「俺はこいつらを拾っちゃいねえ。仲間だと教えてはあるが、俺はこいつらの主人になった覚えもねえ」

「そ、そうか」

喜多次が最初に出会ったのはシロで、それは北一が江戸前の海で溺れかけ、しばらく休んでいたころのことだった。

「ちょっと前から、釜焚き場に犬が近づいてる気配《けはい》はあったんだが、なかなか顔を拝めなくってな」

初めてばったり会ったのは早朝のことで、シロは右前足の爪を折り、怪我をしていた。喜多次はその手当てをしてやった。

「夜は町筋で残飯あさりをして、昼は川沿いの橋の下や、武家屋敷の裏の藪《やぶ》の中なんかに隠れ住んで」

このあたりには、そういう野良犬がけっこう棲《す》みついている。一つ間違うと、町の人たちとのあいだに不幸な問題が起こるが、シロとブチにはそんな心配は要らない。

「ブチは生粋《きっすい》の狩人《かりうど》だ。足が速くて目がよくて、ネズミもイタチもヘビなんかも、見つけたら逃さずに狩る。シロは魚を捕《と》るのがうまいんだぜ」

シロは半月ほどかけて喜多次に馴染むと、ある夜、ブチを連れてきた。喜多次が「おまえの弟分か」と訊ねると、シロはワンと鳴き、ブチは地べたに前足を折って挨拶を寄越《よこ》したそうな。

「二匹で、おまえの弟分になったわけだ」

北一の言に、喜多次はかぶりを振った。

「だから、さっきも言ったろ。俺はこいつらを飼ってるわけじゃねえ。残飯があればやるが、なければ何もやらねえ。こいつらだって、ちょいちょい来るわけじゃねえ。気が向かなきゃ、半月も音沙汰《おとさた》がねえんだ」

実際、北一は喜多次が犬をかまっているなんて、今の今まで知らなかった。

「でもさっきは、あんたが口笛を吹いたらすぐに駆けつけてきたよな?」

「先《せん》から頼んでおいたからだよ」

あ、そうですか。北一はもう、「え」も「へえ〜」も品切れだ。

喜多次は、たぶん手ぬぐいを裂《さ》いたものをより合わせ、ねじって作ったのであろう、六尺あまりの長さがありそうな引き縄の先に輪っかを付けたものを用意していた。

「まずはブチだ。おまえは待っててくれな」

シロに言い聞かせると、隻眼《せきがん》の大きな白犬は、もっそりと動いて釜焚き口のそばに行き、いつも喜多次が炎の色を見ながら座っているところに落ち着いて丸くなった。

「ブチ、行くぞ」

喜多次はブチに引き縄をつけた。胸がどきどきしてきて、北一はつい手を出してしまった。

「おいら、持ちたい」

「しっかり握ってろよ」

二人と一匹は長命湯の出入口まで移動した。喜多次は懐から小さい薬包《やくほう》を出し、それを開いてブチの鼻先で振った。何かがさらさらとこぼれ出て、すぐに消えた。

「まずはトミだ。野郎の股引にこの臭いを付けてある。よし、行こう」

喜多次が首元を叩いてやると、ブチは鼻を鳴らし、ベロを出したまま地べたを嗅ぎ回り始めた。そして、きりりと扇橋の向こう側へ目をやると、

「うわっ！」

北一がつんのめりそうな勢いで走り出した。

「さ、さすが忍者犬、速《はえ》えな！」

「ただの野良犬だ」

ブチが北一と喜多次を連れていってくれたのは、本所御竹蔵《おたけぐら》の近く、南割下水《みなみわりげすい》に沿った町筋にある長屋だった。中小の武家屋敷と、町家でも一軒家の多いこのあたりでは、悪い意味で目を引く貧しい裏長屋だ。

長屋の木戸のところで、喜多次は北一からブチの引き縄を受け取り、そこから先は自分が連れていった。ブチは鼻を鳴らすことも息をぜいぜいすることもなく、ひたひたと歩いて喜多次を引っ張り、端っこの一軒――〈かざりもの　くし　かんざし　一平《いっぺい》〉と大きな字で殴《なぐ》り書きされている腰高障子の前まで案内した。

そのあとで、北一と喜多次は長屋の木戸に掛けてある名札を仰いだ。

「飾職《かざりしょく》　一平」

二人と一匹は、長屋を出て夜の闇のなかに戻った。

「トミ」の正体である飾職人の一平は、長命湯から自分のねぐらの長屋に帰るまで、番人のいる厄介《やっかい》な木戸を上手に避けて歩いていた。おかげで北一たちも楽ちんで、難なく長命湯まで帰り着いた。

喜多次はブチを労《ねぎら》い、引き縄を外して水をやって撫でてやって、うんと褒めた。それからシロに引き縄をつけた。

「北一さんよ、今は夜が長い時季だから、俺とシロはもう一走りしてくるが、あんたはどうする？」

正直、ちょっと疲れて眠かった北一だが、負けていられるか。

「おいらも行く」

今度は小商人ふうのイノを追う。シロの鼻先で別の薬包のような包みを開き、臭いを覚えさせる。喜多次は自分でシロの引き縄を握り、先に立った。

シロはブチほど突っ走らず、北一と喜多次は並足でついていった。長命湯から横川に沿って南へ向かい、福永橋《ふくながばし》を渡ると東に鼻面を向けて歩き続けた。シロは足を止めない。迷いもしない。町筋ではあるが木戸にはぶつからないので、やはりイノもそのあたりを用心して歩いていたのだと思われる。

シロはさらに水路を三つ渡ったところで左に折れ、田畑のなかの、風よけの林と生け垣に囲まれた大きな一軒家の前で足を止めた。

生け垣の切れているところから、その内側の様子が窺えた。藁葺《わらぶ》き屋根をいただいた広い屋敷で、人ならば額にあたる部分——屋根の庇《ひさし》のすぐ下に、屋号が掲《かか》げてあった。

四角い升《ます》の中に「生」の一文字。

「ますしょう、と読むのかな」

商家か。何が商いものなんだろう。ぐるりを見回してみて、北一は、明かりもなしに景色《けしき》が見えることに、ようやく気がついた。東の空が明るみ始めている。

あけぼのの光に、屋号のある建物の向こう側の水車が見えた。ごとん、ごとんと音も聞こえてくる。

こういうのは初めてだ。ますます、どんな商いなのかわからない。それとも地主かな。

「……生薬屋《きぐすりや》」

低い声で、喜多次が呟いた。建物を見ているのではなく、こっちに背中を向けて、あたりに広がる田んぼや畑を眺めていた。簡素だが丈《たけ》の高い柵で囲ってある畑もある。

「この畝《うね》に植わってるひょろひょろした草とか、あっちの不恰好《ぶかっこう》な葉がごつごつしてるやつとか」

生薬《しょうやく》の素《もと》になる草花だそうな。

「ただ右から左に卸してる問屋じゃなくて、自分のところで材料から育てて調剤している店なんだろう」

「こんな深川の外れに？」

「そうでなきゃ、畑ができねえ。それに、船を使うなら、それほど足の便《べん》の悪い場所じゃねえ」

なるほど。口に入る野菜は、誰かが畑を耕《たがや》してくれなければ採《と》れない。薬の素になる草花も同じだ。野山に生《は》えているのを採ってくるだけで足りるわけがない。そういうことを、北一は初めて考えた。

「やっぱり、おまえって物知りだな」

そう言って、思わずあくびを漏らしたとき、一緒に頭の奥から記憶が流れ出してきた。

「イノって野郎は、泡を食って走ってきたから汗だくだって言ってやがって」

これくらいの距離だから、あり得ることだ。

「それと、女房が血を吐いて眠ってるとか、熱が高いとか」

早く朝鮮人参を呑ませてやりたい、なんてことも言っていたのだった。

喜多次が言う。「朝鮮人参は、目の玉が飛び出るほど高い生薬だよ」

「知ってらぁ。ここに植わってる?」

「わかんねえ。そもそも根があって植えるものなのか、枝に生《な》るものなのか知らねえ」

なんだ、喜多次にも知らないことがあるのか。

「明るくなってきた。誰かに見咎められる前に、引き揚げるぞ」

促されても、北一はすぐ動かなかった。眠くてだるくて辛かったのだ。

と、シロががぶりと北一のふくらはぎを噛んだ。正しく言うと、「口を開いてふくらはぎに歯をあてた」ぐらいの強さだったが、北一は飛び上がった。

「わ、わかった。帰ろう帰ろう」

道々、眠ってしまわぬように、ずっと口の中でぶつぶつ呟いていた。銭差しがいっぱい入った道具箱を持ってきたのは、六実屋という質屋だった。「トミ」は南割下水の長屋に住む貧乏な飾職人で、「イノ」は深川の外れで生薬を作っているお店《たな》の者——たぶん奉公人で家族ではなさそうだが、決めつけることはできない。

長命湯で喜多次とシロと別れ、眠気《ねむけ》と疲労と空腹でふらふらだったので、富勘長屋に帰ることは諦め、猿江の作業場に向かった。

――ああ、でも作業場には食いものを置いてなかったたっけ。やっぱり長屋に帰った方がよかったかなあ。

本人はわかってなかったが、目はほとんど閉じてしまい、頭《こうべ》を垂れ、肩を落っことし、足を引きずって、それはそれは惨《みじ》めな恰好をしていた。

「北さん、北さん」

耳に馴染んだ声で呼ばれていることにさえ、気づかないほどだった。

ちょっと言い訳しておくと、北一もそんなに柔な方ではない。だが、朝からずっと文庫売りの商いに励み、夜になってから初めての「張り込み」に緊張し、それから長い距離を犬に引っ張られて行ったり来たりしたのだから、骨までくたびれて、へたりこんでしまったのである。

「北さん、しっかりしろ、北一。き、た、い、ち！　傷は浅いぞ！」

助けてくれたのは、欅《けやき》屋敷のまわりの掃き掃除を終え、竹箒《たけぼうき》を背負って作業場の方まで出《で》張《ば》っていこうとしている青海新兵衛だった。

「まるで亡者だな。いったいどうしたら、ここまで消耗してしまうのかな」

新兵衛は北一を背負い、来た道を引き返した。欅屋敷では瀬戸殿《せとどの》が朝餉《あさげ》の支度をし、若様の栄花が庭に出て朝稽古《あさげいこ》をしているところだった。

白湯と朝飯で、北一は気を取り直した。何があったか説明を求められ、言いよどんでいると栄花に一喝《いっかつ》されたが、面白いことに——と言っては本人には酷《こく》だが、瀬戸殿は北一を叱らなかったし、笑いもしなかった。いちばん愉快そうに笑ったのは新兵衛だ。

発端《ほったん》から話すと長い話になった。すっかり語り終えるまでのあいだに、瀬戸殿は二度、北一に白湯を注《つ》いでくれた。

「……という次第で、とにかく昨夜一晩で、四人の怪しい奴らのうち、三人までは素性が知れたんです」

「その〈ますしょう〉というお店らしきところは、もう一度訪ねてみれば、すぐにどんな商いなのかわかる」と、栄花が言う。「何なら、わたしがこれから散歩がてらに見てきてやってもいいぞ」

となると、残るは指南役の男、〈○に六の字〉の屋号のお店と関わりがあるらしき、あの野郎だけだ。

「○の中に六か」

新兵衛が懐手《ふところで》をして首をひねる。

「拙者《せっしゃ》、見覚えがあるような気がするが……」

新兵衛は欅屋敷の用人、何でも屋だ。顔も広い。真夜中に小名木川を猪牙で行けるぐらいの距離にあるお店のことなら、知っていても不思議はない。

と思ったら、栄花の脇にちょこんと正座していた瀬戸殿が強い声音を発して、「だらしがない」とのたまった。

「あ、あいすみません」

自分が叱られたのだと思って、北一はすぐ口を縮めた。だが、瀬戸殿が叱ったのは北一ではなく、新兵衛だった。

「青海殿、何が『見覚えがある』であろう。確かに見ておりましょうが」

新兵衛は目をぱちくりさせている。瀬戸殿はたたみかけた。

「苗《なえ》売りでございます。他でもない、今年の春先に、あなたが自身で評判を聞き、呼び寄せたではありませぬか。お店は深川十万坪の先にあり、その一帯で手広く商いをしているという苗問屋でございますよ」

お店の名は「六ト屋《むとや》」という。

十一

冬木町のおかみさんは、北一と喜多次とシロとブチの頑張りを褒めてくださった。

「いつか折があったら、あたしもシロとブチに会ってみたい。あんたの相棒の喜多さんに、よろしくお頼みしておくれ」

楽しげにそう言ってから、こう続けた。

「トミとイノと指南役の六ト屋の男について、これだけつかめたんだから、いったん沢井の若旦那にすっかり打ち明けなさい。それで、今後はどうするか伺わなければ」

　これは北一には予想外の助言だった。

「でも、おいらたち二人でここまで探ってきたんですし、もう一押しでもっと詳しいことまでつかめそうですから……」

　ちゃんと、自分たちの手で解決までこぎ着けたい。いや、どんな決着を以《もっ》て「解決」とするのかは、さておいても。

　しかし、おかみさんは首を横に振った。

「もちろん、ここまではあんたたちのお手柄だよ。だけど、指南役の男の言を聞いていると、これはどうやらそいつらの初めての悪事じゃないし、これを最後にするつもりもなさそうじゃないか」

　確かに、

　――次の的が決まったら、また繋ぎをとりましょう。

　と言っていた。細かい銭勘定にうるさくて当然の質屋の六実屋の落ち着きぶりから推《お》しても、連中が既にしてこういう悪事に手慣れていることは窺い知れる。

「事は今回の深川の昼火事だけに収まらないのさ。以前から、そいつらは市中のいろいろなところへ正体を偽《いつわ》って出張っていって、火事見舞いにかこつけて大金や金目《かねめ》のものを盗んできたんだろう。いったい何年前からこの悪事に手を染めてきたのかわかりゃしない」

　火事と喧嘩は江戸の華と（強がり半分で）謳《うた》われるほどに、江戸市中には火事が多い。指南役とその一味にとっては、それだけ狩り場が多いことになる。昨日は東、今日は北。明日は南で、明後日《あさって》は西の外れ。商人や職人の住む町筋《まちすじ》と、寺地《てらち》と門前町《もんぜんまち》、武家地では住まう人びとの種類も違えば暮らし向きも異なり、盗みの目あてとなるものも変わってくる。

「これまでは、その一つ一つがバラバラの盗みだと思われてきた事件が、指南役の男が束ねる一味という糸を通してみることで、次々と繋がってくるかもしれない」

そのように考えられる以上、もう北一が一人で抱えていてはいけない案件となった。

「北さんが頼りないとくさしているわけじゃない。たとえ千吉親分がこの件を扱っていたとしても、あたしは同じ意見をしたろうし、親分はあたしの意見なんか聞く前に八丁堀へ馳《は》せ参じていたと思うよ」

北一もそれはわかった。不満げな顔つきはしていない――はずだ。おいら、そんなガキみたいな真似はしねえ。

「承知しました。すぐ、沢井の若旦那にお目にかかってまいります」

韋駄天《いだてん》走りをご披露《ひろう》しようとしたら、ぐいと引き止められた。二人で冬木町の家の縁側《えんがわ》に座って話をしていたのだが、このときのおかみさんの北一の肩口をつかむ手の動きの素早さ、的確さと言ったら、

――ホントは、ちょっとぐらい目が見えてるんじゃねえんですか。

と思ってしまうほどだった。

「気が早いねえ。用件はもう一つあるんだよ。まあ、お聞き」

北一の肩をぽんぽんと叩いて、

「この前、お染には子どもがいたんじゃないか、その線を探ってみたらいいんじゃないかと話したこと、覚えているかい？」

忘れるわけがない。指南役の男たちを追っかけるのに夢中で、まだ何も手をつけていないのはあいすみません。

「北さんに言いつけっぱなしで、こっちは何もしないのも横着だからね。あたしは、おたまに会ってきたよ」

北一はびっくりして舌が丸まってしまい、息が詰まった。おかみさんもその様子を見て取っているかのような心得顔《こころえがお》で、北一が呼吸を取り戻すまで、間をおいて待っていてくれた。

「……おたまさん、解《と》き放《はな》ちになったんですね」

「伝馬町《てんまちょう》の牢屋敷に放り込まれていたわけじゃないんだから、解き放ちって言い方はおかしいねえ」

おかみさんは笑い、瞼を震わせる。

「あの子の口から、本所深川方の旦那がたに申し上げられること、お尋ねにお答えできることは、すっかり出尽《でつ》くしたんだろう」

文庫屋に火を放ったのは、お染に間違いない。これは他の目撃《もくげき》証人もいる。おたまは、文庫屋のおかみでありながら女中のお染の躾を怠《おこた》り、火事という恐ろしい事態を招いたことの責《せき》を問われ、厳しいお調べを受けていたのだと、おかみさんは語った。

「これが男の奉公人の不始末だったら、問答無用で万作が連れていかれていたろう。台所女中の鬱憤《うっぷん》晴《ば》らしのような悪さだったから、おたまが引っ張られたのさ」

女中の躾を怠ったという罪、か。

「万作さんとおたまさんは、もうお仕置《しお》きを受けることはないんでしょうか」

「どうにか過料《かりょう》で済むように、地主さんたちが御番所にお願いしてくれるそうだよ」

罰として、金子《きんす》を納めるのか。

「大枚《たいまい》になるんですかね」

「小火《ぼや》じゃなかったんだから、それなりの額だろう」

実のところ、おたまは一昨日の夕方には帰宅を許されていたそうなのだが、本人のたっての希望で万作たちのいる仮住まいではなく、自分の実家に帰っていたのだという。

「実家は業平橋《なりひらばし》のそばで、瓦焼《かわらやき》を生業《なりわい》にしているんだそうでね。とはいえ、おたまの両親《ふたおや》はもう亡くて、兄さん夫婦の代になっているから、やっぱり、のんびり骨休めというわけにもいかなかったんだろう。一晩あっちに泊まって、昨夜だいぶ遅くなってから仮住まいに戻ってきたって、富勘さんが知らせてくれたから」

早々に顔を見てきたのだという。

「まさか、おかみさんお一人で?」

「おみつと、あの子のいい人がついてきてくれた」

おかみさんはまた笑顔になった。

「松吉郎って、いい男だねえ」

ああ、それなら安心だった。

「万作たち一家の邪魔をしたくなかったし、おたまに訊きたいことは決まっていたから、長居《ながい》するつもりはなかったんだけど」

おかみさんが仮住まいに顔を出したとき、万作も文庫屋の奉公人や職人たちも、まるでお通夜《つや》でもやっているかのように陰鬱《いんうつ》で冷ややかな空気のなかにどっぷり浸《つ》かっており、

「やっと亭主と子どもらのところに帰ってきたっていうのに、おたまは針の筵《むしろ》の様子だったよ。一晩だけでも、実家に逃げたのがいけなかったのかねえ」

そのへんの機微《きび》は、北一にはわからん。

「子どもたちは、母ちゃんの顔を見られて嬉しかったでしょうに」

「当の母ちゃんが幽霊みたいに打ちひしがれているから、なんともねえ」

幽霊みたいに萎れているおたま。北一には想像もつかない。

「万作さんもおたまさんも、文庫屋の連中で誰か、おかみさんに火事見舞いのお礼を言う奴はいましたか」

おかみさんは、仮住まいが出来上がるよりも前に、ちょっとでも足《た》しになるだろうからと、ちょっとどころではない金子を万作に包んで渡していたのだ。

「みんな、それどころじゃないようだった。奉公人や職人たちがしぃんとしているのは、万作とおたまの様子に引っ張られているからだろうけど、もう火事は消えているのに、きな臭くっ

て困ったよ」

おかみさんは気を悪くしたふうではなく、気の毒がっているように眉《まゆ》をひそめていた。

「ともあれ、おたまとは話ができた」

おかみさんは、鼻からふうと息を吐く。

「あの子は番屋のお取り調べでも、お染がお店の金を盗もうとしたことも、芥箱《ごみばこ》に火を点けたその場を見たことも、ありのままに言上《ごんじょう》したそうだ。手の込んだ嘘をつき通せる気質《たち》の子じゃないから、あたしもそれはまるごと信用している」

問題は、その理由の方だ。

「お染の盗みの場を押さえたとき、おたまはもちろん問い質《ただ》したんだって」

するとお染は、見るからに苦しまぎれの風で、「借金があるんです」と答えたという。

——あんたがいつ借金なんかこしらえたっていうのさ。

——ずっと隠していたんです。あいすみません。

——口から出任せを言い並べて、お店の金を盗もうなんて、打ち首になるよ。わかってやっているのかい。

——でも、どうしても工面《くめん》しなくちゃならなくて。おかみさん、後生ですから、あたしに金子をください。

——何を寝言《ねごと》を言ってるんだ。あんたなんか、もううちに置いておかれない。荷物をまとめて出ておいき！

おたまは、火事になる二日前に、お染に暇《ひま》を出していたのだ。

「それは今まで話に出ていませんでしたね。万作さんも言ってなかった」

「万作は、おたまが本気でお染を追い出すとは思っていなかったようだから」

しかし、おたまは本気だった。お染には、こう言い渡していた。

――行き先のあてができるまで、二、三日は待ってやる。それ以上居座るようなら、身一つで叩き出すからね。

「言われたお染の方も、おたまの勘気《かんき》を解《と》くのは難しいと覚ったんだろう。身の回りのものをまとめたりしていたようだ」

「だけど、文庫屋を追い出されるなら真っ先に相談を持ちかけそうな富勘や、居候させてもらえそうな煮売り屋のお仲さんには、何にも言ってねえ。おかしいですよ」

お仲なんかお染に、文庫屋の奉公をやめて一緒に煮売り屋をやろうと誘っていたのだ。真っ先に転がり込んだって、歓迎されこそすれバチは当たるまい。

「そこだよ、北さん」

おかみさんはまた、本当にぜんぜん目が見えていないのか怪しまれるほど的確な手つきで、北一の肩を軽く叩いた。

「お染には、ほかのあてがあったのさ。お染が盗みを思いつくほど切実に金を必要としていた理由も、そのあてにあったと思うよ」

北一はおかみさんの顔を見た。北一の目を受けて、おかみさんのすべすべした瞼がちょっと震える。

「それがお染さんの子ども――ですかい」

おかみさんはうなずく。「あたしはそう思うから、おたまに訊いた」

――おたま、あんたはこれまでに、お染から子どもの話を聞いたことはあるかい。あるいは、お染は黙っているけれど、実は子どもがいるんじゃないかと感じたことはなかったかい？

沢井の若旦那の言によれば、番屋でも、おたまはこれでもかというほど深く口をへの字に曲げて答えていたそうだ。

――存じません。

「あの意固地《いこじ》で意地悪なおたまらしい、ばればれの嘘だったよ」

おかみさんの耳と勘を騙《だま》すことはできない。

「まあ、沢井の若旦那にはおわかりにならなかったろうけれど、あたしにはわかります」

おたまは、お染の子どものことを知っているに違いない。

「あの子がくそ憎たらしい口つきをして『知らない』というときは、知ってるんだよ。なにしろ根性《こんじよう》曲がりなんだから」

おかみさんがこんな遠慮のない言い方をするのは珍しく、北一は面食《めんく》らった。だけど、不思議なことに嫌な感じはしない。むしろ、おかみさんがおたまに対して抱《いだ》いている親しみみたいなものが感じられるような気がした。

――あの子、という呼び方だって。

おみつを呼ぶときと同じだ。

そうか……と、北一は思い当たった。

「おかみさんは、おたまさんが万作さんのところに嫁《とつ》いできたころからご存じなんですもんね」

北一の言に、おかみさんはふと、遠い物音に耳を傾けるみたいに小首《こくび》をかしげた。

「千吉親分が持ってきなすった縁談だったけど、あたしは最初、反対したのさ」

おたまに可愛げの欠片《かけら》もなく、どこからどう見たって、いい嫁になりそうもなかったからである。

「だけど、万作は妙におたまを気に入ってね。当の千吉親分まで、そこまで気に入るとは思わなかったと言い出すくらい」

親分とおかみさんは、万作の胸の内を聞いてみた。すると万作はぼそぼそとこう答えた。

――実家で、あんまり大事にされてねえ娘の方が、俺に馴染んでくれそうな気がします。

その言は、北一の胸にもじんわりと染み込んできた。

親に大事にされて育ってきた娘では、自分の女房になることに幸せを見出《みいだ》せまい。親に粗末にされてきた娘の方が、自分とうまくやっていってくれるだろう。これは、ずいぶんと己《おのれ》を卑《ひ》下《げ》した考え方だ。

しかし、いかにも万作らしい。

男にも女にも好かれ頼られ、人を束ねることにも、揉め事を丸めることにも長《た》けていて、誰からも慕《した》われ仰がれていた千吉親分の下にいて、少なくとも文庫売りの商いについては一の子分だった万作は、外見も中身もおよそ親分とは正反対だった。そしてそのことを、本人もよく心得ていた。

――いい嫁になりそうにねえ女の方が、俺には釣《つ》り合ってます。

こうして、おたまは万作のもとに嫁いできた。おたまは口にも棘があり、ちょっと気に入らないことがあると人前でも甲高い声で万作を叱りつけたが、万作が怒り返すことはなかった。おたまが万作を叩くことはあっても、その逆はなかった。

夫婦のあいだに子ができると、万作はまめまめしく世話をした。おたまよりも、万作の方が子煩悩《こぼんのう》だった。

北一の頭のなかに、深川元町の文庫屋に住み込んでいたころのことが、ほろほろと浮かんできた。おたまの癇癪《かんしゃく》みたいな声は耳に刺さったし、ねちねちした嫌《いや》みで胃の腑がもたれた。万作・おたま夫婦に関わったことで、いい思い出はない。いちばん良くて、黙殺《もくさつ》だった。北一は床下を這いずるドブネズミみたいな扱いを受けていた。

だけど、万作が本気でおたまを怒るとか、叱るとか、突き放すような態度をとるところを見たことはない。逆におたまは、ちょっとしたことでも感情を逆立て、万作につっかかったり喚いたり、いつもいつもうるさくて、聞いてくれる相手には誰にでも、無口で気の利かない亭主の悪口を言い並べていたけれど、

――万作さんのそばから離れようとすることは、いっぺんもなかった。

強《し》いて言うなら、今度が初めてだ。一泊だけだけど、実家に逃げたのだから。あれはあれで、いい夫婦なのだ。おたまだって、一から十まで嫌な女ではないのだ。

「おいらにはちょっくらちょっと信じられねえことだけど、もしかすると、おたまさんはお染さんをかばっているんですかね」

考えていることがそのまま、北一の口から漏れ出てしまった。

「理由は見当もつきません。ただ番屋でも、おかみさんに問い質されても、おたまさんはお染さんとのあいだにあった本当のことを隠している」

そして、万作がそんなおたまを責めないのは、それと承知しているからだろう。

「だけど、今度ばかりは事が大きすぎて、万作さんの心のなかにも、割り切れねえものが生まれてるんでしょう」

――おたま、なんで八丁堀の旦那にまで本当のことを申し上げないんだ。何から何までお染一人のせいなのに、どうして肝心なところで口をつぐんで、かばい立てしてやるんだ。

「お互いにその思いがわかるから、おたまさんは実家に逃げちまったし、万作さんはつい態度が冷たくなってる」

だけど、万作はおたまを案じていた。本当なら自分が番屋に行くべきだとも言っていた。万作は文庫屋の主人として、子どもらの親として、おたまの亭主として、不安を堪《こら》えながらも揺れている。

「おたまは手強《てごわ》い岩壁《がんぺき》だけど、万作はおからを固めた壁だよね」

言って、おかみさんは微笑した。面白がっている笑いではない。温かみと苦みのある笑みだった。

北一は言った。「今夜、おたまさんと子どもらが寝ちまったあと、万作さんに夜鳴き蕎麦でもおごって、ちょっくら話をしてみます」

北一の誘いに万作が乗ってきたら、それだけでもまず、この推測は大外れではないとわかる。これまでずっと、ドブネズミには見て見ぬふりを決め込んできた万作が、ちゅうちゅうという鳴き声に耳を傾け、こっちに目を向けたわけなのだから。

「念には及ばないけれど、穏《おだ》やかにね」

おかみさんの助言に一つ礼を返して、北一は縁側を離れた。軽く肩を叩かれたときの感触を、よく胸にたたんでおこうと思った。

しかしこの夜、北一が万作と並んで夜鳴き蕎麦をたぐることはなかった。

陽がすっかり暮れきる前、大川《おおかわ》（隅田川《すみだがわ》）の川面《かわも》の細波《さざなみ》に宵闇《よいやみ》と夕焼けの茜色《あかねいろ》が入り交じってはじけるころ、無残な土左衛門《どざえもん》と化したお染が、百本杭《ひやっぽんぐい》に引っかかっているところを発見されたからである。

十二

お染の亡骸《なきがら》の検視には、与力《よりき》の栗山周《しゅう》五郎《ごろう》があたった。

　栗山の旦那は、検視にかけては右に出る者がない腕前と経験を持っているものの、いささか気難しい上に、興味がわかない案件には釣《つ》り鐘《がね》並みに腰が重たくなるお方だ。今回も、ただ大川の百本杭で見つかった女の土左衛門だというだけでは、鼻も引っかけてくれなかったろう。それを見越《みこ》した沢井の若旦那が、わざわざ足を運んで事情を説明してくれたことで、お御輿《みこし》をあげてくれたのだった。

　亡骸は既にそうとう傷《いた》んでおり、痛ましい臭いを放っていた。百本杭のそばには大きな武家屋敷が並んでいるから、亡骸を土手に引き上げたままでぐずぐずしていると、お叱りを受けてしまう。幸い、両国橋《りようごくばし》の橋番は手慣れており、すぐ戸板と人手を貸してくれたので、お染の亡骸は近くの尾上町《おのえちよう》の自身番に運び込まれた。

　月番《つきばん》は地主の雇人《やといびと》なのだろう、きびきびした若者で、亡骸の顔に白い手ぬぐいをかけ、枕元で線香を焚いてくれた。そこへ栗山の旦那が駆けつけてきて、あの特徴のある塩辛声《しおからごえ》で、

「このあいだの、千吉の文庫屋を焼いた放火《つけび》の下手人《げしゆにん》らしいな」

　真っ先に北一に声をかけ、

「まず死因をはっきりさせねば、おまえたちの胸の靄《もや》が晴れぬだろう。その上で、この女が真の下手人なのか、それを見定める手がかりも探してみよう」

　任せておけ——と言い置いて、検視に取りかかった。

　今の北一は、正式に手札を頂戴《ちようだい》したわけではないけれど、栗山の旦那の子飼いの岡っ引き見習いという立場にいる。まあ、何となく流されてそこへ行き着いてしまった立場ではある

が、北一にも不本意なことではない。少なくとも、栗山の旦那の下についていれば、検視の知識を得ることができるのは確かだ。

だから本来なら、弁当屋「桃井」の事件の際と同じように、栗山の旦那のそばに付き従い、細々《こまごま》した手伝いをするべきなのだが、今回は我慢するのが筋だ。

「おまえが手を出すと、お染が下手人だと決めつけている向きから、検視の結果にけちをつけられるかもしれんからな」

北一は軽く目を瞠《みは》り、沢井の若旦那の横顔を見た。あっさりした言ではあるが、お染が下手人だと思いたくない北一の心中を思いやってくれている。

「へえ、心得ております」北一は、ぺこりと頭を下げた。鼻の奥がつんとした。

若旦那は歯切れのいい口調で続けた。「亡骸の身元を確かめるために、万作とおたまと、お染が芥箱に火を点けるところを見たという紙くず買いの爺ちゃんを呼びにやった。おっつけ来るだろう」

百本杭の土左衛門が、引き上げられてすぐに、深川の文庫屋の女中・お染だと見分けられたのは、放火の下手人としてのお染の人相書き《にんそうが》きがばらまかれていたからである。亡骸の顔はふくれ上がっていて生前の面影《おもかげ》がなかったようだが、背恰好《せかっこう》と身につけていた着物と帯の色柄《いろがら》が手がかりになったのだ。

それでも、お染をよく知っていた人びとを呼んで、直に確認させる必要はある。

「おまえ、他に誰か思い当たる者はいるか。できたら、その三人とは違う立場の者がいい」

それはつまり北一と同じく、お染が放火をしたなんて信じたくない側の者だ。ならば、真っ先に浮かぶ顔がある。

「文庫屋の近所のお仲さんていう――」

「旨い煮売り屋の女か」

沢井の若旦那もご存じだ。

「そういえば、同じくらいの歳だったか。お染と親しくしていたんだな」

すぐ呼んでこい、と命じられたので、北一は北森下町に走った。煮売り屋に着いてみると、お仲は火の気のない竈《かまど》の前に座り込んでいた。大きな鉄鍋は木蓋《きぶた》がされたままだ。近所の連中が心配そうに遠巻きにして、様子を窺っている。

「ごめんなすって、お仲さん」

北一の声にはっと顔を上げる。お仲は既に目を真っ赤に泣きはらしていた。

「大川の土左衛門、お染さんだったの？」

「まだ決められねえ。それで、お仲さんに手伝ってほしいんだ」

お仲を連れて尾上町の番屋にとんぼ返りしてみると、番屋のお白洲の前に長腰掛けが据《す》えてあり、そこにおたまと爺ちゃんが並んで座っていた。見張り番には沢井の若旦那の中間がついており、それでなくても獅子頭《ししがしら》みたいな顔をしているこの人がものすごく気合いを入れて睨みを利《き》かせているせいだろうか、おたまは深くうなだれており、爺ちゃんはひどく怯《おび》えていた。

沢井の若旦那は、半分だけ閉めた番屋の腰高障子のあいだに半身《はんしん》を入れ、顔は番屋の奥の方へ向けている。ぼそぼそとやりとりする声は、栗山の旦那のあの塩辛声と、

――万作さんだ。

お仲はおたまに近寄りたくないのか、北一と一緒に番屋の前で立ったまま、呼ばれるのを待った。万作が出てきておたまが呼ばれ、すぐに出てきて紙くず買いの爺ちゃんが呼ばれ、今度はなかなか出てこなくって、お仲が一つ、二つとくしゃみをした。着の身着のままで飛び出してきたので、薄着《うすぎ》なのだ。

「おいら、近所で半纏でも借りてくる」

北一がそう言ったとき、沢井の若旦那がお仲を呼んだ。目を細めて北一を見ると、

「おまえはまだ入るな」

そしてお仲を手招きする。腰高障子の前で、

「気をしっかり持てよ。お仲に確かめてもらいたいのは、この女が身につけていたものが主で、顔は見せんから安心していい。口で息をして、目が回ったり胸が悪くなってきたら、すぐに言うんだぞ」

お仲が震える声で「はい」と応じる。腰高障子が開き、番屋の中に入っていく。沢井の若旦那は、さっきまでのように腰高障子を半分閉めながら、

「おまえはもうお役御免《ごめん》だ。帰っていいぞ」

紙くず買いの爺ちゃんに声をかけた。番屋を出たところで身を縮めていた爺ちゃんは、気の

毒なほど背中を丸めてぺこぺこしながら、獅子頭顔の中間から商売道具の背負い籠を返してもらって、そそくさと立ち去った。

長腰掛けに並んで座る万作・おたま夫婦と、北一の目が合った。

万作の目は、元気のない犬のようだった。おたまの目には、腹を減らした猫のような鋭い光があった。さて、その目と見合っている自分の目には何が宿っているのだろうと、北一は考えた。

「――もう、うちは商いをたたむ」

万作の言が、北一にはすぐ理解できなかった。何を言ってるんだ、この兄《あに》ぃは。

「え」

顔をしかめて問い返すと、万作は喉をごろごろ鳴らして咳払いをして、もう一度言った。

「お上《かみ》のお咎めは過料で済んでも、火元となっちまったからには、あの場所で商いを続けられねえ。親分に合わせる顔もねえ」

千吉親分の文庫屋だった。親分の朱房の文庫で賑わったお店だった。

それが、親分の急死から一年経たぬうちに、失くなっちまった。

――おいらたち、子分はみんな、救いようのねえ役立たずだ。

北一の胸の奥に、センブリみたいな苦みが広がってきた。

「北一、おまえの店で、親分の朱房の文庫を継いでくれ」

万作兄ぃ。そんな大事なことを、こんな場所でぺろりと口にして済ませるのか。

「そういう話は、おかみさんの前でしょう。おかみさんに決めていただかねえことには、義理が立たねえ」

「そんなのわかってる」

物を投げつけるみたいな勢いで、おたまが言葉をぶつけてきた。

「ちゃんとおかみさんには挨拶に行くさ。ただ、あんたもそういう腹づもりでいろって、うちの人はわざわざ頼んでるんだよ」

獅子頭みたいな顔をした中間が、目玉をぎょろりと動かして、北一たち三人の顔を見回した。その目つきからすると、誰の味方をするわけでもなさそうだった。

「いちいち生意気なことを言うけど、北一、あんたなんか子分の下の下の下だったくせに、親分の一の子分だったこの人に義理を立てたことなんか、いっぺんもないじゃないか」

下の下の下ときたぞ。

「冬木町のおかみさんが、最初《はな》っからあんたびいきだったから、うちの人のことバカにしてさ。今だって、こっちには挨拶なしで〈朱房の文庫〉を名乗ってる」

おたまの声はいつもながら甲高く耳障《みみざわ》りだが、あのキャンキャンした響きはない。さすがに、そこまでの元気はないのだろう。

「万作さんとあんたがおかみさんを大事にしてたら、おいらなんかが出しゃばる必要はなかった」

北一の口から、紙っぺらみたいに平らな声が出た。それくらい薄べったくしないと、ただの怒声になってしまう。

「ふん。大事にするもしないもないよ。おかみさんはあたしのことが」

「嫌《きら》ってねえよ。おかみさんはおたまさんのこと、嫌ってねえ」

おたまの口が開いたまんまになった。万作がゆっくりと瞬《まばた》きをして、おたまの方に目を向けた。

次に何を言おう。どんな言葉をぶつけてやれば気が済むだろう。きっちり言い返したことになるだろう。だけど、もうそんなことをする意味があるのか。千吉親分は、おいらたちがこんなことでいがみ合うのを、あの世で喜んでるわけがねえ。

そのとき、沢井の若旦那の声がした。

「三人とも、こっちへ来い」

万作とおたまは、（まだ続くのか）という疲れと恐れに歪んだ顔と顔を見合わせた。おたまが長腰掛けから立ち上がるのを、万作が支えてやる。

北一は夫婦の後について番屋の中に足を踏み入れた。沢井の若旦那は、外で見張る獅子頭顔の中間に二言《ふたこと》三言《みこと》何か命じると、出入口の腰高障子をきっちり閉め切った。

大川から引き上げられた女の亡骸は、戸板に載せられたまま、番屋の土間《どま》に置かれていた。今はその上に、座布団《ざぶとん》くらいの大きさの筵《むしろ》が何枚も重ねられていて、ぜんたいを覆われていた。土間のまわり、高いところにも、戸板の四隅《よすみ》にも、百目蠟燭《ひやくめろうそく》が灯《とも》されている。障子窓から入る日差しもあり、あたりは明るく照らされている。そのおかげで、戸板の向かって右側の短い辺の方に配されている筵の下から、もつれた長い黒髪がはみ出しているのが見えた。あちら側が頭なのだ。

戸板の向こう側には、亡骸が身につけていた着物や帯、紐などがたたんで並べられている。その全てから水が染み出て、土間を黒く染めていた。

「戸板に触らないように、できるだけ近くに寄りなさい」

亡骸の頭の側に膝を折ってしゃがみ込み、嗄《か》れたようなしょっぱいようなあの濁声《だみごえ》で、栗山の旦那が北一たちに言った。駆けつけてきたときの黒羽織姿ではなく、桃井の検視のときと同じ筒袖《つつそで》と股引の組み合わせだ。股引の裾と、足首の上のところで結ぶ細い紐が、亡骸から染み出た水のせいだろうか、薄黒く汚れている。

お仲は、栗山の旦那の背後に隠れるように、番屋の壁に背中をくっつけて、土間に正座していた。手ぬぐいで顔を押さえているので、表情がわからない。

若い月番は、土間から上がった四畳半に据えた文机《ふづくえ》に向き合って、真昼の月のように真っ白な顔をしていた。ちらりと北一と目が合うと、口の動きだけで（おやくめごくろうさまです）と言ってくれたようだった。

これがお役目なのだとしたら、北一は目がちかちかしたり、吐き気がしたりするものだろうか。だけど実際には目がまわり、今にも胃の腑がでんぐり返りそうだった。

「皆、手ぬぐいか襟巻きか、懐紙《かいし》でもいいから鼻を塞いだ上で、口で息をしろ」

栗山の旦那の声が聞こえた。

「万作、おたまを上《あ》がり框《かまち》に座らせてやれ。月番、奥の窓を開けてくれ。もう風を通してもか

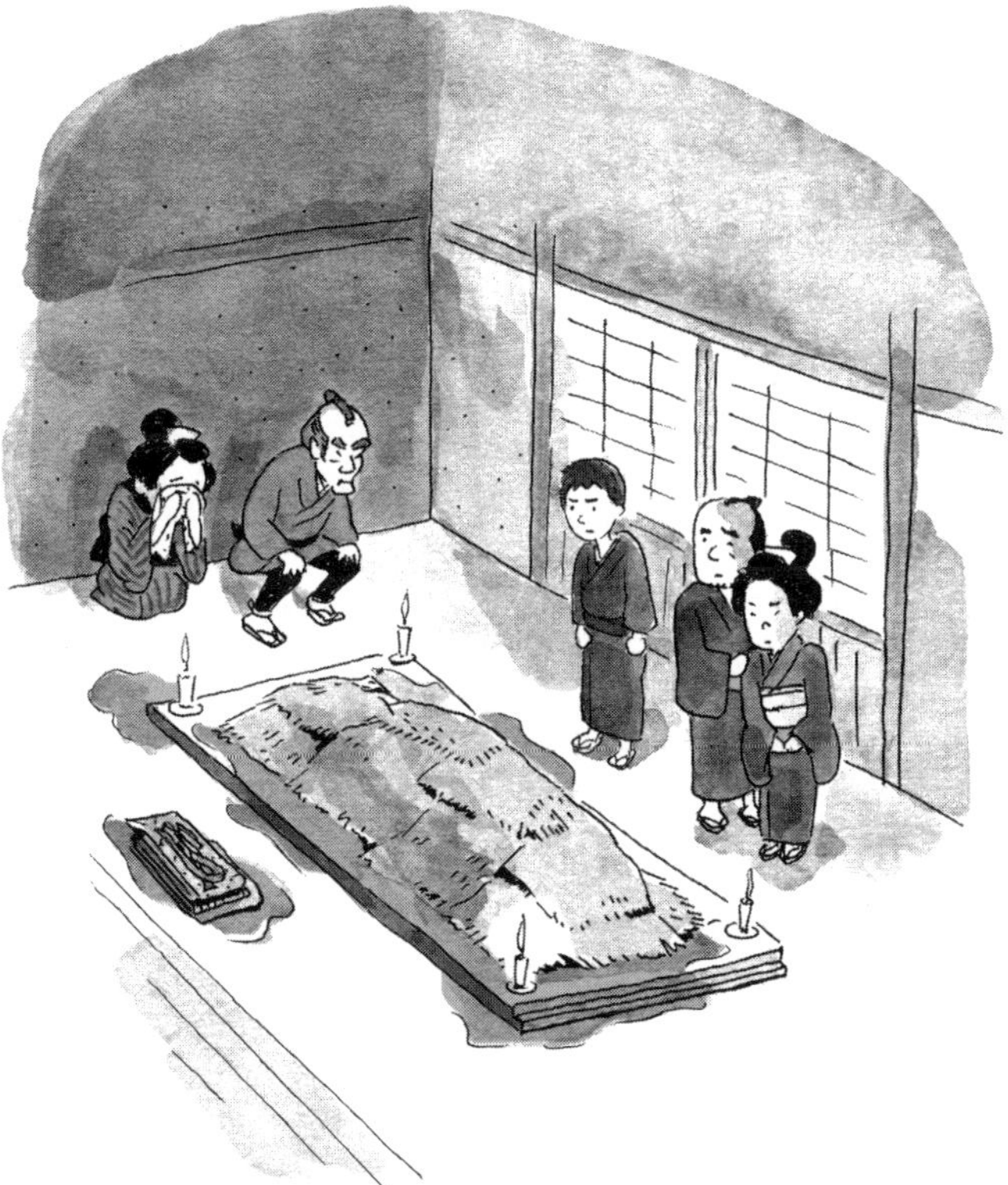

まわん」

　万作とおたまが奥の四畳半に近いところに移ったので、北一は戸板の手前側にしゃがんだ。沢井の若旦那は戸口に仁王立ちしたままで、お仲も壁際から動けないようだ。

「北一、この亡骸はお染に間違いない」

　栗山の旦那の目が、北一を見る。

「顔は判別が難しいが、手の形、足の大きさ、身につけているもの、それとお仲が覚えていた、胸元の目立つところにあった大きな黒子《ほくろ》が、お染の特徴と重なった」

　そしてそれ――と、くるくると巻いてある細い帯紐を指さした。大川の水が染み込んで灰色になっているが、元は何色だったのか。

「これもお仲が覚えていた。三年ほど前の春先、お染と一緒に浅草観音《あさくさかんのん》に詣《もう》でたときに、境内《けいだい》の出店《でみせ》で売られていた帯紐を買ったそうだ」

　栗山の旦那の言を受けて、お仲がようやく顔を上げた。

「あたしは若草色の、お染さんは桜色の帯紐を買ったんですよ。織《お》りがちょっと変わっていて、小さい格子縞《こうしじま》みたいな地模様《じもよう》が入っていたものでした」

　北一は手を伸ばして、亡骸のそばの帯紐を持ち上げてみた。水を吸い込んでずっしりと重い。目をこらすと、小さい格子縞みたいな地模様がうっすらと見えた。長い紐の両端には、かすかに桜色も残っている。

「着物と帯は、お染がよく身につけていたものと一致した。万作もおたまも覚えていた」

栗山の旦那はひと呼吸をおくと、また北一の顔に目をあてる。

「お染の躰には、切り傷、刺し傷の類《たぐい》は見当たらない。打ち身や痣《あざ》もない。骨が折れているところや、躰の一部が陥没《かんぼつ》しているところもない。それから――」

検視の栗山は、迷いのない手つきで筵の一枚の端《はし》をめくった。躰の脇から両手の手首から先が、半分ぐらい重なり合う恰好をして現れた。両手が同じ側に出てくるということは、筵の下で、お染の亡骸は少し躰をねじっているらしい。

「この手と指、爪をよく見てみろ。何がわかるか」

北一は息を止め、お染の両手に顔を近づけた。爪は全て指に残っている。剝げたり欠けたりしていない。指にも目立った傷はない。折れている様子もない。

「人は水に落ちて溺れかけると、必死で何かにつかまろうとする。また、無理矢理に水に沈められた場合には、自分を攻撃している人物の躰や、その人物が使っている道具――棒や竿《さお》や櫂《かい》などだな、それらのどこでもいいからひっつかみ、攻撃をやめさせようとする。あるいは、その人物や道具を遠ざけよう、押しのけようと抗《あらが》う」

そういう行動の痕跡《こんせき》が、指や爪や手のひらに残る。

「しかし、このお染の手と指はきれいだ。爪のあいだに挟まっているのは、ごくわずかな泥や、大川に浮いている藻《も》の類だけだ」

これらの事実から、お染は誰かに攻撃され、水に落とされて溺れさせられたのではない、と考えられる。

「もう一つ、お染の肺腑《はいふ》の中は川の水で満たされていた」

ちょうど胸元にあたりそうな筵の上に手を置いて、栗山の旦那は言った。

「これは、お染が川に入ったときにはまだ生きていたという証《あかし》だ」

死人は呼吸をしないので、水に落とされても肺腑に水が入らない。生きている者は、肺腑に水が入ると呼吸ができなくなる。これが「溺れる」ということで、やがて死に至る。

「つまり、お染は誰かに強いられたのではなく、生きているうちに自《みずか》ら水に入り、溺れまいと抗うこともなく息が絶えた——と考えることができる」

北一はつい口を開いてものを言おうとして、番屋の中に立ち込めている臭いにむせてしまった。

「慌てるな。ゆっくり口で息をしろ」

栗山の旦那が言う。猛然《もうぜん》と咳き込む北一の背中を、沢井の若旦那が軽く叩いてくれた。

「だ、だ、誰かに追っかけられて、川に追い詰められて、どうしようもなくなって飛び込んだのかもしれねえ」

「その場合も、お染は逃げようとしていたのであって、ただ水の深みにはまろうとしていたわけではないのだから、何かにつかまったり、沈んでしまったら足で川底を蹴ったり、這い上がれるところを探して指を立てたり、死力を尽くして抗ったはずだ。ならば、こんなつるりとした足をしているとは思えん。手足に何らかの傷が残る」

水に入ればまず履き物は脱げてしまうから、裸足《はだし》になる。お染がいつも履いていた下駄が見つからないのは、不自然なことではない。

「だが、お染が入水《じゆすい》したことを念頭に、これから、深川元町の文庫屋から大川端《おおかわばた》までの掘割沿《ほりわり》いや橋の下を丹念《たんねん》に探してゆけば、きちんと揃えられた下駄が一足見つかるだろうと、私は思う。あるいは、きちんと揃えられた女物の下駄を見つけて拾ったとか、捨てたとか、鼻緒《はなお》をすげ替えて自分が履いているとか話してくれる者が見つかるだろう」

入水する者は、なぜか必ず履き物を脱ぐ。たいていは几帳面《きちようめん》に揃えて水辺《みずべ》に残してゆく。これまでの栗山周五郎の経験で、履き物を履いたままざぶざぶ入水死した例は一件もないという。

「お染も、どこかに下駄を残しているはずだ」

お染の死は、自死《じし》だった。

「この亡骸の傷みようから推すと、深川元町の火事が起きたその日のうちに死んでいたと思われる」

「それは……放火した後に、ということでございますか」

北一は声を殺して問いかけた。放火という大罪を犯し、覚悟の死を選んだのか。

「お染が放火の下手人であるかどうか、それはまた別の観点から検証できる」

淡々と静かに、栗山周五郎は続ける。

「北一、お染の手首から先ではなく、腕のもう少し上の部分まで検《あらた》めてみろ」

筵をめくる。お染の左右の腕が現れる。もとは白かった腕。働き者の女中の腕。

「肘《ひじ》に近い、腕の内側を見てみろ。何か見つからないか」

言われてみて、気がついた。ごく小さな丸い斑点《はんてん》が散っている。

「黒子……じゃねえかな」

「お仲、お染の腕の内側に、そんな黒子はあったか」

栗山の旦那の問いかけに、旦那の背後にひっそりとうずくまっているお仲は、真夜中の寂しい幽霊のような囁き声で答えた。

「ございません。色白の人でした。そんな胡麻《ごま》みたいな点々があったら、あたしはけっして忘れません」

言いながら、泣いている。なんで泣くんだい、お仲さん。

「北一、これは火傷《やけど》の痕だ」

お染が芥箱《ごみばこ》に火の点いたものを投げ入れるとき、火の粉が散って本人の腕にも微少な火傷を負わせた。

「件《くだん》の芥箱は、焼けてしまったか打ち壊されてしまったか、もう見つけようがないからの。推量するしかない。だが、紙くず買いの爺ちゃんの話を聞くと、最初にぱっと燃え上がった火は爺ちゃんの拳《こぶし》ほどあったそうだ。そしてたちまち燃え広がった。だとすると、お染はただごみを丸めて燃やしただけではなく、油を一緒に使ったのではないか」

染み込ませたり、まき散らしたり。

「台所には菜種油《なたねあぶら》も魚油も置いてあったそうだから、調達は容易だ」

お染が火種《ひだね》となるごみに油を染み込ませ、火を点けたとき、あるいは芥箱に投げ入れるときに、勢いよく火花が散って、当人の腕に小さな火傷を負わせた。火を点ける前に、指や手のひらは注意して拭っても、腕の方までは気が回らなかった。

「もう一つ、その推量のもととなる痕跡がある。北一、足元の筵をめくってみろ」

栗山の旦那の指示に従い、北一は筵を剝いだ。亡骸の両足が現れる。臑《すね》のなかほどから爪先まで。

「右足の甲に何かないか」

明かりの陰になって見えにくい。覚悟を決めて、北一は亡骸の足に触った。そっと動かしてみると、右足の甲の真ん中に、赤子の爪ほどの大きさのシミみたいなものがある。

「それも火傷の痕だ」と、栗山周五郎は言う。「火を点けようとしているとき、油がお染の足の甲に滴《したた》った。当人が立ち止まっているとき滴ったから、滴りの跡が丸い形になった。そこへ火が燃え移って丸い火傷を負わせた。その大きさだとかなり熱かったろうから、本人がすぐに消しただろうが、皮膚が焼けた痕は残ってしまったのだ」

もうあと数日、亡骸が川の水の中にあったら、肌がすっかり腐ってしまい、これくらいの度合いの火傷はわからなくなってしまっただろう。ぎりぎりのところだったという。

「お染は、確かに放火の罪を犯した」

火あぶりの刑に処せられる大罪だ。

「その後、自ら入水して死を選んだ」

火あぶりになる前に。ずっと親しくしてきた深川元町の人たちに恐れられ、後ろ指をさされる前に。

どこにも逃げていなかった。少しのあいだ身を隠すことはあったかもしれないが、その日のうちに水に入って死んでいた。だから、見つからなかったのだ。

「だけど……なんで放火なんか」

北一は息が詰まり、喉が塞がった。お染はなぜ、人生の大半をすごしてきた文庫屋に放火したのか。千吉親分から受けた恩を裏切ったのか。思い出を焼き払おうとしたのか。

死を覚悟し、腹をくくって。何をそれほど恨み、憎み、腹を立てていたのか。

「理由はいくつかあろうが、この検視で、そのうちの一つをはっきりさせることができる」

言って、栗山周五郎は戸板の中ほどに移動した。そこで膝をつくと、筵を剝ぐ。北一はとっさに目を背《そむ》けた。お染のへそのあたりの腹部があらわになったから。

「北一、お染の心を解《ほぐ》してやるためだ。臆《おく》するな」

何をしろっていうんだよ。

「手のひらを広げて、こうして……お染の腹を押してみるのだ」

栗山の旦那が、亡骸の鉛色《なまりいろ》の腹を押す。へその真下だ。湿《しめ》った音がする。

「やってみろ。やればわかる」

万作が、おたまが、お仲が、沢井の若旦那が北一を見つめている。

言われたとおりにしてみた。

北一はぎょっとして、はじかれたみたいに手を引っ込めてしまった。栗山の旦那の顔を見る。その厳しいまなざしに押されて、もう一度手のひらをお染の腹にあてる。

「何だ……これ」

小さめの握り飯みたいな塊がある。亡骸の皮膚はもうだぶだぶなのに、その塊にはまだいくらか弾力が残っていて、北一の手のひらを嫌《いや》な感じで押し返してくる。

「腫物《はれもの》だよ」と、検視の栗山は言った。「詳しく知るには腑分《ふわ》けをせねばならんが、仮に性質《たち》の悪いものではなくても、本人には痛みがあったはずだ。出血もあったろう。そのあたりのことは――」

栗山の旦那がおたまに目を向ける。万作に肩を抱かれ、ずっとうなだれて黙りこくっているおたま。今、その顔には血がのぼり、汗が滝のように流れている。

「おたま」

呼びかけて、沢井の若旦那が深い溜息を吐いた。

「これでもまだ黙《だん》りか」

懐手《ふところで》をして、首を振る。片目をつぶり、顔の半分だけで怖いような笑みを浮かべる。

「おまえには、まだ隠していることがある。白状してないことがある。青二才《あおにさい》の私にも、それくらいはわかった。どれだけ番屋に留め置こうと、脅したりすかしたり、拷問にかけたところで、おまえが言いたくないことを聞き出すことはできないということもわかっていた」

若旦那が見習い同心の身分だったころ、千吉親分がよく言っていたのだそうだ。

――うちのおたまみたいなたまは、口を割らせるのが本当に難しい。追い詰められて嘘はついても、言いたくねえことは絶対に言わねえ。けっして根性が据わってるんじゃなくて、ただ曲がってるだけなんでござんすがね。それだけに始末が悪いんでござんすよ。

亭主にもたれかかり、いざこざのあった女中の腐りかけた亡骸を前に、胸が悪くなるような臭いが立ち込める番屋の中で、

――あの口つきだもの。

冬木町のおかみさんが言っていた、意固地なおたまの口つき。

――沢井の若旦那にはおわかりにならなかったろうけれど、あたしにはわかります。

おかみさん、親分が授《さず》けておいた知恵があって、若旦那もおわかりになっていたようです。

おたまは、これでもかというほど深く口をへの字に曲げた。顔いっぱいの汗。

への字のまま口を細く開いて、うめくような声で言った。

「お染は、自分はもう長く生きられないんだと申しておりました」

十三

それは、ざっくり半年前のことだという。

「うちでは、洗濯《せんたく》はぜんぶお染の仕事でしたけれど――」

知っている。いつもお染が一人でこなしていたから、北一はときどき手伝ったものだ。

「ある朝、盥《たらい》に山積みになっている洗濯もののなかに、うっすらと血の染みがついたものがあったんでございます。引っ張り出して見てみたら腰巻《こしま》きだったから、びっくりして、すぐお染を問い詰めました」

するとお染は恐縮し、口ごもりながらこう白状したのだという。

――あいすみません。あれはあたしの腰巻きです。一年ぐらい前から、たまに血が出ることがあって。

「月のものじゃありませんよ。お染の歳じゃ、とっくに上がってます。お腹の病のせいだったんですよ」

お染が言うには、一年どころか二年以上前から、朝夕に腹痛《はらいた》があった。季節の変わり目が特にひどかった。歳のせいだろうと気にしないようにしてきたが、ここ数ヵ月で妙に下腹がふくらんできて、腰巻きにも頻繁《ひんぱん》に血がつくようになってしまった、と。

「何を食べても胃の腑に収まらないし、近ごろじゃ痛みで夜もよく眠れない。きっと命取りの病なんだろうと思います、なんて申してました」

淡々としていて、取り乱す様子はまったくなかったそうである。

お仲が小さくすすり泣き、手で顔を覆った。

言ってくれたらよかったのに、どうして一人で我慢してたのよ――

「気丈《きじょう》だったのだな」

栗山周五郎が低く呟く。それでなくても塩辛声《しおからごえ》だから、慣れていないと聞き取れぬほど、潰れた囁きだ。

「肺腑や胃袋の腫物だと、たいがいは血を吐く。下血《げけつ》するのは腸《はらわた》や、女の場合はこぶくろに腫物ができた場合が多い」

どちらの場合も、本人が痛みや出血で異変に気づく段階では、もう手の施《ほどこ》しようがないという。

「そういう知識がなかったとしても、自分の躰のことだ。深いところで察知するものがあって、お染は覚悟をしていたのだろうな」

栗山の旦那の濁声《だみごえ》にこもる優しさに、北一は鼻先がつんとした。

「あたしだって――びっくりして」

おたまが声を絞《しぼ》り出す。

「気の毒に思いましたよ。あんた、命取りの病だなんて、めったなことを言うもんじゃないよって、お染を叱りました」

お染はおたまの（例によってきんきん声だったに違いない）叱責にも、淡々と頭を下げるだけだったそうだ。

――躰が動くうちは、しっかり奉公させていただきますし、動けなくなってしまう前に、身の落ち着き先を見つけておきます。

「あたしが知っている限りじゃ、お染には身寄りも、いざというとき頼れるあてもないはずでした。だから、落ち着き先なんてどこにもあるもんかと言ってやったら」

それにもお染はただ温和《おとな》しく、

――万作さんとおたまさんにご迷惑はかけませんので、心配なさらないでください。

そう言うばかりだった。

「あたしは……それにかちんときて」

おたまはくちびるを嚙みしめる。歪んだへの字の先がいっそう鋭くなる。しかし、こっちは当惑《とうわく》するばかりだ。

「なんで、何にかちんとくるのさ」

お染さんはあんたに気をつかって、迷惑をかけないって言ったのに。

するとおたまは、睨み殺しそうな目つきで北一を見た。

「あのころは、千吉親分が亡くなって、うちの人が跡を継いで、四月《よつき》ぐらいしか経ってませんでした。お店《たな》のなかじゃ、奉公人たちにも女中たちにも、うちの人を〈旦那様〉、あたしを〈おかみさん〉と呼ばせて、しっかり立場の上下を弁《わきま》えるように躾《しつ》けていたのに」

千吉親分が元気だったころの習慣が残っている者たちは、どうかするとうっかり、

――万作さん、おたまさん。

と呼んでしまうことがあった。

「そのたびに、あたしは大きな声で叱りました。言ってわからなきゃ、叩くときもありました」

早口に言って、ぐっと息を吞んでから、

「うちの人とあたしを馬鹿《ばか》にして、わざと名前で呼ぶ者もいましたから。いえ、今だっていますからね」

おたまの口元から、まるで血しぶきみたいに、「悔しい」という感情が飛び散ってゆく。

亭主の万作には、それが見えるだろうか。おたまの肩を抱いたまま、身じろぎもしない。

「だけど、お染はそういうところ、とてもきっちりしていました。一度だって、呼び間違えをしたことなんかなかった」

千吉親分の死は、あまりにも出し抜けだった。後始末は大変で、混乱はなかなか収まらなかった。文庫屋を引き継いだ万作とおたまにも気苦労はあったろう。万事に立派すぎた親分と比べられ、嫌な思いもしたろう。

お染は歳もいっていたし、世間知《せけんち》のある女でもあったから、そのあたりの機微を心得ていたのだろう。ただの呼び間違いが、それで済まされない空気を読んで、気をつけていたのだろう。

「なのに、あのときだけはわざとみたいに、万作さん、おたまさんと呼んだんです」

それが、おたまの癇《かん》に障《さわ》った。

「うちの人とあたしを侮《あなど》って、あんたらなんかあてにしない、もっと頼りになるお人がいるって、腹のなかで考えているんだろうって、とっさに思っちまったんです」

北一は思わず溜息を吐きそうになり、ぐっと口を閉じてそれを止めた。今、「はあ」なんて息を吐いたら、おたまはそれもまた悪い方に解釈するに決まっているから。

「お染が頼りそうなところ、冬木町のおかみさんとか、富勘さんとか、あと、うちのお得意さんの顔も何人か浮かびました。お染はうちに長く勤めていましたから、台所のことはよく知ってました。出入りの八百屋とか米屋とか酒屋とか、あたしには全然わからなかったけれど、お染はいろんな人と馴染んでいて、親しくやりとりしてましたから、頼るのがそういうお店の旦那やおかみさんだったりしたら、なおさらうちの人とあたしは赤《あか》っ恥《ぱじ》です」

普段のおたまだったら、その考えで頭がいっぱいになり、思いつくままにお染を罵倒《ばとう》し責め立てていただろう。でも、そのときはさすがに、違う方向に心の風が吹いた。なにしろ、お染は死病にかかっているらしく、もう長くないのだから。

だから、

「あんたがどこを頼るつもりか知らないが、うちの旦那様だってあたしだって、これまでよく働いてきてくれたあんたを、ただ見捨てて放り出したりするもんか。いよいよとなって、あんたがうちから出てゆくというのなら、まとまったお金を包んでやる――そう言ってやったんですよ」

嘘だろ。北一はそう声に出して言いそうになって、今度もかろうじて堪えた。

おたまがお染に「まとまった金を包んでやる」なんて、天地がひっくり返ったってありそうにないことだ。だけど、忠義一途の働き者で、おたまがどんなわがままを言ったって「はい」と呑み込んで従ってくれてきたお染が、早晩《そうばん》この世からいなくなってしまう――なんてことは、おたまにとって充分に天地がひっくり返るくらいの衝撃《しょうげき》だったのだろうから、ものすごく珍しい仏心《ほとけごころ》みたいなものが湧いてきたのだとしても不思議はない、の、かもしれない、と考え直したからである。

これはお染本人も同じだったのだろう。ちょっとのあいだ言葉もないほど驚いていたという。そして我に返ると、今度はすがりつくように問うてきた。

――おかみさん、それは本当ですか。本当に、もう役立たずになるあたしにお金を包んでくださるんですか。

「こんなことで嘘なんかつくもんかって、あたしは申しました。だけど、これはあたしとあんたのあいだだけの話だよ。旦那様に言うと、面倒《めんどう》くさいことになるからね。他の誰にもしゃべっちゃいけないよって言いつけて、その場は切り上げたんです」

洗濯物が山積みになった裏庭から引き揚げてゆくおたまを、お染は地べたにひれ伏して見送っていたそうである。

「どれぐらいの額を包んでやる腹づもりでいたんだ」

沢井の若旦那が久しぶりに口を開いた。端整《たんせい》な顔に、目立つ表情はない。目尻が眠そうに垂れている。

「さあ」おたまは正直にたじろいだ。「あのときは……どんな病かあたしにはわかりませんでしたし……。どのくらいならよかったんでしょうか」

おたまは若旦那に問い返すのではなく、亭主の万作の顔を見る。万作は分厚い瞼《まぶた》をしばたたき、女房のまなざしから目をそらした。

代わりに、お仲が言った。「お染さんが住み込みのまま死んでしまった場合の早桶代《はやおけ》くらい？」

だったら涙金《なみだきん》である。お仲の声音にも、小さな棘があった。

「しかし、お染は嬉しかったろうな」

辛いときに、期待していなかった温情をかけられたのだ。地べたに平伏するほど、おたまに感謝していたというのも不思議ではない。

「それで」と、若旦那が先を促す。「おまえはその約束を果たしたのか」

おたまの口元が真一文字《まいちもんじ》になった。こりゃ、意固地なへの字よりもまずいかもしれない。閂《かんぬき》がかかっちまった。

北一は、おたま以外の人びとの顔を見回して、言った。「お染さんが寝込んだり、見るからに具合悪そうにしていたなら、まわりの誰かが必ず気づいたでしょうし、おいらやお仲さんの耳にも入ってたはずだから」

その後のお染の様子に、大きな変化はなかったのだろう。それまでどおりに働いて、それまでどおりに寝起きしていた。そうできたので、金の話は持ち出されぬまま棚上《たなあ》げになっていたのか。

「――一月《ひとつき》ぐらい前に、催促《さいそく》されました」

これ以上ないほど平べったい声を出して、おたまは言った。聞き取るこっちの肺腑も潰れてしまいそうになるほど、押し殺した声だ。

「お染が、あたしが一人で帳簿《ちょうぼ》をつけてるところに来て、いよいよお暇をもらって他所《よそ》へ立ち退《の》くから、いつか約束してくださったお金を頂戴したいって言ってきたんです」

躰は固まっているのに、おたまの両手はうずうずと動き出す。言いにくいことを吐き出して、躰が内側から逆なでされる。その気持ち悪さを堪えるために。

「どこへ立ち退くんだって、あたしは訊きました。あてなんかないのに、お金ほしさに嘘をついてるんだろうって言ってやったんです。べつに、意地悪のつもりじゃなかった。本気でそう思ってましたから」

いきなり、お仲が毒づいた。「このくそ女」

みんな驚いた。なかでも、おたまがいちばん面食らった顔をした。そして鋭く言い返した。

「あんたなんかに言われる義理があるもんか」

「くそ女、鬼、人でなし」

お仲は口を尖らせて、それだけ吐き出すと、また急に目元を押さえた。声を殺して泣いている。

「嘘をついているんだろうというおまえの剣突《けんつく》に、お染は何と答えた？」

沢井の若旦那が穏やかに問う。どうして怒らずにいられるんだろう。この方は心が半分くらい石でできているのかな。

「――息子のところに行くんだって言いました」

ここまで煮え湯のなかでのたうっていた北一の心に、一筋の爽やかな風が吹き込んだ。

お染の息子。

子どもがいた。やっぱり、冬木町のおかみさんは正しく見抜いていたんだ。

「千吉親分はどうだったか知りませんが、うちの人もあたしも、お染の生まれ育ちを知りません。あの女の身の上話を聞く折なんかありませんでしたしね」

だが、幸せな生い立《おた》ちではなさそうなことぐらいは見当がついていた。

「本人も、そう詳しいことをしゃべっちゃくれませんでした。ただ、あの女がまだ小娘《こむすめ》で、男女のことなんかよくわからないうちに、運悪く妊《はら》んじまったことがあるんだって」

お染の話しぶりからすると、それは金で身を売った（売らされた）のではなく、悪い男の手にかかった結果であったようだった。

「躰が大人の女になりきってなかったから、お産は重くて、お染は危《あや》うく死にかけたそうですよ。それでも子どもは無事に生まれて、元気な男の子だったもんだから、差配さんの仲介があって、里子《さとご》にもらわれていったそうです」

そのときお染とお染の両親《ふたおや》は、二度と子どもに会わないこと、子どもの行方《ゆくえ》を詮索《せんさく》しないことを固く約束させられた上で、二両もらった。

その二両がどこに消えたのか、お染は知らない。父親と母親はその金を仲良く一両ずつ分けて、お染を捨ててどこかへ消えた。

「お染は一人で何とか働いて食いつないで、そのうち縁があって千吉親分の文庫屋に奉公したんだそうです」

それからは、ずっと千吉親分の台所を守って暮らしてきた。誰かと所帯を持つことも、子どもを産むこともないまま、歳をとった。

「里子に出した息子のことは、あんまり昔の出来事なんで、お染本人も、ホントに自分が赤子を産んだことがあるのか、夢だったんじゃないかってあやふやになるくらいで……」

息子のために涙したり、一目会いたいと恋い焦がれたりすることはなかった。ただ、ぼんやりとでも息子のことを想うときには、どこでどんな人生を送っていようと、幸せでいてくれるようにと祈っていた。

「そしたら、腰巻きのことであたしと話をするよりも、さらに三月《みつき》ぐらい前のことだったそうですけど」

息子の方から、お染を捜し当ててきたというのである。

「もちろん、いきなり本人が来たわけじゃありません。お使いというか……弟子がね」

「弟子？」

問い返した沢井の若旦那に、おたまはつと口の端を吊り上げて、言った。

「お染の息子は、町医者の先生になってたんですよ。大勢の患者を抱えていて、弟子までとってる先生に」

ただし、残念ながら金持ちではなかった。

「大繁盛《だいはんじょう》の町医者の先生は、往診には輿《こし》に乗っていって、門前には患者が市《いち》をなして、一代で蔵《くら》が三つも四つも建つとかいいますけど、お染の息子はそういう先生じゃありませんでした」

薬礼を払うどころか、粥を食うことさえままならぬような貧乏にあえぐ患者ばかり、進んで診《み》てやっている奇特な医者であった。

どうやら、お染の赤子をもらってくれたのも、あまり流行《はや》らぬ町医者とその妻であったらしい。で、その夫婦に育てられた里子は、金儲けよりも困っている患者を助けることの方に心を砕く立派な貧乏医者になったというわけなのだった。

「本人は、自分がもらわれっ子だってことは、小さいころからご存じでね。いつかは実の親に会いたいと思ってた。でも、育ての親が元気なうちは、そんな不孝はできないからって慎《つつし》んでいて」

育ての両親を無事に見送ると、本腰を入れて実の親を捜し始めた。金はないが患者は大勢いるから、自然と先生の顔は広くなる。患者はみんな先生に感謝しているから、こぞって実の親捜しを手伝い、さほど苦労することもなくお染を見つけ出したというわけである。

「ただ、見つけたお染がどんな立場でどんな暮らしをしてるかわからないし、もしかしたら迷惑がられることだってあるから、事をおおっぴらにはしていなかったというわけで」

なので、お染から打ち明けられるまでは、万作もおたまも何も知らなかったのである。

「どこに住んでいる、何という医者だ」

当然のことを、沢井の若旦那が尋ねた。栗山の旦那もちょっと身を乗り出し、

「市中の町医者なら、私の知己《ちき》が多い。名前を聞けば、知っているかもしれん」

おたまは何も言わない。二人の旦那の顔色を窺って、万作が女房の肩を揺さぶった。

「おい、どうしてお返事しないんだよ」

おたまは乾いたくちびるをなめた。ずっと話していて、喉も舌もくちびるもかさついている。水を持ってこようかと、北一は腰をあげかけた。

と、おたまがぺっと吐き出すみたいに言った。「お染は口を割りませんでした」

「え?」

「あたしもしつこく訊いたけど、お染は言わなかったんです。息子の名前も、住んでるところも」

ほら、ごらん。やっぱり嘘なんだ。でまかせなんだ。おたまはそう思ったという。

「小娘のころにうっかり産んじまった赤ん坊が、いつの間にか立派な町医者の先生になってて、実の母親を捜しに来るなんて、話ができすぎですすよ」

栗山の旦那の後ろに小さくなっていたお仲が、いよいよ我慢できなくなったのか、ぐいっと前に出てきた。目は泣きはらしているが、瞳《ひとみ》には怒《いか》りの光がある。

「そんなの、あんたが決めつけることじゃないでしょ」

「ふん。あんたこそ、日がな一日鍋をかき回してるだけのおつむりで、わかったようなことを言うんじゃないよ」

お仲の顔が怒気で赤らみ、瞼の上だけが血の気が引いて真っ白になった。今にもおたまにつかみかかりそうだ。北一は慌ててお仲に近寄り、その肩を抱いた。お仲は北一の指をぎゅっとつかんで、歯を食いしばる。

お染がおたまに大事な息子の名前や身元を明かさなかったのは、できることなら息子とおたまを結びつけたくなかったからだろう。お染自身は、遠からずこの世からいなくなってしまう。残った息子とその家族が、何かと面倒なところの多いおたまに絡まれたり、迷惑をかけられたりしないよう、お染は口を石にしていたのだ。

母親らしい気遣いだ。お染は、おたまに「ほら、やっぱりでまかせだ」と嘲られることなんか気にならなかった。息子の迷惑にならないことの方が大切だったのだ。

栗山の旦那が塩辛声を出す。「しかし、その名無しの権兵衛《ごんべえ》先生は、せっかくお染を捜し当てたんだ。お染を呼び寄せて一緒に暮らし、母親孝行したかったんじゃないのか」

「そりゃそうでしょう。でも、お染はそれも断ったって言ってました」

「なんで？」

万作が、こっちの膝がかくんと抜けてしまいそうな、朴訥《ぼくとつ》な声を発した。

「なんでって……貧乏患者をいっぱい抱えた貧乏町医者のところに、ただ産んだだけの母親が、招《よ》ばれたからって、はいそうですかって転がり込むわけにはいかないでしょ」

言い方はひどいが、言っていることはまあ正しい。

「名無しの権兵衛先生夫婦にも、子どもはいるのか」

お染から見れば孫である。

「ええ、子だくさんだそうですよ」

だとすれば、ますますお染は頼っていかれなかったろう。せめて元気いっぱいで、日々めいっぱい働けて、息子夫婦と孫たちと患者たちのために尽くせるならば話はまた別だが。お染は歳をとっていたし、息子が捜し当ててきてくれたころには、もう躰に異変を覚えていた。

ここまで聞いて、北一はようやく、話が一筋の糸になってつながって見えてきた。

「名無しの権兵衛先生が熱心に招いてくれても、お染さんは、やりくりに苦心してるだろう息子夫婦のところには行かれないと、ずっと断ってきた」

自分の躰の具合がよくないことも、息子には隠していたんだろう。そんなことが伝われば、もっと熱心に招かれてしまい、息子夫婦に余計な重荷を負わせるだけだ。

だが、しかし。腰巻きの血を見咎められて病のことを打ち明けると、おたまはお染に、おまえが文庫屋に暇乞《いとまご》いをするときには、相応の金を包んでやると言ってくれた。

赤子を産んだきり、心の片隅《かたすみ》で幸せを祈りつつも、これまでの人生で息子のために何もしてやれなかったお染は、この「相応の金」に驚喜《きようき》したのだ。

「一月前に、いよいよ病で躰が辛くなって、もう潮時《しおどき》だ、文庫屋から出ていこうと思い決めたお染さんは、おたまさん、あんたに約束の金をくれと催促した」

もともとのお染の人柄では、そんなことはできなかったろう。貧乏患者のために奮闘している息子に渡す金——最後に果たせるたった一度の息子孝行だったから、お染は催促したのだ。約束のお金をください、と。

金に汚くて（その言い方がきつすぎるならば、金に細かくてと言い直そうか）、奉公人には意地悪で（これまた言い直すならば、厳しくて）、およそ思いやりとか親切心なんかこれっぱかしも持ち合わせていないようなおたまの口から思いがけず持ち出された金の話であったからこそ、お染は心の底から喜んだのだし、真に受けたのだ。その約束を信じて、恃《たの》まずにはいられなかったのだ。

「あんた、その金を包んでやったのか？」

北一の問いかけに、二人の旦那と万作とお仲がおたまを見る。ただ見つめているのは万作だけだ。旦那方のまなざしは、おたまを鑑定《かんてい》している。お仲は責めている。北一は――目玉の裏側が熱い。

「……だって、そんなのでたらめだから」

「でたらめじゃねえ！」

「なんでそう言い切れンのよ！」

「なんででたらめだって言い切れンだよ！」

ガキの口喧嘩のように、北一とおたまは声をぶつけ合った。

確かに、町医者の倅《せがれ》の話が真実であるかどうかは、ここではわからない。シロともクロとも言い切れない。でも、お染の気持ちは推《お》し量《はか》ることができる。

お染は、おたまが約束を果たしてくれないから、困ったのだ。焦《あせ》ったのだ。怒ったのだ。失望したのだ。

「何度も頼まれたんだろ？　そのたんびにはねつけたのか。それとも、鼻先ではぐらかしたのか」

「うるさい」

「それでもお染さんは、万作さんに言いつけなかったんだろ。万作さん、この金の話は聞いてたか？」

万作は思わずという感じで「いいや」と返事をしてしまってから、慌てて女房の顔色を見た。おたまは真っ赤になっている。

「うちの人に言ったら、かえってびた一文《いちもん》出さなくなるだけよ」

万作はさらにぎょっとした。俺は女房をかばおうとしているのに（し損じてはいるが）、女房は背中から俺に斬《き》りつけてきてねえか。

「だ、だって……そんな余分な金はねえ」

情けねえ、おろおろ声だ。

万作が継いでから、文庫屋は儲けが落ちている。病で働けなくなり暇乞いしようという古参の女中に、涙金を包んでやることさえ惜《お》しむほどに。

くそったれが。北一は叫び立てたい。そんなところで金を惜しむような性根《しょうね》だから、商いが上手《うま》くいかねえんだよ！

「何度お染さんが頼んでも、あんたは約束の金を包まなかった」

お仲がおたまに指を突きつける。まなざしも声音も鋭い。針ではなく、千枚通しだ。

「だから、お染さんは手文庫からお金を盗ろうとしたんだ。おたまさん、あんたがお染さんを追い詰めたんだよ。わかってるのかい？」

お染が盗もうとしたのは、手文庫にしまってあった小判《こばん》を三枚と、銭差しを一つ。薬礼を払えぬ病人を診てやり、自身は貧乏に喘《あえ》いでいる息子に渡してやれる、置き土産。

「盗みのその場を押さえて、おまえはお染に文庫屋から出ていけと言った。それで間違いないか」

栗山の旦那は眉間にしわを刻む。沢井の若旦那は人差し指で鼻の頭を掻《か》きつつ尋ねる。

「……はい」

「お染は、おまえの仕打ちに腹を立てた。約束を破られたことを恨んだ」

その念が煮詰《につ》まるだけ煮詰まって、盗み騒動の二日後、ついに放火《つけび》をしてしまったのだ。

お染にとって、あの店はもう千吉親分の文庫屋ではなかった。憎たらしいおたまがおかみとして大きな顔でのさばっている、この世でいちばん憎たらしい場所でしかなかった。

でも、放火なんて大罪を犯したら、自分も逃げる場所はない。いいさ、じきに病で死ぬ。その前に動けなくなる。息子夫婦に迷惑をかけぬよう、親しくしてくれたお仲に心配をかけぬよう、自分の身は自分で始末しよう。

水に入れば、あの世はすぐそこだ。

十四

――死んでしまった以上は、放火の下手人《げしゅにん》であっても、もう仏《ほとけ》だ。お縄にすることはできん。

沢井の若旦那の言で、お染の亡骸《なきがら》はそのまま下げ渡されることになった。

富勘に手伝ってもらい、北一は亡骸を戸板に載せて、冬木町のおかみさんの貸家に運んだ。おかみさんが、目立たぬようにお染を弔《とむら》ってやりたいと言ってくだすったからだ。

おかみさんと北一、富勘と煮売り屋のお仲、おみつと、晴れておみつの許婚者《いいなずけ》として認められた松吉郎も見送りに来てくれて、福富屋が招いてくれた猿江町《さるえちょう》の古刹《こさつ》の住職がお経をあげてくれた。

亡骸はもう傷んでいるので、早く埋葬《まいそう》しなくてはならない。その手配をつけようと急ぐうちに、お仲が言い出した。

「もしもできれば、焼いてお骨にしてあげられませんでしょうか。お骨なら、うちに祀《まつ》っておいてあげられますから……」

二人で煮売り屋をやりたいと、お仲はずっと願っていた。お染だって、自分の病のことがなければ、進んで文庫屋からお暇をもらい、お仲のところに身を寄せたことだろう。今の文庫屋には、お染が自分の幸せを諦めてまで立てねばならない義理はなかった。

江戸市中で、コロリや疱瘡などの怖い疫病《えきびょう》が流行《はや》ったときには、多くの亡骸を焼いてお骨にして葬る。しかし、今回はお染一人だけのことだから、段取りを引き受けてくれる葬儀屋がいるかどうか、さすがの富勘にもあてがなかった。

できればお仲の想いをかなえてやりたいから、北一も心あたりに相談を持ちかけてみた。すると、意外なことに、与力の栗山周五郎が手配をつけてくれた。

「私は折々に、鈴ヶ森《すずがもり》や小塚原《こづかっぱら》へ出向いて、斬罪《ざんざい》に処された罪人の亡骸の腑分けをすることがある。だから、あちらには知り合いが多いのだ」

結局、お染の亡骸は小塚原で焼いてもらい、素焼《すや》きの小さい骨壺《こつつぼ》に納められて、お仲のところに戻ってきた。

「これからは、毎日一緒にいられるよ」

お仲は骨壺にそう声をかけて、大事そうに抱えて帰っていった。

お染の（言い方が正しいかどうかはさておき）隠し子で、今は貧乏人を大勢診てくださる（それこそ仏のような）町医者のことも、栗山の旦那には二、三の心当たりがあったようだ。

だが、沢井の若旦那と相談し、

「こっちから捜さずとも、どうしても気になれば、向こうからお染のことを聞き合わせに来るだろう。北一も触らずにおけ」

これには、冬木町のおかみさんも同じ意見を持っていた。

「深川元町の文庫屋の火事のことは、けっこう噂が広がっているからね」

そもそも火事の多い江戸の町にとって、どこかで火事が出たという報せは、他人事《ひとごと》ではなく聞き捨てならないことなのだ。読売《よみうり》（瓦版《かわらばん》）も早々にばらまかれる。

「それでも、今までのところは誰も、目立つ形ではお染の安否《あんぴ》を聞き合わせに来ていないんだから、そこを察してあげた方がいいのだろうよ」

北一も考えた。もしかすると、お染の倅の町医者の先生は、文庫屋の火事の報を知って、すぐにもお染の安否を調べたのかもしれない。そしてお染が行方知れずになっていることと、放火の下手人である疑いが濃いということも、同時に知った。

北一がその町医者の立場だったなら、どうするか。

放火は市中引き回しの上、火あぶりに処せられる大罪だ。今度の火事は、死人こそいなかったが怪我人は出たし、小火《ぼや》では済まずにかなりの戸数に被害を出してしまった。で、その下手人のお染は姿をくらましているところに、親族でございますなどと名乗り出たら、最悪の場合は連座というか、お染の代わりに処罰されてしまうことだってあり得る。

――名乗り出られねえよなあ。

触らないでおけという、栗山の旦那も沢井の若旦那も人情家なのである。ありがたいと胸にたたんで、北一も忘れることにしよう。


深川元町の火事からざっと一月《ひとつき》が過ぎ、師走も半ばに至るころには、木置場の仮住まいにいた人たちも半分ぐらいは新しい落ち着き先を見つけて移っていった。

万作とおたまの文庫屋は、なまじ焼け出された元のお店《たな》が大きかった分だけ先の見通しが立てづらいようで、仮住まいから動く様子がない。ただ、職人たちや奉公人たちは、だんだんとばらけて数を減らしている。お上からの正式なお沙汰《さた》はまだないが、もしも闕所《けっしょ》となれば身代《しんだい》はそっくりお取り上げになるから、文庫屋を続けるとしても、元の規模を保つことはとうてい無理だ。みんな、それを承知しているから離れていく。万作もおたまも、引き留めようともしない。

　空いているところが増えたので、仮住まいそのものも縮小することになり、また人手が集められた。北一はそこに、喜多次も誘った。簡素な造りの小屋をばらすから、木っ端《こっぱ》やごみをたくさんもらえるからだ。

　二人で半日力仕事をして、働きぶりのいい喜多次は早々に大工の棟梁《とうりょう》に目をつけられたが、何を話しかけられてもまったく返事をせず、棟梁の姿さえ目に入ってないみたいにふるまうもんだから、北一は宥めに入った。

「こいつ、扇橋の外れの湯屋の釜焚きなんですよ。鉄梃《かなてこ》みたいに意固地な無口野郎なもんで、あいすみません、おいらのこの粗末な頭ならばいくらでも下げますんで、カンベンしてやってくだせえ」

　おかんむりの棟梁が諦めて離れていったので、北一は喜多次を肘で小突《こづ》いた。

「おまえ、ごめんくださいぐらい言えねえのかよ」

　喜多次はいつものようなだんまりで、ガタつく荷車に焚き付けを積み込んでいる。そして北一の方を見ずに、「あんた、今夜うちの釜焚き場に来られるか」と訊いてきた。

「何の用だよ」

「来りゃわかる」

　ぶすっとそう言い捨てて、北一を置いてけぼりにさっさと帰っていってしまった。

　さすがの北一も気を悪くした。何だよ、あれ。

その晩、冬木町のおかみさんのところで旨い夕飯を食わせてもらい、おみつが縫ってくれた新しい縕袍《どてら》を着込み、手ぬぐいでほっかむりして、長命湯に向かった。

喜多次は釜焚き場にいた。いつもの腰掛けに座って、釜から溢《あふ》れ出る光に身をさらしている。足元に置いた火かき棒にも、釜の奥の炎の色が映《は》えていた。

ここ数日、朝夕の冷え込みが厳しくて、富勘長屋のどぶ板のまわりにも、すぐ霜柱《しもばしら》が立つくらいだ。夏場は、焚き付けが山積みされているこの裏庭ぜんたいに釜の熱気がよどんでいて、足を踏み入れるだけで汗が噴き出してきたものだが、真冬の今となれば、あかあかとした火が恋しい。

両手をこすり合わせながら、北一は喜多次の背中に近づいていった。

「おい、来たぞ」

ただ来ただけじゃねえ。土産がある。

「ほら、これ。おまえの分だ」

小脇《こわき》に抱えていた新しい縕袍を、喜多次に向かって掲げてみせながら、歩み寄る。

おみつが古い着物をほどいたり、端布《はぎれ》をつなぎ合わせて縫ってくれた縕袍だから、北一の分と喜多次の分と、色柄が少し違っている。でも、暖かさは一緒だ。

「ちっとはありがたいと――」

そこで北一は声を呑んだ。喜多次は一人ではない。釜の正面から外れたところ、焚き付けの山がつくる暗がりのなかに、誰かいる。暗がりよりも黒い人影が背中を丸めて座っている。

「こいつ、誰だよ」

北一はその人影にではなく、喜多次に問いかけた。と、まるでそれを待っていたかのように、長命湯のおんぼろ屋根の向こう側で、犬の遠吠《とおぼ》えが起きた。

「うお～ん、うぉおおお～ん」

さらに、今度は北一の背後のどこかで、それに応《こた》える遠吠えが、

「ううううぉ～ん、うううぉ～ん」

シロとブチだ。どっちがどっちだか聞き分けられないが、二匹で長命湯を挟んでいる。

喜多次はゆらゆらと燃える炎を睨み据えながら、手元に集めた焚き付けを取って、釜の中に放り込んだ。よじり合わせて放りやすくした古紙と、細い枯れ枝と、剝がした屋根板を小さく割ったものだ。

「なあ、カンベンしてくれよ」

暗がりのなかの人影が声を出した。なめらかで若々しい、耳当たりのいい声音。

――あの指南役だ。

北一は人影の方に身を乗り出し、

「おい、こっちへ顔を向けろ」

声をかけると、人影は渋々《しぶしぶ》というふうに頭を上げ、釜から溢れる光のなかに顔を突き出してきた。

「やっぱり！」

女形《おやま》のように色が白く、そこそこ整った顔立ちをしている。今夜はこいつも薄い綿入れを着込んだ上に、襟巻きもぐるぐるに巻いていた。長命湯の二階の座敷で見かけたときほど、小《こ》洒落《じやれ》た支度ではない。とりあえず寒さをしのげるものを着込んできたというふうだ。焚き付けの山から拾い出した小さい木箱にでも腰掛けているのか、全体にちんまりと身を縮めている。

北一の驚きの一声が聞こえたみたいに、またシロとブチが遠吠えを交わす。すると、指南役はさらに首を縮めて、北一に頼み込むように囁きかけてきた。

「そっちの兄さん、あんたは下っ引きなんだって？　だったら、こっちの兄さんよりは話がわかるだろ。金で引き合いを抜くのも、岡っ引きの仕事だもんな」

えっと、どういうことだ？　北一は頭がついていかない。

岡っ引きの手下《てか》は、「小者《こもの》」と呼ばれることが多い。「下っ引き」というのは、言葉の感じからもわかるとおり、見下した響きがあるからだ。北一自身は面と向かってこう呼ばれたのはもちろん初めてだし、千吉親分が健在のころ、兄《あに》ぃたちの誰かがこう呼ばれるのを耳にした覚えもない。

「おまえ、苗問屋六卜屋《むとや》の男だよな」

北一は、まるでこの場には自分一人しかいないとでもいうかのように黙々《もくもく》と釜焚きを続ける喜多次の横顔と、光のなかにぽかんと間抜けな感じで浮かび上がっている指南役の男の顔を見比べながら、問いかけた。ちょっとは凄んでみるべきだったかもしれないが、あいにく、そういうのに慣れていない。

だが、北一が強面《こわもて》ぶってみせずとも、指南役の男は充分にまいっているようだった。

「そうですよ。なんで露見《ばれ》たのかなあ。そんな下手を打ったつもりはないんだが」

そこでやっとこさ、釜の炎から目を離さぬまま、喜多次が言った。「六ト屋の四男坊で、名前は忠四郎《ちゅうしろう》っていうんだ。歳は二十四だとさ」

「年男なんですよ」と、指南役の男、忠四郎は言った。兄さんたちって呼ぶのは、おかしいやね。そっちも名前を教えておくれよ」

「兄《にい》さんたち、俺よりはずいぶんと若いだろ。兄さんたちって呼ぶのは、おかしいやね。そっちも名前を教えておくれよ」

懐柔《かいじゅう》するようであり、なれなれしいふうでもある。どっちにしろ愉快ではない。

北一は、また喜多次の横顔を見た。むっつり。焚き付けを放り込む。釜の奥に炎が躍る。今夜は湯殿に客が何人もいるのかな。

腹の底に力を込めて、北一は言った。「おいらは北一。深川を縄張《しま》にしていた文庫屋の千吉親分の小者だ。忠四郎さんとやら、いきなり喧嘩を売ろうっていう腹じゃなきゃ、岡っ引きの手下を下っ引きなんて呼ぶもんじゃねえ」

忠四郎は「うへ〜」と間抜けな声を出す。なんだこいつ、腹立つな。

「忠四郎さんとやら、ここで何してんだ」

北一の疑問に、忠四郎はまたぞろ間抜け丸出しの腑抜けた顔と声で、

「えええ〜、そんなの、おれに訊かれたって困るよ。こっちの兄さんに訊いとくれ」

そろりそろりと顎の先で喜多次を指してみせる。怖がってンのか見下《みくだ》してンのか、どっちかにしやがれっての。

「おまえ、なんでこいつをここに連れてきたんだ?」

立ったまま問いかけてみた。喜多次は動かず、返事もしない。湯殿の方から、ばしゃばしゃと湯をかき回す音が聞こえてきた。

「おい、釜焚き! 熱いぞ!」

その声に、喜多次はぬっと立ち上がった。腕を伸ばして忠四郎の胸ぐらをひっつかむと、焚き付けとごみの山のあいだ、少し開けているところへ引っ張っていった。

「こいつらの身元をつかんでからこっち、暇をみては様子を窺っていたんだが」

ぼそりと呟きながら、忠四郎の胸ぐらから手を離し、突き飛ばす。世慣れて見えた指南役の男は、紙人形みたいにへらりと尻餅《しりもち》をついた。そういえば、こいつは背ばかり高くて胸板の薄い、ひょろり野郎だったんだ。

「こいつらは、次の気の毒ばたらきに取りかかりそうもなかった」

気の毒ばたらき。気の毒だねえ、大変だったねえと同情しながら、火事で焼け出された人たちのあいだに立ち交じり、その人たちが命からがら持ち出してきた家財道具のなかの金品を漁《あさ》って盗み出す。卑怯《ひきょう》な手口だ。

「あれから本所深川では目立つ火事はなかったけど、上野《うえの》や御徒町《おかちまち》では小火がいくつか続いたし、つい一昨日、雑司ヶ谷《ぞうしがや》の先でかなり大きな火事があった」

それなら北一も知っている。こっちの方よりは町家が建て込んではいないが、古いお寺のお堂と庫裏《くり》が焼けて大変だったという噂だ。

「今度こそは動き出すかと思ったが、こいつはイノやトミと名乗っていた男たちみたいな、自分の手先を集めようとはしなかった。質屋の六実屋《むつみや》とも繋ぎをとる様子はなかった」

ふん、このまま待っているのもかったるい。

「だから、こっちから出向いてって、引っ張ってきたんだよ」

ぼそぼそと語る喜多次の足元で、殴られたわけでもないのに顎のまわりをちょっと確かめてから地べたに座り直して、忠四郎が大げさに溜息を吐いた。

「ホントにまいったよ。兄さんたち、イノやトミや、六実屋のことまでつかんでるんだからさ」

「北辻橋のそばにある質屋だろ」

「うん。な～んでわかったんだい？」

人をバカにしたような軽～い問いかけに、シロとブチの遠吠えがかぶって響く。途端に、忠四郎は首をすくめた。

「もうホントにカンベンしてくださいよ。おれ、犬が怖いんだ。小さいころに尻を嚙まれて大怪我をしたもんだから」

こいつのことだから、口から出任《でまか》せかもしれないが、事実だとしたら、いい気味《きみ》だ。

「おまえと、六実屋と、イノとトミをどうやって捜し出したか、そんなのは岡っ引きの小者の手の内だ。教えられるもんか」

北一はしゃがみ込み、忠四郎の白い顔を正面から見て、尋ねた。

「深川元町の火事の気の毒ばたらきで大枚《たいまい》を稼いだから、しばらくはおとなしくしてようってんで、なりを潜めてたのかい？」

間近《まぢか》に覗く忠四郎の眼《まなこ》の底に、一瞬だけ、

——小癪《こしゃく》なガキめ！

という色がよぎって、すぐ消えた。こいつは自分の本心を隠せる役者のようだ。

「まあ、ねえ。おれたちだって、師走はそれぞれの生業《なりわい》で忙しいんだよう」

「四男坊のおまえさんが六ト屋で何を忙しいのか知らねえが、長屋住まいの飾職人のトミと、病で寝込んでる女房に朝鮮人参を呑ませたくて必死のイノは、確かに忙しいだろうなあ」

芝居抜きで、忠四郎はちょっとぎくりとした。北一から、喜多次の方へ目を泳がせる。

「……あの二人も、ここへ引っ張ってくるつもりかい？」

北一は返事を渋っているようなふりをして、横目で喜多次を窺った。

「やめておくれ。あいつらは、言ってみりゃおれの下っ引きでさ。おれに言われたとおりに動いてるだけなんだ」

おふざけ野郎の忠四郎の声音の下から、本音《ほんね》の声が聞こえてくる。こいつ、下っ引きをかばうのか。

「兄さんたち、あの二人の本当の名前も突き止めてる？」

北一は思わせぶりに沈黙を守った。喜多次は計ったようにくしゃみをした。それも続けて二つ。

諦めたみたいに両の眉毛を下げて、忠四郎はのろのろと言い出した。

「トミは親父さんの借金を背負ってて、妹を岡場所《おかばしょ》に売ってもまだ足りなくてさ、食うや食わずで働きづめなんだよ。イノは、兄さんが今言ったとおり、重い肺の病で苦しんでる女房を抱えてる」

二人とも、気の毒ばたらきに手を染めたのは、切実に金が欲しいからだ。根っからの盗人ではない——

「二人とも、あんたが誘い込んだのか」

「おれは、イノと知り合いだったんだよ。あいつは『升生《ますしょう》』の手代《てだい》だからね、うちの親父が升生からずっと通風《つうふう》の薬を買っててさ。月に一度、薬を届けに来る顔色の悪い手代がイノだったってわけさ」

「升生は生薬屋《きぐすりや》だもんな。イノは朝鮮人参ほしさに奉公してるのか」

忠四郎は、北一の言を鼻息でふっとかわした。

「世間知らずもほどほどにしときなよ、兄さん。生薬屋で真面目に働いてたって、平手代の身分じゃ、一年に朝鮮人参の薬包を一つ買うくらいが精一杯だ。目と鼻の先で売ってたって、手が出ねえよ」

だからこそ、イノは気の毒ばたらきで稼ごうとしたのである。

「トミはイノの知り合いで、イノがホントに金を稼いでいるのを知ったら、一も二もなく加わってきたんだ」

湯殿の方から、さっきとは違う野太《のぶと》い声が呼びかけてきた。「釜焚きぃ、ぬるいぞ」

酔っ払ってら。おっさん、酒飲んで熱い湯に入るなよ、死ぬぞ。北一は頭の隅っこで考えた。忠四郎の言うことばかりに囚われたくない。鵜《う》呑《の》みにしてしまいたくない。

喜多次は釜焚きに戻り、忠四郎は地べたに足を投げ出して座り、北一は何だかくたびれてきた。あの指南役の男を捕まえた！　という興奮は、みじんも感じられない。

シロとブチが吠え交わしている。今度は短く、うぉん、うぉん、うぉんの応酬《おうしゅう》。犬には犬の言葉があるのだろうか。

「最初にこの卑怯な手口を思いついたのは、誰なんだ。あんたか？」

忠四郎はだるそうに首を横に振ると、ついでのように大あくびをした。

「おれは、直には知らないんだ。四年ぐらい前に、年上の辰巳《たつみ》芸者に入れあげてさ。その芸者の情夫《まぶ》だって御家人《ごけにん》くずれに引き合わされて――」

最初は忠四郎もイノやトミと同じ、その御家人くずれの男の駒《こま》でしかなく、しかし場数《ばかず》を踏んでいるうちに、気がついたら指南役になってしまった。

「稼げるようになったと思ったら、おれの指南役が、置屋《おきや》に借金を残したままその芸者と駆け落ちしちゃってさ。おれもいきなり押《お》っ放《ぱな》されて、しょうがないから自分で知恵を絞るようになったってわけさ」

その「知恵を絞った」ことについては、忠四郎も自慢に思っているらしい。口調がまた軽くなってきた。

「質屋を抱き込んで、盗んだ金をまず両替するってのは、おれの案なんだよ」

忠四郎がこの長命湯の二階でやりとりしていたのは、けっこう年かさに見えたが六実屋の若主人なのだそうで、

「おれから見ると、おふくろの方の血筋《ちすじ》の従兄《いとこ》なんだ」

「あんた、親戚《しんせき》まで盗みに引き込んでンのか」

「だってあいつも、いつまでもクソ親父に頭を押さえつけられて、びた一文《いちもん》も好きに使えないってムクれてたからさあ」

六実屋は、忠四郎たちが盗んだ金目《かねめ》のものを売りさばくことと、小判《こばん》を小銭《こぜに》に両替することと、二つの役目を担《にな》っていた。

分け前として小判を渡し、それをイノやトミがそのまま使ってしまうと、まず間違いなくまわりの目を引き、疑われてしまう。だから、面倒でも重たくても、分け前を銭差しにして渡すのは重要なことなのだ。

北一は得心《とくしん》し、悔しいがちょっと感心した。忠四郎、確かに頭の回る指南役だ。

「深川元町で焼け出された人たちからは、いろいろ細々と盗んでるが、いちばんでっかい得物《えもの》は切り餅二つ。だろ？」

忠四郎は返答をしなかった。釜の方に顔を向けたまま、こちらには背中しか見えない喜多次の方へ、ちらりと目を投げる。

釜の奥で炎が揺れている。

「誰の金だったか、知ってるかい」

「知らないよ。あれを見つけたのはイノだったけど、あいつも覚えちゃいないだろう。盗むときには長居をしないからね」

あの五十両は大事な金だったのだ。版木彫りの作助と女房のおみよにとって、ただ大金であるという以上の意味のある金だった。

「けどさ、岡っ引きの小者の北一さんよ」

皮肉な口つき。挑発的な目つき。急に威勢《いせい》よく、なぜか真顔《まがお》になっている。

「ああいう金は、みんな死に金だよ。そうは思いませんかね」

死に金。忠四郎の真剣な、食いついてくるような眼差し。

「火事であれ大水であれ、お救い小屋や仮住まいが建てられるような大変なとき、命大事で逃げてきたって人たちが持ち出してきたものを探るとね」

みんな持ってんだよ、金目のものを。

「そりゃ、必死で持って逃げてきたんだから」

「だったらさ、使えよ！」

忠四郎の目尻が吊り上がる。

「後生大事にしまい込んでねえで、住むところを失くしたり、稼ぎ手を亡くしたり、両親揃って亡くしてみなしごになっちまったガキどもを食わせるために、そのお宝を進んで吐き出せっての！」

だが、誰もそうしない。後生大事にしまい込んでいるだけだ。

「いつ使うことになるか、あてなんかねえくせに。自分たちだけじゃねえ、今困ってるみんなで一緒に使おうって思わねえ」

呆れることに、持ち出したものの本当の価値さえ知らないことがある。

「泡を食って持ち出した荷物のなかに、大金がしまってあることに気がついてない。新しい住《すみ》処《か》が見つかったら、荷物をそのまんま運んでいって、またしまい込んで、金のことは思い出さないまんま」

唐突《とうとつ》に、忠四郎は吠えた。

「それが死に金でなくて、何だってんだよ！」

焚き付けの山を、その問いかけがわんわんと駆け巡る。何だってんだよ！

「だからおれたちは、その金をお天道様の下に出して、その金でみんなが入り用なものを買って、運んでって配《くば》ってやってんだよ」

——大変だったたね。夜具がない？　任せときな、持ってきてやるよ。赤子のおむつは足りてるかい？

その際、ちっとばかり高めの手数料をもらっているだけだ——。

だから、盗みじゃねえって言い張るのか。北一がその問いをぶつけようとする前に、喜多次が何かを釜の奥へ凄い勢いで投げ込んで、

「くそ」

と舌打ちをした。

「火かき棒を投げちまった」

独り言のように言う。忠四郎もびっくり、北一も息を呑み込んでから、やっと、「こ、困るだろ」と小さく尋ねた。

「別にいい。火が消えたら拾う」

それでわかった。喜多次は気を悪くしているのだ。

怒っているのかどうかまでは、わからない。北一はまだそれほどこいつのことを知らない。だけど喜多次は不機嫌《ふきげん》になっている。

立ち上がり、忠四郎の方に歩み寄ると、上から見おろして、言った。

「こんなことを続けていたら、おめえら御番所《ごばんしょ》に捕まるぜ。八丁堀が目を光らせてるから」

亀の子みたいに首を縮め、背中も丸めて、膝を抱えて、忠四郎はうなずいた。

「うん。よくわかった」

「もう、手じまいにするな?」

「うん」

忠四郎は目元を拭った。別に泣いているわけではないが、今までいちばん気弱な仕草だった。

「おれなんか、商人の家の四男坊だろ。兄貴たちも一緒に四人揃って、無事に育っちまって、ああめでたい。けど、おれにとってはあいにくだよ」

跡継ぎにはなれない。次男は確実に、三男は五分五分ぐらいで暖簾《のれんわ》分けにあずかれるが、四男となるとまず無理だ。いい養子先でも見つけない限り、無駄飯食《むだめし》いの人生だ。

「そんなおれでも、気の毒ばたらきをやってると、ちっとは世間様のお役に立てていたのになあ」

その意見に異を唱えるように、シロとブチの遠吠えが近づいてきた。この二匹の野良犬は、どうにかして喜多次と意思を通じ合わせているんじゃねえか。

犬たちの声を背中に、喜多次は凄んだ。

「おめえがまたやらかしたら、今度はあいつらをけしかけて、ここへ引っ張ってくるぐらいじゃ済まねえぞ」

「うん」

犬嫌いだという忠四郎に、喜多次はそんな荒技《あらわざ》をしかけていたのか。

「それじゃ、この約定《やくじょう》の証を出しな」

喜多次のぶっきらぼうという以上の険《けん》のある言い方に、北一はまた息を呑む。忠四郎は冷えてかじかんだのか、指の動きがおぼつかない。綿入れの前を開き、袂《たもと》から何か取り出すのに、えらく手間をくっている。

この約定の証って、何だ。

ごろり。北一の前に、切り餅が転がった。一つ、二つ、三つ。

七十五両。何だよ、これ。

「文庫屋の荷物のなかにあったんだ。これは俺が見つけて持ち出したから、よく覚えてる」

北一の驚きを面白がっているのか、忠四郎の目元が笑っている。

「古い行李でさ、紐でぐるぐる縛《しば》ってあった。その紐がすっかり古びて、黴びててな。だけど行李はずっしり重たい。おれの経験じゃ、そういう荷物のなかには金目のものが隠されてることが多いんだ」

その行李も、当たりだった。

「縁が欠けた硯《すずり》や、汚れた墨壺《すみつぼ》なんかの下に、麻袋が突っ込んであった。開けてみたら、切り餅が四つ入ってたんだ」

そのうちの一つ、二十五両はもう使ったり分けたりしてしまった。だから、残りは神妙に返す。それが、「もう気の毒ばたらきはやりません」という約定の証だ。

「――嘘だ」

北一は強く言った。あんまりいきんだので、舌を嚙みそうになった。

「万作とおたまの店になってから、文庫屋は売り上げが下がる一方だった。こんな蓄えがあるもんか！」

しん。釜の火も鎮《しず》まってきて、闇も静かで。

「誰も、今の文庫屋の金だとは言ってませんよ、千吉親分の下っ引きさん」

忠四郎のにやにや笑いが大きくなる。

「文庫屋の夫婦も、この金には気づいちゃいねえ。もともと知らなかったのかもしれないよな。火事のとき、手近にあったものを片《かた》っ端《ぱし》から奉公人たちに運び出させたんで、中身なんかわからないものもあったんでしょうよ」

木置場の仮住まいに移ってからも、おたまは番屋に引っ張られるし、万作は煙を吸って具合が悪くなるしで、いちいち荷物を開けて検分する暇がなかった。

「こいつは千吉親分のへそくりに違いねえ」と、忠四郎は言った。「岡っ引きってのは、良いことでも悪いことでも、表に出ない金を稼げるもんでしょ？　ずいぶんと評判のいい、人たらしの親分だったそうだから、そういうところも抜け目なかったんじゃねえのかなあ」

忠四郎のなめらかな口舌《くぜつ》が、いちいち北一の心をえぐる。頭のなかが、燃えさかっていたときの湯釜の奥のように熱くなった。

「うるせえ」

「兄さんはホント、世間知らずで可愛いねえ」

「黙れ」

「じゃ、この金は兄さんたちのもんだから、お受け取りくださいよ」

「黙れ！」

北一が怒鳴ると、それを聞きつけたみたいに、ひたひたと足音が近づいてきた。焚き付けの山のあいだをすり抜けて、シロとブチが姿を現す。二対《つい》の眼が底光りを放つ。

「おっと、やあ、わんこちゃんたち」

忠四郎は両手を胸の前に上げて、座ったまま器用にへっぴり腰になる。シロが唸り、ブチが牙《きば》を剝く。

喜多次が腰をあげ、忠四郎に声を投げた。

「いいな。約定を守らなかったら、次は犬の餌だ」

乱れた長い前髪の隙間から、喜多次の片方の眼が覗いている。シロにもブチにも負けぬほど、冷たく底光りする眼が。

忠四郎は額や頬が光るほどに汗をかき、ぶるぶる震えるくちびるを動かして、言った。

「がってん、承知の助でございます」

喜多次は犬を追っ払うように手を振った。忠四郎は尻《しり》に火が点いたような勢いで立ち上がると、後も見ずに逃げ出した。

「お～い、おい、釜焚きや～い」

湯殿の方から、苛立たしげな男の声。

「今夜はどうしたんだよ。ぬるくて寒くていられねえ。もっときりきり焚けや！」

立ち尽くす北一と喜多次のあいだに、謎めいた落とし物のように、切り餅が三つ転がっている。師走の風が通り過ぎ、シロとブチの尻尾が揺れた。

第二話

化け物屋敷

一

寛永《かんえい》十七年（一六四〇）以来、江戸城内の煤払《すすはら》いは、師走《しわす》の十三日に行われる決まりとなっている。これに合わせて、市中の町方《まちかた》もこの日に一年の締めの大掃除をする。

冬木町《ふゆきちょう》のおかみさんの貸家の煤払いも、北一《きたいち》が他のことにきりきり舞いしているうちに、「福富屋《ふくとみや》」が万事手配してくれて、つつがなく終わっていた。だから、「気の毒ばたらき」一味の指南役、苗問屋《なえどんや》「六ト屋《むとや》」の忠四郎《ちゅうしろう》から引き渡された切り餅《もち》三つ、七十五両をどうするか、その大金に心当たりがおありかどうか、北一が経緯《ゆくたて》を説明してお伺《うかが》いを立てたときには、おかみさんは張り替えたばかりの真っ白な障子《しょうじ》ごしの冬陽《ふゆび》のなかで、いっそう色白に見えたのだった。

「心当たりがあるかと問われれば、あるさ」

刻《きざ》みの薫香《くんこう》が立ちのぼる煙管《キセル》を手に、おかみさんはすぐさまそう答えた。傍《かたわ》らにはいつものように、おみつが控《ひか》えている。

「親分は、万に一つのときに備えて、蓄《たくわ》えを怠《おこた》らないようになさっていたからね」

北一が知っている限りでは、親分は金儲《かねもう》けにはまったく興味のない、淡泊《たんぱく》な人だった。だからといって、金のことにかまわなかったわけではない。文庫屋《ぶんこや》の切り盛りも含めて、金の出し入れにはいつも気を配っていたし、お店《たな》の者たちにも無駄遣《むだづか》いを戒《いまし》めていた。

「ただ、お上《かみ》の御用《ごよう》に関《かか》わるお金の出入りについては、あたしは何も知らない。このお金は、文庫屋から持ち出されたときは切り餅四つ、百両だったんだよね」

「はい。一つは、気の毒ばたらきの一味に使われちまいました」

おかみさんは、閉じた瞼《まぶた》を震《ふる》わせながら、薄い笑《え》みを浮かべた。「まあ、少しばかりは、焼け出された人たちの役にも立ったようだから、親分もお怒りにはならないだろうさ」

その笑みは、どれほど薄べったかろうと、北一の心に引っかかった。

「おかみさんは、忠四郎の言い分に、一分《いちぶ》の理《り》があると思われるんですかい？」

おかみさんは悠々《ゆうゆう》と刻みをくゆらせると、

「さあ、どうだろう」と言った。「傍目《はため》にはかつかつの暮らしをしているように見える人たちが、実は小金《こがね》を貯《た》めているなんてことは、世間じゃ珍しくないものさ。で、思い切ってその小金を使う機会がないまま、あるいはその機会に気づかないまま、お墓の下に行っちまう」

それは確かに「死に金」だろう。

「そこだけに限るなら、あっちの言い分にも理《ことわり》はある。とはいえ、盗みはいけない。お天道様《てんとさま》がお許しになることじゃない。難しいところだね」

煙管の頭を煙草盆《タバコぼん》の縁《ふち》にポンと打ち付けて、それを区切りにするように、言った。

「あの世の親分が、いつか夢枕に立って、事の善悪を仕分けてくださるのを待とうじゃないか。この世の一味の今後のことには、沢井《さわい》の若旦那《わかだんな》が目を光らせていてくださるんだろう？」

「へえ。人殺しとか、放火《つけび》などに手を出すようになったら、すぐにもお縄《なわ》にしてやると仰《おお》せでした」

――世間のことも御定法《ごじょうほう》のことも舐《な》めくさっていやがるからな。

「それなら、もう北一が気に病《や》むことはないね。けれど、忠四郎たちのことを、きれいさっぱり忘れちゃあいけないよ。頭の隅《すみ》に引っかけておいで」

何かの折に、伝手《つて》として役立つことがあるかもしれないから、という。

「六ト屋って、深川十万坪《ふかがわじゅうまんつぼ》のだだっ広い新田の先にあるんだってね。立派な苗問屋らしくって、訊《き》いてみたら〈松《しょう》さん〉もご存じだったよ」

おかみさんが親しげに呼ぶのは、おみつの許婚者《いいなずけ》である松吉郎《しょうきちろう》のことだ。青果問屋「三輪《みわ》丁《ちょう》」の番頭《ばんとう》で、本所花町《ほんじょはなまち》にある分店を任されている男である。

「それだけだって、使いようがあろうってものさ」

「そんなもんでしょうか」

あんな野郎《やろう》をあてにするとか、役立てるとか、胸が悪くってしょうがねえ。

「そんなものなのさ。じゃあ、あとは切り餅の始末だけだ。まず二つは、作助《さくすけ》とおみよにそっくり返してやればいいんじゃないかえ」

深川元町《もとまち》の火事で、気の毒ばたらきの一味に、むき出しの大金を盗まれて、いいように使われてしまったのはあの夫婦だけだ。あとの連中は細かいものばかりだったから、仮住まいに要《い》る所帯道具や薬や、いろいろ差し入れてもらったことと差し引きでいいだろう。

そして残りの切り餅一つは、

「北さんは腹立たしいかもしれないが、あたしは、万作《まんさく》とおたまにやりたいと思う」

北一は、ちっとも腹立たしくなんかなかった。今度の火事は辛《つら》い出来事だったけれど、まったく得るものがなかったわけではない。万作の気持ちも、おたまの心の内も少しばかりわかるところがあったし、ものすごく不器用なやり方ではあったけれど、おたまがお染《そめ》に対して感謝や思いやり（らしきもの）を表そうとしていたのを知って、北一は（どうにか）心の矛《ほこ》を収めることができた。

「昨夜《ゆうべ》、〈富勘《とみかん》〉さんから聞いたばっかりですが、お店から放火の罪人を出してしまった不届《ふとどき》にかかる科料《かりょう》が、三十両と決められたそうですね」

おかみさんは黙ってうなずく。目は見えずとも、北一がどんな顔をしているか、すべてお見通しだ。

「この切り餅が一つあれば、あと五両だけ工面《くめん》すれば済む。おかみさんの温情に、おいらからもお礼を申し上げます」

言って、北一は畳《たたみ》に手をついた。

おかみさんの口元が、ふっと緩《ゆる》んだ。「今さら、北さんが腹を立てる理由もなくなったかね。でも、北さんがあたしに頭を下げなきゃならない理由もない。むしろ、あたしの方がきちんと言わなくちゃ。親分の文庫屋の火事の後始末に走り回ってくれて、ありがとう」

その言葉が嬉《うれ》しかった。北一は顔をうつむけたまま、照れ笑いを嚙《か》みしめる。頭のてっぺんに、おみつの優《やさ》しい眼差《まなざ》しを感じた。

深川元町の文庫屋の跡地は、今はまっさらで何もない。地主は牛込《うしごめ》に住んでおり、その差配《さはい》を富勘が承《うけたまわ》っている。深川は新開地だから、賑《にぎ》やかさでは引けを取らなくても、神田《かんだ》や上《うえ》野《の》・浅草界隈《あさくさかいわい》に比べたら地代《じだい》が安いので、すぐにも後の賃借人《ちんしやくにん》が決まりそうだという話も、昨夜ついでのようにして話してくれた。

文庫屋で給金をもらっていた奉公人《ほうこうにん》たち、職人たちは、早々に次の稼《かせ》ぎ先を求めて散っていったが、万作・おたま夫婦は科料を納めて御番所《ごばんしょ》からお許しが出ない限り、勝手にどこかへ立ち退《の》くことはできない。木置場《きおきば》の仮住まいが取り片付けられてしまったあとは、福富屋の口利《くちき》きで、富久町《とみひさちょう》にある味噌屋《みそや》の離れを借りて住まっているという。

「御番所からお許しが出たら、とりあえずは、おたまさんの実家に身を寄せるんだって」

と、おみつが言った。

おたまの実家は業平橋《なりひらばし》のそばにあり、一家で瓦焼《かわらや》きを生業《なりわい》にしていると聞いた。

「それから先はどうするのか、あたしらも北さんも、もう関わることじゃない。そっとしておこう」

と、言いたいところなのだけど——と続けて、おかみさんはおみつの方を向いて薄く笑った。おみつは口元をきつめに結んでいる。

「おや、おみつはまだご機嫌《きげん》ななめのようだ」

もう何十回目か覚えていないくらいの回数、北一は思う。おかみさん、ホントは目が見えてるんじゃありませんか。

「だって、おかみさん……」

「決めるのは北一なんだから、あんたが先回りして怒っても詮《せん》ないことだよ」

え、おいら？

「何のお話でしょうか」

おかみさんは、また過《あやま》たず北一の顔がある方へ向き直ると、さらりと言った。

「ほかでもない、長作《ちょうさく》の話さ」

万作・おたま夫婦には子どもが六人いる。長作は十二歳の長男の名前だ。けっして怒りっぽくはないのだが、むっつりしているのでいつも不機嫌そうに見える万作にも、やたらと怒ってばかりいるせいで顔つきが尖《とが》り、普通にしていても目尻《めじり》が吊《つ》り上がっているおたまにも似ていなくて、なかなか可愛《かわい》い顔をしているし、素直でいい子だ。

千吉《せんきち》親分が亡《な》くなり、北一が深川元町の文庫屋を出たあと、長作は振り売りに出るようになった。まだ子どもだから、あてもなしに流し売りをさせるのはさすがに心配なので、お得意さんがいるところを順々に回らせて、その行き帰りに流しの商売ができたら御《おん》の字だというくらいに（少なくともまわりの大人どもは）考えていたのだが、長作は意外なほどちゃんと商《あきな》いをして日銭《ひぜに》を稼いできた。北一も、お馴染《なじ》みさんのところで、

「さっき長坊《ちょうぼう》が来たから、買っちゃったよ」

「北さん、遅かりし由良之助《ゆらのすけ》だねえ」

なんて笑われることが、何度かあったくらいである。

その長作の話とやらだから、実のところ、北一にはまるっきり見当がつかないわけではなかった。

「おかみさん、あの、もしかしたら……」

おかみさんの閉じたままの瞼が震えて、口元にやわらかな笑みが浮かんだ。

「察しがいいね。北一のところで、長作を働かせてやってくれないか、というお話だよ」

やっぱり。

「本人がそうしたがってるんですかい」

「ああ。文庫売りを続けたいって、富勘さんに相談しに来たそうだ」

おみつは驚いている。「北さん、なんでそんなに心得顔《こころえがお》をしてるの？」

「おいらも、その手があるなってことは考えてたから」

ただ、こっちから押しつけがましく言うつもりはなかった。向こうから頼まれるのを待っていたわけでもない。ぼんやりと、そういう運びになったらなったでいいんだけどな、と思っていただけだ。

「長作は働き者だし」

おみつは驚きを通り越し、険《けわ》しい顔色《がんしょく》になった。「まさか、あの子を引き取って一緒に暮らそうっていうんじゃないでしょうね」

おたまさんの子どもだよ。寝首《ねくび》をかかれるかもしれないよ。物騒《ぶっそう》なことを言い出す。

「おいら、もうそこまで恨《うら》まれちゃいねえと思うけどなあ」

住むところは、長作本人がどうしたいのか訊いてから決めればいい。北一にとって肝心《かんじん》なのは、あの子が文庫売りとしてあてにできるということだけだ。

「末三《すえぞう》じいさんや青海《おうみ》様、作業場の人たちにも訊いてみていいでしょうか。もしかすると、文庫作りに来てくれてる爺《じい》ちゃん婆《ばあ》ちゃんたち、誰かの家に住まわせてもらえるかもしれません」

家賃のかわりに、住まわせてもらう家の畑仕事や雑用を手伝い、北一たちの作業場から文庫の振り売りに出る。それでいいんじゃなかろうか。

「ぜひ、皆さんに相談してみておくれ。長作には、富勘さんを通して返事をすることになっているからね」

「かしこまりました」

しっかり承知つかまつってから、北一は息を一つついて、あらためておかみさんの顔に目をあてた。

「それで、おかみさん。おいらの方からもご相談がございます」

「またあらたまって、何だえ」

「深川元町の文庫屋が失《な》くなってしまったからには、千吉親分の〈朱房《しゅぶさ》の文庫〉を受け継ぐのは、この北一、ただ一人とあいなりました」

とってつけたような物堅《ものがた》い口調《くちょう》に、おみつが目をぱちくりさせている。ちょっと面白《おもしろ》がっているみたいだ。北一は、この話を切り出すときどういう言葉づかいをするべきか、青海新兵衛《しんべえ》に相談して、さんざん悩んで考えて準備してきたのだ。頼むから笑わないでほしい。

「これから先、北一は、千吉親分のお名前に泥を塗ることがないよう、厳しく身を慎《つつし》んで、いっそう商いに精進《しょうじん》してまいります」

大真面目《おおまじめ》な口上《こうじょう》に、おかみさんは「あらまあ」と言った。やっぱり面白がっている。

北一は顔が熱くなってきた。

「それで……ええと」

「あたしは北さんを信用している。そんなに力《りき》まなくても、今までどおりに商いをして達者《たっしゃ》に楽しく暮らしてくれれば、何の不満もないし、不安もありゃしません」

「えっと……でも、それだと……」

ただでさえ口にしにくい金の話が、おかみさん相手だと、もっとやりにくい。

まごついているところへ、おみつがけろりと口を挟《はさ》んできた。「北さん、この先のおかみさんの暮らしを案じているの？」

大当たりである。

「だったら、余計な心配しなくていいのよ。松さんとあたしは所帯を持ったら、この家でおかみさんと一緒に暮らしたいと思っているの」

ええええ。北一のびっくり顔に、おみつも居住《いず》まいを正したふうになり、

「それじゃ言い方が逆だわね。おかみさんに、夫婦でここに住まわせていただけないかとお願いしているの」

おかみさんは微笑すると、「まだ、そうすると決まったわけではないよ」と応じた。しかし、おみつは声を強めて、

「三輪丁の旦那様にも、家主の福富屋さんにも相談したら、そうできるならいいんじゃないかって許してくださったから、おかみさんの暮らしは変わらないわ。だから、北さんは――」

北一は我に返って、早口で割り込んだ。「おかみさんに、朱房の文庫の看板料をお支払いします。万作さんとも、そういう約束をしていましたよね。文庫屋をそっくり引き継ぐかわりに、月々の店賃《たなちん》を、おかみさんにお支払いするって」

それも口約束ではなかった。沢井の旦那に連署《れんしょ》をいただいて、証文《しょうもん》もこしらえたのだ。

「おいら、その約束も引き継ぎます。また証文も作ってもらいます」

だから引き継がせてください！　北一はぺたりと平伏《へいふく》した。

おかみさんは膝《ひざ》の上に手を揃《そろ》え、背筋《せすじ》を伸ばした。そして言った。

「おみつも北一も、あたしのために心を砕《くだ》いてくれて、ありがとう。心から礼を言います」

しんなりと頭を下げられてしまい、北一は真《ま》っ赤《か》になって汗が出てきた。

「やめてください、おかみさん」

「いいえ、やめません。礼儀だからね」

おかみさんは顔を上げると、くつろいだ姿勢に戻り、手探りで煙草盆を引き寄せた。新しい刻みを煙管に詰めてゆく。

そして、優しい口調でこう続けた。「親分の朱房の文庫について、北一からそういう申し出があるだろうことは、あたしも、富勘さんも考えていた」

だから、よく話し合っていたそうである。

「あたしは、北一が親分の跡を継いでくれるだけで充分に嬉しいから、看板料だなんていう堅苦しいものは要《い》らない、と言ったんだよ。今までだって、そんなお代はもらっていなかったんだしね」

そしたら、富勘に叱《しか》られてしまったという。

――大本《おおもと》の文庫屋が廃業になっちまったんだから、今までとは事情が違いますよ。

「あたしはよくっても、世間には考え方の違うお人もいるからね。お金の約束をなしにしたら、北一を恩知らずの欲張り小僧《こぞう》だと誤解する向きも出てくるかもしれない、と」

――だから、ここは素直に受け取ってやるのが子分孝行というものです。

富勘、やっぱりわかってらぁ。北一は肩の荷がおりたような気がした。

「ありがとうございます！」

「どのくらいの額にするとか、細かいことは、あたしではなく富勘さんと話し合っておくれ。あの人なら、相場というものをご存じだ。だけど急ぐことはないよ。押し詰まってきて、それでなくても皆さん慌《あわ》ただしいんだからさ」

おかみさんは煙管の頭をおみつの方に差し出し、火を点《つ》けてもらう。すぐと、薄紫《うすむらさき》の煙と薫香が漂《ただよ》った。

「あたしもまず穏《おだ》やかにこの年を送って、親分の一周忌《いっしゅうき》を済ませたい。だから当面は福富屋さんの懐《ふところ》の深いことに甘えて、この貸家に住まわせていただくよ」

北一はおみつと顔を見合わせた。住まわせていただく。

「ですからおかみさん、松さんとあたしが一緒に住めば、ここの店賃のことは心配しなくても」

「おいらからの看板料もあります。うんと稼いで、ここの店賃ぐらい」

雀《すずめ》のヒナのように競い合ってさえずる二人を、おかみさんは手のひらを挙げて制した。

「あたしにも、まるっきり蓄えがないわけじゃない。永年、親分の女房《にょうぼう》だったんだ」

北一もおみつも、口を開けたまま黙った。

「あたしなりに考えていることもある。今はぴいぴい騒がないでおくれ」

あいすみません。

「……と、強気なことを言っているけれど、あたしはごらんのとおり、一人じゃ煙管に火を点けることもできやしない。だから、ちゃんと先の」

おかみさんの言《げん》にかぶせて、おみつは大声で言った。「先のことは、あたしが手を打ちます。松さんと二人でここに住みます。駄目《だめ》だとおっしゃるなら、あたし嫁《とつ》ぎません。松さんの嫁になるのはやめにします」

「おみつったら」

「叱られようと笑われようと、あとには引きません。これだけは譲りません。松さんにも諦《あきら》めていただきます！」

北一はへどもどするばかりだったが、おかみさんは片方の眉《まゆ》をちょいと持ち上げて、

「北さん、教えておくれ。今のおみつは、曲尺《かねじゃく》みたいに口を曲げて、半べそをかいておいでだろう？」

大当たりだった。

「へえ、今にも泣きそうです」

「き、き、北さんの意地悪《いじわる》！　お、お、おかみさんのいじわる、わわわ」

おみつはわっと泣き出した。申し訳ないが、おかみさんと北一は笑ってしまう。

「あんたが安心して嫁げるように、あたしも算段しているし、北一も知恵を貸してくれるだろう。だから、泣かないでおくれよ」

おみつが少し落ち着くのを待つあいだに、北一はまめまめしく番茶を淹《い》れた。おかみさんの部屋の長火鉢《ながひばち》には、季節に応じて必要なだけの炭《すみ》が熾《おこ》されたり埋《うず》められたりしている。鉄瓶《てつびん》には水が満たされており、急須《きゅうす》や湯飲みはいつもきれいに整えてある。すべて、おみつの働きだ。

文庫屋にいたころからおかみさんのそばに仕《つか》えてきて、その年月のうちに身についたことも、いろいろあるだろう。この貸家で二人暮らしになってから、覚えた工夫《くふう》もあることだろ

う。

それをいきなり、全部代わりにこなせる女中《じょちゅう》を求めるのは、無理な話だ。一から積み上げるつもりで、おかみさんも新しい女中と付き合い直さなければならない。正直、面倒だろうと思う。松吉郎がよしとしてくれるというのなら、おみつと夫婦でここに住んでくれたら、それがいちばんなのだ。

そんなことを考えながら、おかみさんに番茶の湯飲みを手渡したら、ちょっと熱かったようだ。おかみさんの手が困っているのを、すぐと察しておみつが湯飲みを引き取った。

「冷《さ》ましましょうね」

鼻声で言って、湯飲みを長火鉢の縁に置くと、手の甲で自分の顔の涙を手早く拭《ぬぐ》い、おかみさんの番茶をふうっと吹く。北一は心のなかで自分の額《ひたい》をぺちんと打った。おいらじゃまだだ、気が利《き》かねえ。おみつさんがいなくなったら、おかみさんは本当に本当に困るんだ。

「北さん、歳《とし》の市《いち》には行った？　買い物は済んでるの？」

おみつに問われて、今度は頭を掻《か》きながら、

「おいらは何もしなくって、末三じいさんがすっかり手配りしてくれてたんだ。親分の喪中《もちゅう》だからお飾りはしないけど、新年から使う新しい箒《ほうき》や手桶《ておけ》や柄杓《ひしゃく》なんかを、全部買っておいてくれて」

住まいの長屋の方は、おしかやお秀《ひで》、おきんたちが富勘の指図《さしず》でいろいろ揃えてくれている。強い風が吹いたら倒れそうな貧乏長屋だからこそ、正月飾りぐらいはちゃんとしておかな

いと、お天道様に恥ずかしいから、と。もちろん、かかるお足は富勘持ちである。本人言うところの、「お年玉の先払い」だそうな。

「あなた任せで済んじゃうのも、北さんの徳ね」

と、おみつはにっこりする。今泣いたカラスがもう笑ったというのは、こういうことだ。

「それでも、もし買い足したいものがあったら、松さんが愛宕下《あたごした》の歳の市に行くっていうから、あたしに言ってくれれば、頼んであげるわ。小僧さんを連れていくから、荷物が増えても大丈夫だって」

江戸市中の歳の市は、深川八幡《はちまん》を振り出しに、浅草観音《かんのん》、神田明神《みようじん》、芝神明《しばしんめい》、芝愛宕下、平河天神《ひらかわてんじん》と場所を替えて立つ。愛宕下は二十四日と決まっている。武家の客が多いので、ここの歳の市は昼間だけだ。そこしか行かれないというのは、松吉郎はよっぽど忙しいのだろう。それでも自分で正月飾りを見繕《みつくろ》いに行くというのは、生真面目《きまじめ》で億劫《おつくう》がらない気質なのだろう。

おかみさんにぴったりと寄り添う毎日を送ってきたおみつと、分店とはいえ三輪丁の看板を背負って日々の商いに追われる松吉郎。この二人がどうやって逢い引きを重ねてきたのか、今《いま》更《さら》のように不思議になってくる。

「なあに、北さん、そんな顔して」

「え。どんな顔をしてますか、おいら」

おかみさんがクツクツっと笑い、北一はおみつの眼差しをごまかすためにまた頭を掻いて、

――ああ、年の内に、「うた丁《ちょん》」で、この半端《はんぱ》な坊主頭《ぼうずあたま》をきれいにしてもらいたいなあ。

なんて思うのであった。

二

半端に伸びた髪はそのままになってしまったが、北一の年越しと正月は心楽しいものだった。

思えば前年の正月には、まだ千吉親分がぴんぴんしていて、深川元町の文庫屋も隆盛で、台所をあずかるお染がおせちの重箱を詰めて、雑煮《ぞうに》もたっぷり作ってくれた。親分は八丁堀《はっちょうぼり》の旦那方のところへお年賀の挨拶《あいさつ》に伺い、それが済むと今度は文庫屋の主人に戻って、やってくる紙屋や文具屋の年始回りを受ける側になった。北一がいる台所の隅にまで、お屠蘇《とそ》気分が満ちていた。

それからほんの半月ほど後、思い出したような戻り寒《ざむ》のなかで親分は逝《い》ってしまい、おかみさんは後家《ごけ》になっておみつと二人で冬木町へ移り、北一は文庫屋を出て「富勘長屋」に住み着くようになった。千吉親分という大きな要《かなめ》が外《はず》れてしまったことで、それまでの北一の――鍋底《なべぞこ》の煤といい勝負なくらいの下《した》っ端《ぱ》ではあったけれど、それなりに幸せだった暮らしは、呆気《あっけ》なくバラバラになってしまったのだった。

もちろん、だからこそ今の北一がある。

元日は気持ちよく晴れたので、富勘長屋の店子《たなこ》仲間と初日の出を仰《あお》いだ。初詣《はつもうで》は木戸のそばのお稲荷《いなり》さんを皆で拝み、土間が広く七輪《しちりん》を持っている棒手振《ぼてふり》の寅蔵《とらぞう》の住まいの前にたむろして、銭《ぜに》を出し合って買った餅を焼き（おきんは餅をすぐ焦《こ》がすので、お秀とおしかが焼いてくれた）、たき火で芋《いも》を焼いた（こっちは太一《たいち》と辰吉《たつきち》がやってくれた）。

北一はそれから支度《したく》を調《ととの》え、千吉親分のふるまいを思い出しながら、挨拶を欠かせないところへの年始回りに出かけた。この日のために新調した古着（という言い方も妙だが）の羽織《はおり》と着物は、富勘がどこかからお下がりにもらってきてくれたもので、そのどこかの誰かの趣味なのだろう、羽織の紋《もん》のところにダルマの絵が刺繡《ししゅう》されていた。

「他の人だったら、晴れ着にできるものじゃない。だが、今年の北さんにはちょうどいい」

と、褒《ほ》めているのかクサしているのかわかりにくいことを言った富勘は、自分用にはお馴染みの札差《ふださし》みたいな長羽織を新調しており、洒落者《しゃれもの》としてはともかく店子思いの差配人としてはどうかと思うが、まあいいや。

栗山周五郎《くりやましゅうごろう》は、年の初めも小舟町《こぶなちょう》二丁目のお里《さと》の組紐屋《くみひもや》で酒を吞《の》み、おせちをつついていた（北一も黒豆と、レンコンとヤツガシラの煮物をご馳走《ちそう》になった）。八丁堀の組屋敷、沢井の若旦那の住まいには富勘と一緒に挨拶に伺い、そのあと福富屋と近隣の自身番《じしんばん》を何ヵ所か回り、冬木町のおかみさんのところへ。千吉親分の喪中だから、明けましてーーのやりとりはなしで、おかみさんは開口一番にこう言った。

「富勘さん、北一と連れだってくださいまして、ありがとうございます。こういう折の行儀は、あたしでは教えられない」

　新調の長羽織は玉虫《たまむし》みたいに見る角度によって色を変えるという凝《こ》った絹物で、富勘の顔にも七色が映《は》えている。

「なんの、これも店子の躾《しつけ》でございます」

　富勘はきっぱりしていて、年始回りの挨拶は丁重《ていちょう》にしかし手短《てみじか》に、どこかに腰を据《す》えて一献《いっこん》にあずかるなんてことは絶対にしない。それと、いちいち「お年賀」の手土産《てみやげ》（角樽《つのだる》や干菓《ひが》子《し》の包みなどだが）を提《さ》げてゆくと、こっちも手間だし受け取る相手にも手間をとらせてしまうので、年始回りや年賀の挨拶が一段落する三日の午後にそれぞれ相手先に届くよう、大晦日《おおみそか》までに酒屋や菓子屋に頼んでおく。これで元日は身一つで飛び回れるわけだ。北一はまだ、そこまで周到に手配りする必要はないが、段取りはしっかり覚えておいた。

　驚いたことに、おかみさんのところでは、お重も尾頭《おかしら》付《つ》きもない地味なお膳を囲んで、北《きた》森下町《もりしたちょう》の煮売り屋のお仲《なか》も座っていた。

「女三人で親分とお染を偲《しの》んで、思い出話にふけっているのさ」

　これが本当の女正月だと、おかみさんは楽しそうだった。お仲は目尻を赤くしていたが、

「北さん、いい羽織を着てるのね」

　涙目であってもめざとい。紋のところのダルマにも、ちゃんと気がついていた。

「どうしてダルマなのかしら。辛抱《しんぼう》強くなれるように？」

「さあ、富勘さんの判《はん》じ物《もの》です」

「万事に手も足も出ません、とか」

おみつがおっかないことを言い、お仲が「それじゃあんまりよ」と笑う。いや、笑い事じゃない。だけどお仲が笑う顔を、北一は久しぶりに見た。

富勘はしゃくれ顎《あご》をさらにしゃくって、「滑《なめ》らかに世渡りするには、辛抱が肝心だという意味でござんすよ。では、お暇《いとま》いたします」

通りに出たところで、富勘とは別れた。北一の行き先は、あとはもう〈欅《けやき》屋敷〉と作業場だけだが、多くの地主・家主に雇《やと》われている利け者の差配人は、今日一日のうちに年始の顔出しをせねばならぬところがまだいくつもあるようで、

「だから元日には、けっして新しい足袋《たび》をおろさないようにしているんだ。こはぜが硬くて、擦《こす》れちまうからね」

行ってらっしゃいと見送って、北一は猿江《さるえ》の方へと足を向けた。

年始回りであろう人びとがぽつぽつと歩いているが、町筋は静かだった。商家が軒並《のきな》み表戸を閉ざして休んでいるからである。

市中の商家は、大方のところが大晦日は夜通し商いしているので、家の者たちはそのまま初詣に行って早朝にお屠蘇と雑煮を味わい、寝正月を決め込むところが多い。だから、年賀の挨拶回りも商い始めも二日からである。青物市場や河岸《かし》も同じなので、賑やかなのは初詣の人々が集まる神社ぐらいなもの。町方は静かなのだ。「さながら葬家《そうけ》と一般なり（葬儀をしている家のようだ）」と茶化《ちゃか》されるほどである。

冷たく清らかな北風に吹かれながら、北一もまた静かに歩き、猿江ではまず作業場に立ち寄って火の用心を確かめ、枯れ葉やごみなどを拾ってから、戸口のところで手を合わせて頭《こうべ》を垂《た》れた。

「今年もよろしく頼みます。みんなは三日から揃《そろ》うんで、それまでは静かに休んでおくんなさい」

仕事場の「気」というか「精」というか、北一たちに仕事をさせてくれている「何か」に向かって、新年の挨拶だ。

欅屋敷には、若様の栄花《えいか》もお女中の瀬戸殿《せとどの》もおらず、青海新兵衛が一人で留守居《るすい》をしていた。

「お二人は、大晦日から本邸でおすごしだよ」

新兵衛は、台所脇の小座敷で、焼き魚と蕪《かぶ》のぬか漬けを肴《さかな》に燗酒《かんざけ》を楽しんでいた。元日から手酌《てじゃく》というのは、気楽でもあり寂しくもあったのだろう。いそいそと猪口《ちょこ》を出してきてくれたので、北一もほんの少しだけお付き合いをした。

栄花は旗本《はたもと》の椿山勝元《つばきやまかつもと》様の娘（一人娘なのか姉妹がいるのかもわからない）でありながら、普段は瀬戸殿と新兵衛と三人でこの別邸に暮らしている。でも、折々にこうして本邸に帰る（呼び戻される）こともあるから、勘当《かんどう》されているわけではなさそうだ。

そこにどんな事情があるのか、北一ごときが詮索《せんさく》していいことではないし、磊落《らいらく》な新兵衛もこのことは口をつぐんで何も言わないから、いまだに事情はわからないままだ。でも、そのおかげで北一は栄花という高嶺《たかね》の花に、商いものの朱房の文庫のための絵を描《か》いてもらえるのだから、感謝の念だけは忘れぬようにしている。

「作業場の集まりは三日でよかったのだよな」

「はい。末三さんが、皆に樽酒《たるざけ》をおごってくれるっていうんで、おいらは肴になりそうなものを持ってまいります」

「それなら、私も少し助太刀《すけだち》しよう。干《ほ》し鱈《だら》の旨《うま》いのがあるんだ」

末三じいさんをはじめ、いつも作業場で働いている人々には、それぞれの家でゆっくり正月を迎えてもらいたい。だから、三日に集まって新しいお札《ふだ》を拝み、顔合わせをしようということに決めた。

「北さんはまだ、今日のうちに挨拶に行くところがあるのかね」

ないならば、一緒に雑煮を食おう。新兵衛の言葉はありがたかったし、椿山家の用人《ようにん》が作る雑煮はどんな味なのか知りたかったけれど、残念ながら断念するしかない。

「このあと、本所回向院《えこういん》裏の政五郎《まさごろう》親分のところに伺おうと思ってるんで」

北一の言を聞き、新兵衛はぽんと膝を打った。「そうか。それで仕事をしまってからも、あの文庫を作っていたんだな。しっかり預かっておいたぞ」

新兵衛は立ち上がり、廊下に消えたと思ったら、すぐ戻ってきた。鶴亀模様《つるかめもよう》の風呂敷包《ふろしきづつ》みを提げている。中身は紅白の文庫で、紅《あか》い方は初日の出、白い方には雪をかぶった霊峰富士《れいほうふじ》の絵《え》柄《がら》だ。

「ありがとうございました。作業場じゃ、戸締まりしたって知れたものだし、青海様に預かってもらえて安心でした」

「中身を見せたわけじゃないが、これこれこういうものだと瀬戸殿に話したら、羨《うらや》んでおられた」

「それじゃ、早めに作ってお持ちしましょう」

もちろん絵柄は栄花が描いてくれたのだから、瀬戸殿には特に珍しいものではなさそうに思えるが、紅白の対《つい》であるところが好《よ》いのかもしれない。

「ホントのところ、おいらなんかが政五郎親分のところに挨拶に行くなんて、生意気《なまいき》なのかもしれないんですが……」

それでも、去年はひとかたならぬお世話になったし、これからだってたぶん、どうしても困ったら、本所の大親分を頼ることが出てくるだろう。千吉親分の喪中だからこそ、きちんと筋《すじ》目《め》を通しておかなければ。

「富勘さんにも相談してみたんです。たくさん年始客が来そうな三が日は避けた方がいいか。でも、それじゃ遅くってかえって失礼になるかもしれねえ。やっぱり元日に行くべきか。その場合は朝早い方が殊勝《しゅしょう》なのか、大事なお客さんが引けてからの夕方の方がいいのかって」

新兵衛はあぐらをかいて、顎の先をこすっている。鬚《ひげ》が濃い御仁《ごじん》なので、もう指に触るのだろう。

「岡っ引き同士でも、いろいろ気を遣うものなのだなあ」

「とんでもねえ！　おいらと政五郎親分じゃ、月とすっぽんどころか、お天道様とナメクジぐらいのものですよ。岡っ引き同士なんて、嘘《うそ》でも口にしちゃいけません」

へりくだるなあ……と、新兵衛は苦笑する。

「まあ、先様のおせちもお屠蘇もあらかた尽きたころに、ご挨拶にだけ参上いたしましたという姿勢を見せるには、元旦の夕暮れ前というのはいい頃合《ころあ》いじゃないか」

そうだろうか。そうかな、やっぱり。

「富勘は何て言ってたんだね？」

「自分で考えろって」

――ご馳走になりに行くわけじゃないんだから、それを踏まえれば自《おの》ずとわかるはずだよ。

「先様のおせちもお屠蘇も尽きたころ、ですね」

北一は深くうなずいて、腰を上げた。

「ご馳走さまでした」

「三が日のうちに、ぜひ雑煮を食いに来てくれ」

勝手口まで送ってくれる。一人でかなり呑んでいるはずの新兵衛は、目のまわりがほんのり赤くなっているだけで、立ち居振る舞いには何の変化もなかった。酒は強いのだろう。

「しかし北さん、特別あつらえの文庫まで用意して行こうというのに、なんとなく顔色が冴《さ》えんな。政五郎親分というのは、北さんが気億劫《きおっくう》になるほど難しい御仁なのかい？」

まさか。そんなことは黒文字《くろもじ》（楊枝《ようじ》）の先ほどもない。

「おいら、億劫そうに見えますか」

「元気がない」

ああ、まずい。でも、だとしたら理由はわかっている。

「実は、政五郎親分の手下《てか》のなかに、会いたくねえ兄《あに》ぃがいるんです」

「ほほぉ」

「元日だから、親分のところに手下が勢揃いしてたっておかしくねえし、そしたらその兄ぃと顔と顔が合っちまって、おいら……何か嫌《いや》みを言われたら、我慢できるかなって」

深川元町の火事のあと、木置場の仮住まいで、万作や焼け出された人びとにネチネチと絡《から》んでいた——そう、あれ以来本音《ほんね》では「兄ぃ」とも呼びたくなくなった、楢八《ならはち》である。

「嫌な野郎なのか」

青海新兵衛は六尺豊かな（身長百八十センチを超える）大男だが、どんなときでも「上から」ものを言う感じのない、不思議なお侍《さむらい》さんである。北一はつい、思いっきりぶんぶんと首を縦《たて》に振ってしまった。

「なるほど。北さんがそれほど大きく肯《がえ》んじるならば、たいそうなゲジゲジ野郎なのだろう。しかし、詳《くわ》しい話は正月が明けてから聞かせてくれ。三が日のうちに他人の悪口を言うと、口が曲がるというからな」

そんな戒めは初耳だったが、ありそうなことだ。北一は口をへの字に結んだ。「へえ、わかりました」

「その調子だ。ゲジゲジ野郎に嫌みを言われたら、閂《かんぬき》のような口になれ」

新兵衛に見送られて、北一は本所へと向かった。茜色《あかねいろ》の色味を増しながら、ゆっくりと西の空へ巡《めぐ》ってゆくお天道様を追いかけて。

去年の正月には、北一が自分の甲斐性《かいしょう》でどこかへ年始の挨拶に行くなんて、初夢のなかでさえ思ってもみなかったことだ。千吉親分の死からここまで、あっという間でありながら、たまり醬油《じょうゆ》みたいに濃い口の一年だった。

政五郎親分は、隠居《いんきょ》の大親分になる前は、本所元町でおかみさんに蕎麦屋《そばや》を出させていたそうだ。その当時だったら、それこそ徹夜で年越し蕎麦の商いをして、元日は寝ていたことだろう。でも今は回向院裏のしもたやに移り、おかみさんと二人、家のなかのことを手伝う女中と若い衆を置いて、こぢんまりと暮らしているという。

親分の住まいは杉板の板塀《いたべい》に囲まれた平屋《ひらや》の一軒家で、正面の木戸には小ぶりな門松《かどまつ》が据えてあった。板塀の向こう側にはこぶだらけの這松《はいまつ》の古木があり、その奥には、今の季節ではいささか薄着で寒そうに見える柳の木が並んでいた。一本や二本ではない。「柳家」と呼びたくなるくらいの数だ。

裏木戸のところには、形のいい南天《なんてん》の木があった。そこに、襷《たすき》で袖《そで》をくくり、藍染《あいぞ》めの前垂《まえだ》れをつけた若い男がいて、植木鋏《うえきばさみ》を使って南天の枝を伐《き》っている。赤い実をこぼさぬよう、あやすような優しい手つきだ。

「ご、ごめんくださいい」

北一が声をかけるよりも一瞬早く、若い男は北一に気がついて、目をあててきた。武者人形《むしゃ》さながらの整った顔をしている。歳は……二十歳《はたち》は越えていそうな感じ。

「ご、ごめんください」

北一は紅白の文庫を胸の前に抱《かか》えて、深く身を折り頭を下げた。

「あっしは、深川富勘長屋に住まう文庫売りの北一と申します。旧年中、政五郎親分にはたいそうお世話になりました。紙くずみたいな三下《さんした》の身で生意気なふるまいと重々承知ではございますが、年賀のご挨拶を申し上げたく――」

「ああ、はいはい。朱房の文庫の北一さんね」

武者人形みたいな若い男は、しゃべるといっぺんで印象が変わった。紙人形だ。軽いぜ。

「うちの親分は、おかみさんと一緒におかみさんの親戚《しんせき》のところへ年始の挨拶に行ってて、留守なんだ。おかみさんから見て義理の叔母《おば》さんにあたるおばあさんの家なんだけど、雑煮が白《しろ》味噌《みそ》仕立てでさ、上方《かみがた》ふうで旨いんだって」

ぺらっぺらとしゃべる。ついでに、手にした植木鋏を開いたり閉じたり。よく手入れされている鋏で、おっそろしく伐れそうだ。

「うちのおかみさんの雑煮は、鰹《かつお》だしで醬油味。すごく旨いから、おれは一人で伸《の》し餅一枚分くらい食っちまう。だけど親分は、そればっかりだと飽《あ》きるんだってさ。おかみさんに悪いよなあ」

吹きかけられるぺらぺら言葉に押されて、北一はちょっとずつ顎を引いていたのだが、ここ

でちょっとだけ押し返すことにした。

「おかみさんも進んで親分とご一緒に出かけるのなら、悪いってことはねえでしょう。むしろ、他所《よそ》で美味《おい》しい雑煮をご馳走になれるなら、おかみさんもゆっくりできるだろうし」

ぺらっぺら紙人形の若い男は、じっと北一を見つめている。植木鋏も開いたまま、手を止めて。

北一は今年初の冷汗《ひやあせ》をかいた。「これまた生意気なことを申しました。おいら、じゃなくてあっしは、あの、その」

植木鋏が、ちゃきんと閉じた。紙人形の若い男の顔に喜色《きしょく》が広がる。

「なるほどな。北一さん、いいこと言うねえ。おれ、そんなふうに思ってもみなかった」

そうだよなあ、おかみさんだってたまには誰かに雑煮をふるまってほしいよなあ、いつも台所に立ってばっかりだからさあ、正月ぐらいは休みたいよなあ。でも、おせちを詰めるのって、三が日はおかみさんたちがなるべく火や水を使わずにいられるようにっていう、気遣い？心砕き？　だったんじゃなかったっけ——

問われた北一は、一瞬（心砕きって何だ）と考えて気が散った。武道の技《わざ》みたいだぞ。

「まあ、いいや。とにかく今は留守番役のおれがいるだけだから。せっかく来てくれたのに、あいにくだったね。それとも、おかみさんの叔母さんの家まで回ってみるかい？」

政五郎親分の身近に仕えている（のだろう）子分（だよね）が、そんな軽率なことを言っていいのか。

「めっそうもねえ。それでしたら、つまらねえ品物ですが、親分にご挨拶をと思いまして」

北一が風呂敷包みを持ち直すと、ぺらっぺら紙人形男はいっそう手放しで喜んだ。

「おお、朱房の文庫かい？　北一さんがくれるっていうなら、それに決まってらぁな。やあ、嬉しいなあ、ありがとうよ！」

鋏を前垂れと帯の間に突っ込んで、両手を出してきた。もらう気、満々。

「えっと、今さらあいすみませんが、お兄さんはどちらさんで」

「おれ？」紙人形男は自分の鼻の頭を指した。「まだ名乗ってなかったっけ。そいつはぬかった。おれはこのうちの使いっ走りで、名は根本《ねもと》の八太郎《はちたろう》。親分にもおかみさんにも、縮《ちぢ》めて〈こんぱち〉って呼ばれてる。北さんもよかったらそう呼んでくれ。苦しゅうない」

このヒト、頭のなかまで紙切れがひらひらしているんじゃなかろうか。

「ね、ねもとって、名字《みようじ》を持ってるんで？」

「まさか。おれが生まれて育った村の名前だよ。荏原郡《えばらごおり》のね、大根畑《だいこん》と芋畑ばっかりのところ」

いっそうぺらぺらとまくしたててから、いきなり脅《おど》かされたみたいに目を剝《む》いてみせるので、

「ど、どうかしましたか」

「年始のお客さんを、こんなところで立ち話させちゃ、おれが親分に叱られる。どうぞ入っておくんなさい」

予想外の成り行きになってしまったけれど、柳の木々が優美に、しかし寒そうに枝を揺らす庭先で、しばらくやりとりしてみたら、こんぱちは面白い奴《やつ》だということがわかってきた。まあ、面白けりゃいい奴だってわけじゃないが。

北一から受け取った風呂敷包みを恭《うやうや》しく押し戴《いただ》いて奥へ運んでゆき、

「確かに頂戴《ちょうだい》つかまつりました。丁重な挨拶、痛み入りまするでございます」

と、舌《した》を嚙みそうな挨拶をした。そして北一をもてなそうと、餅を焼こうか、おせちを持ってこようか、熱燗《あつかん》はどうかとか、しきりと気遣って（心を砕いて）くれたが、こっちが遠慮していたら、

「じゃ、せめて葛湯《くずゆ》を吞んできなよ」

と言い出した。葛湯？　番茶じゃなくて？　やっぱりこのヒト、変わってら。そう思っていたけれど、いざ湯飲みをもらって口をつけたら、腹の底に染《し》みて旨くてびっくりした。

こんぱちも一緒に葛湯を舐めながら、「外を歩き回って躰《からだ》が冷えてるときは、こういうとろっとしたものがいいんだぜ」と言った。「甘いものは、気もほぐれるしな。うちの親分は、町なかで何かあって駆け込んでくる者《もん》がいると、そいつが早く落ち着けるように、飴湯《あめゆ》を吞ませるんだ。夜なんか、それでたちまち落ち着くからね」

昔は、その飴湯を作るのはおかみさんだった。「今はおれの役目だ」と、得意そうに眉をきりりとさせて、こんぱちは言った。

飴湯か。千吉親分はどうしていたろう。そういう話を聞いた覚えは、北一にはない。

「同じ甘い飲み物でも、そこは葛湯じゃなくて飴湯なんですかい」

「葛湯だと、呑むのに手間がかかるだろ？　とろっとしてて、ちっとずつすするからさ」

ああ、なるほど。

「大の男だと飴湯を嫌がることもあるから、そういうときは白湯《さゆ》でいい。水じゃなくて、白湯ね」

「酒は呑ませねえんですか」

「酒だけは、絶対に御法度《ごはっと》。北一さんも、よく覚えときなよ。これから先は、あんたのところに誰か駆け込んでくることが、年々増えてくだろうから」

え。北一はしゃっくりが出そうになった。

「おいらのところになんか……」

「だって北一さん、深川の千吉親分の跡を継いだんだろ？　うちの親分はそう話してなすったよ。だから、おれも北一さんのことを知ってるんだ」

え、え？　おいら、いい気な初夢を見てるんじゃねえのか。それとも人違いしてたりして。

「念には及びませんけど、こんぱちさんの〈親分〉って、回向院裏の政五郎大親分のことですよね」

こんぱちはまた紙人形のぺらっぺら笑いをした。「あたぼうよ。他にどの親分がいらっしゃいますかね」

「そうだよね。だからおいら、今日は、この回向院裏のお仕まいに、こんぱちさんみたいな兄ぃや子分の皆さんが、大勢集まってるもんだとばっかり思ってたんですけど」

するると、こんぱちは顔の前で手をひらひらさせた。よく見ると、指が細くて長くてきれいだ。

「うちの親分もおかみさんも、もう歳だからね。そういうのは億劫なんだってさ」

二日に商家が商いを始めれば、付き合いのあるところと挨拶し合わなければならないからそうも言ってられないが、元日は夫婦でゆっくりすごすのが決まりで、

「子分同士の正月祝いは、いちばん古株の縞吉《しまきち》兄ぃのところに、すっかり任せていなさる」

政五郎親分とおかみさんは、二人で初日の出を拝み、亀戸天満宮《かめいどてんまんぐう》に初詣に行き、八丁堀の旦那衆のところへ年始回りを済ませたら、

「あとはうちでお屠蘇とおせちで、いい心地《ここち》になったところで」

「白味噌の雑煮をごちになりに、叔母さん家《ち》に出かけたと」

「そういうこと。ついでに言うと、おれは親分の子分だってだけじゃなくて、おかみさん付きの下男《げなん》なんだ。だから格別だよ」

武者人形みたいな凜々《りり》しい顔をして、紙人形みたいにぺらっぺらしてるけど、な。不愉快なぺらっぺらじゃねえ。こんぱちは働き者で、よく気が利くんだろう。

「もう何年もお仕えしてるんですか」

「十二のときからだから、ざっと十年くらい」

答えて、こんぱちは横目になった。「そういやぁ、北一さんはいくつなの」

「明けまして十七になりました」

「うへえ、若いねえ。その歳で、うちの親分に買ってもらえてるんだから、たいしたもんだ」

「朱房の文庫をお気に召してもらってるだけでござんす」

二十二の岡っ引きの子分（下男）と十七の文庫の振り売りが、縁側に並んで座る元日の夕暮れ。こぢんまりした庭に、寄り添い合って並ぶ柳たちが揺れる。

よく見れば、ただ「柳」とひとくくりにはできない。木の高さが違うし、枝のしだれ方にも違いがあるし、冬芽《ふゆめ》の色も薄緑と赤色と茶色がある。

北一が柳に見入っていることに気づいたのか、こんぱちは目を細めて、柳の枝を仰いだ。

「うちの親分の親分、回向院の茂七《もしち》っていう岡っ引きだったんだけど、知ってる？」

知らないわけがない。「おいらから見ると、政五郎大親分の親分だから、大大親分ですよ」

こんぱちは、「おお・おおおやぶん」と声に出して繰り返し、笑った。「言いにくいから、大親分で勘弁《かんべん》しといてよ。茂七大親分は、お上の御用を務めながら、楊枝作りを生業にしてたんだって。一本いくらで値がつく、高級なやつな。黒文字って呼ぶのかなあ。あと、歯磨《はみが》きに使う房楊枝《ふさようじ》ってのも、評判がよかったんだって」

楊枝の材料になるのは、白樺《しらかば》や柳の枝だ。だから、柳は茂七大親分と関わりが深い。政五郎親分とおかみさんは、この庭の柳藪《やなぎやぶ》が気に入って住み着いているのだそうだ。

「シダレヤナギに、ウンリュウヤナギに、あっちのはアカメヤナギ。カワヤナギは大川端《おおかわばた》でよく見かけるだろ？　この庭でいちばんの古木は、あの奥にあるシバヤナギ」

こんぱちは、ヤナギの木々を指さしながら教えてくれる。北一はいちいち感心しながら聞いていた。柳に、そんなにたくさんの種類があるとは知らなかった。

優美な柳たちに彩《いろど》られて、初めて寄せてもらった北一にも居心地《いごこち》のよさがわかる住まいだ。政五郎親分とおかみさんの人柄が、家と庭のたたずまいから伝わってくる。あと、こんぱちの気の良さも。

「こんぱちさんは、政五郎親分に息子のように育てられたっていう、三太郎《さんたろう》さんのことはご存じですか」

こんぱちの返事は速かった。「ああ、〈おでこさん〉のことだろ」

政五郎親分のまわりじゃ、誰も「三太郎さん」なんて呼ばない。尊敬の念と親しみを込めて、「おでこさん」だという。それもまた、北一の心にすんなりと染み入った。

「おいら、おでこさんのところにもお年始に伺いたいんですけども……」

「三が日はよした方がいいよ。うちの親分とおかみさんが訪ねていかれるし、おでこさんのおかみさんの方のお実家《さと》の人も来るし」

おでこさんのおかみさんは、料理が上手《じょうず》でさ、いつ訪ねても、旨いものを食わせてくれるんだって。こんぱちは目を輝かせて言った。

「おれも料理を教わりに行きたいんだけどね。なかなか暇《ひま》がなくって」

ご馳走してもらいたいんじゃなくて、教わりたいのか。おかみさんの下男の鑑《かがみ》だ。

「それじゃ、手土産が難しいなあ。何を持っていったら喜んでもらえるだろう」

「菓子がいいんじゃね？　おでこさんは甘いものがお好きだし、さすがのおかみさんも、菓子まではこしらえないだろうと思うから」

つくづく、ありがたい下男殿と知り合えた。柳の精のお導きかもしれねえ。北一は葛湯の入っていた湯飲みを縁側に置くと、

「いろいろご親切にありがとうございました。それじゃあ、お暇《いとま》します」

腰を上げようとしたら、暇そうな武者人形みたいな顔をしていたこんぱちが、つっと表情を変えた。眼差しが針みたいに尖《とが》った。

「ちょっと、北一さん」

「どうぞ、呼び捨てでお願いします」

「そんじゃ、北さん。おれの方にも一つ、ご存じの向きか訊きたいことがあるんだ。あんたと同じ千吉親分の子分に、嫌な兄ぃがいるだろ」

やりこめられたわけではなくても、あんまり驚くと、人はぐうの音《ね》も出なくなるものだ。

「それは……どの兄ぃのことでしょうか」

千吉親分が急死したあと、政五郎親分を頼っていった兄ぃたちは、何人かいる。そのなかで今、嫌な兄ぃと言ったらあの楢八だ。青海新兵衛の言葉を借りるなら、「たいそうなゲジゲジ野郎」である。

こんぱちは目尻をきっとさせて、言った。「ずばり、楢八って兄ぃさ」

大当たりだった。

「ひょろっとしてて怒り肩で頬《ほお》がこけてて、鼻先が鈎《かぎ》みたいに尖ってて、凄《すご》もうとすると声が裏返って甲高《かんだか》くなっちまうから、ちっとも様《さま》にならねえ二十七、八の兄ぃでござんすよね」

北一がつるつる言い並べると、こんぱちは手を打った。「上手《うま》いねえ。うちの縞吉兄ぃは――衣紋掛《えもんか》けが一丁前《いっちょまえ》に人の言葉を覚えてしゃべりくさるから、耳障《みみざわ》りでしょうがねえって言ってたよ」

それも上手い。北一はつい吹き出してしまった。

「こちらでもご迷惑をおかけしてるようで、あいすみません」

「やめなよ。元日から謝《あやま》るもんじゃねえ。験《げん》が悪いからさ。それに、楢八はもううちにはいねえ。というか、あんな根性《こんじょう》の曲がった衣紋掛けのこと、政五郎親分は最初《はな》から相手になさらなかった」

あれからようやく一年近く。当時の北一には知るすべがなかった政五郎親分側の事情を、こんぱちはざっと話し始めた。

「うちの親分は、千吉親分のことを買ってたし、頼りになさってた。だから、千吉親分が急に死んじまって、残された子分たちが困ってるっていうのなら、いくらでも力になるおつもりでいたんだよ」

しかし、千吉の墓を覆《おお》う土が落ち着かぬうちに、政五郎親分を頼っていった何人かの兄ぃたちに対しては、ひどく冷たかったそうな。

「恩知らずは信用できねえってね」

そもそも今の政五郎親分は、岡っ引きの看板の下に子分たちを何人も抱えて食わせるようなやり方をしていない、という。

「さっきも言ったけど、古株の縞吉っていう兄ぃに任せてることも多いしな。だからって、縞吉兄ぃが政五郎親分の跡継ぎってわけでもないいんだけど」

え？　北一の素直な驚きに、こんぱちは笑った。「いや、政五郎親分が隠居しなさったら、自然に次は縞吉親分になるのかもしれねえよ。けど、それは本所の町の人たちみんながそうしたいと思ったらそうなるんであって、政五郎親分の一存じゃねえって、そういう意味さ」

こんぱちの言を噛みしめながら、北一は二度、三度とうなずいた。つられたのか、こんぱちもバネ仕掛けの玩具《おもちゃ》みたいに首を振る。

「千吉親分の跡継ぎも、そういうふうにして決まっていくって、ねえ。そりゃ、北さんのやる気にもよるけど」

おいら、文庫屋の方なら十割以上のやる気がある。けど、岡っ引き稼業の方は、二八《にはち》蕎麦くらいの割合のやる気……かなあ。で、どっちが二でどっちが八か、自分でもよく見定められない。

「ンで、話を戻すとさ、とにかくうちの親分は変わり身の早い北さんの兄ぃたちにお怒りで、みんな袖にしちまったの。けど、楢八って衣紋掛けだけはしつこくてさ」

わかる。あの兄ぃはしつこかった。我慢強いのでも辛抱強いのでもなく、ただしつこいのは、長所にはならない。

「おれなんかにも、なれなれしく寄ってきたりしてね。箒で掃《は》き出してやったけど」

そうこうしているうちに、楢八は政五郎親分が本気で怒るようなことをやらかした。

「去年の霜月《しもつき》（十一月）の、あの深川元町の火事のあと、楢八の奴、うちの親分の子分になりすまして、焼け出された人たちをいじめたんだってさ！」

北一は、おでこと背中に汗をかいた。嫌な汗ではない。痛快な汗だ。あの一件、ちゃんと政五郎親分の耳に届いていたのだ。

「おいら、実はその場にいたんです」

一度は万作が詰《なじ》られているところで、二度目は切り餅が失くなった騒動のときだった。

「だけど、おいらの力じゃ、あの兄ぃを懲《こ》らしめることまではできなくって……」

すると、こんぱちは北一の肩をぱんぱんと張った。

「いいんだよ。どんなくず野郎でも、北さんにとっては兄ぃだった奴なんだから、手を出しにくくってもしょうがねえ」

その分、こっちでやっつけといたぜ！

「政五郎親分が閻魔様《えんまさま》みたいに怒って、縞吉兄ぃが牛頭馬頭《ごずめず》みたいになってさ。楢八をとっつかまえて簀《す》巻《ま》きにして大川に」

「放り込んだんですか？」

「……ではいないけど、二度と本所深川に足を踏み入れねえようきつく言い聞かせて、両国《りょうごく》橋《ばし》の下で押《お》っ放《ぱな》してやったんだ」

どこへでも好きなところへ行きやがれ。ただし、二度と戻ってくるんじゃねえぞ。

「それっきり、姿を見かけなくなったからね。おれたちはもう気にもしてなかったんだ。だけど、北さんはもしかして、まだ衣紋掛け野郎に迷惑をかけられてんじゃねえかって思いついて」

案じてくれたのか。ありがたい。

「おいらたちのまわりにも、楢八兄ぃは顔を出しちゃいません。政五郎親分と子分の皆さんにやりこめられて、肝《きも》っ玉《たま》が縮んだんでしょう」

もともと、楢八はそういう奴だった。弱い者いじめが大好きな、こそこそ野郎だったのだ。

「そうかい、そんなら安心だ」

こんぱちは明るく言って、また北一の肩をぱんと張った。

「うちの親分は、あれで北さんはしっかり者だから、衣紋掛け野郎なんかに負けやしない、余計な心配をするなって言ってたけどね」

今の北一には、過ぎた褒め言葉だ。衣紋掛け野郎に振り回されぬしっかり者になれ、という励《はげ》ましだと受け止めるべきだろう。

だけど、それでも、でっかいお年玉をもらった気分になった。

今度こそと北一が腰をあげて帰るとき、こんぱちは裏木戸のところの南天を二枝伐って、持たせてくれた。

「南天は縁起物、難を転じて福となす。そんじゃ、またおいでよ」

こんぱちとの出会いもお年玉だ。赤い実をこぼさぬように気をつけながらも、北一は弾《はず》む足取りで富勘長屋へと帰った。

一枝の南天は、自分の四畳半に飾った。そして、店子仲間と焼き餅を分け合う元日の夕飯を済ませてから、もう一枝を携《たずさ》えて、北一は扇橋《おうぎばし》の「長命湯《ちょうめいゆ》」に向かった。喜多次《きたじ》にも新年の挨拶をしなくては。もらいものの南天が土産になってよかった。

すっかり歩き慣れた道だし、月明かりがあれば提灯《ちょうちん》は要らない。そうしていつものように釜焚《かまた》き場へ着いてみたら、火の気《け》がなくて真っ暗だった。

唖然《あぜん》。まったく、おいらはバカかっての。

――湯屋《ゆや》だって、年越しは夜じゅう商いをしてたんだから。

元日は寝坊して、みんな休んでいるんだ。喜多次も今日は釜焚きも焚き付け拾いもしていない。

だいたい、いきなり裏手の釜焚き場に年始の挨拶に行くというのも行儀が悪かった。ちゃんと正面の出入口から、まず爺ちゃん婆ちゃんたちに挨拶するのが筋ってものだ。

ご覧のとおり、おいらはちっともしっかり者じゃございません。首をすくめて小走りに、長命湯の正面へと回った。傾きかけた軒先《のきさき》に、ぎょっとするほど立派な正月飾りが掛けてある。しめ縄が太くて、その重さに引っ張られて庇《ひさし》が落っこちてきそうだ――と思っていたら、

ちん、とん、しゃん。

三味線《しゃみせん》の音がこぼれるように聞こえてきた。

番台の奥、ここに住んでいたり、泊まっていたり、ちょっとだけ働きに来ていたりする爺ちゃん婆ちゃんたちがいつもたむろしている六畳ほどの座敷に、明かりがついている。人の頭の影が、ひい、ふう、みい……すぐには数え切れないほど寄り集まっていて、燗酒と焼き魚の匂《にお》いが漂ってくる。

三味線の音がまたはじけた。長唄《ながうた》の一節《ひとふし》が、それを追っかけてくる。

咲き匂う　桜と人に　宵《よい》の口
野暮《やぼ》は揉《も》まれて　粋《いき》となる

しゃがれて潰《つぶ》れた男の声だけれど、節回《ふしまわ》しはえらく流暢《りゅうちょう》に聞こえる。

「よ！　待ってました、助六《すけろく》！」

「たつさん、いい男」

囃《はや》す声が賑やかだ。笑い声が楽しげだ。

長命湯の新年の宴《うたげ》だ。

「ほら、兄さん、呑んでるかい？　こっちの焼きたてをお食べよ」

婆ちゃんの誰かが「兄さん」と呼んでいるのは、喜多次に決まっている。このおんぼろ湯屋には、釜焚きの喜多次のほかには爺婆《じじばば》しかいないのだ。

しばらくのあいだ、北一はじっとその場に佇《たたず》んでいた。番台の陰の暗闇《くらやみ》に溶《と》け込んでしまうように、息をひそめて。

途中で詞を忘れてしまったらしく、長唄がつっかえて、どっと笑い声があがった。

「まあ、いいや。これだけ謡《うた》っておこうか」

巡る月日が　縁となる
巡る月日が　縁となる

やんや、やんやと拍手《はくしゅ》が起こる。そのなかに、喜多次もまじっているのだ。北一は嬉しくて、それでいて羨ましかった。

番台の枠《わく》の隅に南天の枝を飾ると、音をたてずに踵《きびす》を返して、外へ出た。北風が横っ面《つら》をかすめるように吹きすぎてゆく。

北永堀町《きたながほりちょう》の富勘長屋に戻ろう。長命湯に背を向けて一丁《ちょう》（約百九メートル）ばかり歩いたところで、鼻がむずむずしてくしゃみが出た。一つ、二つ、三つ。三つのくしゃみは、「誰かが噂《うわさ》してる」しるしだっていうよな。

足を止め、襟巻《えりま》きを引っ張って洟《はな》を拭っていたら、すぐ後ろの暗闇のなかから、犬の吠《ほ》える声が聞こえてきた。

「わん、ぅわん！」

おいら、呼び止められてる？

おそるおそる振り返ってみると、道ばたの真っ暗な藪の奥に、金色の眼《まなこ》が一対《つい》。こっちを見ている。ただ見てるだけだよな。睨《にら》んじゃいねえよな。それともおいら、襲《おそ》われるの？

新年早々、飢《う》えた野良犬《のらいぬ》に追っかけられるなんてゴメンだ。どうしよう。すぐ走って逃げた方がいいかな。それとも、じっと固まって動かずにやりすごすか。

「ううう、わん」

さっきよりは低い声。金色の眼のすぐ脇《わき》に、銀色の眼がもう一対現れた。

それで、北一も気がついた。というか思い出した。野良犬じゃねえよ。あいつらだ。忍者犬《にんじゃけん》だよ！

「シロとブチだな？」

金銀の眼は、ちらりとまばたきをした。

「忠四郎たちを追っかけるときには、おまえらにうんと世話になった。今年もどうかよろしく頼んます」

姿勢を正して、北一は軽く頭を下げた。妙に楽しくって、笑いがこみ上げてくる。

「喜多次は、湯屋の爺ちゃん婆ちゃんたちと呑んでるようだな。おまえら、新年のご馳走はもらったかい？　おいらも、次は何か持ってくるよ。今夜は気が利かなくって、すまなかったな」

夜風に藪が騒《さわ》ぐ。

ぱちり、ぱちぱち。また、まばたきをしたかと思うと、まず金の眼が、次には銀の眼が消えた。シロとブチが立ち去ったのだ。

あいつらなりに、新年の挨拶に出てきてくれたのかな。それとも、お年玉の催促《さいそく》かな。

歩き出しながら、北一は一人で笑った。去年の正月とは、一から十まで違っている。だけど、今までていちばん楽しい元日だったな、と思った。

三

この正月、今までと大きく違ったことは、他にもあった。お年玉である。初めて、北一はお年玉を出す側になった。もちろん、末三じいさんをはじめとする作業場の人びとにである。

「末三さんに、おいらからお年玉なんて、かえって叱られそうなもんだけど……」

首を縮めて差し出したのに、末三じいさんは拝むようにして受け取ってくれた。

そしてもらう方では、くれる相手が増えた。「親分の代わりにね」と包んでくれた冬木町のおかみさんに加えて、何と欅屋敷の栄花と、栗山の旦那と一緒に暮らしている組紐屋「あずさ」のお里である。

栄花からは、「種々季節ノ美　朱房ノ文庫　深川北永堀町文庫屋北一」という文字が染め抜かれた手ぬぐいを、まるっと一反《たん》分の数だけいただいた。いつでも刷《す》り足せるよう、染め型もついていた。

「これは椿山様から出入りの文庫屋に下賜《かし》されるお年玉だ。遠慮せずに頂戴しなさい」

青海新兵衛に言われて、北一はぺったんこに平伏した。

「お得意先に配らせていただきます」

栄花は正月三日には本邸から帰ってきて（本当は言い方が逆なのだろうが）おり、いつものように長い髪を一つに束《たば》ね、軽《かろ》やかな袴《はかま》姿でくつろいでいた。

「今年も大いに稼ぐとしような、北一」

お旗本の娘御《むすめご》にふさわしくないことをのたまい、傍らに控える、黒地に鶴亀の刺繡が入った江戸《えど》褄《づま》姿の瀬戸殿も上機嫌だった。

お里は、たいがいのお店と同じく、二日から商いを始めていた。そうだろうと踏んで北一も二日の昼前に年始の挨拶に伺ったのだが、意外なことに、栗山の旦那はいなかった。

「あの旦那にも、普段は好き勝手している分、お正月ぐらいはご機嫌伺いしておかないといけない筋があるのよ」

お里は笑ってそんなことを言い、北一が持参した正月用の朱房の文庫に大喜びしてくれて、

「あたしからも、ささやかなお年玉」

と、一巻きの組紐をくれた。そう言われなければ、すぐには組紐と思えないほど細いものだった。たこ糸の二本分くらいか。色は目立たない灰色、伸ばしてみると長さはゆうに三間《けん》（約五・四メートル）分あり、一間ごとに赤い印がつけてある。両端には爪《つめ》の大きさほどの留《と》め具がつけてあって、片方のそれは丸く、片方のそれは何かを挟めるような形をしていた。

「これを輪っかにして、留め具を帯に挟んで身につけていると、何かを縛《しば》ったり、吊るしたり、計《はか》ったりするとき重宝《ちょうほう》すると思うのよ」

かなり丈夫なものだし、と言った。

「組紐で、こんなに細くできるんですかい」

「そこは腕の見せどころよ」

初売りで華やかなお客が多く、忙しそうだったから、北一は長居しなかった。あくる三日に出直すと、長火鉢の向こうに栗山の旦那が腰を据えて、熱燗を舐めていた。年始の挨拶もそこそこに、北一が脇腹に吊るしたお里の組紐を見せると、

「頭と同じく、そいつも使いようだ」

持ち前の塩辛声《しおからごえ》で、旦那は上機嫌で言った。

うた丁《ちょん》には、年始の挨拶のついでに髪を刈ってもらった（髪の素《もと》もたっぷりつけてもらった）。武部《ぶべ》先生の手習所《てならいじょ》では、習い子たちと一緒に書き初《ぞ》めをした。近くの自身番とお得意さんを廻っていたら、通りがかりに高橋《たかばし》の碁会所《ごかいしょ》の主人に挨拶されて、お年賀だと大福餅の包みをもらった。それを手に貸本屋の「村田屋《むらたや》」を訪ねたら、北一の顔を見るなり、来客の相手をしていた治兵衛《じへえ》の目が飛び出しそうになった。それからたっぷり一刻《いっとき》（二時間）は足止めされ、文庫屋の火事の経緯《いきさつ》を吐き出す羽目《はめ》になった。

「心配してたんですよ。どうしてもっと早く話しに来てくれなかったんですか！」

どうかすると富勘よりも地獄耳の治兵衛さんだから、とっくのとうにもろもろご存じかと思

ったのに、

「噂話は信用できない。この件については、北一さんから直《じか》に聞くまでは、何も鵜呑《うの》みにしないと心に決めていたんですよ」

なんて言われて、面《おも》はゆいような、重たいような気分になったことは内緒だ。

千吉親分の文庫屋を惜《お》しみ、万作とおたまが早く暮らしを立てていけるように願う。そんな治兵衛の表情豊かな太い眉毛とどんぐり眼《まなこ》を間近に見ながら、北一は考えていた。おいらのこと、そんなに信用してくださるんですか、治兵衛さん。だったら、おいらが、昔あなたの身に起こった事件の謎を解《と》きたいって思ってるのも、余計なお世話にはなりませんよね――

この問いを治兵衛にぶつけるのは、まだ早い。先に事件のあらましを知らねば。そのために、おでこの三太郎に会いたいのだが、さて、七軒町《しちけんちょう》のあの土蔵《どぞう》へ挨拶に伺うとき、手土産は何がいいだろう。今後も何かと教えてもらうことがあるのだし、きちんとしたものを用意したい。料理が上手なおでこさんのおかみさんにも、きっと喜んでもらえるもの。

悩んでいるのを、おみつから伝え聞いたのだろう。松吉郎が、珍しいお菓子を教えてくれた。

「南蛮菓子《なんばんがし》で、金平糖《こんぺいとう》というんだ」

白砂糖を加工してつぶつぶにした小さなお菓子で、値《ね》は張るが見た目が美しいし、贅沢《ぜいたく》だ。

「どこでも手に入るものじゃないけれど、両国広小路《ひろこうじ》に一軒、頼んでおくと作ってくれる店がある。今から注文すれば、十日ごろには受け取れると思いますよ」

主人が松吉郎の知り合いだというから、さっそく取り次ぎをお願いすることにした。高いお菓子で見栄《みえ》を張ろうというのではない。南蛮渡来のものだというのが気に入った。

昨年の秋、初めておでこさんを訪ねたとき、いろいろ聞いた話のなかで、（事件がらみではなしに）北一の心に残ったことがある。おでこさんが若いころ仲良しだったという、算術上手の友だちのことだ。その人は長崎に学問に行き、そのままあちらで学者になってしまったのだそうだけど、

――北一さんは、妙にその友だちを思い出させるところがおありで……。

北一の何が、そんな出来物《できぶつ》の友だちを思い出させるのかはわからない。でも、おでこさんが今も懐《なつ》かしんでいる友だちがいる「長崎」にちなんで、南蛮渡来のお菓子がいいと思いついたのだった。

三が日が過ぎると、北一たちが売る朱房の文庫は梅にうぐいすの絵柄になった。栄花がこの素になる絵を描いてくれたのは去年の霜月の末で、口笛でうぐいすの鳴き真似《まね》をしながら筆を動かしていた。これまた旗本の娘御らしからぬふるまいだが、その鳴き真似はすごく上手だった。振り売りのあいだ、北一もこっそり口笛を吹いてみたけれど、てんで調子っぱずれなので、諦めた。

七日の朝、富勘長屋にも早々と七草《ななくさ》売りが回ってくると、棒手振《ぼてふり》の寅蔵が、得意先がお年玉をはずんでくれたおかげで懐《ふところ》が暖かいそうで、

「おれがみんなの分の米と七草を買う」

と、気前のいいことを言い出した。寅蔵の娘のおきんが張り切って、お秀・おしかと段取りを決め、夕飯用に、店子みんなの分の七草がゆをつくってくれることになった。

「米だけのかゆだと、すぐ腹が減っちまうから、餅も入れてくれよ」

おきんの弟・太一の意見に北一も乗った。

「じゃあおいら、今日のあがりで餅を買ってくる」

猿江の作業場でも、備え付けの竈《かまど》に大鍋《おおなべ》を据え、七草がゆを煮て、こちらではおやつどきにみんなで食べるという。揃えてある材料を見せてもらうと、米と同じくらい粟《あわ》があった。

「粟がゆは、香りがいいんだぞ」と、末三じいさんが教えてくれた。

末三じいさんの娘夫婦は、田原町《たわらまち》三丁目で「丸屋《まるや》」という団扇屋《うちわや》を営《いとな》んでいる。この季節は暇なので、しょっちゅう二人で文庫作りの手伝いに来てくれており、今日も仲良く顔を揃えていた。粟は丸屋からのお土産だそうで、北一もお裾《すそ》分《わ》けにあずかった。

「店子のみんなといただきます」

顔がほころぶ北一を、末三じいさんはちょいちょいと手招きした。耳を貸せ、と。

「このあいだ聞いた、長作のことだけど」

万作・おたま夫婦の長男だ。新年を迎えて十三歳になった。千吉親分の文庫屋で永年文庫作りに携わってきた末三じいさんは、もちろん長作が赤ん坊のころから知っている。

「どうせなら、うちの娘たちのところに来ちゃどうかと思うんだが、北さんはどうかね」

正直、びっくりした。末三じいさんの娘夫婦のところには、ばぶばぶの赤子《あかご》が一人いる。そこへ、昔から知っているとはいえ、赤の他人の子どもを引き取るというのか。

当惑していると、当の娘夫婦がこっちを見た。にこにこしながら近づいてくる。夫の方は、みんなで食うかゆを盛る椀《わん》を磨《みが》く手も止めないまま。

「うちでも、もう一人小僧さんを雇いたいと思っていたところなんですよ」

「長作さんさえよければ、文庫作りと団扇作りの両方を身につけることができるし……」

「団扇の商売が暇なときは、こいつらはしょっちゅうここへ手伝いに来るんだからなあ」

一、二、三と気を揃えてたたみかけられ、北一は笑ってしまった。

「長作に話してみます。末三さんのところなら、あいつも気心が知れてる。ありがとうございます」

振り売りに出る北一の足取りは、いっそう軽くなった。

初春の梅の朱房の文庫はよく売れた。三が日からずっとよく晴れて、冷え込みはきついけれど、陽ざしは一日ごとに明るさを増している。

吾妻橋《あずまばし》を渡り、雷門《かみなりもん》の前から駒形堂《こまがたどう》に向かって流し歩きながら、心楽しさについ「ほーほけきょ」なんて下手《へた》な鳴き真似をしたら、少し前を歩いていた母娘《おやこ》らしい二人連れが振り返り、ぱっと花が咲いたような笑顔になった。

「あら、文庫屋さん」

まりどありぃ！　江戸市中でも五本の指に入るくらい賑わうあたりだから、すぐ道の端に寄って母娘に商いものを披露《ひろう》した。前の荷台には梅の絵柄のものばかり積んでいるが、後ろの荷台には今年の干支《えと》のもの、宝船《たからぶね》の絵柄のものなど様々だ。色違いの千鳥柄《ちどりがら》の小紋《こもん》を着た仲良し母娘は、楽しそうに品定めを始めた。

二人からちょっと離れ、北一が首の手ぬぐいをまき直していると、後ろから男の大きな声が聞こえてきた。

「おい、何をするんだ」

北一がぱっと振り返ると同時に、派手《はで》な市松《いちまつ》模様の綿入《わたい》れを着込み、えんじ色の襟巻きをした男が、痩《や》せこけた若い男の腕をつかみ、ねじあげようとしているところだった。

市松の綿入れの男はごま塩の髪を小銀杏《こいちょう》に整えている。若い男の方は髷《まげ》をつまんでいるだけのぼうぼう髪で、この季節に薄汚れた縞《しま》の小袖《こそで》を尻《しり》っぱしょりして、膝まわりがゆるんだ股引《ももひき》一枚の出《い》で立《た》ちだ。

とっさに掏摸《すり》だと思い、北一は二人のそばに駆け寄った。すると、薄汚い縞の若い男の方が、相手につかまれた腕を強く引いて自身の脇腹に巻き付けるように前屈《まえかが》みになり、市松模様の男を軽々と背中に担《かつ》ぎ上げて、その勢いのまま地べたに投げ落とした。

あっという間のことだった。若い男の小袖をつかもうとした北一の手は空《くう》を切り、

「おまえ、何てことしやがる！」

怒鳴《どな》りつけると、若い男はくるりと身を返して北一に向き直った。目と目が合った。そこに目玉があるのに、のっぺりとした壁を見たみたいな感じがした。

どうやって捕《と》らえてやろう——その考えが頭のなかを疾風《はやて》のようによぎり、次の瞬間、北一

は躰ごと横に吹っ飛ばされて、全《すべ》てがぷつりと絶えた。


めぐるぅ、つきひがぁ、えんになるぅ。

めぐる、つきひが、えんになぁぁぁぁるぅぅ。

呻《うめ》くような、間延びした声。暗いような明るいような湯みたいな水みたいなところを、北一はのろのろと泳いでいる——


気がつくと、額の上に冷たい手ぬぐいが載《の》せられていた。見上げる天井《てんじょう》には簾《すだれ》みたいなものが碁盤目《ごばんのめ》に張ってあり、そこに煤がいっぱいついている。

「あ、目を覚《さ》ました。文庫屋さん、大丈夫？」

女の声がして、すぐと顔が近づいてきた。おたふくで、目がぱっちり。

まわりには他にも人が何人もいた。助け起こしてもらって半身《はんみ》を起こす。頭がくらりとした。

「お若いの、気分はどうだ。おやじさん、水をいっぱいおやりよ」

「えらい目に遭《あ》いなすったね」

北一が寝かされていたのは、駒形堂の近くにある小さな飯屋《めしや》だった。客が飲み食いする板張りの広間の隅に、薄べったい円座《わろうだ》を重ねて枕《まくら》代わりにして、足下《あしもと》には誰かが半纏《はんてん》をかけていてくれた。

「ちょっと息をしてごらん」

促《うなが》され、言われたとおりにしてみたら、焼き魚の匂いがした。旨そうだ、と思うのだから、死ぬほどの怪我《けが》はしていない。そうであってほしい。

道ばたで伸びてしまった北一をここに担ぎ込み、介抱してくれたのは、通りがかりの善男善女と飯屋の主人夫婦だった。さっきの目がぱっちりさんがその女房の方で、冷たく濡《ぬ》らし直してきた手ぬぐいを、北一の頭の左側にあててくれた。

「文庫屋さん、あの乱暴者に、頭のこっち側を蹴《け》られたんだよ。覚えてる？」

さっぱり覚えていない。蹴られた？　おいら、何をやってたんだ？

「掏摸をとっ捕《つか》まえようとしてる人に加勢して、あんた、逆に一発くらっちまったんだけど」

ホントに？　信じられない。頭が痛い。左の奥歯も痛い。鼻の穴が詰まっていると思ったら、鼻血が固まっているのだった。

呆然《ぼうぜん》と座っていて、ようやく、北一の商売道具と大切な朱房の文庫も、この板の間の隅に置かれていることに気がついた。

「あ、おいらの商売道具……」

口を動かすと、血の味がいっぱいに広がって気持ちが悪い。

「運んでくだすって、ありがとうございました」

女房とおそろいの赤い襷《たすき》に前垂れをつけた飯屋の主人が、両の眉毛をうんと下げると、

「わたしらが慌てて触ったから、売り物が汚れちまったかもしれない。すまないね」

とんでもない。ぱっと見る限り、ほとんど無事だ。

「文庫屋さんを呼び止めたお客さん、いたでしょ。品のいい感じのお母さんと娘さんの二人連れ」

北一にはわからない。なんだか、頭のなかに綿でも詰まっているみたいだ。

「びっくりして怖がっていたけど、無事に帰りましたよ。文庫屋さんがたいした怪我じゃないといいけどって、心配してたわ」

そうなのか。母娘のお客さん。駄目だ、思い浮かばない。北一は目をつむり、手で額を押さえた。くそ、顎も首も痛《いて》ぇし、肩も痛ぇ。

「辛かったら、また横になってな」

まわりを囲む善男善女が口々に、北一の身に何が起きたのかを説明してくれたので、どうにか事情はわかった。おそらく掏摸であったろう若い男は逃げ去り、懐のものを掏《す》られそうになった市松模様の男の方も、騒ぎのあいだに立ち去ったらしい。

「そうだ、文庫屋さん。栗を入れた小さい袋を持ってたろ」

末三じいさんからもらったものだ。

「気の毒だが、あれはあんたが蹴っ飛ばされて吹っ飛んだときに懐から飛び出して、中身も散ってしまったよ」

北一は苦労して頭を下げた。

「皆さんにお手間をかけました。恩に着ます」

「あんたみたいな若い人が、そんな角張《かくば》ったことを言うもんじゃないよ。さあ、休んだ休んだ。誰か、打ち身に効く膏薬《こうやく》を持ってないかい？」

深川を出てしまえば、千吉親分の後光《ごこう》も届かず、北一はただの「文庫屋さん」に過ぎない。それもひょろひょろの小僧っこだ。「それでも」、あるいは「だからこそ」、気の毒がって世話してくれる人がいる。北一は泣かないように目をつむり、鼻血の塊《かたまり》を鼻の穴でふがふがさせながら、少し眠った。

もう大丈夫ですと自分の足で立ちあがり、文庫を担いで、ちょっと歩いては休み休み、富勘長屋まで帰り着いたのは、とっぷりと日が暮れた後のことだった。心配した飯屋で引き留められたし、明るいうちにこの有様《ありさま》で帰りたくなかったから、わざとぐずぐずしていたのだ。

しかし、店子仲間は朝に約束したとおり、寅蔵のところに集《つど》って七草がゆを食べていた。みんなして帰りの遅い北一を案じており、木戸のところで待っていてくれたりもして、

「北さん？　どうしたんだよ、その顔」

太一のびっくり仰天《ぎょうてん》の叫びで、もう隠し立てのしようがないと観念するしかなかった。

「いったいどこで袋だたきにされてきたの？」

大騒ぎが一段落して、やっと気がついたのだが、北一を囲む心配顔のなかには、長作もまじっていた。

「お、来てたのか」

このころには北一の顔の左側はぱんぱんに腫《は》れ上がっており、この言は「お、きれらのか」と響いた。

「夕方、北さんを訪ねてきたのよ」と、おきんが教えてくれた。「お土産も持ってきてくれたの。丸餅を山ほどね」

おかげで、北一が買って帰るはずだった餅の分を埋めることができたのだそうな。

長作とは、前回いつ会ったっけ。あの火事のまさにまん真ん中だったかな。あのときはお互いに動転しまくっていたし、自分の家が焼けているのだから、長作は怯《おび》えきっていて、すごく弱々しく見えた。

でも、あれから二月《ふたつき》ほどで、なんだか大人っぽくなったようだ。顔が引き締まり、若者になりつつある。

――いろいろ苦労したんだろうからな。

そんなことを考える北一の頭の奥にはしぶとい痛みが残っているし、熱っぽいから寒気《さむけ》もする。

「北さん、寝た方がいいんじゃねえのかな」長作は北一の手をちょっと握ってみて、「うわあ、氷みたいに冷たいよ」

お秀が傍らから手を伸ばし、北一のおでこに触れる。「こっちは熾火《おきび》みたいに熱いわ。北さん、あんた大変よ」

「どうしようかね。富勘さんに知らせるかい」

「千吉親分のおかみさんのところに連れてって、養生《ようじょう》させてもらっちゃどうかな」

「うちの戸板、外そうか」

みんなが口々にいろいろ言うなかで、北一は辰吉が手元に差し出してくれた椀から、温《ぬる》い七草がゆを匙《さじ》ですくって口に運んだ。

「え、食えるの？」

北一は腹が減っていた。辰吉が代弁してくれる。「さっきから腹が鳴ってる」

他人様《ひとさま》に器《うつわ》を持たせておいて、その中身を食うなんて、犬食いよりも恥ずかしい。北一は左手で椀を持とうと思うのだが、ぜんぜん動かない。気がつけば、鈍《にぶ》い痛みで疼《うず》いていた左肩も、顔といい勝負に腫れ上がっていた。

「椀はおれが持ってるから、気にしねえで、ゆっくり食いなよ。おきんさん、お代わりはあるかい。熱くしなくていいよ、温いまんまで」

天道《てんとう》ぼしの辰吉は、普段は口数が少なくて、ほとんどのやりとりを「うん」で済ませている男だ。こんなにちゃんとしゃべるなんて。しかも、蜂《はち》の頭ほどのことにでもケチをつける種を見つけ、蜂の巣の蜜蜂《みつばち》も顔負けなくらいにぶんぶん文句《もんく》を唸《うな》るクソババアのおたつは黙っている。いるよな？　いるのに黙ってるんだよな。まさか死んでねえよな。いや、死にそうなのはおいらの方か。

「姉ちゃん、いつか買った薬、どこやった？」

太一が、散らかった四畳半をさらに散らかしながら何かを探している。

「いつかって、いつよ」

「夏ごろだっけ。定斎《じょうさい》売りから買ったじゃねえか」

ぼうっとしている北一にもわかるが、定斎は、暑さ負けや夏風邪《かぜ》の薬である。打ち身には効かねえ。

「北一さんの床《とこ》、のべてきました」長作の声だ。「心配だから、今晩はそばについてます」

「そうかい。そりゃ頼もしい」

「長作ちゃん、夜具《やぐ》がないでしょ。うちのを貸してあげる」

お秀の声だ。幼い娘（確か九つになったんだっけ）のおかよと二人暮らしなのに、余分な夜具があるわけはない。自分の分を長作に貸して、母子は一枚の夜具で寝るつもりなのだ。

「お秀さん、いいよいいよ、おれの縕袍《どてら》を長作にやるから」

「うわぁ、酒臭《くさ》い！」

こんなときでも騒がしくて愉快な寅蔵とおきんだ。寅蔵さん、このごろは少し酒の量が減った。躰に気をつけるつもりになったならいいけど、どっか具合が悪いんだったら心配だ。

「夜分にすまん、ごめん」「ごめんくださいまし」

木戸の方から聞こえてきた声。ああ、武部先生と、奥様もご一緒だ。これじゃおいら、元気になったら頭をつるつるに剃《そ》り上げて、皆様のところへお詫《わ》びとお礼の行脚《あんぎゃ》をしなくちゃならねえ。

「北一が怪我をして帰ってきたそうだな。とりあえず薬箱を持ってきた。家内は手当の心得もある。場所を空《あ》けてくれないか。それと、湯を沸《わ》かしてくれ」

北一は目を閉じた。瞼《まぶた》が重くて、もう二度と開けられないような気がする。と、小さな手が優しく額と目の上を撫《な》でてくれた。おかよの声。

「北さん、いい子、いい子。いたいのいたいの、おしろのむこうにとんでいけ～」

うん、飛んでってくれ。北一は眠った。

四

翌日は一日寝ていたら、熱が下がり痛みもずいぶん楽になった。次の一日で少しずつ躰を動かし、三日目には普通に暮らそうと、北一はまず猿江の作業場に長作を連れていった。

「おいらが間抜けなもんで、世話ばっかりかけてすまなかった。ちゃんと、みんなに紹介する」

長作は北一の世話をする傍ら、一人で作業場に行って末三じいさんたちに事情を伝えてくれたり、北一の分の振り売りをしてくれたりもしたそうで、紹介するというのも今さらなくらい、みんなと親しくなっていた。青海新兵衛とも会ったというから、話は早い。

「わしの娘夫婦のところへ来るということで、かまわないのかい」

「はい、よろしくお願いします」

末三じいさんにぺこりとする長作は、また少し大人びて見えた。

「念には及ばんが、おまえのおとっつぁんとおっかさんは、おまえの身の振り方について納得しているんかな」

長作は大きくうなずいて、北一と末三じいさんの顔を見比べながら、落ち着いた口調で言った。

「うちのおとうとおっかあは、下の子たちを連れて、町屋《まちや》村にいるおっかあの従兄《いとこ》のところで暮らすことになったんです。広い畑を持ってて、人手が足りなくて困ってるから、みんなでおいでって」

この話をまとめるには、おたまの実家があるあたり一帯の地主が後ろ盾《だて》になってくれたので、万作一家が住まいを移し、生業《なりわい》も変わることについて、差し障《さわ》りはない。

「畑を作ってれば食うものには困らないから、おとうはおいらにも来いって言ったけど、おいらは文庫の商いを続けたいから、北一さんにお願いしたんです」

末三じいさんは柔和《にゅうわ》な顔でうなずいている。

火事を出し、お染という女中を咎人《とがにん》にして死なせてしまい、お店は傾き、万作にとって文庫屋には良い思い出はなく、思い入れも消えたのだろう。それはわかる。でも、千吉親分の生前から、朱房の文庫の商いは万作に任せると恃《たの》まれてきたのに、あっさり投げ出して、畑違いの畑を作って生きてゆくことに、もうためらいはないのか。

——寂しい。

と思う北一は、たぶん甘いのだ。

末三じいさんの胸にも、同じ思いがよぎったのだろう。

「長作が文庫の商いを好いてくれて、千吉親分もお喜びだろうよ。なあ、北さん」と言った。

頭を動かすと首筋が痛いので、北一はニカッと笑ってみせた。蹴っ飛ばされた左頰も痛いので、「ニカッ」が右に偏《かたよ》っているはずだ。

「丸屋の商いも面白いぞ。季節ものだから、暑いときには飛ぶように売れる。文庫よりは大きな絵柄が描ける。それと、丸屋の女中の飯は旨いよ」

こうしてこちらの話もまとまり、北一は安心してお詫び行脚をすることができた。いの一番に訪ねたのは、駒形堂のそばの飯屋だ。梅の柄の文庫をたくさん持っていって、主人夫婦に丁重に礼を言った。近くの自身番にも寄って、騒ぎを起こしたことを詫びた。

富勘長屋の近所では、北一が思っていた以上に噂が広がってしまっていて、富勘はもちろんのこと、うた丁《ちょん》も、高橋の碁会所でも、みんな心配してくれていたという。いろいろなところにお礼とお詫びに回って、年が明けていちばん慌ただしい一日の締めを、冬木町のおかみさんのところで叱られたり労《いたわ》られたり慰《なぐさ》められたりして過ごした。ついでに、旨い夕飯もご馳走になった。

松吉郎の伝手で頼んだ金平糖は、まだ出来ていなかった。胡麻《ごま》の粒《つぶ》を芯に、砂糖をからめては乾《かわ》かし、からめては乾かししてつぶつぶの形に仕上げるのだそうで、手間と時間がかかる菓子なのだ。

「それで助かりました。おいらがぶっ倒れてるあいだに出来ちまってたら、高価な手土産が無駄になるところだった」

「あら、金平糖は日持ちするのよ」と、おみつは笑い、「北さんが寝込んだままだったら、おかみさんとあたしが頂戴してたから、どっちにしたって平気だったしね」

いや、実はおかみさんの分もちょっと（ほんのちょびっとだけどね、なにしろお高いから）注文してあるんだけどなあ。まだ黙っておこう。

その夜遅く、北一は長命湯に向かった。通りがけに覗《のぞ》いた扇橋町の木戸番が、

「今朝《けさ》仕入れたのは、焼いても焼いても筋が多くて不味《まず》いって、評判が悪くてさ」

とこぼすので、売れ残っていた（見るからに筋が多そうで細くて曲がっている）焼き芋を何本か買い込んで懐に突っ込み、木置場の広々とした闇を背負い、あぜ道を渡ってくる冷たい夜風に吹かれながら、行く先の藪に向かって呼びかけた。

「お〜い、芋買ってきたぞ〜。出てこいや」

シロとブチ。金と銀の眼が近くで光っていないかな。口笛を吹こうとくちびるをすぼめたら、思わず「痛！」と声を出してしまうほど、左顎の嚙みしめるところが痛かった。

犬たちの気配を感じることができぬまま、おんぼろ湯屋に着いてしまった。釜焚き場に回ってみると、夕焼けをそっくり封じ込めたみたいに、釜が燃えている。その前に、喜多次がうずくまっていた。

自分の身に災難が降りかかった後だから、その丸まった背中が気になって、北一は駆け寄ろうとして——すぐやめた。走ると左側の脇腹と腿《もも》の付け根が痛いのだ。脇腹はまだわかるが、なんで腿の付け根がこんなに痛む？　筋が通らねえ。

「何をじたばたしてンだ」

喜多次が頭を持ち上げて、こっちを見ている。北一は足をひきずり、ぎくしゃくと肩を上下させて近づいていった。

「怪我したのか」

腕っぷしも強いが、それ以上に人の躰の急所というものに精通しているらしい喜多次は、こういうことにも鋭《するど》かった。

結局正月三が日には会わぬまま、四日の夜に一緒に餅を焼いて食って、特にあらたまった挨拶も交わさぬままだった喜多次と、この釜焚き場の闇の底にまた座ることができて、しみじみと嬉しかった。駒形堂のそばで死んでたら、もうここには来られなかった。大げさではない。あとちょっと運が悪く、あの蹴りをまともに頭で受けていたら、北一は命を落としていたろう。そう思うだに、釜から溢《あふ》れ出る暖気《だんき》がありがたく、総身を包んで傷を癒《い》やしてくれるような気がした。

ところで、何をしていたのかと思えば、喜多次は小刀《こがたな》で手足の爪《つめ》を削《けず》っていたのだ。

「新年早々、縁起でもねえことをするな。夜爪《よづめ》なんかするもんじゃねえぞ」

北一が口を尖らせる（これまた右に偏って）と、喜多次は鼻先で笑った。

「誰かと大立ち回りしてこっぴどくやられる方が、よっぽど縁起でもねえ」

え、わかるのか。

「梯子《はしご》から落ちたとか、井戸端で転《ころ》んだとかの怪我じゃねえだろ。誰にやられたんだ」

「なんでわかるんだよ」

「喧嘩《けんか》で殴《なぐ》られたか蹴られたかしねえと、あんたが痛がってかばってる場所を、同時に痛めたりしねえ。あ、一つだけありそうなのは、大八車《だいはちぐるま》にぶつかって吹っ飛ばされた場合かな」

北一の感触としては、あの掏摸野郎の一蹴りには、大八車ぐらいの威力があった。

「実は、蹴っ飛ばされたんだ」

並んで座って、北一は経緯《いきさつ》を打ち明けた。話し終えるまでのあいだに、喜多次は一度釜に焚き付けを足し、二度火かき棒でかき回した。

「……災難だったな」

喜多次の低い声には、労りと感じられる響きがあった。

「実は、これこれこういうことだったって、おいらは覚えてねえんだよ。全部、飯屋で聞かされた話なんだ」

男が二人争っていたことと、片っ方が掏摸だったようだということは、ぼんやりと頭に残っている。でも、自分の目でしかと見たという確かさはない。夢と同じだ。あの長唄の一節みたいに。

「頭を強く打つと、そういうことが起こるんだよ」

喜多次は言って、自分の頭の横を軽く叩《たた》いてみせた。おどろ髪がもつれまくっていて、ごみをくっつけてるのは相変わらずだ。

「前後にあったことを思い出せなくなるんだ。まるっきり忘れちまうわけじゃねえ。かなり経《た》ってから、ひょっこり思い出すこともあるが、死ぬまで思い出せないまんまになることも多い」

　そんなの、初めて知った。

「どっちにしろ、浅草駒形堂のあたりには、乱暴な掏摸がいるってことだよな」

　北一は鼻を鳴らし、ついでに痛む顎を押さえた。

「あの痩せっぽち野郎、おまえと同じで、何か人のツボを心得てるっていうかさ。危《あぶ》ねえ奴だ。おいら、危《あや》うく一蹴りで殺されるところだった」

　去年の長月《ながつき》、弁当屋「桃井《ももい》」の一家三人が毒で殺されたとき、喜多次は「他人に毒を呑ませる方法」について、詳しく語ってくれた。そして、桃井の殺しの下手人《げしゆにん》が、昔の自分と同じように鍛《きた》えられ、人を手にかける技を身につけ、それで禄《ろく》をもらっている奴だったら腹立たしい、ということも漏《も》らしていた。実際には、下手人は正気《しようき》の縁をかろうじてつかんでいるくらいの、人と人でなしの境目を泳いでる人魚《にんぎよ》みたいな女だったのだが、喜多次が率直に聞かせてくれた言葉の数々を、北一はよく覚えている。

　だから、今度もまた同じような台詞《せりふ》を聞けるのじゃないかと思っていた。

「あんな凄《すご》い蹴りを繰り出せるなんて、素人《しろうと》とは思えねえ。また、おまえと同じ玄人《くろうと》っていうか、間者《かんじや》っていうか忍びっていうか、そういう筋の野郎だったりしねえかな。だとしたら、早くお縄《なわ》にしねえと、そのうち死人が出――」

　死人が出ると言い切らないうちに、喜多次がふっと笑った。口を結んだまま、鼻息で笑う。

「な、なんだよ」

北一が気を悪くしても、笑い続ける。釜の火が弱ってきたので、腰を上げて焚き付けを放り込む。

「それくらい、たいした蹴りじゃねえよ」

ンなことはない。北一は死ぬかと思ったのだ。

「顔も肩もぱんぱんに腫れ上がって、熱も出てさ、おいら死にそうだったんだぜ」

「そりゃ、あんたがまったく受け身をとらず、受け流すこともせずに、まともに蹴りをくらっちまったからだ」

そう……だったのかな。

「だって、出し抜けだったんだぜ。身構えるどころか、蹴られるなんて思いもしなかった」

「殴られるとは思ったろ」

「うん。こっちは野郎を捕まえようとしたんだからさ。いや、したはずだよ、おいら」

覚えてないけど。

「あんたがそう思ってるからこそ、蹴りは効くんだ。そいつは確かに掏摸だったんだろうし、掏摸としちゃ腕が悪いんだろう。だから、捕まりそうになったときは、すぐに手加減なしで相手を投げ飛ばしたり、急所を蹴って、雲を霞《かすみ》と逃げ出す癖《くせ》がついてるんだろうよ」

そんなの、乱暴すぎる。

「他人の懐を狙《ねら》ってし損じて、捕まりそうになったら匕首《あいくち》を振り回す奴と、何も変わらん。いるだろ、そういう掏摸野郎は」

確かに。掏摸という輩《やから》には、いくつかの種類というか、「派」がある。妙な玄人根性があって、他人様の懐は狙うが、けっして傷つけたりしない派。失敗して捕まりそうになると、地べたにひれ伏し泣いて謝《あやま》って、病気のおふくろがとか子どもが五人も飢《う》えてるとか作り話を広げ、相手を煙《けむ》に巻いて逃げ出す派。それと、刃物を振り回して脅しつけ、相手に傷を負わせてでも逃げようという派。三つ目の派がいちばん性質《たち》が悪いのは言うまでもない。

「あんたが出会った痩せっぽち野郎は、匕首のかわりに投げや蹴りを繰り出す手口……そいつなりの知恵を持ってたんだよ」

つかまれた腕を振り払うのではなく、その力を利用して投げ飛ばす。振り上げた拳《こぶし》で殴るのと違って、相手が予想していない蹴りを繰り出す。「何の備えもなしに、信楽焼《しがらきやき》の狸《たぬき》みたいに蹴っ飛ばされると、誰だって掏摸を捕まえるどころじゃなくなるだろ」

実際、北一はそうだった。あのとき周りにいた善男善女も、信楽焼の狸みたいに蹴っ飛ばされて吹っ飛ばされた北一を助けることに夢中で、痩せっぽち掏摸野郎を逃がしてしまったのだろう。

「けど、おいら、躰じゅうが痛くってさ。一発の蹴りでこんなひどいことになるなんて」

納得がいかないのだ。あの蹴りは、何かの秘技というか技だったんじゃねえのか。

それを言ってみると、喜多次はさらに笑った。今度は口元が緩んだから、こいつにしたら大笑いだ。

「確かに痩せっぽち野郎は身が軽くて、取っ組み合いにも、蹴りを出すことにも慣れていたんだろう。だからって、秘技なんて」

くつくつ笑いながら、手振りで北一を促した。

「立ってこっちに来て、着てるものを脱《ぬ》げ」

あ？　何言い出すんだ、こいつ。

「釜の前ならあったかいから、ちょっとのあいだなら冷えねえ。へそから上でいいから、着物を脱いで、あんたの躰に残ってる痣《あざ》と腫れを見せてみろ」

それで何かわかるのか。北一は言われたとおりに、綿入れや小袖や下着を脱いだり、おろしたりしてみた。

喜多次は目を細め、つくづくと北一の躰を見回した。ぐるりと北一のまわりを周り、顔を近づけて観察したりもした。

そして、北一の首の左側を指さした。

「痩せっぽち野郎の蹴りが当たったのは、ここだ」

耳の下で、首の付け根よりは少し上。

「ここを強く蹴られて、頭は右側に思いっきり傾《かし》いだ。そのまんま吹っ飛ばされて右肩と右の頭の横っちょから地べたに叩きつけられて、そうすると今度は頭が跳《は》ね上がり、右肩を軸にして背中から転がって左肩の後ろ側を地べたにぶっつけた」

ここでしゃがんで、脇腹の下の方に指で触れる。

「人の躰はここで半分に分かれて、必要なときはねじれるようにできているから、上半身が勢いよく右に動くと、下半身は一拍遅れてそれにくっついてくる。上半身の動きに引っ張られ、さらにあんた自身の躰の重みのせいもあって、振り子みたいに勢いを増しながら動いて、さらにひねりも加わって地べたにぶつかる」

それでできた痣が、左のあばらと、腰骨の出っ張ったところに残っているという。

「どこの骨も折れなかったのは運がよかった。あんた、骨が丈夫なんだ。おっかさんに感謝しろよ」

北一は迷子《まいご》という名目《めいもく》で拾われた捨て子だ。どこのどんな女がおっかさんなのか知らない。

「おいらに飯を食わせてくれた千吉親分に感謝するよ。あと、お染さんに」

「好きにしろ。とにかく」

喜多次はもう一度北一のまわりを歩きながら、いちいち痛むところを指で触れていった。

「蹴られた傷は一つだけ。あとはみんな、あんたが吹っ飛んで地べたに落ちたときについた傷だ。だから、さっきも言ったが、あんたが受け身をとっていたり、ちっとでも蹴りを予想して身構えていたら、これほどひどい怪我にはならなかったはずだ。もう着ていいぞ」

北一が縕袍《どてら》までしっかり着込むうちに、喜多次はまた釜に焚き付けを追加した。

今夜の湯殿《ゆどの》は静かだ。誰も謡《うた》ったり唸ったりしていないし、酔っ払いの声もしない。釜焚き、温いぞ熱いぞという文句もない。

喜多次は釜焚き場のあちこちを歩き回り、風に飛ばされそうな紙くずをしまったり、焚き口のそばに新しい焚き付けの山を運んできたりしている。北一は、真っ赤に燃える釜の奥を覗き込みながら、しばらくのあいだ身を丸めて温まった。

喜多次がそばに戻ってきたので、釜の奥を見据えたまま、言った。

「おいら、鍛えた方がいいいな」

喜多次は答えない。黙って後ろに突っ立っている。

「おいらはただの文庫の振り売りなのに、掏摸野郎を捕まえようなんて気を起こして、自分から寄っていって蹴っ飛ばされて痛い目に遭った」

それは通りがかりのお節介《せっかい》ではなかった。ただの文庫売りでありながら、心のどこかに「岡っ引き」っぽい北一が生まれてしまっているからこその行動だった。

「この先、自分から進んで岡っ引きの真似事をしていたら、ただの一蹴りじゃなくて、もっと危ないことにも向き合わなきゃならなくなる。承知して向き合うどころか、いきなり危ないところに巻き込まれることだってあるかもしれねえ」

北一は、それに対する備えがない。まったくない。痩せっぽち野郎の、手慣れているとはいえ、ただの一蹴りで死にそうになるほど無防備だ。

立ち上がり、喜多次の方を向いて、言った。

「おいらを鍛えてくれねえか。頼む」

喜多次には今まで何度も助けてもらった。北一が、それと知らぬままながら、喜多次の親父《おやじ》さんの骨を拾い集めて供養《くよう》したから、その礼だと言って、どんな危ない場面でも、喜多次は北一を救い、手助けしてくれた。

いつまでもその厚意に甘えてはいられない。だからこそ、ここでまとめて甘えておこう。

「お茶漬けさらさらに、おまえみたいになれるなんて夢は見ちゃいねえ。けど、せめて自分の身を守れるようになりたい。頼まれてくれねえか」

お願いしますと、北一は身を折って頭を下げた。

夜気《やき》に満たされ、釜の火は赤く、ごみの臭《にお》いのする釜焚き場で、場違いな二人が相対する一幕。

「……飯をおごってくれるなら」

喜多次がぼそっと返答をよこしたとき、焚き付けの山の向こう側で、犬の唸る声と足音がした。ぶるぶる、鼻が鳴る。一匹じゃない、二匹だ。

「あいつらも、腹が減っているらしい」

喜多次が「おい」と呼びかけると、シロとブチが焚き付けの山の裾《すそ》を回り、とっとつと足音を響かせて近づいてきた。

「今日は土産を持ってきたんだ」

北一は懐から細くて曲がっている焼き芋を引っ張り出した。しゃがみ込み、まだほんのり温かい芋を、割ってちぎって犬たちに投げてやる。

喜多次が手を出してきたので、一本手渡したら、自分の口に入れやがった。

「筋張《すじば》ってる」

「だから売れ残ってた」

お返しに、あははと笑ってやった。シロとブチはうふうふと焼き芋を食っており、喜多次は胸を叩きながら、それでも芋を食うのをやめない。そして喉《のど》が詰まったような声で言った。

「痣が消えたら、始めよう」

「わかった。よろしくな」

シロとブチの尻尾《しっぽ》が揺れて、北一の肩に触れた。ふさふさで柔《やわ》らかい尻尾に叩かれても、痛くはなかった。

五

おでこの三太郎とおかみさんの住まいは、八丁堀の組屋敷と道をへだてた七軒町にある。質屋の土蔵を改装した貸家で、星の数ほどの文書《ぶんしょ》と書物をしまい込んだ、住まいというよりも書《しょ》物蔵《もつぐら》のようなところだ。人の方がおまけである。

最初に見たときにはその奇景に感嘆するばっかりだった北一だが、今回の二度目の訪問では、おでこの方が真っ先に深川元町の文庫屋の火事見舞いを言ってくれて、その流れでひとしきり火事の怖さについて語り合うことになった。尋常《じんじょう》ではなく物覚えのいいおでこは、ここ五十年ばかりのあいだに本所深川ばかりか江戸市中で起こった火事の話をたくさん知っていた。そのなかには火事場泥棒の例もあった。

北一が「気の毒ばたらき」一味のやらかしたことと、忠四郎の言い分を語ると、おでこは酸《す》っぱいものを食べたみたいな顔をして言った。

「これまた理屈っぽい、世直しを気取《きど》った盗人《ぬすっと》ですなあ」

世直しを気取った、か。奴らの言い分が気に触るのだけれど、それをうまく説明できずにいた北一は、膝を打った。そうでやんす、そこが小癪《こしゃく》だったんでござんす!

おでこのおかみさんは、また出かけていた。近くの北島町《きたじまちょう》に、おかみさんの大伯父《おおおじ》夫婦が住んでいて、揃って八十歳に近いもんだから、日々の雑事に手伝いが要る。で、おかみさんが通っているのだそうな。

手土産の金平糖は、つややかな紙包みを広げてみると、五色に輝く美しいお菓子だった。おでこは大喜びして、文書蔵の一角に設《もう》けてある小さな神棚《かみだな》に供《そな》え、手を合わせた。お札は波よけ稲荷のもので、新鮮な榊《さかき》と、蠟燭《ろうそく》のようにほっそりとした銚子《ちょうし》で御神酒があげられていた。

「家内の大伯父は、若いころ、文書係の長原《ながはら》という与力《よりき》の旦那の中間《ちゅうげん》を務めておりましたんですが」

この与力も長命で、七十歳を越えても病《やまい》に倒れるまでは隠居せずに精勤していたのだそうで、

「ぜひあやかりたいものだと、大伯父夫婦の住まいの神棚に、長原の旦那のお名前をずっと奉《まつ》って拝んでおります」

人神様《ひとがみさま》である。実際に大伯父さんは夫婦して長命なのだから、拝んだ甲斐《かい》があったのだ。そんな話から生き神様・人神様にまつわる事件や椿事《ちんじ》の昔話になり、北一は聞きながら笑ったり

びっくりしたり背筋が寒くなったりした。

話の合間におでこが手ずから竈《かまど》で湯を沸かし、最初のときと同じ蕎麦茶を淹れてくれた。お茶菓子は、竹の皮で包んだ蒸しようかんだ。おかみさんの手作りだった。

「今は菓子屋では、うどん粉を使ったこの手の蒸しようかんを売り物にしませんからね。昔は、お店の小僧さんが藪入《やぶい》りで実家に帰るとき、小遣いで買える土産だという意味で、〝丁稚《でっち》ようかん〟と名付けて盛んに売ったものでございますよ」

寒天《かんてん》が多めで上品な練りようかんより、こっちの方が腹持ちがよくてありがたい――と、ほくほくいただく北一の口元を見て、おでこは、「北一さん、歯痛《はいた》ですか」と尋《たず》ねてきた。

金平糖が出来上がるまでの何日かで、躰の痛みはずいぶんと楽になり、重い物でも持たない限りは動きのぎくしゃくも目立たなくなっていたのだが、口の動きはそうでもなかったらしい。あるいは、おでこも喜多次と同じくらい目が鋭いのか。だとしても、もう驚かないけど。

「おいら、よろずに修業が足りてませんで……」

駒形堂の近くで蹴りをくらったことを白状し、大いに労《ねぎら》ってくれるおでこの言をそこそこに遮《さえぎ》って、他の面白い話に時を忘れてしまわぬうちにと、北一は座り直して切り出した。

「こんな頼りねえ、三下のうちにも入らねえ木《こ》っ端《ぱ》野郎が何を一人前なことを言いやがると、おでこさんに呆《あき》れられるかもしれません。でも、それを承知で、新年早々お願いがあって参りました」

おでこは微笑《ほほえ》むと、「はて、どんなご用件で」と、丸い頭を軽くかしげた。立派に張り出した広い額が目のまわりに陰をこしらえていても、この不思議な御仁の笑みは優しい。

「深川の佐賀町《さがちょう》に、村田屋という貸本屋がございます。店主《あるじ》の治兵衛さんには、おいらも何かとお世話になっているんですが」

海苔《のり》を切って貼り付けたような眉毛と、出っ張り気味の大きな目玉。物干し竿《ざお》みたいな長身で、貸本を収めた筐《はこ》をいくつも重ねて背負い、どこへでも楽々と運んでゆく。歳は五十路《いそじ》に近く、目尻のしわが深くて、鬢《びん》の白いのが一年じゅう薄く降り積もった雪のように見えるけれど、声には張りがあって若々しい。お節介で地獄耳で心配性の治兵衛は、千吉親分の文庫屋が失くなってしまうのを、自分のお店のことのように惜しんでくれた。

「深川の名物店主のお一人でござんすよね」

おでこは言って、笑みを大きくした。

「治兵衛さんはいかにも商人らしい気質《たち》の方ですが、同じ村田屋でも書物問屋《しょもつどんや》の方を仕切っているお兄さん……興兵衛《こうべえ》さんは、学者はだしの物知りでいらっしゃる」

そうなのか。北一は治兵衛に兄がいて書物問屋を営んでいることは聞き知って（たしか富勘から聞いた）いるけれど、挨拶したこともないし、治兵衛から兄の話を聞いたこともない。

「書物問屋の方は、おいら、とんとご縁がなくて」

「表戸《おもてど》を開けて、通りがかりのお客を相手にする商いではありませんからね。手前も、もう二十年は昔になりますか、南蛮渡りの書物の売り買いをめぐるいざこざを仲裁《ちゅうさい》するときに、政五郎親分がその書物の本当の価値を教わりたいと、興兵衛さんにお頼みするまでは、存じ上げませんでした」

　本所深川だけでなく、大川の向こうにも馴染みの客が大勢いる。ほとんどが武家だが、著名な茶人《ちゃじん》や絵師、戯作者《げさくしゃ》なども、興兵衛の方の村田屋を贔屓《ひいき》にしているという。

「北一さんがご存じないというのは、千吉親分から教わらなかったからでしょう。親分が教えなかったのは、文庫屋としては、貸本屋の方と馴染んでおけばいいとお考えになったからでしょう」

　武家を主な客とする商家との付き合いには、気を遣うこともあるから――と言った。

「町場で暮らしていると忘れがちになりますが、手前どもとお武家様とのあいだには、御定法で定められた身分の差がございますからね」

　武部先生と青海新兵衛との付き合いでは、北一が身分を痛感する機会は少ない。栄花と向き合っているとき畏《おそ》れ多く思うのも、あの美貌《びぼう》のまぶしさのせいだったりする。

「もっともらしいことを申しましたが、千吉親分が達者にしておられたら、手前などがこんな推量をすることもなかった。月日が過ぎるうちに、親分の腹づもりと北一さんの希《のぞ》みに沿って、いろいろなところに顔つなぎをしてもらえたでしょうからね」

　千吉親分の急死から、一年が経った。暮らしが土台から変わった一年で、慌ただしく、騒がしく、だからこそ気が紛《まぎ》れて、親分のことを思い出して涙する暇もなかったのはよかった。

　でも今、おでこの優しい言が耳から染み込んできて、北一は鼻先がつんとしてしまった。いかん、いかん。

「で、その村田屋治兵衛さんがどうかなさいましたか」

北一は拳骨《げんこつ》で鼻先をぐいと押すと、気を取り直した。

「新年が来ましたから、二十八年前のことになりますけど、治兵衛さんのおかみさんが行方《ゆくえ》知れずになって、半月も経ってから、千駄ケ谷《せんだがや》の森の藪のなかで亡骸《なきがら》になって見つかったという事件があったそうなんです。下手人が捕まるどころか、なんでおかみさんがそんな目に遭ったのか、事情も何もわからねえまんまになってるそうで」

おでこは子どものような丸い瞳《ひとみ》でしげしげと北一を見つめ返すと、うなずいた。

「当時、手前はもう政五郎親分のところにおりました。家のなかの掃除や洗い物を手伝って、どうにか食い扶持《ぶち》分くらいはお役に立つようになったころで……事件や捕物のことには関わっておりませんでしたが」

耳に入ったことはよく覚えている、と言う。

「ともあれ、ずいぶんと昔のことでござんすよ。北一さんが気になさる理由《わけ》がありますかね」

大ありなのだ。北一はゆっくりと、筋道がちゃんと通るように気をつけて説明した。治兵衛から、貸本と朱房の文庫を組み合わせて新しい商いをしようと持ちかけられたこと。北一も乗り気になったこと。治兵衛の人柄も（ちょっと変わっているけれど）好きだし、信頼できる商人だと尊敬していること。ただ、北一の作業場にとっては文庫作りの柱で、職人頭である末三じいさんが、二十八年前のその事件と、数年前に富勘長屋の店子で村田屋と親しかった若い浪人が斬殺《ざんさつ》された事件を二つ重ねて、治兵衛を嫌っていること。

「若いお侍さんの事件は、千吉親分がちょっと動いたからおいらも覚えてますけど、要はその方の国許《くにもと》の揉め事だったんで、おいらたちには関わりねえし、どうしようもねえことでした」

それこそ身分の差がある問題だ。しかし、治兵衛の妻の件は違う。

「それでおいら、考えたんです。治兵衛さんのおかみさんの身に何が起きたのか、下手人は誰なのか突き止めて、わからねえことを解き明かせば、末三じいさんが治兵衛さんを嫌がる気持ちを薄めることができるんじゃねえかって」

北一の説明を聞くあいだは、おでこはまばたき一つしなかった。聞き終えると、モンシロチョウのはばたきみたいに大忙しにまばたきをした。

「これはこれは、またまた」

驚いているようだし、感心しているようだし、ちょっぴり興奮しているみたいだ。いや、それっておいらの都合のいいように見ちまってるかな。

「いけませんかね」

期待を込めて上目遣い。すると、おでこはまばたきをやめて、ぴしゃりと答えた。「いけません」

駄目なの？

「やってはいけないという禁止の意味ではござんせん。北一さんが期待しているふうにはならない、あてにしてはいけないという意味でござんす」

北一の心のどこかが、（かっくん）という音をたてた。おでこはその音が聞こえたかのように、とてもすまなさそうな顔をした。

「言いにくいことでござんすがね。末三さんぐらいのお歳の人が、そういう……人生のなかで凶事《きようじ》に見舞われる者は業《ごう》が深いのだ、などという考え方をしている場合は、理詰めで説《と》いて聞かせたところで、その考えは変わりませんよ」

これには、手前の大事なものを賭《か》けてもよござんす、という。

「手前が直《じか》に見聞してきた限りでも、そういう例はございました。茂七大親分から伺った話でも、政五郎親分が悔《くや》しい思いをした事件でも、いくつも覚えてござんすよ」

丸い頭をゆるゆると振りながら、

「北一さんが苦労して昔のことを掘り起こし、手間暇かけて村田屋の事件を解決したとしても、末三さんの気持ちは動きますまい」

理屈ではござんせんから、と言った。

「治兵衛さんが、人生のなかでそういう禍《わざわい》に見舞《みま》われたお人だということは、どうやっても消すことはできません。しかし、末三じいさんが厭《いと》うているのは、まさにそのことなんでござんすから、これはどうしようもない……」

言ってから、少し慌てたふうになり、「だからといって、手前は末三さんが情のないお人だと申しているわけではござんせん。治兵衛さんも、気の毒でこそあれ、ご本人には何一つ咎《とが》はない」

北一は急いで二度、三度とうなずいた。「それはおいらもわかってます。同じように思います」

　数えきれぬほどの書物と文書に囲まれて、考えた。この世にはこんなに書物があって、文字があって、おいらのおつむりじゃ追っつかぬほどの知恵が溢れているのだろうに、それでもままならぬことがあるのは、どうしてなんだ。

「北一さんが村田屋さんと組んで商売をしたいのならば、千吉親分の朱房の文庫を継いだ商人として、職人頭の末三さんに言うことを聞いてもらうのがよろしいでしょう」

「末三じいさんを説得するってことですかい」

「説得するのか、拝み倒すのか、命じるのか、それは北一さんが決めることでござんす」

　命じるなんて、とんでもない。今の北一の器量では、大川を歩いて渡るよりも難しいことだ。

「……よく考えてみます」

　今はそれしか言えない。飾りのない助言に頭を下げるだけだ。

　おでこは新しい蕎麦茶を淹れ直すと、穏やかな口調のまま語り出した。

「あの年、正月明けの……思えば今ごろでございます。おとよさんは二十歳で、村田屋治兵衛さんに嫁いで参りました。父親は浅草田原町の仏壇《ぶつだん》職人でござんして、治兵衛さんとの縁談は、そのお得意先から持ち込まれたものだったそうでございます」

　北一は目をしばたたいた。事件の詳細だ。

「治兵衛さんのおかみさんの名前は、おとよさんというんですね」

今の今まで知らなかった。それがひどく思いやりのないことのように感じられた。

「教えてもらっていいんですかい」

「今後のことを考える足《た》しにするためにも、知っておいた方がいいように、手前は思います」

「はい！」

おでこはくつろいだ姿勢で座ったまま、淡々と語りを続ける。

「その当時、治兵衛さんは、宗兵衛《そうべえ》さんから貸本屋を任されて独《ひと》り立ちしたばかりでした。おとよさんは八重歯《やえば》の目立つ愛らしい器量よしで、若かりしころの治兵衛さんとは似合いの夫婦《めおと》でございました。夫婦仲もよかったそうで……」

そのあたりのことは、当時は浅草の旧《ふる》い地主の家人《けにん》としてコマネズミのように走り回っていた二十代半ばの富勘も、少し覚えているかもしれない、という。

「そのおとよさんが、冬木町の手前の正覚寺《しょうかくじ》というお寺さんのそばにあった菓子屋に買い物に行き、それっきり戻らなかったのは、水無月《みなづき》（六月）の朔日《ついたち》のことでございます」

北一は息を呑んだ。何となく、おとよはどこか遠くへ——少なくとも深川の外へ出かけていって、行方知れずになったのだと思い込んでいたからである。正覚寺なら、冬木町のおかみさんの貸家から、竹馬に乗ったたって行かれる距離だ。

「数に限りがあって、すぐ売り切れてしまう夏のお菓子を買いにお出かけになったんだという話です。朝餉《あさげ》の片付けを済ませると、すぐに」

それきり帰らずに、姿を消してしまったのだった。

「朝から行列が出来るような菓子屋だったので、治兵衛さんも最初のうちは案じていなかった。辛抱強く並んでいるんだろうな、と思ってね」

しかし、たかが菓子を買いに佐賀町から冬木町に出かけて、六月の日が暮れても帰ってこないのはおかしい。

「菓子屋の方へ問い合わせてみると、人気の菓子は昼には売り切れておりました。店の者は、おとよさんの顔を覚えていなかった。その日初めて買いに行ったので、常連じゃございませんでしたからね」

それでも一晩は待ってから、治兵衛は番屋に相談した。自身番の方でも皆が案じてくれて、人手《ひとで》を集めておとよを捜《さが》した。掘割《ほりわり》には猪牙《ちょき》を流してくれたというから、いい加減な捜索ではなかった。

「しかし、おとよさんは見つからなかった。まさに煙のように消えてしまったきりでした」

最後におとよの姿を見たのが治兵衛だったし、仲睦《なかむつ》まじいとはいえ、夫婦になって半年足らずだったから、だんだんと治兵衛にも猜疑《さいぎ》の目が向けられるようになってきた。

「当時の深川には、〈老松《おいまつ》の親分〉という年配の岡っ引きがおりました。北一さんはご存じでしょうが、後に千吉親分の親分になる岡っ引きでござんすよ」

老松というのは、盆栽《ぼんさい》が趣味で、とりわけ這松《はいまつ》や老松の鉢《はち》を作らせると名人級の腕前だったところからついた通り名であったそうな。

「ただ、そういう趣味の方が有名になるくらいのお人ですし、還暦《かんれき》を過ぎた年寄りでもござんしたからね。先に立って尻《しり》っ端折《ぱしょ》りして走り回り、謎を解こうとする方ではない」

それよりも、治兵衛にとっては不運なことに、

「人がおかしな死に方をしたり、急に姿を消したりした場合には、まず身内を疑え。そういう知恵を、彫りもののように深く頭に刻み込んでいる岡っ引きでござんした」

実を言うと、北一は千吉親分の若いころの話をほとんど知らない。老松の親分のことも、「おい、千吉」と追い使われるようになったころには、もうけっこうなよいよいだったということぐらいしか聞いたことがなかった。

それを不思議に思う折もなかったけれど、万事に大らかで隠し事のなかった千吉親分が、自分の親分のことには黙りがちだったのには、それなりの理由《わけ》があったのかもしれない——北一は、蕎麦湯をすすりながら考えた。

「老松の親分のそういう態度は、村田屋を囲むまわりの人たちにもだんだんと影を落としていって、治兵衛さんは腫れ物に触るように扱われるようになりました。番屋にも何度か呼び出されれ、本所深川方の旦那から、聞き取りという名目でお調べを受けるようにもなってしまって」

治兵衛は身の潔白《けっぱく》を訴え、おとよの身を案じている、どうか深川の外にも回状を出すなりして捜してほしいと懇願《こんがん》した。だが、事は動かなかったし、進まなかった。

「水無月の半ばに、さっき北一さんもご存じだったように、千駄ヶ谷の森のなかというとんでもない場所で、おとよさんの亡骸が見つかるまでは」

おとよは出かけたとき着ていた着物のままだったが、髷と帯が乱れ、履《は》き物は脱げていて、

近くからも見つからなかった。左の乳の下を刃物で一突きされた傷があり、その傷が心《しん》の臓《ぞう》にまで達して絶命したらしかった。

「両手にも両足にも縄のようなもので縛《しば》られた痕《あと》が、口には猿ぐつわを噛まされた痕がございました。これは擦《す》り傷や痣が残っていたということでござんしょうね」

亡骸の傷《いた》み方から推《お》して、死んでから二、三日。ということは、おとよは姿を消してから十日ぐらいは生きていて、どこかに囚《とら》われていたか、留《とど》まっていたということになる。

北一はつい、口を出した。「縛られてたってのに、おとよさんが自分から進んで留まってたなんて、考えられねえ」

おでこは北一を宥《なだ》めるように、ついと大きなおでこを前に出してきた。

「はい、なかなか考えにくうござんすが、たとえばの話、誰か治兵衛さんの知らぬ男と駆け落ちをして姿を消したものの、日にちが経つうちに後悔して、おとよさんは村田屋に帰りたくなった。しかし男の方はそれを承知せず、揉め事になって、おとよさんはとうとう縛られてしまった——ということもあり得るわけで」

北一は何も言えなくなって、「ぐう」と言った。

おでこの目尻に、やわらかい笑いじわが浮かんだ。「手前が北一さんぐらいのころは、仲良しの友だちが今の手前のようなことを淡々《たんたん》と言って、手前の方がぐうと言う役回りでござんした。北一さん、もう少し蒸しようかんをあがりますか」

おでこがようかんを切って出してくれるのを眺《なが》めながら、北一はおつむりを回してみたが、やっぱり「ぐう」しか出てこなかった。

「北一さんは治兵衛さんご夫婦に同情しているんですから、見方がそちら寄りになるのは当たり前のことでござんす」

おでこの口調には棘《とげ》も嫌みもなく、上から教え諭《さと》す響きもなかった。

「とはいえ、それをこらえて物事を平《たい》らに見ないと、三十年近くも解決せぬままになっている事件を解きほぐすなんて、とうてい無理なことでござんすよ」

なぜならば、これまで誰も考えず、誰も目を向けず、誰も耳を傾けなかったことが、真相につながっているのだろうから。誰でも思うこと、思いたがること、疑いたがること、疑いたがらないことに気を取られていては、二十八年分の堂々巡りをもう一周重ねるだけになってしまう。

「……よく心得ておきます」

おでこはニコニコしながら新しいようかんの一切れを口に運ぶ。北一もそれに倣《なら》った。口のなかの甘みすら苦《にが》い。

「老松の親分はどこまでも治兵衛さんを疑っていましたが、幸い、本所深川方の沢井の旦那……今では隠居なさっていますが、沢井蓮十郎《れんじゅうろう》様でござんすね、あの旦那が功を焦《あせ》らず、治兵衛さんがおよさんを殺《あや》めたと決めつけるには、つじつまの合わないことが多すぎると押さえてくださったんで、治兵衛さんは番屋に引っ張られることも、拷問《ごうもん》で白状を強《し》いられることもなく済んだわけでございます」

さらに、治兵衛に嫁ぐ前のおとよが、二年ほどのあいだだったが、浅草観音の門前町で茶屋娘として人気者だったことがわかってくると、ゆっくりとではあるが、潮目《しおめ》が変わり始めた。

「当時の茶屋の女将《おかみ》さんが、おとよさんにしつこく言い寄る客が二、三人いたことを話してくれまして、下手人はその恋着《れんちゃく》男《おとこ》たちのなかにいるのではないかと……。特に沢井の旦那は、そちらの方を重く考えておられたそうでござんす」

どきりとするねただ。北一は勢い込んだ。「それで、その線は」

おでこは残念そうにかぶりを振った。「その三人、まず身元の知れていた二人は、おとよさんを拐《かどわ》かしたり、どこかへ閉じ込めたあげくに千駄ヶ谷くんだりまで連れていったりするような暇も手管《てくだ》もないことがわかりました。ありていに申しますと、借金を抱えた商家の放蕩《ほうとう》息子と、酒好き女好きで女房に逃げられた手間大工《てまだいく》だったんでございます。この大工の方は、中気《ちゅうき》で左手が動かないという念の入りようでござんした」

残りの一人は、おとよが茶屋で働くようになったばかりのころの客で、やたらと熱心に通ってきていたが、近頃は姿を見せていなかった。本人がしゃべっていたことをつなぎ合わせ、どうにか住まいを突き止めて訪ねてみたら、

「下谷広小路《したやひろこうじ》の矢場《やば》で、酔っぱらって他の客と矢取女《やとりおんな》を奪い合い、おとよさんの事件がある三月《みつき》も前に、刺されて死んでおりました」

つかんだかと思えた手がかりは切れ、光明《こうみょう》も消えてしまったのだった。

「これらのことは、ただのまた聞きや推量ではござんせんよ」と、おでこは続けた。「この聞

き込みでは、当時はまだ隠居したばかりだった茂七大親分も知恵を出し、政五郎親分が動きましたからね」

深川の事件で、本所の親分が動いたのか。

「岡っ引きの縄張《しま》というものは、もちろん軽《かろ》んじちゃいけませんが、後生《ごしょう》大事に守らなきゃいけないものでもござんせん。大切なのは、手札《てふだ》をくださる旦那のお考えに沿って動くこと。そして、できるだけ正しい筋を見つけること」

おとよの拐かしと殺害は、酷《むご》くて忌《い》まわしい大事件だった。何としても解決し、下手人を挙げたい。老松の親分と意見が合わなかった沢井蓮十郎は、茂七と政五郎という本所の手練《てだ》れ岡っ引きの手も借りようとしたのである。

「政五郎親分は、何度か千駄ヶ谷にも足を運び、あちらは町家が少ないので、自身番ではなく武家屋敷の辻番《つじばん》頼みになりまして、それがまたやりとりを面倒にしたという難もござんしたが、とにかくずいぶんと聞き歩きをしたもんでござんす」

しかし、これという手がかりは見つからなかった。

――何もないはずはねえ。何もかもうまく隠されている。あるいは、ここら地元の連中も、何かが起きているのに気がついていない。そのどっちかなんだろう。

「あの当時、千駄ヶ谷の森のあたりは、昼でも薄暗い、狐《きつね》や狸の巣のような場所でござんしたから」

物《もの》の怪《け》の方が幅を利かせており、人の目は届かなかった。

「本所深川も、今よりまだ空き地が多うござんしたし、新開地の風が残っていたと申しますかね」

町筋は薄べったく、掘割の水に映る夜の闇は濃かった。

――それでも、あのころ千吉親分が深川を仕切っていたならば、違う目が出たこともあったろうに。

「政五郎親分は、そう言っておりました」

先《せん》にも聞いて、北一の心を熱くしてくれた言だ。政五郎親分は千吉親分を買っていたし、信頼していた、と。

「もう一つ、茂七大親分がおっしゃっていたことがござんす」

――こういう尖った事件が起きたときは、他所《よそ》で似たような事件がないか探してみるのが肝心だ。あるいは、今は見当たらなくても、今後どこか別のところで起きるかもしれねえ。

「おでこ、よく覚えておくんだぞと、大親分の手で、この額を軽く撫でていただきました」

おでこが指先で、自分の鼻の頭をさす。

「北一さん、この件では、手前は顔をしかめてこめかみをつついたり、おつむりの中にしまってある出来事をぎゅるぎゅる巻き直しながらお話しするという、みっともない真似をしておりません」

けっしてみっともないなんてことはないが、確かに、つい先月のことを語るように話してくれた。

「それはね、おとよさん殺しのことが、つい先月起こった事件のように、心に焼き付いているからでござんす」

酷い事件だった。治兵衛があまりにも気の毒だった。解決したかったのに、届かなかった。そのせいで、下手人は、今もお天道様の下を大手《おおで》を振って歩いている。

「許せない。いつかこの人でなしを捕まえてやりたい。ずっとずっと、そう心に留めて過ごしてまいったんでござんす」

それは千吉親分も同じだった、という。

「千吉親分が老松の親分の跡を継いだとき、政五郎親分に挨拶しに来てくださいましてね。本所元町で政五郎親分のおかみさんが切り回していた蕎麦屋で、二人で呑んで語る機会があって」

その場で、千吉親分が言ったのだそうだ。

――これから何をどうするか、尻の青いあっしには手探りのことばっかりですが、佐賀町の村田屋の事件は、いつかきっと解決したいんですよ。あの非道な殺しの下手人を、この手で引っ捕《と》らえてやりたい。

北一はぽかんとした。うちの親分が、それほどはっきり言葉にしていたなんて。

「その時点で、おとよさん殺しから十四、五年は経っておりましたから、政五郎親分も驚いたそうでござんす」

千吉親分の執念《しゅうねん》と、消えぬ怒りを感じたからである。

「おいら、聞いたことありません」

おでこは笑った。「そりゃあ、文庫の振り売りの北一さんには何も聞かせなかったでしょう。でも、千吉親分が達者でいらして、北一さんが今のように、岡っ引きの見習いとしてもきりきり働けるところを見せていたら、きっと腹を割って話していたろうと思いますよ」

北一はおでこの顔を見つめた。口のなかの甘みも苦みも消え、鼻先のツンも消えて、心の臓のあたりがほのかに熱くなってきた。

「この件の覚え書きを作ってござんすが、だいぶ前にこしらえたきりのものなので、紙が焼け墨《すみ》が薄れていることでしょう」

顔の前に指を三本立て、「三日ください」と、おでこは言った。「新しい写本を作ります。それに加えて、あくまでも手前が見聞きすることができた限りではござんすが、これまでに市中で起きた拐かしや、女が殺された事件についての記録も集めて揃えておきましょう」

ありがたい。百人力《ひゃくにんりき》だ。

「そのあいだに、北一さんはまず富勘さんとお話しになるといいと思いますよ。治兵衛さんにはいつどのように北一さんの腹づもりを打ち明けるか、それも富勘さんと相談するのがいちばんでござんしょう」

行き届いた助言に、北一は居住まいを正して、「へえ、かしこまりました!」と言ってしまった。文庫の注文を受けたときと同じで、なんとも間抜けな返事だ。しかし、それでよかったらしい。おでこの三太郎は、

「手前も、できる限りお手伝いいたしましょう」

見事な張り出しおでこを、ぺちん！　と打ってみせてくれた。

六

明くる日、振り売りの途中で運よく富勘をつかまえることができたので、北一は相談を持ちかけてみた。富勘はすぐ応じてくれて、

「じゃあ、『とね以《い》』で夕飯を食おうじゃないか」

富勘長屋の近くにある飯屋である。

「今の時季は湯豆腐が旨いんだ。静かだから、込み入った話をしやすいし」

富勘は二階の小座敷を取っておいてくれて、北一が一日の商いを終え、冬木町のおかみさんに挨拶してから出向いてみると、アンコウの肝《きも》を肴《さかな》に、上機嫌でちびちび呑んでいた。

「何かいいことがあったんですかい」

「新しい年が来たんだ。それだけだって充分いいことだよ」

私《あたし》ぐらいの歳になれば、きっと北さんも身に染みるさ。

「無事に一つ歳をとれるってのは、これ以上ないくらい目出度《めでた》いことなんだ」

北一が座ると、熱々の土鍋《どなべ》が運ばれてきた。酒はおしるしだけ付き合って、北一はもっぱら豆腐と鱈《たら》を頬張《ほおば》った。富勘の口上《こうじょう》どおりの味で、総身に旨味が染み渡って温まった。

おでこを訪ねてからこっち、一日とはいえ、あれこれ考えていて何を食っても上《うわ》の空だった。いい店に誘ってもらえたと、舌鼓《したつづみ》が止まらなかった。

「締めにはこの出汁《だし》で卵雑炊《ぞうすい》を作ってくれるから、その分だけ胃の腑《ふ》を空けときなよ」

湯豆腐で腹の虫が落ち着くと、北一は相談の詳しいことを切り出した。話を聞いてゆくにつれて、富勘は目の周りを赤くしたまま、だんだんとしぼんだような表情《かお》になった。

「そうか、もう二十八年前のことになるんだね」

死人は歳をとらないもんなあ、と呟《つぶや》いた。

「おとよさんは二十歳のまんま。治兵衛さんは私と同じ五十路間近の男になって、後添《のちぞ》いももらわず、男やもめだ」

あの人の心は、おとよさんと一緒に墓に入っちまったんだよね――

富勘は、おでこの三太郎が語ってくれた以上に、当時の治兵衛がおとよ殺しの筋で深く疑われ、ひどい扱いを受けていたと教えてくれた。貸本屋の商いにも障りが出て、いっときはお店をたたむか、兄の興兵衛に返して、治兵衛は深川を出てゆくことも考えていたそうだ。

「それを興兵衛さんが叱って諭して、思いとどまらせたんだよ」

――逃げたら、もっと疑われるだけだ。

「村田屋の兄弟に忠義一途《いちず》の箒三《ほうぞう》さんも、一生懸命に治兵衛さんを守って、励ましてさ。店先でいい加減な噂をしゃべり散らす奴を、ホントに箒を振り回して追っ払ったこともある」

ほうぞう。「村田屋にいる、枯れ木みたいに痩せた爺さんのことですか」

「そうそう。あの人は先代からの大番頭で、村田屋の心だよ」

北一は、挨拶されたこともしたこともない。でも、治兵衛のそばにそういう忠義な人がずっといることは、よかったと思った。

富勘は猪口を持ったまま苦い顔をして、「だけどさ、そんなのは焼け石に水でね」

まわりの人びとの、治兵衛に対する猜疑の眼差《まなざ》しは消えなかった。今も、北一が事件を調べ直して埋《うず》み火《び》をかき立てれば、しぶとく蘇《よみがえ》ってくるだろう、と言った。

「末三さんのように、ああいう凶事に遭う人は業が深いんだと嫌うのは、まあ愚《おろ》かだけどね、まだマシなんだよ。下手人がわからんままじゃ落ち着かない、いっそ亭主がおとよさんを手に掛けたっていう方がすっきりするって、ただそれだけの気分で治兵衛さんを女房殺しだと思い込んでいる者が、けっこういるのさ」

解決しない謎は毒だ。身の毒、気の毒、人生の毒になる。だったら偽《にせ》の解決でも、ないよりはあった方がいい、と。

「言ってる私にも、事が違えばそういう癖が出ることもあるから、誰も責められない。治兵衛さんをかばってやれるだけの材料もない。辛いだろうなあと、遠くから見てるだけの二十八年間だった」

旨い湯豆腐で温まった北一の胃の腑が、底の方から冷えてゆくような気がする。

富勘が横に長い目をしばたたき、しゃくれ顎をついと持ち上げると、

「勝算はあるのかい、北さん」と訊いてきた。

すごく答えにくかった。

「今は何とも言えません」

「だろうなあ」富勘は手酌でまた一杯呑んだ。「念には念を入れて訊いておくけども、北さんは、治兵衛さんが疑わしいとは思ってないんだね」

まさか、富勘からそう尋ねられるとは思わなかったぜ。

「疑う材料がありませんよ」

「そうかねえ。たとえば、おとよさんには別に情夫《いろ》がいて、そいつと駆け落ちしちまってさ。怒った治兵衛さんが二人を追っかけて追い詰めて、とうとうおとよさんを殺《あや》めてしまったって筋書きもあるんじゃないかねえ」

言って、猪口を持った手をそのまんま挙げて、北一の反論を遮った。「これは、あのころ当の治兵衛さん本人が言ってたんだよ。自分が疑われるのは、そういう筋書きだろうって」

さもありなん。治兵衛は物事を筋道立てて考えられる人なのだ。痛ましいくらい、頑《かたく》なに。

「その説では、情夫はどうなるんでしょうかね」

「さあ、逃げたのか、そっちも治兵衛さんの手にかかっておだぶつで、別のところに埋められた。そんなところかね」

焼き餅よりもよくふくらむ説だなあ。

「昨日、おでこさんと話してて、いいことを教えてもらったんです」

正しくは、茂七大親分の教えだ。

「こういう尖った事件が起きたときは、似たような事件が他所《よそ》で起きていないか、気にしてみた方がいいって」

北一の言いたいことが伝わらないのか、富勘は細い目をいっそう細め、酔いが回って赤らんだしゃくれ顎をついと持ち上げた。

「他所で起きてたら、どうだっての」

「同じ下手人の仕業《しわざ》かもしれません。おとよさんの件では手がかりを残してなくても、他の事件では何か残してるかもしれませんせん」

富勘の尖った喉仏《のどぼとけ》が、ごくりとした。

「ってことは……何なのさ」

「おとよさん殺しには、おいらたちが当たり前に思いつくような筋書きはないんじゃねえかってことです」

情夫とか駆け落ちとか、亭主の悋気《りんき》とかはお呼びでない。

「下手人は、おとよさんの知り合いじゃねえ。少なくとも、おとよさんとおとよさんのまわりの人たちとは関わりがなかった。だから、いくらその筋を調べたって無駄だったんだ」

この殺しは、鉄砲水《てっぽうみず》みたいなものだったのではないか。おとよは何も知らず、知りようもないところに理由があって、二十八年前の水無月の朔日に、突然それが押し寄せてきた。

「大人《おとな》の女を掠《さら》って、遠くへ連れていって十日もどこかに閉じ込めて、しまいには刺し殺して亡骸を藪に捨てる。下手人は、そんな手間と金をかけられる野郎です。もしかしたら、一人じゃねえのかもしれない」

誰か、この非道な行いを手伝う者がいるのかもしれない。それを思うと、北一の腕には鳥肌《とりはだ》が浮いてくる。

酔っぱらいらしく、膳の端に肘《ひじ》をついていた富勘が、やおら身を起こした。小さいしゃっくりを一つして、「確かに、えらく大がかりなことだよ」

「へえ。だから、おとよさんの一件だけじゃなくて、他にもあるんじゃねえかと思うんです」

富勘はしげしげと北一の顔を眺めると、ちょっと遠くへ目を投げて、言った。

「……千吉親分も、おとよさんの件をずっと気に病んでいたんだよ」

事件が起きたときは、親分はまだ子どもだった。深川の端っこに住まっていた青二才《あおにさい》で、ゆくゆく自分が土地の岡っ引きになるなんて、初夢でも思いもしなかったころだろう。

「それでも、十手《じって》持ちになったばかりのころから、言っていたからね」

――佐賀町の村田屋の事件を何とかしたい。

北一は大きくうなずいた。「おでこさんからも、そのへんは聞かしてもらいました。すごく親分らしいことだと思います」

ちょっと喉が詰まってしまったので、空咳《からぜき》をしてごまかした。

「できたら、おいらも親分から直に聞きたかった。そしたら、もっと気合いが入ったでしょう」

富勘は酒臭い鼻息をふんと吐《は》いた。「今だって、気合いが入りまくりだよ。鼻息だけじゃ何も進まないんだから、気をつけておくれ」

笑ってはいるが、眼差しは緩んでいない。

「二十八年前と同じことを掘り返す必要がないのなら、治兵衛さんにはまだこのことを伏せておいた方がいい。年月が経って、細かい事柄はさすがにおぼろになっても、胸の痛みは薄れちゃいない。あの人に何か尋ねるのなら、どうしても本人に聞かなきゃならねえことが出てきてからにしてやっておくれ」

富勘の治兵衛に対する思いやりを感じた。もっともな助言だ。

「おいらが騒がしく動き回って、治兵衛さんを苦しめるだけでしたって下手《へた》を打たねえように、重々心がけます」

「頼みます。ああ、そのかわり、沢井のご隠居旦那からは話を聞いた方がいい。あの旦那が、蜂の頭ほども疑っちゃいなかったおかげで、治兵衛さんは伝馬町《てんまちょう》送りを免《まぬか》れたんだから」

沢井蓮十郎は、ひい、ふう、二年前になるか、隠居すると同時に八丁堀の組屋敷を離れた。奥方はとうに亡く、跡継ぎの嫡男《ちゃくなん》・蓮太郎も一人前になったから、身一つで気楽な趣味人の暮らしを始めたのだ。北一が聞き知っている限りでは、本所の北にある小村井《おむらい》村に藁葺《わらぶ》き屋根の家を借りて、飯炊《めした》きの婆ちゃんとその倅《せがれ》に身の回りのことを任せて気ままにしているそうな。

「羨《うらや》ましい限りのご隠居様さ。こぢんまりした家だけど、立派な水車がついていてな。水の音がまた心地いいんだ」

とはいえ、浮世《うきよ》の雑用の全てが消えてなくなったわけではないから、富勘はたまに隠居旦那と顔を合わせるという。

「この件は、私から話を通しておこう。返事をもらったら、北永堀町の番屋に言伝《ことづて》しておくよ」

話が一段落したところに、とね以の主人が冷や飯と卵を持って上がってきて、雑炊をこしらえてくれた。鍋一杯分の熱々の卵雑炊は、ほとんど北一の胃の腑に入ってしまった。富勘はいつになく酒ばかり呑んでいた。


冬木町のおかみさんは、本来ならこの件を真っ先に相談するべき相手だ。でも今回は、もしも、

「今さら昔の事件を探ってもいいことはない。やめておきなさい」

と忠告されても、北一は諦める気がなかった。だから、敢《あ》えて三番目に話をした。おでこからも富勘からも千吉親分の思いを聞かせてもらうことができたので、結果としてそれでよかった。

おかみさんは全然驚かなかったし、北一のやる気を尊重《そんちょう》してくれた。

「北さんが思うとおりにやってみればいい。ただ、結果の方が思うとおりにならなくても、逃げずに受け止めるんだよ」

つまり、おかみさんもおでこや富勘と同じ意見なのだった。北一がおとよ殺しの下手人を挙げたとしても、末三じいさんが村田屋治兵衛を厭《いと》う気持ちは変えられないよ、と。

「だから、目的がそれだけならば、やめておいた方がいいけれど……」

「いいえ、おいらはこの事件を解決したい。下手人を見つけたいんです」

それが千吉親分の願いでもあったと知ったからには、引き返すことはできない。北一はその気持ちをしっかりと言葉にして吐き出した。

おかみさんは閉じた瞼を震わせ、一つ、二つとゆっくりうなずいてから、こう言った。

「なんだか、昔の親分と話してるみたいだ」

それから、おかみさんが覚えている限りの親分の言葉を教えてくれた。村田屋の事件については、まるっきり筋が違う揉め事（夫婦げんかや親子の諍《いさか》い、金や物の貸し借り、色恋《いろこい》のもつれ）を解決したり取りなしたりしたときでも、ふっと思い出したように言い及ぶことがあったという。

――こういう笑い話に近いようなことを収めるのがお役目だとわかっちゃいるが、俺の足腰が達者なうちに、佐賀町の大きな忘れ物を取りに行く機会があってほしいよ。

おとよの身にいったい何が起きたのか。下手人はどんな野郎だろう。人の心を持っているのか。おかみさんと二人で話し合うことも一度や二度ではなかったそうで、

「親分も、おかみさんの知識と勘を頼りになさってたんですね」

「そんな大げさなことじゃない。ただ、女の側から考えると、違う筋が見えてくるかもしれないとは言ってたね」

というのも、千吉親分は、この殺しは恨みによるものだと判じていたからである。それも、恨みの対象はおとよではなく、治兵衛の方だったと。

「下手人はおとよさんを掠って殺めて、亡骸を捨ててさらし者にした。親分はこの三つの非道

のなかでも、とりわけ三番目の〝さらした〟ことが強く引っかかっていなさった」

おとよの亡骸が見つからず、行方知れずのままだったならば、治兵衛は（伝馬町送りをきわどく免れるほどに）深く疑われることも、咎められることもなかったろう。

「おとよさんが誰か他所の男と駆け落ちしたんじゃないかって、ひそひそ気の毒がられたり、馬鹿にされることはあってもね。それで済んでいたんじゃないか」

しかし、酷い目に遭わされたことが一目でわかるおとよの亡骸が出てきたことで、治兵衛は一気に逆風を受けることになってしまった。千吉親分は、この成り行きを重くみていたのだという。

「まず、下手人が人気の茶屋娘のおとよさんに岡惚《おかぼ》れしていた男で、想《おも》いを遂《と》げたい一心で掠ったのだとしたら、おとよさんが治兵衛さんに嫁ぐまで待っていたのが腑に落ちない」

おとよが人妻になる前に——下品な言い方をするならば治兵衛の手がつく前に、まっさらのおとよを掠おうとするのではないか。

「それとね、亡骸の始末《しまつ》の仕方もおかしい。岡惚れ男がおとよさんを己《おのれ》のものにしようと掠ってみたのに、思うようにはいかなくて殺してしまった場合には、亡骸を捨てたりしないんじゃないか」

おとよの「死」そのものを隠蔽《いんぺい》するために。あるいは、亡骸でさえ治兵衛のもとに返さず、己の独《ひと》り占《じ》めにしておくために。

「見つかった亡骸は裸足《はだし》だったけれど、腰巻きをつけて着物を着て、帯も乱れてはいたけれど締めていた。だから、おとよさんは亡骸になってから捨てられたんじゃなくて、生きているうちに本人の意思で逃げ出したんだけど、走り疲れて、あるいは道に迷って、履き物も脱げてしまって、逃げ切れぬうちに千駄ヶ谷の深い森のなかで下手人に捕まってしまって、あの場で殺されたんじゃないかという考えも持っていらしたね」

おかみさんの言を聞きながら、北一は何度も目玉がくるくるひっくり返るのを感じた。目からうろこでは追っつかない。物事を見る目——見る角度を変えると、こんなにも違う考えが出てくるものなのか。

慌てて矢立《やたて》を取り出し、武部先生の奥様から「お年玉がわりに」と頂戴した懐帳面《ちょうめん》に書き記していると、その筆先の音を聞き取ったのか、

「北一、いい帳面をもらったね」と、おかみさんは言った。「でもその筆は、だいぶ年季が入っているようだ。〈勝六《しょうろく》〉さんに頼んで、頃合いのを持ってきてもらうといいね」

勝六とは、日本橋通《とおり》四丁目にある筆墨硯《ふですみすずり》問屋「勝文堂《しょうぶんどう》」の六助《ろくすけ》という手代だ。縮めて勝六が通り名なのである。

「そういえば、勝文堂さんも村田屋さんとは永い付き合いがあって、おとよさんの事件では、先代がずいぶんと治兵衛さんを案じていたそうだよ。いっそ佐賀町のお店をたたんで、日本橋に移ってきたらいいと勧《すす》めていたとか、親分から聞いたねえ」

おかみさんもよく覚えていてくださる。

「親分はその案、どうおっしゃってましたか」

「騒動のさなかに逃げていたら、かえって悪い方に転んだだろうって」

――興兵衛さんも治兵衛さんも我慢強い人でよかった。

その言も書き取りながら、北一は考えた。治兵衛に対する恨みは、村田屋という繁盛《はんじょう》している貸本屋への妬《ねた》みそねみから生じたものと考えることもできるのではないか。

「村田屋さんをやっかんだ商売敵《がたき》が、治兵衛さんの嫁取りっていうおめでたいことをひっくり返すように、ひどいことをやったって筋はあるでしょうか」

北一が言うと、おかみさんは眉間《みけん》に浅いしわを寄せた。

「あるかないかというだけなら、あり得るだろうね。だけど貸本屋業は、間違ったってお大尽《だいじん》になれる商いじゃないから……」

貸本屋が百軒集まったって、紀伊国屋文左衛門《きのくにやぶんざえもん》には届かない。

「はて、繁盛のほどだけを種にして、人を殺めるほどのやっかみが生まれるもんかしら」

「でも、村田屋は貸本屋だけじゃありませんよね。興兵衛さんの書物問屋の方もあります」

言いながら、北一ははっとした。自分で吐いた言で閃《ひらめ》いたのだ。

もしかして、恨みを買っていたのが、書物問屋の方だったとしたら。興兵衛が何らかの間違いをしたとか、お得意を怒らせるようなことをしでかしてしまって、それが貸本屋の治兵衛の方へ飛び火したとか――

書物問屋の方には、武家のお得意がついている。名のある文人墨客《ぶんじんぼっかく》もいる。

北一は息を止めて、走る考えも止めた。思いつくそばからペラペラしゃべるのはバカのやることだ。油紙に火がぼうぼうだ。

「まあ、当て推量をしてたら、きりがない」

おかみさんも、気を取り直したように言った。

「北さん、くれぐれも慎重《しんちょう》に動くんだよ」

「へい。治兵衛さんにまた辛い思いをさせねえよう、これ以上ないくらい気をつけます」

おかみさんの目尻がきっと上がった。「それだけじゃない。相手は人掠いの人殺しなんだ。あんたの命も大事にしなさいと言ってるんだよ」

ありがたい言いつけだ。まあ、そんな心配をしなければならないほど、すいすいと下手人に迫れたら苦労はないんだけどなあ。


釜焚き場の闇のなかで、長命湯の釜に火がぼうぼうと燃えさかるのを眺めながら、喜多次が一本調子に数を数えている。

「……八十七、八十八、八十九」

百まで、あと十一回。北一は、喜多次の背後にあるごみの山に立てかけられた分厚《ぶあつ》くて真っ黒けな板きれに鉋《かんな》をかけている。躰の正面、顎の高さに鉋を構え、両手で板きれの上を滑《すべ》らせるのだ。これを五十回やったら、一休み。で、合計で二百回までかけねばならない。

「最初だし、まだ青黒い痣が消えきってねえから、二百にしとく。すっかり治ったら、三百回が振り出しだ」

北一が滑《なめ》らかに鉋をかけられるようになったら、どんどん回数を増やしてゆくのだそうな。

「こんな、のが、たん、れん、に、なるのか、よ?」

腕を使い、鉋を上下させるたびに肘も膝も曲げ伸ばす。腰を落とし、また持ち上げる。最初のうちは「何だよ、こんなの」と思っていたが、五十回を終えたら息があがっていた。この板きれ、めちゃくちゃ硬《かた》いし、鉋はなまくらで刃が立たないのだ。次の五十回はじわじわと辛くなってきて、くたびれて背中が丸まると、喜多次に心張《しんば》り棒で叩かれる。膝の曲がりが浅いと、膝の裏を叩かれる。

この真っ黒けな板きれは、喜多次がはるばる赤坂《あかさか》の溜池《ためいけ》あたりからもらってきたある武家屋敷の床板《ゆかいた》で、黒いのは煤がついているからだという。

「もらい火で焼けて、取り壊された屋敷なんだ。床板が済んだら、壁板もある」

建物の柱じゃなくて壁や床板なのに、厚みがたっぷり二寸(約六センチ)はある。

「討ち入りに備えた造りなんだとさ。それだけ厚いと、火にも強いしな」

「だって、焼けちまったんだろ」

「焼けて潰《つぶ》れたわけじゃねえ。みっともねえから、焼け残りを取り壊したんだ」

いたずらに厚く丈夫な板は、一枚が畳一枚よりちょっと長く、幅も広い。いっぺん水をかぶっているので、そのまま割って釜に放り込むと、燻《くすぶ》るばかりで燃え上がらず、下手をすると煙が湯殿に回ってしまってお客に怒られる始末となる。

「だから、鉋で削ってぺらぺらにしてから燃やすんだ。鉋っくずまで焚き付けになるから、強い火が燃えていい湯が沸く。あんたも終《しま》い湯をもらってくといい」

ついでに湯殿の掃除もしろというのだ。

「あんたはまず、そのひょろっこい筋肉をどうにかして太くしねえと、何にもできねえ。それには、この鍛錬《たんれん》がいちばんなんだ」

百回までこなして、北一はその場にしゃがみ込んだ。はあ、はあ。

「肺腑《はいふ》も小せえんだな。次の五十回は、腕を下ろして膝を曲げて鉋をかけるときは息を吐き、腕を上げて膝を伸ばして立ち上がるときは息を吸ってみろ」

それじゃ絶対に息が続かなくなる。もっと小刻みに吸ったり吐いたりしなくちゃ、苦しくてやってられない。「無理だよ」

「はじめは、何だって無理なんだよ。続けてゆくうちに、無理が無理じゃなくなっていく。それが鍛錬ってもんなんだ」

はあ、はあ。北一は深く息をした。人生でいちばん長い溜息《ためいき》になった。

「おまえもこんな鍛錬をして育ってきたのか？」

問いかけを、喜多次は鼻先で笑った。釜から溢れる赤い光のなかで、乱れた前髪が鼻息でふわりとするのが見えた。

「骨と肉を丈夫にするには、いろんなやり方があるのさ。一休みはしまいだ。ほら、立った立った」

その夜、客が引けてから二人で湯殿の掃除をして、火の始末をして、真っ暗な釜焚き場の隅にある喜多次のねぐらまで戻ってきたところで、ようやく村田屋の話をすることができた。

「二十八年前の人殺しを捜しに行くのか。ご苦労なこった」

喜多次でも、人を茶化《ちゃか》すことがあるらしい。こっちも茶化し返してやりたいところだったけれど、北一は躰ぜんたいが砂袋のように重たくなっていて、「うん。ホントにご苦労だ」と、情けないくらい正直にこぼしてしまった。

「どこまでやれるかわからねえ。けど、人殺しを追っかけるんだから、このあいだみたいに一蹴りで潰されちまうおいらじゃ駄目だ。鍛錬は続けるから、よろしく頼む」

喜多次はおどろ髪を引っ張って梳《す》きながら、黙っていた。北一は、じっとしているところこのまま寝てしまいそうだったから、腰を上げた。

「じゃ、また明日」

ふらふらと歩き出したら、低い声が追いかけてきた。北一は歩きながら居眠りしていて、都合のいい夢を見ているのかもしれないが、その声はぶっきらぼうにこう言った。

「しょうがねえ。手伝ってやるよ」

七

約束どおりの三日後の朝、おでこの三太郎が揃えてくれた一抱えの写本を届けてくれたのは、勝文堂の六助だった。

「昨日の午後、おでこさんのところへ御用聞きに行ったら、北一さんへの届け物がじきに出来上がるところだっていうから、お使いを志願したんでござんすよ」

北一は顔を洗ったばかりで、湿《しめ》った手ぬぐいをぶらさげていた。

「こりゃお手間をかけました。寒いから、とにかく入ってくださいよ」

四畳半に通したところで何もない。さてどうするかと思っていたら、隣のおしかがたっぷり白湯の入った土瓶《どびん》と、冷や飯を盛ったどんぶりを二つ持ってきてくれた。沢庵《たくあん》の小どんぶりもついている。

おしかは勝六に頭を下げて、「勝文堂さん、お勝手の女中さんに、今日のうちにご注文の粕《かす》漬《づ》けをお届けしますと伝えてもらえますかね」と言った。

「あいあい、承知しました」勝六は嬉しそうに請《う》け合った。「ってことは、今夜あたり、あの粕漬けが食えるんだな。楽しみだあ」

北一の隣のおしかと鹿蔵《しかぞう》は夫婦で青物売りをしており、売れ残った葉ものや根菜《こんさい》をおしかが漬物《つけもの》にして一緒に売っている。それだけでも振り売りにしては上々の売り上げを得ていたのだが、去年の春先から、寅蔵に頼んで旬《しゅん》の魚の切り身を安く売ってもらい、それを味噌漬けや粕漬けにして売り物にし始めたら、たちまち売り切れてしまうほどの評判になった。で、懐具合が暖かくなると、もともと優しい人たちだから、食うことに追われているくせに忙しすぎて飯まで頭が回らない北一のために、何かと用意してくれるのだ。

おしかと鹿蔵は、北一から金を取る気はさらさらなさそうなのだが、こっちはそこまで甘えることはできないので、半月ごとに決めた銭《ぜに》を払い、しっかりお礼を言っているし、たまに甘い物なんか買ってきてお土産にすると、夫婦で大喜びしてくれるから楽しい。富勘長屋は、富勘が差配をあずかっている長屋のなかでも指折りのおんぼろだけど、店子《たなこ》仲間はいい人たちばかりだ。

「すごいなあ。おしかさんの粕漬けは、日本橋通町まで知られてるんだね」

「旨い旨いって、俺《おれ》が言い広めたからね」

勝六はあけっぴろげに得意げな顔をした。輪郭《りんかく》がへちまというか、ひょうたんというか、ちょっと独特の形をしていて、糸目《いとめ》で鼻も細く、くちびるも薄い。どちらかといえば悪相《あくそう》なのに、愛嬌《あいきょう》があっておしゃべりが上手《うま》いから人に好かれる。当然、お客も大勢つかんでいるという不思議な男だ。

一緒に湯漬けをかき込みながら、北一がおかみさんに勧められた矢立の筆のことを持ちかけてみると、勝六はすぐ商人《あきんど》の顔になった。

「まず、北さんの矢立を見せておくれよ」

取り出して見せると愉快そうに笑って、

「こりゃ、使い込んでるね。矢立ごと替えた方がいいよ。筆一本分のお値段で済む古ものを見繕ってあげるから、任せておくんなさい」

つるつると舌が回るおしゃべりだけど、詮索好きではないところも勝六の美点だろう。町奉《まちぶ》行所《ぎょうしょ》の文書係助手《すけて》のおでこさんのところから、貧乏長屋暮らしの北一に、どうして一抱えの文書が渡されるのか。興味がわくに決まっているのに、余計なことは訊いてこない。

逆に、北一には勝六に訊きたいことがあった。

「二十八年前、佐賀町の村田屋の治兵衛さんがいろいろ大変な思いをしたとき、勝文堂さんの先代がずいぶんと案じて力になったって話を聞いたんだけど、さすがにそんな昔のことじゃ、勝文堂の看板男の六助さんも知らないよね」

すると、勝六の糸目の目尻がきりりとした。

「何を寝ぼけてンだか。村田屋のおとよさんの事件のことなら、俺たちの代の丁稚小僧《でっちこぞう》まで、みんなよぉく聞かされて知ってるよ」

先代は高齢ながらまだ達者だし、今の主人はいい意味で説教好きな御仁《ごじん》だそうで、

「村田屋さんは大事なお得意さんだし、うちの旦那さんは治兵衛さんより二つ年下なだけだからね。他人事《ひとごと》のように思えないんだろうさ。俺たち、出商《であきな》いの者《もん》たちにも、何かにつけて言ってる」

――残念だが、世間には私らの思いもつかぬような酷いことを平気でやらかす悪人がいる。おまえたちも出先で、誰かが難儀している様子を見かけたら、放っておいてはいけない。一人ではどうにもできなくても、大きな声を出して騒ぐんだよ。

夫を喜ばせようと夏の銘菓《めいか》を買いに出かけたおとよが、菓子屋の近くのどこか……物陰、路地の奥、たまたま人目が途切れた路上で人掠いに遭ったとき、誰か見ている者がいたならば。大声で騒いでくれる者がいたならば。

「先代と旦那さんの目が黒いうちは、もう二度と、治兵衛さんとおとよさんみたいな辛い目に遭う人を見たくないんだってさ」

だから十手持ちさん、頼んだよ！　威勢よく声をあげておいてから、勝六は首をひねった。

「あれ？　北さんは文庫屋であって岡っ引きじゃないんだっけ。まあ、千吉親分の子分なんだから、どっちだって同じだよな」

いやいや、全然同じではない。ないけれど、今の北一は岡っ引きの見習いめいたことをやろうとしている。

一人になると四畳半を片付け、包みをほどいた。最初に出てきたのは、広げると半畳ぐらいの大きさの切絵図《きりえず》だった。朱引《しゆび》きの外側の村なども描いてある詳しいものだ。一緒に、小さい短冊《たんざく》みたいなものが一包み挟んであった。印をつけたり書き込みをするときは、これを使いなさいということだろう。なんて親切なんだろうか。

文書の方は、厚さにいくらか差のあるものが七冊あった。読みやすい手跡《しゆせき》で「村田屋ノ変事其ノ壱《いち》」「其ノ弐《に》」「其ノ参」と記してある三冊のほかは、無地の題箋《だいせん》が貼ってあるだけだ。これも、北一がいいように題箋を書きなさい、という計らいだろう。

震える手をこすり合わせ、まずは「村田屋ノ変事　其ノ壱」の方を開いた。ひらがなが大半の文字列が並んでいる、図や小さな絵もいろいろついている。件《くだん》の菓子屋の場所。おとよが着ていた着物の柄《がら》。村田屋から菓子屋まで、おとよが歩いたであろう二つの道筋を点線で書き込んだ切絵図。文章の内容は、おとよが行方知れずになった当日の動きと、亡骸が見つかるまでの日々の様子。治兵衛をはじめとする村田屋の人々、菓子屋の売り子、当日おとよと一緒に店先に並んでいた二人の客、村田屋の近所の人々、おとよが働いていた茶屋の女将、おとよと仲が良かった近くの茶屋の看板娘……多くの人びとからの聞き取りが連《つら》ねてある。

次に「其の弐」を開くと、こちらはおとよの亡骸の検視の記録だった。正面と背中面から描いた女の裸体図に、細かい書き込みがついている。

おとよは華奢《きやしゃ》だった。身の丈《たけ》は四尺《しゃく》八寸《すん》ほど（約百四十五センチ）、手足もほっそりしていた。物干し竿《ざお》のようなのっぽの治兵衛と小さいおとよの夫婦は、その点でも目立つ組み合わせだったろう。亡骸の胃の腑は空《から》っぽではなく、躰にも急な飢えや渇《かわ》きの痕跡《こんせき》は残っていなかったので、何かしら食べたか食べさせられていたらしい。

命取りになった刺し傷を除けば、躰には目立つ傷はなかったが、痣は大小とりまぜていくつかあって、きっちり記録されている。下手人はおとよに怪我をさせる気はなかったが、押さえつけたり縛ったりした際に、痣ができてしまったということだろうか。ただ、裸足の足の裏と指の又はきれいで、傷も泥もついていなかった。おとよは刺される前、裸足で歩いたり走ったりしてはいなかったのだ。つまり、自力で逃げてはいなかったということになる。

息を詰めて丁《ちょう》をめくると、おとよが見つかったとき身につけていた着物と帯、腰巻きや紐などが細かく書き出されていた。着物の襟《えり》と腰巻きは汚れが少なく、洗ってきれいにしてから着せた（または着た）形跡がある。皮膚に汚れがこびりついていないことから推しても、下手人のもとに囚われていたか留まっていたかしたあいだ、おとよは着たきり雀《すずめ》ではなく、きれいなものを身につけることができていたようだ。

北一は胸がどきどきするのを感じた。この検視をした役人は、栗山の旦那と同じくらい注意深く、よく気の回るお方だったに違いない。

逸《はや》る気持ちを抑《おさ》え、「其ノ参」から七冊めまでざっと目を通してみた。「其ノ参」は亡骸が見つかってから後の村田屋とおとよ周辺の人びとからの聞き取り集で、四冊め以降はいよいよ「似たようで怪《あや》しい他の事件」の例を集めたものだった。

よし。手早く身支度《みじたく》を調《ととの》え、「其の弐」をきっちり包んだ風呂敷を躰に結びつけて、北一は小舟町二丁目の「あずさ」に向かった。空を踏むような心地で走っていたが、すれ違う人たちの目には、北一が巻き上げる砂煙が見えたかもしれない。

組紐屋には夫婦らしい男女の客が来ていたが、北一と入れ違いに出ていった。お里は店先から組紐台の前に戻ろうとしていて、「あら、北一さん」と笑顔を見せてくれた。

栗山の旦那は、朝から検視が一つあって、

「ぶつくさこぼしながらお出かけになったわよ」

「そうでしたか。実は、旦那に見ていただきたい検視の記録が出てきたんです」

北一は包みから「村田屋ノ変事　其ノ弐」を取り出してお里の前に置き、事情を説明した。

お里はかすかに眉根を寄せた。「それじゃ、これは大事なものなのよね。元の文書から作った写しは、この一冊だけなんでしょう」

「はい。ですが、旦那にはよく見ていただきたいので、お預けしようと思いまして」

お里は真っ直ぐに北一を見ると、「あたしが手を触れてもかまわないのならば、この写本からもう一冊写しを作れるけれど、どうかしら」

え、お里さんが。

「あたし、慣れているのよ。旦那が覚え書きにつけておいた帳面や図面をきれいに書き直すの。うちの旦那はくせ字だし、お世辞《せじ》にも絵が上手じゃないもんだから」

自分で書いた帳面の記録が自分で読めなくて、むかっ腹を立てることがあるのだそうな。そんなことで八つ当たりをされては面白くないので、お里が清書するのだという。

「それはありがたいや。お願いします！」

お里に「其ノ弐」を託すと、北一は富勘長屋に飛んで帰り、四畳半にこもった。作業場の末三じいさんには前もって野暮用《やぼよう》があることを話してあるので、今日は顔を出さなくても大丈夫だろう。あと六冊の文書を読みふけった。

おでこは学のない北一のことを思いやり、ほとんどを（たまにカタカナまじりの）ひらがなで記してくれていた。漢字を使ってあるところも、すぐ下に但《ただ》し書きを添えて、読めば意味がわかり、その漢字について学べるようにしてくれている。

それでも、まとまった文章を読んだことがない北一には、なかなか難しい仕事だった。最初のうちは、すぐ目がちかちかしてきて気が散ってしまったが、おとよを巡る様々な人びとの聞き書きを少しずつ読み進み、嚙んで理解していくうちに、身が入ってきた。

まず最初の疑問は、おとよがいつどこで拐かされたのかという点だ。

村田屋を出て、正覚寺のそばの菓子屋には確かに着いている。売り子はおとよを覚えていなかったが、前後して列に並んでいたという二人の女が、おとよとかわした他愛《たわい》ないやりとりの内容まで、当時の沢井の旦那（今の隠居旦那）のお尋ねに答えているのだ。それによると、おとよたちがお目当てにしていたのは葛寄《くずよ》せで、

——買ったら走って帰らないと溶けてしまいそう。

というくらい、口溶けの淡い上品な菓子だったそうだ。

女の一人は近くの蠟燭屋の女中、もう一人は建具《たてぐ》職人の女房で、おとよが貸本屋に嫁いできたばかりだとわかると、たいそう羨ましがった。貸本屋は儲かる、いい暮らしができるだろうと。おとよは恥ずかしそうに笑っていたそうである。

さて、目当ての葛寄せを手に入れたおとよは、すぐと来た道を帰ったと思われる。帰路では誰にも姿を見られておらず、話もしていない。葛寄せが溶けぬように日陰を歩いただろう、というくらいの推察しかできない。しかし、ここが肝心だ。

北一はここ数日、振り売りのついでに何度か、佐賀町から正覚寺のあいだを歩いてみた。二十八年前と比べたら今の方が賑やかで人が多く、町家も立て込んでいる。それでも、油障子《あぶらしょうじ》が破れたままになっている小さな空き家や、天水桶《てんすいおけ》置き場が妙に奥まったところにあるとか、豊かに枝垂《しだ》れた柳の木々で見通しが悪くなっている掘割沿いの一角などが見つかった。

六月朔日の朝のうち、お天道様は東から照っている。日陰になる側を注意深く選べば、人目につかずに小柄な女の一人ぐらいは駕籠《かご》に押し込むか、空き家に連れ込むかして消してしまう

ことができそうな場所がある。

治兵衛のために、列に並んで手に入れた葛寄せを持ったまま、おとよは忽然《こつぜん》と姿を消した。それから亡骸が見つかるまでのあいだ、治兵衛に対する風当たりがじわじわと強くなっていく様子が、人びとからの聞き取り集を読んでみると、時を遡《さかのぼ》ってその場にいるかのように感じられて、北一は途中で胸が悪くなってしまった。文書を置いたまま外へ出て井戸端《いどばた》へ行き、新しい水を汲《く》んで飲んで、それだけでは足りずに顔を洗った。

なぜそんなに疑うのか。なぜ治兵衛がおとよを手にかけたというのか。聞き取り集のなかで、若夫婦のまわりの人たち（ごく一部だと思いたいが）は、けっこう言いたい放題に言っている。人気の茶屋娘だったおとよが、治兵衛みたいな風采《ふうさい》の上がらない男の嫁に、進んでなりたがるわけがない。治兵衛が金にものを言わせて無理矢理おとよを妻にしてはみたものの、ちっともなびいてくれないので可愛さ余って憎さ百倍、男にはそういうことはよくあるものだ、だとさ。おとよがいなくなる前日に、若夫婦が大声で喧嘩しているのを漏れ聞いたとの話も出てきた。しかし、同じお店、同じ屋根の下にいる兄の興兵衛と番頭の箒三は、この話をまっこうから否定している。

亡骸が見つかって以降の記録では、おとよが働いていた茶屋の女将からの聞き書きが、ぜんたいのなかでいちばん長くて詳しい。おとよに言い寄っていた三人の客のことがあるからだが、女将はおとよを実の娘のように可愛がっていたらしく、その悲嘆《ひたん》のほどが記録の言葉のなかにも表れていた。

――代われるものなら代わってやりたい。あんないい娘《こ》が、いい人に巡り会って嫁いだばっかりなのに、なんでこんな酷い目に遭うのだろう。この世には神も仏もない。妾《あたし》はもう、一切《いっさい》の信心をやめてしまいたい。

おとよの両親《ふたおや》の悲嘆ぶりも、文書には残されている。記録としては分量が少ないことが、かえってその悲しみの深さ、事の重さをはっきりと物語っていた。父母は、おとよは誰かに恨まれるような娘ではなかったと語っている。村田屋へ嫁ぐことが決まったときは、幼いころから付き合いのある近所の誰もが喜んで祝ってくれた、と。仏具職人である父親は、自分の技にどこかしら慢心や過怠《かたい》、御仏《みほとけ》に対する非礼があって、娘の身に仏罰が下されたのかもしれないと考え、夫婦で出家《しゅっけ》することを口にしている。だが、それがかなうことはなかった。娘の横《おう》死《し》から立ち直ることができぬまま、後を追うように、その後一年足らずのあいだに死んでしまったからである。母親は衰弱死、父親の方は夜の大川に落ちての溺死《できし》で、自死であったと思われるという。

北一は薄汚れた手ぬぐいでごりごりと顔を拭い、何度も目をしばたたき、「おう！」と意味のない大声を出して自分を勇《いさ》み立たせてから、四冊めに取りかかった。

この綴《つづ》りでは、「似通っているところがあって怪しい」と思われる事件が、起こった年月日順に綴られている。まず、おとよの事件に先立つ「怪しい」事件は、前年の葉月《はづき》（八月）末に、小石川養生所《こいしかわようじょうしょ》の近くの御家人《ごけにん》の屋敷に住み込みで奉公していた十六歳の女中おまきが、昼日中《ひるひなか》、通称〈イナリ小路《こうじ》〉という細道を通ってお使いに出たきり行方知れずになった――というものだった。

ただし、この件は別の意味でも怪しかった。おまきが姿を消してから一ヵ月ほど後に、唯一《ゆいいつ》の身よりである叔母夫婦（神田明神のそばで茶屋を営んでいる）を訪ねて金の無心をしていたという話があるからだ。当の叔母はこれを固く否定し、姪《めい》のおまきは神隠しに遭ったのだと取り乱した様子だが、叔母の夫は義理の姪であるおまきをあまり良く思っていなかったらしく、どこかの馬の骨と駆け落ちしたのだろうと言っている。おまきはその後も見つからず、誰の言い分が正しいのか、真相は判《わか》らないままになっている。

それでも、おでこの三太郎がこの事件を綴りの冒頭に置いたのは、夏と秋が入れ替わり日が縮んでゆく時季とはいえ、まだ真っ昼間の明るいうちに、ぴんしゃんした十六歳の小娘が煙のように消えてしまったという事件の不穏《ふおん》さが目立つからだろう。おまきが誰かに掠われたのだとしても、自分から姿を隠したのだとしても、素早く人目を盗まねばならないことに違いはない。昼間であっても、人通りがあっても、それが可能だったからこそおまきは消えたのだ。

さて、おとよの次の「怪しい」事件は、それから二年後の霜月《しもつき》（十一月）のはじめに、入谷《いりや》の町外れで起きていた。この件で行方知れずになったのは、十《とお》を頭《かしら》に三人の子どもがいる二十九歳のお末《すえ》という女だ。お末の亭主は髪結《かみゆ》いで、長いこと店を張っていたが、客商売のくせに短気で喧嘩っ早く、怒ると炭の粉を吹いて火を点《つ》けたみたいに爆発するので、なかなか馴染み客がつかなかった。

その分を補っていたのが、絵姿女房にはほど遠いながらも色白で髪が豊かで、いつでもあたたかい愛想《あいそ》を忘れないお末の客あしらいだった。お末も女髷《おんなまげ》は結うことができたし、年寄り客は優しいお末を好んで出床《でどこ》を頼んできたので、店の切り回しは亭主にあずけ、子どもたちは三人で互いに助け合わせて(十の長女が頼りになった)留守番をさせた。お末はしばしば道具箱を提げて客先を訪ね回っていた。行方知れずになったその日も、毎月はじめに通うことを決めていた四件の客先をまわり、店に帰る途中のことだった、と思われる。「思われる」がつくのは、おとよと同じく、お末もどこで姿を消したのか、はっきりした場所がわからないからだ。

四件目の客は、入谷の繁華な町中から見れば北の端っこで、町家と田畑が入り交じっているところに住んでいた。地元の田畑《でんぱた》持ちの旧家の大姑《おおしゅうと》で、枯れ木のように痩せ細った寝たきりの老婆なのだが、月に一度、お末が来て髪を洗い、梳《くしけず》って整えてくれることを楽しみにしていたという。

髪結いの商いは明るいうちに済ませるものなので、お末がこの大姑のところを出たのは、午後のおやつどきだった。途中で顔見知りの担《かつ》ぎの青物売りと立ち話をして、元気な足取りで去っていったという。しかし、お末は亭主と子どもらの待つ髪結床《かみゆいどこ》には帰らなかった。この件も「神隠し」で、本当のところ何があったか判らないままだ。

後ろに追記があり、お末の亭主は女房の帰りを待ちながらも酒浸《さけびた》りになり、三年ほどで死んでしまって、子どもらは親戚や知り合いを頼ってちりぢりになったと記してある。当時十歳が頭なら、今も捜し出して会えれば話を聞くことはできそうだ。北一は、おでこが包んでくれた短冊に大きく「〇」を書き、この丁に貼り付けた。

こうして、北一は次々と文書の記録を読んでいった。短冊でしるしを付けるだけでは足りなくなり、自分で懐帳面に要点を書き付け、必要なところがすぐめくれるように、そこに短冊を付けたりもするようになった。

おでこの三太郎が拾いあげて文書に書き出した事件は、年齢の幅はあっても（下は九つの子ども、上は七十二歳の老婆）、すべて女の行方知れずだった。もちろん、一から十までおとよの事件と似ているわけではない。たとえば、九つの女の子の場合は、姿を消した四日後に、住まいの近くの涸《か》れ井戸で亡骸が見つかっている。たぶん、運悪く落っこちて、命も落としてしまったのだろう。七十二歳の老婆は花川戸《はなかわど》の船宿の大女将で、忽然と姿を消してから八日後に、宿よりも下流で土左衛門《どざえもん》になって発見された。これも、本人が足を滑らせて水に落ちてしまったのだろう。それくらいは、北一でも推察がつく。

それでも、おでこがいちいち書き出しているのは、はっきりした実例を連ねて、北一に理解させたいからだろう。人は、思っている以上にふっつりと姿を消してしまうものだ、と。

ちょっとした隙《すき》、まわりの誰もがふっと目を離した瞬間。もののはずみ。不幸な偶然。本人の意思など関わりない。本人にまったくその気がなくても、端《はた》から見れば「煙のように」消えてしまうことがある。それが事故であれ、他者の作為によるものであれ。

おとよが忽然と消えたとき、ひそひそ噂した連中がいた。いわく、こんなにきれいに行方知れずになるなんて、駆け落ちのほかにあるもんかと。おまきのときにも、お末のときにも、きっと同じような連中がわいて出て、同じように噂したことだろう。

だけど、それは思い込みに過ぎない。人は本人の意思にかかわらず、あっさり消えるし、消されてしまうことがある。それを胸の底にたたき込みながら、北一は短冊に場所や名前を書きとめ、それを順に並べていった。

どれくらい時が経ったか、ふと我に返ったら、頭ぜんたいがくらくらした。そうか、朝早く食ったきりで腹が減ってるんだ。湯も水も飲んでいなかった。とりあえず井戸へ行こうと、土《ど》間《ま》に下りて障子を開けた。

おや、陽《ひ》ざしが茜色がかっている。眩《まぶ》しくて目を細めながら一歩踏み出したら、どぶ板のちょっとした出っ張りに足をとられ、ひょろひょろと転んでしまった。

「あ、北さん。どうしたの？」

幼い声がして、足音が駆け寄ってくる。店子仲間のお秀の娘、おかよだ。帳面を提げているから、武部先生の手習所からの帰りだろう。

「お、おかえり、おかよちゃん」

おかよは北一のそばにしゃがみ込み、小さな手を額にあててくれた。

「おねつ……はないね。北さん、腰がぬけてる」

「そうみたいだな」と応じたら、いきなり胃の腑が雷《かみなり》みたいにごろごろ鳴った。

「いやあ、はずかしいなあ」

あはははは～と間抜けな笑い声をあげていたら、お秀が出てきてびっくり顔になった。指ぬきをしたままだから、仕立物の内職をしているところだったのだろう。

「北さん、腰が痛いの？」

おかよが首をふる。「おっかさん、北さんはおなかがすいてるみたい」

今度は、お秀が「あははは〜」と笑った。

「ちょっと早いけど、ご飯を炊いてあげる。今日はうちが炊く番なのよ」

富勘長屋の店子仲間は、万事に助け合って暮らしているが、食うことはその「万事」のいちばん上に位置している。

「おたつさ〜ん、聞こえた？」

お秀は、長屋のいちばん奥まったところに立てかけられた葦簀《よしず》に向かって、陽気に呼びかけた。天道ぼしの辰吉と、その老母おたつが暮らしている部屋だが、昼間のうち辰吉は商いに出ているし、おたつはその葦簀の陰にうずくまっている。どういう考えがあるのか知れないが、おたつはそこから渡る世間の悪事を見張り、絶えずぶつくさと罵倒《ばとう》しながら一日の大半をすごしているのだ。

「これからご飯炊くから、取りに来てね〜」

富勘長屋の女衆《おんなし》は、それぞれに強い。お秀は明るく、おきんは勝ち気で、怒り顔どころか眉をひそめるところさえ見せたことがないおしかは、何というか、「柳に雪折れなし」を地でいく感じだ。おたつ婆さんは、たぶん気の毒な怒りボケなのだけれど、倅の辰吉がまっとうな商人で人柄も良いところからして、ボケてしまう前はちゃんとした働き者だったのだろう。

お秀が炊いた白い飯を、おきんとおしかが握り飯にしてくれて、北一にはその場で食べさせてくれた。

「炊きたてのおにぎりも美味《おい》しいでしょ」

「おかよも食べる？　おっかさんも早夕飯《はやゆうはん》で食べちゃおうかなあ」

北一はお秀とおかよの部屋の外に出してもらった木箱に腰掛けて、あたたかい握り飯を口に運び、喉に詰まらないようにときどき白湯を飲み、元気な女衆と、一日の働きを終えて次々と長屋に帰ってくる店子仲間の男衆《おとこし》を眺めた。

「北さん、何かげっそりしてるな。どっか具合悪いのかい？」

真っ先に案じてくれたのは、おきんの弟の太一だ。北一より二つ年下の十五歳だが、体格は太一の方がぜんぜん優《すぐ》れている。

「いや、ちょっと根《こん》を詰めて、腹が減りすぎてさ、目ぇ回しちゃったんだ」

並んで座って握り飯を頬張りながら、おかよが大げさに目を丸くする。

「へろ～んって、しりもちをついちゃったんだよぉ」

「へろ～ん、かあ。そいつは大変だ」

棒手振の寅蔵が帰ってくると、七輪を出して売れ残りの魚を焼き始めた。その煙にまぎれて、北一は腰を上げた。

「ごちそうさんでした。明日はおいらも振り売りに出るから、帰りに米と塩を買ってきます」

香ばしい煙のなかで、お秀とおきんがちらりと顔を見合わせる。そして、おきんが言った。

「北さん、ホントに元気ないね。大丈夫？」

大丈夫だいじょうぶと手をひらひらさせて、北一は自分の四畳半に戻った。本当は大丈夫ではなかった。煙のように行方知れずになった女たちに、大事な店子仲間を重ねてしまって、胸が痛くてしょうがなかったのだ。

おいらの大事な誰かの身の上に、ああいう恐ろしいことが起こりませんように。腹の底から胴震《どうぶる》いするように力を込めて、祈った。

おとよやおまきやお末、北一が短冊に書き留めた行方知れずの女たちの身内や親しい人びとも、きっと同じように祈り、願ったろう。だけどそれは空《むな》しかった。祈りは届かず、願いはかなわず、消えた女たちの名前だけが連なっていった――。

その夜、長屋のみんなが寝静まってから、北一は長命湯に出かけた。喜多次に何か言われるより先に、鉋を手にして、小汚い板きれと向き合った。喜多次は焚き付けの山を仕分けているところで、北一が鉋をかけ始めると、その山を回ってブチとシロが出てきた。

しゅっ、しゅっ、しゅ。膝を曲げ伸ばし、鉋くずを落とす。北一の無言の行を、ブチとシロは傍らに並んで尻を下ろして、おとなしく見守っている。がくんと鉋が引っかかり、北一が体勢を崩すと、犬たちも耳を動かしたり、首をかしげたりした。

「手首が硬い」

喜多次の無愛想《ぶあいそ》な声が飛んできた。

「余計な力がかかっているから、鉋が引っかかるんだ」

北一は黙って手と膝を動かし続けた。だんだん頭がぼうっとなり、目の先が暗くなり……気がついたら釜焚き場の地べたに仰向《あおむ》けになっていた。

目の届く限り、いっぱいの星空だった。足もとが温かいのは、釜が燃えているからだ。躰の両脇が温かいのは、ブチとシロのもふもふの毛皮に挟まれているからだった。

おいら、ぶっ倒れちまったんだな。

だらしねえ。すぐ起き上がるだけの力も出てこない。開き直って星空を仰いでいると、鉋を使う音が聞こえてきた。しゅ、しゅ、しゅ。ひらりと宙《ちゅう》に舞った長い鉋くずが、北一の躰の上にまで飛んできた。身を起こして見てみると、喜多次が板きれに鉋をかけていた。

無駄のない、強くてしなやかな動き。膝の曲げ伸ばしに、一瞬もぎくしゃくしたところがない。

お手本を見せてくれているんだ。

鉋の音。釜の中で焚き付けが爆《は》ぜる音。ときどき舞う微細な火の粉《こ》。シロとブチの鼻息。

暦《こよみ》の上では春ながら、今夜は一段と冷える。釜焚き場の夜の底で、北一とシロとブチの呼《こ》気《き》が白くなって混じり合う。なのに喜多次はぜんぜん息を切らさず、あいつの息は白く見えない。北一は目をつぶり、もう少しだけ休むことにした。

起き上がったら、あと百回だ。

八

おでこの文書と添えられていた切絵図に向き合い、三日も経つと、北一の頭のなかの考えも、手元の覚え書きもどうやら形がついてきた。それを待っていたかのように、早朝、長屋から作業場へ向かおうとしたところで、北永堀町の番屋の書役《かきやく》に声をかけられた。

ここ数日、まるで北一の心を映したみたいに空模様は冴《さ》えず、冷え込みも強くて、春は暦の上ばかり、梅のつぼみが凍《こお》ってしまうのではないかと案じられるほどだった。その朝も曇り空で、書役は風邪を引いたのか、声がしゃがれていた。

「与力の栗山様から、北さんに用事があると、言伝《ことづて》をあずかってますよ」

顔なじみの書役は、いつ会っても穏やかで親切な小父《おじ》さんだ。北一に、なぜかしら丁寧《ていねい》にしゃべりかけてくれる。

「ありがとうございます。さっそく馳《は》せ参じるようにいたします」

ぺこりとして、すぐ行こうとした。文書と睨めっこしてばかりはいられないので、いつもより量は少なめにしても、振り売りには行っている。そうでないと、さすがに末三じいさんたちに申し訳ないからだ。なので、気が急《せ》いていた。

「ちょっと待った、もう一つ用件があるんだ。勘右衛門《かんえもん》さんからも頼まれているんですよ」

富勘をちゃんと名前で呼ぶのも、この書役さんぐらいである。

「ここを訪ねるように、とね」

はい、と差し出されたのは結び文である。その場でほどいてみると、切絵図の一部を写したものだった。端っこに〈小村井村〉と記してあって、田畑とお寺さん、農家のほかに、目印になりそうな地蔵堂《じぞうどう》と、大きな柿の木の絵がある。で、目指す場所には○がついていた。

これは沢井の大旦那、隠居旦那の住まいだ。文書びたり、文字びたりだった北一の頭のなかに、数日前の富勘とのやりとりが思い出されてきた。

「何の用件か、わかりますかい？」

書役に問われて、また勢いよく頭を下げた。

「大わかりでさ。ありがとう」

駆け出そうとして、慌てて振り返り、声を投げた。「風邪、お大事に！」

書役は口元に手をあてて、ごほんごほんと咳《せき》をしながら見送ってくれた。

作業場に着くと、末三じいさんを頭《かしら》に、作業場で働いている人びとが集まって、栄花が描いてくれた新しい絵を眺めていた。昨日の夕方、青海新兵衛が届けてくれたのだという。梅の次だから、桜と菜の花だ。季節ものの文庫は早め早めに売り出す方がいいから、これから忙しくなる。

「椿山様のご親戚でお祝い事があるそうでなあ。栄花様とお女中様は本邸に呼ばれて、新さんまでちょいちょいかり出され、大わらわだそうだよ」

そのせいで、北一はこのところ、作業場で新兵衛に会わずに済んでいるのだ。

末三じいさんには、「ちょっとほかに急ぎの用ができて」と断るだけで振り売りの数を減らしていられるけれど、新兵衛に会ってしまったらそうはいかない。顔色を読まれて心配され、「実は」と白状することになってしまうだろう。

だけど、米粒ほども新しい手がかりが見えないうちに、村田屋の事件を調べ直しているのだと言いふらすのは恥ずかしい。今は、新兵衛とすれ違いでいられる方が気が楽で助かる。

北一が手早く今日の分の朱房の文庫を天秤棒《てんびんぼう》の前後の荷台に載せていると、末三じいさんが近づいてきて、

「北さん、元気がないねえ」と言った。「風邪でも引き込んだかい」

書役の咳を真似して、北一はごほんとやってみせた。「昨夜《ゆうべ》、寝てて寒かったんだ」

末三じいさんは自分の喉元に手をやって、「どんぶりに刻んだ葱《ねぎ》を山ほど入れて、味噌をひと匙《さじ》入れて、箸《はし》でよく練ってまぜてな、かんかんに沸いた湯でのばして、ふうふう吹きながら呑んでごらん。冷ましちゃいかんぞ、熱いのを呑むんだ」

風邪を追っ払えるぞと教えてくれた。

作業場を出て、北一は深川元町の髪結床に足を向けた。うた丁《ちよん》のお店だ。栗山の旦那と沢井の隠居旦那のところへ伺っていたら、今日は振り売りはできない。うた丁に頭を下げて、本日の分を「置き売り」させてもらおうと思ったのだ。

叱られるのを覚悟の上で、「よんどころない野暮用があって……」と言い訳から切り出したのに、うた丁は大きな目で北一の頭のてっぺんから爪先《つまさき》まで検分すると、

「いいよ。預かってあげる。うちも、もう一つか二つ、紅梅白梅《こうばいはくばい》の文庫がほしかったところだし」

と受け入れてくれた。縦《たて》にも横にも大きいうた丁に、でっかい後光がさして見えたから、北一はぺったんこになって礼を言った。

「念のために訊いとくけど、商いを休んで、千ちゃんに叱られるようなことをしちゃいないよね？」

「親分の位牌《いはい》にかけて、そんなことはしてません」

「だったらいいよ。行っといで」

栗山の旦那は昼間のうちは御番所へ出仕《しゅっし》しているはずだし、検視があればいつ帰るかもわからない。言伝をもらったとはいえ、すぐ会えるかどうかはおぼつかないが、北一は小舟町二丁目に向かった。小村井村まで足を運び、沢井の隠居旦那に、ここまでにわかったことをお伝えするときには、栗山の旦那から頂戴した意見もあった方がいいと思ったからである。

組紐屋「あずさ」には客がいて、お里はその相手をしており、帳場の奥では綿入れを着込んだ栗山の旦那が文机《ふづくえ》に向かい、筆を手に、大判の帳面を広げて何か書いていた。

北一が縁側から回っていって挨拶すると、「上がれ」と手振りをして、

「お里から話を聞いた」

前置き抜きで、旦那は切り出した。

「七軒町の三太郎というのは、文書係の三輪田《みわた》が使っている者だろう。私も噂は耳にしたことがあるが、ここまでの文書鬼だとは思わなかった」

文書鬼とはうまいことをおっしゃる。おでこさんの人柄は鬼とは正反対だけど、物覚えについては、確かに鬼神《きしん》のごとき力を持っているのだから。

「元の文書はそのままにして、私の知見はこっちに控えてある」

手元に広げていた帳面をいったん閉じると、北一の方に差し出してくれた。

「ありがとうございます。おいらも、下手くそなかなばかりですが、覚え書きをこしらえてみました。それと、こっちも」

懐から切絵図と覚え書きを取り出して、旦那の前に広げてみせた。切絵図の方には、事件の起きた場所に印をつけて、年月を書き込んである。こうしてみると、頭のなかがすっきりして、おでこの文書に記された事件のぜんたいの流れがよく見えるようになった。

おでこが四冊の文書にまとめてくれた事件は数えて十三件。すべて女の行方知れずだ。そのなかで、北一が村田屋おとよの件と関わりがありそうだと考えたのは六件。

共通する大切な要素として、
・本人にも家族にも、行方知れずになるような事情（色恋、借金、身近な者との諍いなど）がない。
・直前まで普通に暮らしていた。行方知れずになった際の外出の理由も、買い物、用足し、稽古事《けいこごと》など不自然なところがない。
・残された家族も事態を訝《いぶか》り、行方を捜そうとしていた。
・その後、噂のような曖昧《あいまい》な形であっても、本人が誰にも姿を見られていない。あるいは、音信をしていない。
・六件とも亡骸が見つかっていない。
外した七件は、この理由を満たしていない。たとえば、イナリ小路のおまきはその後金の無心をしに現れていた。九つの子どもと七十二歳の船宿の大女将は、一見して事故《あやまち》による溺《おぼ》れ死に思われる。おとよの事件からちょうど十年後、浅草の新鳥越町《しんとりごえちょう》という小さな町で踊りの師《し》匠《しょう》が姿を消した件は、ご近所と弟子たちを騒然とさせたけれど、半年ほどしてから、実は本人が周囲にはひた隠しにしていた情夫《いろ》がいて、そいつも一緒に姿を消していることがわかった。この情夫の方は妻子持ちだったので、女房にあてた書き置きがあったのだが、わかりにくい場所にしまい込まれていて、すぐ見つからなかったのが騒動の原因だった。あと三件は行方知れずになって半月以内に亡骸が見つかっており、下手人にも見当がついている。ただ、捕まえるところまでは至っていないのと、この三件の亡骸には殴《なぐ》られたり叩かれたりした痕が残っていたので、おでこは「怪しい」くくりに入れたのだろう。

こうして北一が選《え》り残した六件に、おとよの件を足して七件。切絵図には七つの〇がついている。場所は一目でわかるほどバラバラに散っており、起こった時期もとびとびだ。それに意味があるのか、全然ないのか。

「ずいぶんと根を詰めたんだな」

栗山の旦那は塩辛声でそう呟くと、北一の覚え書きに目を通し始めた。ときどき、確かめるように切絵図の方にも目をやる。

北一は栗山の旦那の手控えを読んだ。おでこの文書より漢字がふんだんで、悲しいかなわからないところが多い。ただ、大判の帳面をいっぱいに使った大きめの絵がついているのが有り難い。

「……一人でよく考えたものだ」

栗山の旦那は、太い溜息をついてそう言った。

北一は正座して膝に手を置いて、神妙に言った。「おでこさんが、こうやって文書をまとめてくれなきゃ、おいらなんかには何も考えられません」

旦那も顎を撫でながら、うなずく。

「おとよの前年の事件から数えれば、三十年近くだ。これだけの細かい記録を、よく集めておいたものだよ」

おでこが個々の事件について聞き知ったのは、必ずしも順番どおりではない。そのことは記録にもいちいち注記してある。それも道理で、文書にまとめられている十三件の「怪しい」事件は、全て本所深川ではない、他所《よそ》の町筋で起きているのだ。茂七大親分、政五郎親分、千吉親分の目と耳に、直に飛び込んでくるはずがなかった。どうかすると、十年近く経ってから、まったく別の件にからんでふわりと聞こえてきたりした。おでこはそれをすかさず捕らえて、根気よく集め続けてくれたのだ。

「今のところ、おまえはまだ、この件で誰かと会って話をしたことはないのか」

「差配の勘右衛門さんから、当時のことを少しだけ聞きました。それで」

次は沢井の隠居旦那に会いに行くのだと話すと、栗山周五郎はつと身を起こした。

「これからすぐ小村井村に行けるか」

へ？

「はい、旦那のお話を伺ってからと思っていましたが……」

「では、私も行こう。話が二度手間にならんで済むし、沢井の親父殿の意見も聞いてみたい」

沢井の親父殿だって。北一がぽかんとしていると、栗山の旦那は早口で言った。

「餌《えさ》をねだる池の鯉《こい》のような顔をしている場合か。これは急ぐだけの意味がある大事《おおごと》だぞ」

お里を呼んで、塩辛声で用事を言いつけ、奥の座敷に消えてしまった。北一はとりあえず広げてある文書と覚え書き、切絵図を揃えて包み、さすがに懐に突っ込める嵩《かさ》ではなくなってきたので、背中に担いでしっかりと縛り付けた。

長火鉢の炭火の色と、ちんちん沸く鉄瓶の湯気《ゆげ》をぼんやり眺めていると、旦那が身支度を済ませて戻ってきた。細かいさざれ石模様の小袖に縞の平袴《ひらばかま》。これに肩衣《かたぎぬ》をつければ継裃《つぎかみしも》姿になるが、今はお役目の外出ではないから、打裂羽織《ぶっさきばおり》を着ている。寒さしのぎと、遠出の埃《ほこり》よけの羽織だ。

「今、飛脚《ひきゃく》を頼んできました」

お里が店先から戻ってきて言った。

「小村井村の沢井様のお住まいに、これから訪ねることを先触《さきぶ》れしてもらいますからね。北一さん、旦那の道具箱を提げてお供《とも》してちょうだい」

慌ただしく「あずさ」を出るとき、お里が旦那と北一の背中に切り火をしてくれた。

「行ってらっしゃいまし。気をつけて」

大股《おおまた》で先をゆく栗山の旦那を追いかけながら、北一の心のなかにも火花が散った。

ぐるりと田畑。縦横《じゆうおう》に走るあぜ道。藁葺《わらぶ》き屋根に厩《うまや》がついた屋敷と穀物倉、道具小屋が点々と散っている小村井村の景色のなかでも、灌漑《かんがい》用の水路に面して、庇を越える高さのある水車を回している農家は、間違えようがなかった。

沢井の隠居旦那は、小袖の下に股引をはき、陣羽織《じんばおり》のようなちゃんちゃんこの上から襟巻きをぐるぐるにしていた。隠居した後も、北一が何かの用事でお目にかかる折は、着流しであれ羽織付きであれ絹物を着て、天鵞絨《ビロード》の縁取《ふちど》りがある雪駄《せった》を履いていた沢井蓮十郎が、すっかり農家の隠居ふうになっている。またそれが似合っていた。

北一が一人ではなく、与力の栗山周五郎と一緒であることに、隠居旦那はちょっと驚いた顔をした。検視の手練《てだ》れで一匹狼の変わり者である栗山周五郎が、なぜ北一と？　と。

栗山の旦那は町奉行所の与力、沢井の隠居旦那は同心だから、身分は栗山の旦那の方が高い。とはいえ根っから変人の（その言い方がひどければ、好きなように世渡りしている）栗山の旦那は、身分だの家格だのにも頓着《とんちやく》しないお人なのだろう。年長で、定町廻《じようまちまわ》り同心としての経験豊かな隠居旦那に対して、ぶっきらぼうだけど丁寧という。「久しいな、いい居住まいだ」、いかにもこの旦那らしい挨拶をした。それをまた、隠居旦那も丁寧に受けた。

「栗山様、ともかくも火のそばにお上がりください」

隠居旦那に招かれて、栗山の旦那は囲炉裏《いろり》の前にどっかりと腰を据えた。北一はその後ろに小さくなって控えた。

富勘から聞いた、隠居旦那に仕えているという女中の婆さんと倅の姿は見当たらなかった。そのかわり、北一と栗山の旦那は、一人の女に引き合わされた。

歳は三十半ばから四十路《よそじ》というところか。何を以《もっ》てそう判じるのかといえば、顔つき、とりわけ目元や口元の細かな皺《しわ》と、首筋の感じだ。それでも肌は色白でつややかだし、姥子《うばこ》に結った髪には、白髪《しらが》はほとんど目立たない。渋い灰色の網代《あじろ》模様の小袖に、竹縞の昼夜帯《ちゅうやおび》を路考《ろこう》結びにしている。小柄ではないが、まさに笹竹《ささだけ》のように小さくまとまっている感じの女だ。

商家のおかみさん……には見えない。粋筋《いきすじ》……のようではある。品がいいから御殿女中《ごてんじょちゅう》……だとしたら、ほんの少しだがそぐわない険《けん》があるようにも思える。北一が知っている御殿女中（の親玉）は欅屋敷の瀬戸殿だけだが、あのお方は貫禄《かんろく》も品もありながら、どこか童女《どうじょ》のような愛らしさもあって（そんなことを口に出したら無礼討ちにされそうだけど）、尖ったところが微塵《みじん》も感じられないのだ。

何者だろう。てきぱきと湯茶の支度をし、沢井の隠居旦那に仕えているところは、女中というよりも奥様のような風情《ふぜい》だ。前垂れも襷《たすき》もないから、料理屋の女将が上客を手ずからもてなしているようにも見える。

もしや、沢井の隠居旦那はこの女と暮らしているのか。富勘はそれを知らないのか。北一は戸惑《とまど》いを顔に出さぬよう苦心していたのだけれど、

「北一、あらぬ疑いをかけてくれるな。私はとっくに干し芋よりも枯《か》れておる」

隠居旦那が苦笑いをして、栗山の旦那は半目《はんめ》になる。興味を引かれたときの表情だ。

「栗山様、これはかつて私の草《くさ》を務めていた者でございます」

隠居旦那の言に、女は囲炉裏から下がったところにぴたりと座し、指を揃えて一礼した。

〈草〉とは間者のことだ。長命湯の喜多次がそういう素性の者ではないかと、漠然《ばくぜん》と（でもけっこう確かに）思っている北一だけど、まさかここで的《まと》のまん真ん中の間者に出会えるとは思わなかった。

北一はちょっと目を剝いてしまったが、栗山の旦那は囲炉裏の火の前で手をすりあわせ、言葉としては季節にそぐわないが、涼しい顔をしている。

ちっとも驚くようなことじゃないんだ。

そういえば、沢井の隠居旦那は、ずっと本所深川方一辺倒《いっぺんとう》だったわけではない。町方役人には様々な役職がある。他の役職についておれば、その分だけ顔も広くなるだろうし、岡っ引き任せにはしておけない事柄も出てきて、間者を使うというのは大いにあり得ることだった。

「かつて、と」

栗山の旦那は軽く問いを投げる。隠居旦那は顎を引き、

「今はその任を終え、この村の知己《ちき》のもとに身を寄せて暮らしております。私のこのあばら家にも、折々に手伝いに来ておるのですが」

ここで北一の顔にぴたりと目をあて、続けた。

「おまえが、二十八年前の夏に起きた村田屋およの事件を洗い直そうとしていること。他にも似たような事件がいくつかあり、それは同じ下手人、あるいは下手人たちの仕業ではないか

と思われること。この二つを、勘右衛門から聞いた。間違いないか」

下っ腹に力を込めて、北一は答えた。「間違いございません」

「こうして栗山様にご足労をいただくほどに、その考えには確かな裏付けがあるのか」

北一に先んじて、栗山の旦那が答えてくれた。

「鳩首《きゆうしゆ》してみるだけの価値はあると、私は踏んでいる」

嫡男の沢井蓮太郎は怜悧《れいり》な男前だが、親父殿の沢井蓮十郎は大黒様《だいこくさま》のような風貌《ふうぼう》だ。髪ばかりか眉も髭《ひげ》も半分以上は白くなった今では、いっそう柔和な風情になった。

しかし今、栗山の旦那の言を受けて、その目の奥に光が奔《はし》るのが見えた。針のような光だ。

「なるほど、承知いたしました」

言って、隠居旦那は料理屋の女将のような女の方に目をやった。

「この者は、今はお恵《けい》と名乗っております」

女はまた指をつき、「恵でございます」と挨拶した。三味線《しやみせん》の低い音のような響きの声だ。

「栗山様がおいでになるという知らせを受け、この場にお恵を呼んだことにも理由《わけ》がございます。だが委細は、まず北一の話を聞いてから……」

隠居旦那の言を遮るように、栗山の旦那は北一が背中にくくりつけていた文書の包みを取り上げ、囲炉裏端から慎重に少し離れると、真っ先に切絵図を開いた。

「これを見ながらだと話が早い。よし、北一。俺にも聞かせてくれ」

北一は最初から説明を始めた。そもそもは、末三じいさんの気持ちを変えたいと思ったことがきっかけだというところから、正直に。

　事件のあれこれについては、覚え書きを作りながら考えをまとめていたので、つっかえずに語ることができた。沢井の隠居旦那は切絵図を広げて、じっと見据えたまま聞いていた。栗山の旦那は眠そうな半目のままだ。北一の、囲炉裏に向き合っていない背中側は冷ややかな隙間《すきま》風《かぜ》が行ったり来たりしていたが、気がつけば緊張で汗をかいていた。

　話が一段落したところで、お恵がすっと立って乾いた手ぬぐいを持ってきてくれた。

「もう少し前に出て、火のそばに寄ってくださいまし。そこは風が通ります」

　かすかに節回しがあるような、特徴のあるしゃべり方だった。低いけれど聞き取りやすい声だ。

　さらに、大ぶりの湯飲みにたっぷりの白湯を出してくれたので、北一は有り難く喉を潤《うるお》した。

「十三件のうちの六件か……」

　沢井の隠居旦那は、北一が印をつけた切絵図を両手で広げ、あらためてしげしげと検分している。

「おいらがそう考えているだけで、見方を変えればもっと件数が増えるかもしれませんし、減るかもしれません」

「そうだとしても、三太郎の文書に記されている一番目の事件は、どうやら本人の家出のようだ。ならば、同一の事件としてくくられるものとしては、おとよの事件が振り出しのように思えるな」

言いながら、隠居旦那はお恵に切絵図を渡した。お恵は宝物でも扱うようにそれを押し戴くと、板戸で仕切られている隣の部屋に姿を消した。ちょっと経って、切絵図を貼り付けた枕《まくら》屛風《びょうぶ》を運んできた。北一は慌てて手を貸した。

「ご飯粒でとめつけました。これはまだ一枚きりしかないのでしょう。汚さないように気をつけないといけませんね」と、お恵は言った。

よく気の回る人だ。北一が知っている限りのなかでは、この感じはお里に似ている。

栗山の旦那は、囲炉裏端でぐっと背中を伸ばすと、いつものがらがら声で、

「六件に限って考えるならば、おとよの件が二十八年前の水無月。次の事件はそこから二年後、二十六年前の霜月。三つ目は大きく間が空いて、二十年前の如月《きさらぎ》（二月）。四つ目はそこからさらに八年空き、しかし五つ目はたった半年後に起きているが――」

「六つ目は、つい五年前。また如月ですな。三つ目は月末、こちらは月初めという違いはあるが」

北一は、二人の旦那の言を頭のなかで確かめながら聞いた。そして、思い切って言った。

「五年前の如月から今までは、怪しいと思える事件は見つかってません。でも、おでこさんの耳に届いていないだけで、どこかで起きているのかもしれません。文書にあがっている十三件だって、おでこさんが聞きつけるまで、何年もかかってる場合もありますから」

二人の旦那は囲炉裏の火を睨んで無言のままだが、お恵は北一の顔に目をあてて、軽くまば

たきをした。北一の言ったことを認めてもらえたのか、そうではないのか、読み取りにくいまばたきだ。ただ、そうやってまっこうから見つめると、お恵は大年増《おおどしま》にしても充分に美しいし、若いときにはきっと、向こう三軒両隣を騒がせる美人だったろうと思えてきた。

こんなときなのに、北一の心の臓が、ちょっと足踏みした。いかん、いかん。

「言いたいことは数あるが、おとよの件からいこう。どのみち、それが振り出しだ」

栗山の旦那は半目ではなくなった。何かを測るように目を細めて、言葉を続ける。

「三太郎の文書にあった検視の記録から、おとよの身にどんなことが起こったのか、ある程度推測することができる」

言って、沢井の隠居旦那に顔を向けた。

「沢井の親父殿」

嫡男の沢井蓮太郎がいるから、この呼び方は筋が通っているのだけど、栗山の旦那の口から出るとおかしみが生まれる。

「は」

与力と同心の差に、隠居旦那が背筋を伸ばす。

「ひとつ、先に言っておく。この事件は北一が掘り起こしたものだ」

北一の事件だ。

「俺は検視にだけは詳しいから、ご意見番として関わっている。親父殿も、意見は全て、北一に向かってしてやってくれ」

隠居旦那とお恵は、つと目を瞠《みは》った。が、すぐ気を取り直した。

「委細、心得ました。北一、よろしく頼む」

北一が驚きで言葉に詰まっているうちに、栗山の旦那は、文書のおとよの検視記録のところを広げた。

「まず、おとよがどこで命を奪われたのか、その場所はどこかという問題だ」

命取りになったのは、左の乳の下を一突きにされた傷である。これは心の臓を傷つけ、左の肺腑を突き抜け、あと少しで背中側まで抜けてしまうほど深い傷だったという。

「匕首や脇差しなど、刃物で刺したものではない。刃物で刺した場合には、片刃ならば傷口の刃のある側に、両刃ならば両側に創傷《そうしょう》が生じるはずだが、おとよの傷にそれはない。ただ、ごく細い紐が通せそうな丸い穴があっただけだ。これを踏まえて考えると、使われたのは錐《きり》や千枚通しなどの物を刺し通すための道具で、少なくとも二寸以上の長さがある」

その傷から体中の血が流れ出てしまい、おとよは息絶えた。

「亡骸が見つかった藪にも、その周辺にも、それほど大量の血が流れた跡はなかった。検視の際、役人は近くの村の者を案内に立て、かなり広い範囲を調べたようだ。それでも、血だまりや血がしたたった跡は見つからなかったと記してある」

森や山のなかには獣《けもの》や鳥や虫がいるので、人の血が流れたり溜《た》まっていたりすると、すぐ寄ってくる。おとよの亡骸が発見された藪のまわりには、それらの痕跡も残ってはいなかった。

「ということは、おとよは他の場所で殺されて、亡骸となって千駄ヶ谷の森のその藪まで運ばれてきたのだろう。身につけていた着物と帯、下着にはさほど血がついていなかったようだから、殺されたときには別のものを着ていて、あとで着替えさせたのだろう。さらに、亡骸に残っていた痣の様子からも察することができる」

おとよの躰のあちこちには、赤黒い痣が散っていた。傷はなくても、その様はきっと痛ましかったことだろう。

「北一は、これらの痣が、おとよが殴られたり蹴られたりしたからできたものだと思っているようだが……」

それは考え違いだ、と言った。

「おまえが人の亡骸をもっとよく目にするようになれば、自然とわかってくることだがな」

人の躰には血が流れており、生きているうちは、手足の隅々《すみずみ》まで巡っている。まさに生き血だ。しかし、人が死んでしまうと、血も死んでしまって流れが止まる。

「流れが止まると、血は水と同じで、低いところに溜まる。躰が仰向《あおむ》けになっていれば背中側に、うつ伏せになっていれば腹の側に、左右どちらかが下になっていれば、下の側に」

そして、この血が溜まっている場所が、外側から見ると、ちょうど痣のように見えるのだそうだ。

「この死に痣を正しく読み取れば、その人物が息絶えた後どんな姿勢をとっていたか、かなり正確に推測することができる」

で、おとよの亡骸の場合はどうか。

「死に痣は大半が躰の下側に散っており、特に背中側の大きな痣は、おとよが絶命して血の流れが止まるとすぐ仰向けに寝かされ、総身の血が躰の下側に溜まりきってしまうまでのあいだ……もっとも長くて半日ほどだろうが、その仰向けのまま動かされなかったことを示している。両腕と両膝の下の死に痣の位置はいくらか右側面にずれて散っているが、これは躰が少し傾いていたからだろう」

北一は、気がついたら餌をせびる鳥の雛《ひな》みたいに口を開けていた。

「あの痣は……怪我じゃなかったんで」

そうだと、栗山の旦那はうなずいた。「元の記録をつけた検視役は、読む者がその知識を持っていることを前提として記している。だから〈痣〉と書いて、その位置と大きさを示している。これがもしも殴打《おうだ》や圧迫によってできた痕だと見た場合には、その形や色の濃淡の具合についても、もう少し詳しく記したはずだ」

怪我による痣には（殴られたり叩かれたり圧《お》されたりした）中心部が濃く、そこから離れるに従って色が薄くなるという特徴がある。なので、何によって（手や足か道具か武具か）その痣がつけられたのか、形状を推測できる場合もある。これに対して死に痣は、血の溜まり具合で色が変わるので、単純に低いところは一様に濃く、高いところは薄くなる。

「はあ。死に痣……ですか」

北一はまた冷や汗が出てきたけれど、騒いではみっともない。沢井の隠居旦那とお恵は、息を詰めて、語る栗山周五郎に集中している。

「おとよの躰に、人の手で――あるいは武器や道具を用いて、何らかの責め苦が加えられた様子は見当たらない。はっきりしているのは、両手両足、口の猿ぐつわが、何度も縛ったりほどいたり、付けたり外したりを繰り返されていることだ」

それは、手首足首、口の両端の柔らかい肌に残る、いくつも重なった紐や布の跡から見て取ることができる。

「亡骸の傷み具合から推して、殺されてから発見まではせいぜい二日。だから、深川の菓子屋のそばで姿を消してから十日ほどのあいだは、おとよはどこかで生きていたことになる。最初からずっと手足を縛られていたのか、ある時点からこの縛《いまし》めが始まったのか、そこまでは判別できないが、生きている――生かされているあいだは、飲み食いしたり、厠《かわや》を使ったり、身につけているものが汚れていないところを見ると、着替えや躰を拭くぐらいのことはしていたようだから、そのときに縛めや猿ぐつわがほどかれ、用が終わるとまた縛られていたと考えていいだろう」

恐ろしい。栗山の旦那の辛《から》みの利いた塩辛声が、こんなに耳に刺さることは今までなかった。

「責め苦を受けていないということで言えば、おとよの躰には、力尽くで手込めにされた形跡もない」

北一はつい「ぐ」と呻いてしまった。それについては検視の記録でも一行で片付けられており、しかし北一は納得がいかなくて、だけど深く考えたくなくて、考えたら治兵衛に申し訳ないような気がして、胸につっかえていた。栗山の旦那の意見を伺いたいと思っていた。

だってそうじゃねえ？　女を掠って閉じ込める。そんな恐ろしく邪《よこしま》なことをやらかす野郎なんだから、その女の躰を好きなように弄《もてあそ》ぼうとするに決まってる。というか、それが目当てで掠ったんじゃねえのか。他に目的があったとしても、おとよみたいな若い女を手の内に捕らえたら、まっしぐらにそういう悪事へと突っ走るもんじゃねえのか。

「安心しろ。俺も、だから下手人は女なのだなんて、くだらん混ぜっ返しをしようとは思わん」

この下手人は男だ、と言った。

「それはまず、このやり口を見るだけでわかる。女を掠い、閉じ込め、気が済んで殺すまでは手元に握っておく。つまり支配しておく。それ自体が、ねじ曲がった形で女に欲求を覚える男の性《さが》だ」

おとよの躰に情交を強《し》いられた痕が残っていなかったのは、

「考えられる説は二つある。一つは、この下手人が、女を虐《しいた》げいたぶることで満足してしまい、情交に及ぶことはない、あるいは年齢や体調などの理由で情交できない男である場合だ」

このとき、お恵が身じろぎして、それを隠すように、着物の襟元《えりもと》をつっと直した。くちびるを引き結び、目は伏せている。

「もう一つは、殴る蹴る、押さえつけるなどの手荒なことをしなくても、女を脅しつけたり、だまくらかす方法はいくらでもあるということだ」

栗山の旦那はまた眠たげな半目に戻り、つらつらと言い連ねた。言うことを聞かなければ、死ぬまでここから出してやらない。飯も水もやらない。生き埋めにしてやる。溺れさせてやる。だが、こちらの要求に素直に応じれば、何日か経ったら家に帰してやる。愛想《あいそ》良く応じれば応じるほど、早く帰れるぞ。しかし刃向《はむ》かうようならば、帰る家そのものをまず失くしてやるぞ。

「俺一人の考えでは、男の側の考えに寄ってしまうから、女の考えも聞いてみたが……」

栗山の旦那とそんな話ができるのは、お里に決まっている。

「すると、縛られ猿ぐつわをかまされ、どこかに閉じ込められただけで、まずだいたいの女が抗《あらが》う気を折られてしまうと言った」

これはもちろん、囚われている場所の様子にも左右される。土牢《つちろう》や薄暗い廃屋《はいおく》は、それだけで恐ろしい。でも、青畳の匂いがして桐《きり》の簞笥《たんす》や立派な銅鏡《どうきょう》のついた鏡台《きょうだい》が据えてある座敷だとしても、ものものしい格子《こうし》に囲まれていたら？　どれほどきれいで居心地がよさそうでも、あからさまな檻《おり》の中で縛られ、繫《つな》がれてしまったら？

「確かに……」と、隠居旦那が低く応じた。

自分を掠って閉じ込めている、どこの誰とも知れぬ男の言うことをきかなければ、ここから出られない。誰にも見つけてもらえない。助けを呼ぶ手段はない。そもそも自分がどこにいるのかもわからない。下手《へた》に逆らえば、夫や家族にまで難が及ぶと、目の前のこの恐ろしい男は言っている――

「そうやって支配され、心を砕かれて情交を強いられた場合には、躰には目立つ痕跡は残らない。だから、おとよがどのような目に遭わされていたのか、亡骸から読み取れることは限られている」

これが検視というものだ。

「女を手込めにし、傷を負わせるような輩《やから》は、そんなに気が長くない。後先考えず、その場の勢いでやっつけてしまう。頭も悪いし、知恵もない」

だが、おとよを殺した下手人は違う。赤い金魚と鮒《ふな》ぐらいの差があると、栗山の旦那は言うのだった。

「北一、吐き気がするなら水を飲め。俺から言うべきことは、あと少しだ」

指を立て、手元の文書の別の丁《ちょう》をめくって、

「躰の急所を一突きしておとよを殺していること。そのための道具が手元にあったらしいこと。おとよを十日間以上も留めておける場所もあったと思われること。この三つを考え合わせると——」

この下手人野郎にとって、おとよ殺しは初めての殺しではないと考えた方がいい。

「おとよの前に、確実に何人分か稽古を積んでいる」

勧められたとおり、お恵が出してくれた湯飲みの水を一口飲んだところだった北一は、その水を吐いてしまいそうになって、強く口を結んだ。

「ただその何人か……やはり女たちだろうが、その件は表に出てきていない。文書係の三輪田

が一目《いちもく》も二目も置くおでこの三太郎でさえつかんでいない、掘り出していないということは、事件になっていないということだ」

女の行方知れず事件としても、女殺しの事件としても。

「その理由として、考えられる筋は二つある。一つは、それが武家のなかで起きた事件だから、という筋だが」

言いながら、栗山の旦那はかぶりを振っている。

「これはまずあり得ないと、俺は思う。殺しや女をいたぶることに淫《いん》する人でなしは、身分を問わずどこにでもいるが、おとよという商家の女を好んだこの下手人野郎が、その前にはもっぱら武家の女を狙って悪事の修練をしていたとは考えにくい。つまり――」

胸くそ悪いが、と吐き出してから、

「この手の悪事を働くくそ野郎には、くそ野郎なりの好みがあるからだ」

うん、わかる。北一はその理解を、吐き気と一緒に飲み下した。

「武家の妻女はそもそも一人歩きも夜歩きもしないから、獲物《えもの》としては町場の女より格段に難しくなる。じゃあ女中や通いの女商人はどうかといえば、武家屋敷に従属しているその階層で続けて殺しや行方知れずが起きれば、よっぽど遠国《おんごく》の大名の領内ならともかくも、江戸市中においては、それがまったく表面に出てこないわけはない。お目付《めつけ》はそんなに抜けてはおらん。で、評定所《ひょうじょうしょ》の内外でその手の細波《さざなみ》が立てば、三輪田を介しておでこの三太郎の耳にも届きそうなものだ」

隠居旦那が一度、二度とうなずき、お恵は語る旦那と聞く旦那のあいだに座して、囲炉裏の火に目を据えている。息をしているのか。人形みたいに静かだ。

胸に溜まった悪い空気を吐き出すのと一緒に、北一は声を出した。「おいらが聞いた限りでは、おでこさん本人も、評定所への出入りを許されているそうですから」

思ったよりも、ちゃんと声が出せた。息を吐けて、吐き気も少し抜けた。

「そうか。ならばなおさら確かだな」

言って、栗山の旦那はふうと鼻息を吐いた。

「あと一つは、およの前に餌食《えじき》とされた女、あるいは女たちが、姿を消したところで誰かに案じてもらえる立場ではなかったという筋だ」

市中でもっとも貧しく、身を売ってその日暮らしをしている女たち。

「岡場所《おかばしょ》の遊女でさえない、夜鷹《よたか》や近場の宿場の飯盛女《めしもりおんな》、隠れ売女《ばいじょ》や提重《さげじゅう》の類《たぐい》だ。女衒《ぜげん》や抱え主がいる場合は、姿を消したら逃げたと思われ、心当たりを捜されることはあるだろう。だが、本気で行方を捜されることはない。それっきりになっても、事件として扱われることはない」

「その手の女たちならば、最初から金で釣《つ》ることもできる」

隠居旦那が、書いたものを棒読みするような口調で言った。

「後腐《あとくさ》れがないよう、抱え主にまとまった金を包めば買い切りだ。あとは煮て食おうが焼いて食おうが好き勝手にできますな」

「で、でも」つっかえながら、北一は言った。「胸を突かれてる女の亡骸がどこかで出たら、さすがに事件になるはずで」

「だから、そういう亡骸は出ていないんだ」

栗山の旦那は肩を落とし、思い出したように打裂羽織を脱いだ。

「出ていても、記録に残されていない場合もある。夜鷹や飯盛女なんぞの命は、虫けらのようなものだからな。見つけた者が、番屋に知らせなければそれまでだ。知らされなければ検視も行われない」

わざと吐き捨てるように言っている。口の端が苦いものを噛むように歪《ゆが》んでいる。

囲炉裏の火が落ちてきた。隠居旦那が薪《まき》をへし折って足すと、火の粉が舞う。人形がにわかに命を得たかのように、お恵が目でそれを追った。

「北一、今のところ、俺に言えることはここまでだ」

北一もまた火の粉を目で追い、ほんの一瞬だけど心を他所に飛ばしていた。そうしないと、心の蝶番《ちょうつがい》の肝心なところが外れてしまいそうな気がしたからだ。ちょっとだけ逃げたかった。どうしよう。このあと、何を訊けばいいんだっけ。

背中の後ろを通り過ぎる隙間風のせいではなく、ひどい寒気《さむけ》を覚える。肌と血がただ冷たくなる寒さではない。冷たくておぞましい小さな生き物の群れが、肌の下でのたくりうごめいているみたいだった。

自分から踏み込み、栗山の旦那の言葉を拝借するなら「掘り起こした」昔の事件は、思っていた以上に深い淀《よど》みだった。しかも、北一はそのすぐ縁に立っているのだ。

「北一、腑抜《ふぬ》けるな」

栗山の旦那の一喝《いっかつ》に、北一は飛んでいた心をつかんで気を取り直す。目の焦点が合って、二人の旦那とお恵の顔が、くっきりと見えた。

「栗山様の知見を受けて、次は私から話したいことがある」

話しているのは隠居旦那だ。お恵の眼差しも北一の方に向けられている。

「先日、差配の勘右衛門から、おまえが二十八年前の村田屋およよの事件を調べ直し、下手人を捕らえたいと考えていると聞いたとき――」

もう二十八年も経ったのかという、富勘の嘆き節。およよさんは二十歳のままで、治兵衛さんだけ歳をとっちまった。

「私は驚かなかった。いや、千吉が思いがけず急逝《きゅうせい》してしまったときには、お上の御用を引き継ぐ立場からはもっとも遠いところにいた、北一、おまえが言い出したということには、充分に驚いたがな」

何一つぱっとしない、利け者の片鱗《へんりん》もない、子分でさえなかった下の下の拾われっ子の北一が。

「実は、おまえが今こうしているように、私もおよよを殺した下手人を捕らえたいと考え、知恵と手を尽くした時期がある。当時、といってもたった三年前のことだ」

三年前。沢井の若旦那は見習い同心から上がったばかりで、隠居旦那は本所深川方の古株同心。隠居の話はまだ出ていなかったんじゃないか。もちろん千吉親分はぴんしゃんしており、北一は十四歳、振り売りの天秤棒に振り回されてよろよろしていたころ。たまに親分に褒められたり、台所のお染に旨いものを食わせてもらえれば、極楽気分《ごくらく》だった。

「糸口は、おとよの事件とは全く関わりのないところにあった」

別の事件のために見出《みいだ》し、手繰《たぐ》っていった糸の先に、おとよ殺しが繋がっていた。隠居旦那にとっても、それは町方役人人生のなかで指折りの驚きだったと続けて、

「私は千吉の手を借り、このお恵も私の意を受けて働いた。その結果――」

白い毛が多く、裾の長い眉（長寿のしるしだ）をほんの少ししかめて、沢井の隠居旦那は、北一が夢にも思っていなかったことを口にした。

「下手人の正体はわかった。おそらく間違いがないであろう事の真相も、わかっている」

え。え、え、え、え、え。

ひときわ大きな音をたてて、薪が爆《は》ぜた。

「だが、それ以上踏み込み、下手人をお縄にすることはかなわなかったのだ」

口惜《くちお》しいが、真相をつかむのが遅すぎて――それ以前に、事件のぜんたいを把握するのが遅すぎて、手遅れになっていた――大黒様のような風貌の隠居旦那の口から、地獄の獄卒《ごくそつ》の一撃《いちげき》のごとく北一を打ちのめす言葉が続く。

「それ故《ゆえ》に、治兵衛に真相を明かしてやることも憚《はばか》られた。徒《いたずら》に酷い思い出をかき立てることになる上に、下手人には手出しができぬと教えたところで、まったく救われぬだろうと思った

のだ」

だから、隠居旦那が誰かにこの話をするのは、今が初めてのことだ、と言った。

九

事の起こりは三年前の春、お恵がある噂話を耳にしたことだった。

このころお恵は、多摩郡《たまごおり》の中野村《なかの》にある馬力屋《ばりきや》（馬を使う荷運び屋）に女中として潜《もぐ》り込んでいた。多摩郡は町奉行所の支配下ではなく、治安と御定法を守る砦《とりで》は郡代役所である。ただ、このときお恵は、唐《から》渡りの〈阿片《あへん》〉という危険な薬を混ぜた刻み煙草《タバコ》の売買の流れを追いかけて、四谷《よつや》大門の東西にある荷運び屋や空樽屋《あきだるや》、木箱屋などを一つ一つ地道に探っていって、ついに中野村にたどりついたところだった。

この阿片煙草を巡る捜査は、前年の夏ごろから始まっていた。一服するだけで極楽へ昇ったような気分になれるという阿片は、耽溺《たんでき》すれば本人の命を危《あや》うくするばかりか、正気を失った中毒者が暴れたり、まわりの人びとを害する危険もある。きっかけとなった中毒者を見つけたのが小石川養生所の医師だったこともあり、養生所見廻り同心が指揮をとり、地元の岡っ引き、小者《こもの》、お恵のような草がひそかに嗅《か》ぎ回る、難しい捜査であった。

一同の努力が実を結び、その年の桜が葉桜になるころには、この通称〈馬力屋阿片の事件〉は解決し、阿片煙草売買の流れはきれいに洗い出されて一件落着となった。首魁《しゅかい》は内藤新宿《ないとうしんじゅく》の旧《ふる》い料亭の主人夫婦だった。町奉行所の目が光る朱引《しゅびき》の内を出て、甲州《こうしゅう》街道・青梅《おうめ》街道・五日市《いつかいち》街道の宿場町にある旅籠《はたご》や遊郭《ゆうかく》で、遊蕩客《ゆうとうきゃく》のあいだに阿片煙草を売り広めて稼いでいたのである。ここ何年か、仕入れ値の高い純粋な唐渡りの阿片では儲けが薄いからと、家作の一部を耕《たがや》して芥子《けし》畑にし、芥子の実という原料を採《と》るところから始めていたのだが、肝心の阿片の精製が雑で混じり物が多く、重篤《じゅうとく》な中毒者が出たことが発覚のきっかけになったのだから、悪党も欲をかけばし損じるという話ではあった。

問題の噂は、阿片煙草とは関わりがない。気が利く働き者の女中として馬力屋に馴染んでいたお恵が、たまたま小耳に挟んだというだけだった。しかし、その内容が何とも不穏《ふおん》で、心に引っかかったのだった。

甲州街道と青梅街道の第一宿として賑わう内藤新宿から四谷大木戸《おおきど》の方へ一里《り》（約四キロ）ほど引き返したあたりに、「太丸屋《たまるや》」という荷運び屋がある。五十路前の八助《はちすけ》とお歌《うた》という夫婦と、十八になる倅の風太《ふうた》、お歌の母親のお時《とき》ばあさんの四人暮らしの一家だ。太丸屋はお時ばあさんの亭主が起《た》てたお店だが、商いの才覚も金運も、ついでに寿命まで、自分の店を持っただけで尽きてしまったらしく、早死にしてしまった。それで太丸屋の切り盛りに窮《きゅう》したお時ばあさんが、雇われの荷運び人だった（当時十九歳の）八助をお歌の婿《むこ》にして、どうにか食いつなぐことができたという過去がある。

八助もけっして根っからの商売人ではなかったが、日々二つの街道を行き来する旅人たちの荷運びの用を足しているうちに、思いついたのだろう。空樽や木箱、荷を縛る荒縄《あらなわ》、詰め物にする籾殻《もみがら》なども商いのうちに加え、四谷大木戸の荷検《にあらた》めをすんなり通り抜けられるよう、道具と知恵を貸すことでも小銭《こぜに》を稼ぐようになった。

　この工夫のおかげで手堅《てがた》く稼げるようになった太丸屋だが、悩みがなかったわけではない。お歌は風太の前に赤子《あかご》を三人授かったが、どの子も流れてしまったり、早くに死んでしまった。四人目の赤子が風太で、ようやく元気に生まれてくれたが、そのお産が重かったことから、今度はお歌が寝たり起きたりの半病人になってしまった。家のこと、お歌と赤子の世話、商いの手伝い。気丈《きじょう》なお時ばあさんが一人で背負ったが、どれほど気丈でも歳をとれば躰は弱ってくる。八助は義母に気を遣い、女房を労り、身を粉《こ》にして働き続けた。ただ風太が素直ないい子で、物心つくと八助をよく助けるようになったし、夫婦仲、家族の仲はよかった。

　中野村の馬力屋が八助の太丸屋のことを知っていたのは、商いで付き合いがあったからだ。荷運び屋と馬力屋は、大きな宿場にある問屋場《といやば》のような表立った商売ではなく、短い距離で行商人や旅人の些細《ささい》な用事を拾ってつないでいる小商《こあきな》いなので、角突《つの》き合うよりも助け合った方がずっと上手くいく。特に中野村の馬力屋は、八助が空樽や籾殻などを扱い始めたとき、すぐ真似をして旨味《うまみ》があったものだから、八助のあれこれに何となく注意を払っていた。

　そんなところへ、近ごろ八助の様子がおかしいという話が聞こえてきた。根も葉もない噂ではなく、八助のところに空樽と木箱を卸《おろ》している問屋が言うことだった。

「真っ昼間から夢でも見てるみたいにぼうっとして、妙にびくついていてね。誰もいやしないところを見つめてたかと思うと、急に真《ま》っ青《さお》になったり、一人で頭を抱えて」

――かんべんしてくれ、かんべんしてくれ。

「念仏みたいに唱《とな》えてたりするんだよ」

お歌も不安そうで、問屋に相談を持ちかけてきたという。お時ばあさんは、自分より先に八助が呆《ぼ》けてどうすると怒っているし、親孝行のはずの風太も、八助がおかしくなると嫌な顔をして、ぷいとどこかに行ってしまうという。

いったいどうしたんだろうね、病《やまい》かしら、いや本当に呆けてきたんだろう……馬力屋夫婦は勝手なことを言い、問屋はちょっと気まずそうな顔をしてそそくさと引き揚げていった。

働き者の女中を装《よそお》いながら馬力屋夫婦の動向を探っていたお恵は、このやりとりを聞きかじったとき、最初は八助も阿片煙草の中毒者なのではないかと思った。もっとも、そうだとすると、馬力屋夫婦が（問屋が去ってしまった後も）素直に訝っているのはおかしい。真っ先に阿片を疑ってしかるべき立場だからである。

心に引っかかったから、急ぎの知らせを繋ぎ役の小者に送った。すると二日もしないうちに、太丸屋は阿片煙草の密売とは関わりがない、亭主の八助は確かに気が触れているようだが、阿片による症状とは違うという知らせが戻ってきた。

それでお恵も、いったん太丸屋のことは心から外に出した。阿片煙草の内偵は大詰めになり、ほどなく大がかりな捕物《とりもの》があって、阿片煙草の一味は首魁から馬力屋の夫婦までぞろりとお縄になった。

お恵は雇い主を失った女中となり、馬力屋の奉公人仲間や客たちに怪しまれぬよう日を置い

て、

「牛込の方に知り合いがいるので、頼って行ってみます。皆さん、お世話になりました」

なんて挨拶を残し、風呂敷包み一つを背負って中野村を離れた。

それから半月ほど後、阿片煙草の大捕物のころには咲き始めだった桜がすっかり葉桜に変わったころ、ぎょっとするような知らせがお恵の耳に飛び込んできた。内藤新宿の近くの荷運び屋で、気が触れた亭主が女房と女房の母親を包丁で刺し殺し、倅も殺そうとして争いになり、結局は二人とも命にかかわる深手《ふかで》を負ってしまって、あと何日保《も》つか……というのである。事が起きたのは一昨日《おととい》の夜明け前で、いっときは夜盗《やとう》の凶行かと、まわりは大騒ぎになったそうな。

これは太丸屋のことに違いない。阿片煙草の大仕事を終えて、本当に知り合いがいる牛込の古着店《ふるぎだな》に身を寄せてのんびり働いていたお恵は、詳しいことを知るために、すぐ向かうことにした。主人夫婦が罪を犯してお縄になった馬力屋の元女中でございますが、太丸屋さんにはお世話になりました、心配でお見舞いに伺いましたと言えば、近づくのは難しいことではない。

このとき、お恵とやりとりしていた繋ぎ役の小者も、気になるから一緒に行くと言い出した。そもそも太丸屋の事件をお恵に知らせてくれたのもこの小者で、お恵よりも驚いていた。

「八助は確かにおかしかったが、阿片中毒とは思えなかった。だが、こんなことになってしまっちゃあ、俺もいささか寝覚《ねざ》めが悪い」

いったい何が障りとなって、八助は気が触れてしまったのか。できれば突き止めたいと言って、同行してくれたのである。この小者の名は（お恵と同じく親にもらった名ではなかろうが）杢市《もくいち》といい、お恵よりは少し年若に見えた。岡っ引きの手下ではなく、阿片煙草の捕物の指揮をとった養生所見廻り同心の子飼いで、悪人を捕らえる荒事《あらごと》よりも、よろずの病や生薬《しょうやく》、毒物に通じていた。

急いで太丸屋を訪ねてみると、店の表戸には板きれが打ち付けられ、出入口には塩がまいてあった。近くの茶屋では、家の中じゅう血だらけで、恐ろしくて誰も足を踏み入れることができない、あの家はもう油をまいて火を点けて燃やしてしまうしかないだろうなどと、極端なことを言っていた。

「道沿いに躑躅《つつじ》がいっぱいに咲いておりまして、本来なら美しい眺めのはずなのですが、そのときは、躑躅の赤い色がおぞましく見えるほどでした」

お時とお歌の母娘《おやこ》は検視が済んで早々に葬《ほうむ》られてしまい、八助と倅の風太は、太丸屋と付き合いがあった内藤新宿の「もみじ」という木賃宿《きちんやど》が引き取って看《み》ているという。そのうち二人とも死んでしまいそうだし、しょせんは一家心中なのだからと役人にも番人にも嫌われて、番屋には置かれていないのだ。

これはお恵と杢市には有り難いことだった。杢市は薬の行商人のふりをしてもみじに入り込み、お恵は「心配してお見舞い」「しばらくお世話をさせてください」「あら、薬屋さんが泊まってるんですね。助かったわ」なんて小芝居《こしばい》をして、二人で八助と風太の枕辺《まくらべ》に寄ることができた。

一見して、風太の方がもういけないのはわかった。傷はいくつもあり、なかでも右脇腹の二ヵ所は深く、既《すで》に腐臭《ふしゅう》が漂い始めていた。八助にいきなり襲いかかられ、この二ヵ所を刺されてもまだ抗って、やり返すことができるだけの若さと体力があったから、かろうじて息が残っただけで、もう話をするどころではなかった。

八助の方は、命取りの深手は右胸の下の刺し傷が一つ。あとは包丁の刃がかすった切り傷がいくつか、両 掌《りょうてのひら》と両指に残っているだけだった。風太は包丁を取り上げ、逆にそれをかざして脅して、八助を遠ざけようとしたのだろう。それなのに八助が向かってきて、掌や指を刃がかすめても止まらないから、最後には胸を刺す羽目《はめ》になってしまったのだろう。

八助はまだ呼べば目を開き、呼びかけに答えることもできた。しかし呼気に腐臭が濃くまじり、息は浅く忙《せわ》しなく、手足の先は血が通わなくなって冷え切っていた。こちらもそう長くはない。酷いようだが、しっかり問うて返事を聞かせてもらわねばならない――と、お恵は腹をくくった。

八助はときどき思い出したように、宙《ちゅう》に目を泳がせながら「かんべんしてくれ、かんべんしてくれ」と訴えた。ほかに脈絡《みゃくらく》もなく、わけのわからないことを呟いたり、泣くような声で呻くこともあった。誰かに、ひどく悪いことをしたと詫びているようだった。お恵は、それが糸口になると考えた。

「八助さんは今こんなに辛い思いをしているんだから、何だって勘弁してあげますよ。いったいどうなさったんですか」

この優しい声音《こわね》の問いかけと、こぎれいに整ったお恵の風貌が、八助の曇った頭と心にも響いたのだろう。躰の死が迫ったことで、残りわずかな正気が心の表に出てきたのかもしれない。

「おれの、子が、みんな死んでしまったのも、おれのせいだったんだ」

八助は風太の上の赤子を三人も亡くしている。

「ちゃんと、あたまをつかえば、おれのせいだって、わかったんだ。むくいだ。うらみだ。やめればよかった。なのに、よくに、めがくらんじまった。おやくにんにばれたら、みんな、おれのせいで、ろうやにほうりこまれるって、こわくて、おれはもう、いやだったのに。かんべんしてくれ、悪かったよ」

八助は出し抜けに寝床の上で身じろぐと、動かぬ躰を動かして逃げようとした。目を剝いて、誰もいない天井《てんじょう》のあたりを見据えている。

「そんなとこで、おれを、にらまねえでくれ。たのむよ、かんべんしてくれ。じょうぶつしてくれ。あんた、だれだ。その顔はだれだよ」

なむあみだぶつ、なむあみだぶつ。泣きながら念仏を唱え、かんべんしてくれと繰り返して身をよじる。八助はどうやら、誰かの亡霊《ぼうれい》を見ているらしい。その亡霊に怯えるあまり、ここまで正気を失ってしまったのだ。

「誰が天井にいるんですか」と、お恵は尋ねた。「あたしに、その人の名前を教えてください。そうしたらあたしが名前を呼んで、その人に、八助さんを怒らないようにお願いしてみます。八助さんは深く後悔しているので、もう勘弁してあげてくださいとお頼みしてみます」

するると、八助は身もだえして涙を流した。

「なんにんも、いるんだ。だけど、おれはころしてねえ。ただ、しまつを、させられただけで」

涙が溢れる目を宙に泳がせ、血が通わなくなって青くなったくちびるをわななかせ、動かぬ指で天井をさそうとしながら、

「おさきさん、か。あんたが、さいごだったな。そっちにうずくまってるのは、おくわさんか。なまえなんかしらねえおんなも、おれは……」

だけど、いちばんはじめは。

「おれだって、うんと悔いてる。あのとき、やめてりゃよかった。おとよさんって、いってたな。あんたを、ていしゅのところに、帰してやったら、よかった」

お恵は八助の枕辺で、雷に打たれたように固まった。


隠居旦那の囲炉裏で、薪がぱちんと音をたてた。火の粉が舞ってきて、北一のほっぺたをちくりと刺す。

「おとよさんの名前を聞いた瞬間は、息が止まるかと思いました」

お恵は、落ち着いた口調で語りを続けた。

「深川で起きた村田屋の事件のことは、沢井様から伺っておりましたので……」

沢井の隠居旦那がうなずく。「解決できなかったことが口惜しく、どんな形でもいいからおとよの件につながる糸口が欲しくて、伝手となりそうな小者や草には、私の口から事の次第を話していたからな」

目の前が暗くなったり明るくなったりするので、北一はじっと身動きせずに座っていた。暗くなるときは、駒形堂のそばで首に一蹴りくらったときみたいに、一瞬で暗くなる。それがまたカッと明るくなって、目の奥がちかちかした。

「八助からは、どの程度の話を聞き出すことができたんだ？」

栗山の旦那は落ち着き払っていて、持ち前の潰れたような声も、潰れたなりに平らに響いた。

「半日かけて、休み休み、問うては答えさせましたが、その日の夜半に八助は死んでしまいました」

死人に口なしだ。

「死に瀕《ひん》して正気を取り戻したようではあったものの、ときどき狂乱して泣き叫ぶこともありまして……」

本当に手こずったし、辛かったとお恵は言った。

「おぞましいし悲しいし腹が立つし、途中であたしの方が具合が悪くなってしまい、杢市さんにはずいぶんと情けないところをお見せしてしまいました」

この草の女《ひと》が、こんな素直に自分の気持ちを口に出すなんて、たぶん、雪の日に虹《にじ》を見るくらい珍しいことであるはずだ。沢井の隠居旦那が用意してくれたこの場と、栗山の旦那の淡々として動じないところに、お恵も安心しているのだろう。

「あたしも杢市さんも、まずいちばんに知りたかったのは、太丸屋の八助を雇って、女の亡骸を始末させた人物の身元でございます」

しかし、どれだけ辛抱強く問いかけても、八助はその人物の名を言わなかった。「金に困っていない」商人だということは吐いたが、お店の屋号も言わない。

「しつこく問うているうちに、あたしたちも気がつきました。八助は言わないのではなく、知らないのだ。知らされていないのだと」

その人物は、最初に太丸屋を訪れて、八助にこの「仕事」を持ちかけてきた商家の大番頭から地主の家の用人《ようにん》のように見える年配の男から、

——手前どもの〈大旦那様〉。

と呼ばれていた。その男本人は、〈大旦那様〉から〈地頭《じとう》〉と呼ばれ、八助に対しても、

——手前のことは地頭さんとお呼びなさい。

と言っていたらしい。

ここで北一は、何とか声を取り戻した。

「それ、いつのことだったんですかい」と問いかけた。「割り込んですいません。けど、いつの——」

お恵は答えた。「八助が地頭と初めて顔を合わせたのは、今から二十八年前の水無月十日の

ことでした」

同じ月の朔日に、おとよが行方知れずになっている。それから少なくとも十日以上はどこかで生きていたと思われる。

「当時の八助は二十歳で、同い年のお歌は最初の赤子を身ごもっていました。太丸屋はかつかつの稼ぎで、お時が青物の担ぎ売りに出たりして、どうにか食いつないでいる有様だったそうで」

八助は、切実に金がほしかった。地頭が持ち込んできた「仕事」は、「口が固い人でないと頼めないし、夜中に働いてもらう」「そのかわり、金ははずむ」というので、八助は夜逃げか、盗みかなと思ったという。

「それくらいの危ない橋を渡っても、金がほしかった八助は、深く考えずにその仕事を受けました。地頭はこう言い置いて、帰っていきました」

——あと二、三日で頃合いのときがくるので、そうしたらあんたを呼びに来る。

そして、本当に三日後の夜半、地頭が太丸屋を訪ねてきて、八助を呼び出した。八助は荷車を持ち出そうとしたが、地頭は「身一つでいい」と言い、二人は連れだって夜道を急いだ。新月の夜だったが、八助には提灯もなかった。

「最初は行き先も知らされぬまま連れていかれて、たっぷり一刻は歩き、風よけの松林に囲まれた大きな屋敷に着いたそうでございます」

屋敷の輪郭は闇に沈み、どんな建物なのか、八助にはわからなかった。ぐるりを囲む生《い》け垣《がき》から、ほのかに花の匂いがしていた。

屋敷に入るのかと思えば、違った。地頭は生け垣の内に入ると、屋敷の外をぐるりと回って、裏手に出た。そこには粗末な竹垣で囲われた一角があり、地頭が明かりを手に近づくと、なかで何かが動く気配と、羽音《はおと》がした。

「竹垣は鶏小屋《とりごや》で、夜目の一瞥《いちべつ》では数え切れないほどの軍鶏《しゃも》と鶉《うずら》が飼われていたそうです」

どちらも鳴き声が独特の鳥で、肉を食用にすることもできる。趣味で飼う人もいるから、それ自体は奇異というほどのことではない。

しかし、地頭は鶏小屋のなかを進むと、地べたの一角にしゃがみ込んだ。そこには戸板を半分に切ったような扉がついており、取っ手をつかんで持ち上げると、段々が地下に向かって延びていた。傾斜が急ではあるが、梯子ではなく、ちゃんとした階段だった。

——仕事はこの先で待っていますよ。

地頭に促され、八助は後について段々を下りた。大した高さではなく、すぐ下について、地頭が掲げる提灯の明かりに、今度は上にあがる段々が見えた。要するに、鶏小屋から屋敷のなかに入る、これは秘密の抜け道なのだった。

「段々をあがると廊下に出て、その先に、いくつもの蠟燭《ろうそく》が灯《とも》された広い座敷があったそうです」

ただの座敷ではなかった。その半分ほどは頑丈な格子で囲まれた座敷牢《ざしきろう》だったのだ。

「そこで八助は初めて〈大旦那様〉に引き合わされ、座敷牢の奥に延べた床《とこ》の上に横たわっている女の亡骸を見せられたのだそうでございます」

女が身につけている着物にも帯にも血は染みていたが、流れ出た血の大半は、床に延べた薄べったい布団《ふとん》が吸い込んでしまったようだった。あたりには血の臭いが満ちていた。

「譫言《うわごと》のようにしゃべりながら、八助はこのくだりばかりは明確に、何度も繰り返しておりました。生け垣の花の匂いと、座敷牢の血の臭い」

八助に課せられた「仕事」は、座敷牢を掃除し、女の亡骸を外に担《かつ》ぎ出して、夜道を運んでゆくことだった。ただし、手伝いがもう一人いた。

「驚いたことに十三、四ばかりの小僧がおりまして、〈大旦那様〉と地頭の言われるままに立ち働いていたんだそうで……」

お恵と杢市がこの小僧の名前を尋ねても、八助は答えられなかった。やはり知らないのか、問われていることがわからなかったのだろう。ただ、

——いぬだ。いぬのようながきだった。

血の泡《あわ》を噴きながら、そう言った。

お恵と杢市が〈大旦那様〉の風貌を尋ねると、「顔が優しい」「それほど年寄りじゃあなかった」「笑ってた。いつも笑ってた」

——おれは、おんなどもに、たたられてるのに、あのひとは、なんともねえんだ。どうしてか、なんでもねえんだ。

休み休み、八助を励ましながら、お恵と杢市はどうにか先を聞き出した。初めて始末させら

れたこの女の名前が「おとよ」であること、亭主がいる人妻であることは、仕事のあいだに耳に入ったようだ。〈大旦那様〉と地頭は、八助を警戒することもなく女のことをしゃべっていたのであろう。

目先の欲にかられ、夜逃げか盗みぐらいならいいだろうという浅はかな判断で夜の闇に足を踏み入れた八助は、急な段々を下りて上っただけで、もう抜け出すことのできない闇の泥の底へと引き込まれてしまった。急かされるままに女の血で手を汚しながら掃除をし、亡骸を背負ってまた鶏小屋から外に出ると、犬のような小僧が引いてきた荷車に載せ、筵《むしろ》で覆って夜道へと走り出た。行き先はどこでもいい。人目につかぬところへ捨ててこい。なまじ埋めるよりも、獣に食ってもらった方が始末が早かろう――

「おれは、こわくて、こわくて」

その荷車は八助が商いに使っているものとは大違いで、半分壊れていた。車輪はがたぴしと跳ね、梶棒《かじぼう》もがたついていて、たびたび八助の腹や腕にぶつかった。

「もりのおくへ、はしって、しゃりんがかたっぽ、おれちまって、おんなのなきがらが、やぶのなかに」

転がった亡骸を、手探りでまた荷車に載せるなんて、八助にはできなかった。言われたとおり、人目につきそうもない場所だ。ここでいい。すまん、すまんと心のなかで叫びながら、どうにか筵だけ拾い上げ、いっそうがたぴしと鳴る荷車を懸命に引きずって、命からがら太丸屋へと逃げ帰った。

一夜の悪夢は終わった。だが、本当の悪夢はそこから始まる。翌日、八助がお歌にもお時にも何も言わず、壊れた荷車を手斧《ておの》でたたき割って焚き付けにしていると、地頭が太丸屋を訪ねてきた。

——おつかれだったね。約束の酒手《さかて》だよ。

八助の鼻先に小判を光らせると、地頭は愛想よく笑いながら、これからもよしなに頼みますよと言った。

——これは半金《はんきん》だけど、いいかい、目立たないように使いなさいよ。残りの半金は、しばらく様子を見てからやろう。何なら金子《きんす》じゃなく、おまえさんのおふくろや女房の滋養になる食い物や、朝鮮人参をあげたっていい。

これからも、よしなに頼みますよ。

八助は言いなりになるしかなかった。

こんな恐ろしい悪事だから、しばしば起きたわけではない。おとよという女の次は、何年もあいだが空いた。その後も、忘れたころになると「仕事」の声がかかり、八助を恐怖の闇に引きずり戻すのだった。

地頭は「仕事」がないときも、何かしら用事をつくっては、親しげに太丸屋に近づいてきた。お時とお歌も顔見知りになってしまった。お歌が産んだ長女が二つを迎えられずに逝ってしまったときも、わざわざお悔《く》やみに来た。次の子を授かったときには、祝いを包んでくれた。その子がまた逝ってしまったときには線香《せんこう》を持ってお悔やみに来た。

商いを捨て、家族を捨てない限り、八助は逃げられなくなった。「仕事」で呼ばれると行かざるを得なくなった。誰に訴えることもできない。加担して、金をもらってしまった。学もないし知恵もない八助が何かばらしたところで、言葉が足りずに、かえって全ての罪をなすりつけられてしまうかもしれない。

「実は、太丸屋で木箱や空樽を扱ったり、急な腹痛や癪《しやく》を起こした旅人のための薬を置くように勧めたのも、地頭だったんだそうでございます」

〈大旦那様〉の「仕事」で呼ばれるときのほかは、地頭はただの親切な知り合いだった。

最初の〈おとよ〉から、最後の〈おさき〉まで。二十数年を、八助は「仕事」に縛られてきた。

「北一さんがあぶり出した六つの事件では、五年前の如月に起きた件が最後でございましたね」

北一はうなずこうとして、首ががちがちになっていることに気がついた。ずっと歯を食いしばっていたのだ。

「しかし、その如月の女の名は〈おさき〉ではない。両国広小路の一膳飯屋の女中で、〈おみち〉だ」

栗山の旦那が、覚え書きに目を落としながら代わりに言ってくれた。

「八助が全ての事件で仕事をしたわけではないのかもしれんし、ただの覚え違い、言い間違いかもしれん。私は後者ではないかと思う。正気を失いかけている上に、死に瀕している男の言だ」

栗山の旦那は眉間に皺を刻み、口をへの字に曲げる。それから言った。「おとよの後、女の亡骸が出ていないのは何故《なにゆえ》だ。獣に食わせた方が話が早いなんぞと嘯《うそぶ》いていたのだろうに」

お恵も険《けわ》しい顔をして、「八助に問いましたところ、他の女たちは運んで埋めたと申しておりました。たぶん、おとよさんの亡骸を藪に捨てたことが、〈大旦那様〉たちが思っていたよりは大騒ぎになったので、慎重になったのではないでしょうか」

その運んで埋めるのが、八助の「仕事」だったのか。

「女たちを掠うことは、誰かほかの奴の仕事だったんだろうか」

少なくとも、八助はそちらには手を染めていない。死に際の白状で出てこなかった。より危険の多い「人掠い」の方は、八助のような外の者ではなく、〈大旦那様〉の手の内の者（地頭のような立場の者）が手配していたのかもしれない。

「この〈大旦那様〉をとっ捕まえれば、わかることです」

北一は、やっと声を取り戻して言った。自分でもびっくりするくらい、ふざけているみたいに声が震えていた。

「とっ捕まえましょうよ、早く」

お恵の話に没頭するあまりに、北一は忘れていた。前置きに、沢井の隠居旦那が言ったことを。

真相をつかむのが遅すぎて、下手人を捕らえることはできなかった、と。

「悔しいけれど、とうに死んでいたんです」

静かな声で、お恵が言った。

「八助が無理心中を起こす一年と少し前、地頭が久しぶりに八助を訪ねてきて」

――大旦那様が亡くなった。大往生《だいおうじょう》だったよ。

「これでもう、八助に仕事を頼むことはない。これまでご苦労だったと、小判を一枚握らせて」

――皆が嫌がる汚れ仕事に、よく励んでくれたね。達者で暮らしなさい。

それきり、地頭は二度と現れなかった。八助もまた、何度となく「仕事」で呼ばれた森のなかの屋敷を訪ねようとは思えなかった。地頭が死んだというのなら、〈大旦那様〉は本当に死んだのだ。これで終わった。ようやく解放される。

しかし、そううまくはいかなかったのだ。

これまでは良くも悪くも重しになっていた地頭が消え、〈大旦那様〉もいなくなり、「仕事」を強いられることはなくなったが、その分だけ旨味もなくなった。お歌は、地頭からもらう米や卵、身弱の躰に効く高価な生薬のおかげで、もっと若かったころよりも丈夫になっていた。お時はさすがに寄る年波に勝てず、弱る一方ではあったが、そんな義母に滋養のある食い物や菓子を与えてやれることは、八助の喜びだった。風太が立派に成長したのも、育ち盛りに食うものが充分にあったおかげだ。

そういう喜びが消え、ただ真っ暗な罪と後悔の念ばかりが残った。八助は一人で取り残され、誰に打ち明けることもできぬまま、一月《ひとつき》、また一月と月日をすごすうちに、少しずつ平静を失い、始末した女たちの亡霊を見るようになった。亡霊たちは、八助が名前を知る女も、知らない女も、等しく八助のことを知っていて、ひたと見据えてきた。目を閉じても見えたし、昼も夜も現れた。

亡骸の血を拭い、背負って運び、埋めて片付ける。それは悪い夢のなかの出来事のようであり、生々《なまなま》しい記憶でもあった。それは八助を苛《さいな》み、けっして許してくれなかった。

「八助が気を失い、そのまま命が絶えてしまうまでに、あたしたちはどうにか〈大旦那様〉の屋敷の場所を聞き出しました」

八助の言うことが混乱していたので、それらしき場所が二つ考えられて、実際に足を運んで確かめることになった。

「最初に訪ねた場所は、明らかに違いました。炭焼き小屋があるだけでしたのでね」

二ヵ所目に訪ねた藁葺き屋根の厚い屋敷は、緑の濃い生け垣に囲まれていたが、裏手の一角に花茨《はないばら》が植えられていた。夏になると花を咲かせ、上品な芳香《ほうこう》を放つ庭木である。初めて「仕事」に呼ばれた夜、八助が嗅いだ香りはこれだったか。

「その屋敷には、大きな竹垣に囲まれた鶏小屋もございました」

お恵は見つけたのだ。〈大旦那様〉の屋敷を。森に囲まれ、座敷牢を隠し持つ鬼の住まいを。

なのに、どうしてそんなに辛そうな顔をするのだろう。

「そこはもう、町方の者の手が入る場所ではなくなっていた」

沢井の隠居旦那が言った。北一は意味がわからず、ただ旦那の顔を見た。

「我々が見つけたのは、相模国《さがみのくに》の一角に領地を持つ大名家、函川《はこがわ》相模守《かみ》様の下屋敷《しも》だったのだ」

近隣の千駄ヶ谷村や原宿《はらじゅく》村の者たちが働きに来て、広い庭で畑を耕し、麻《あさ》を育てて糸を紡《つむ》ぎ、鶏小屋で鶏や軍鶏を飼っていた。

「おまえも聞いたことがあるだろう。〈抱え屋敷〉だ。もともとはそのあたりの地主の隠居所として建てられた屋敷で、長いこと空き家になっていたが、ほんの半年前に函川様の下屋敷として抱えられたのだという」

大名家は安い賃料でその屋敷を抱えるかわりに、地元の人びとを雇い入れ、土地を開放して耕作させて、余剰《よじょう》の分は売って金に換えることを許す。大名でも旗本でも、屋敷を一つ自前で建てたり借りたりするのは費《つい》えが大きいから、抱え屋敷は便利な上に、地元の者たちにも利得が多い。

しかし……信じられない。

「誰も、何の障りもなしに、そこに住んでるんですかい」

北一には、自分の声が遠く聞こえた。

「何の障りもなしに、賑やかながら穏やかな抱え屋敷として、人を住まわせております」

なぜかお恵は、屋敷の方を「主」にして言った。屋敷が〈大旦那様〉との血塗られた過去を忘れ、小さいが名のある大名家の、居心地のよい下屋敷になることを選んだかのように。

「あたしは諦めきれなかったので、何度か忍び込んで探ってみましたが……」

鶏小屋の地下通路は、土と瓦礫《がれき》で埋められていた。屋敷の内側の出口も、釘《くぎ》で打ち付けられて塞《ふさ》がれていた。座敷牢があったはずの場所は見当がついたが、格子は跡形もなかった。

「天井の縁に何ヵ所か、格子のせいでへこんだ傷が残っていただけでした」

北一はまた歯を食いしばった。何か手があるはずだ。調べる糸口があるはずだ。

「ホントは空き家じゃなかったんだから、もとの持ち主が〈大旦那様〉に貸したときの文書とか、金のやりとりをした証文とかが残ってるはずじゃありませんか？」

〈大旦那様〉が逝ったら半年あまりで大名家の下屋敷として差し出すなんて、貸主の方も座敷牢の悪事の一端ぐらいは知ってたんじゃねえのか。いや、抱え屋敷にして全てに蓋《ふた》をするという、このえげつない案自体が、〈大旦那様〉側から出たものじゃねえのか。

お恵は黙っている。沢井の隠居旦那が首を振る。「今は函川様の下屋敷になっている以上、その類いの証文にも我々の手は届かん。それがあるかどうかさえ、まず定かではない」

「俺ならとっておかんな。火にくべて始末してしまえば終わりだ」

栗山の旦那の容赦《ようしゃ》ない一言。北一は滝のように冷たい汗にまみれて、懸命に頭を働かせているつもりなのに、なぜかくらくらするばかりだ。

みんな死んでしまっている。悪い奴も、掠われた女たちも、「仕事」に使われた八助も。手がかりは残っていない。確かなことは何もない。〈大旦那様〉がどこのどいつなのか、どこの何というお店の主人だったのか、それさえもわからない。

「せめて、場所を教えてください」

おいら、行ってみる。自分の目でその屋敷を見てみる。探ってみる。

「お恵が探っても、何もつかめなかったのだ。おまえに何ができる？」

諦めろ。栗山の旦那の塩辛声が、唐辛子《とうがらし》をまぶしたみたいにひりひりと耳を刺す。だけど、
北一は諦めたくなかった。

「お、お恵さんだって、何年も前に行ってみたきりなんでしょう？」

お恵は小さくため息を吐いて、「あたしも執念《しゅうねん》深いから、つい半年ほど前も様子を見に行ってみたんですよ」

さすがに外から見ただけで、忍び込んではみなかった。夏場のことだったから、畑は青々として、蟬《せみ》がやかましく鳴いており、屋敷を囲む生け垣に、着物を洗い張りした板が立てかけてあったという。

北一は黙った。うなだれて、歯ぎしりしながら黙った。本当は上を向いて吠え立てたかった。腹の底から獰猛《どうもう》に遠吠えしたかった。この家の梁《はり》をへし折り藁葺き屋根を吹っ飛ばすほどの勢いで。

ちくしょう、ちくしょう、ちくしょう！

で、閃《ひらめ》いた。

遠吠えか。

北一が急に顔を跳ね上げたので、囲炉裏のまわりの三人が驚いた。

「お、お恵さんだって、おいらと同じ人の身でしょ」

お恵は目を丸くした。「は？」

「草だって忍びだって、人だもの。鼻は利かねえや」

お恵と沢井の隠居旦那は顔を見合わせる。栗山の旦那は渋い顔で顎の先をつまんでいる。

北一は声を張り上げた。

「犬を連れていきます。犬なら、鼻が利くでしょ。何かしら、屋敷の内外に残ってるものを嗅ぎ出してくれるかもしれねえ」

シロとブチ、また出番だぞ！

十

「あのなぁ」と、喜多次はため息まじりに言った。「犬を使うって、そんな生やさしいことじゃねえんだぞ」

いつものように、夜更《よふ》けの長命湯、釜焚き場の炎《ほのお》が照り映えるところにいる。

北一は今夜も鉋かけの鍛錬をしなければならないのだが、それよりまず何から何まで聞いてもらいたくて、息を切らしてしゃべった。喜多次は、最初のうちは焚き付けの仕分けをしながら聞いていたが、途中で手を止めてこっちに向き直り、それからはじっと北一の顔に目をこらすようになった。釜のこともおろそかになって火が鎮《しず》まってしまい、湯殿のお客から文句を言われて、急いで燃《も》し足したほどだ。

だけど、北一の妙案については、ぜんぜん前向きになってはくれなかった。

「犬は、あんたの思い通りに動く道具じゃねえんだ」

「だけど、シロとブチは……」

気の毒ばたらきの三人の身元を突き止めるときには、あんなに役に立ってくれたじゃないか。北一が言い張ると、喜多次はもっと嫌な顔をした。

「あのときは、奴らに臭いをつけておいて、犬どもにそれを追っかけさせたんだ。何を見つければいいのかわからねえ今回の件とは、根っこから違う」

だいいち、気安くシロとブチを使おうなんて了見がいけない――と、がみがみ言う。

「言ったろ？　あいつらは俺やあんたの飼い犬じゃねえ。俺もあんたもあいつらの飼い主じゃねえ。対等なんだ」

こんなに叱られるとは思わなくて、北一は萎《しお》れるよりも呆けてしまった。立ち尽くしていると、喜多次が近寄ってきて、「ほれ、鉋」。板きれを指さし、「あっち」

しょうがない。北一は素直に鉋をかけ始めた。

しばらく黙って鍛錬したけれど、これで話を終えるわけにはいかない。

「で……でもさ、お恵さんがさ」

喜多次はこっちに背中を向けたまま、仕分けをしている。

「俺たちが行くなら、ついてきてくれるっていうんだ。案内してくれるって」

もちろん、今日の明日というわけにはいかない。行く先は下屋敷とはいえ大名の縄張りなのだから、絶対に見つかってはいけない。支度も要るし、

――どんなに早くとも、次の新月を待たなくてはいけませんよ。

闇夜《やみよ》でなければ、決行はできない。

「それに、俺が犬を使うって言ったら、そんなことは考えてもみなかったってびっくりして」

一生懸命言うのに、相手にしてもらえない。喜多次は怒っているんだ。そう気がついて、さらに驚いた。これまで、ずっと無愛想な奴だった。食い物を分けるとき以外は、愛想のかけらもない奴だった。でも思い出してみれば、喜多次が本気で怒るのを見たことはない。

今が初めてだ。北一は身が縮む。

鉋をかけ続ける。しゅっ、しゅっ。膝を曲げ伸ばす。

「勝手に俺たちなんて言って、悪かったよ」

しゅっ、しゅっ。皮肉なことに、今夜は鉋かけがうまくいく。薄い鉋くずが闇に舞う。

「シロとブチのことも、厚かましくって悪かったよ」

おいら、考えなしで悪かったよ。

「だけど、何とかしたいんだ」

おとよさんの事件を解決したい。〈大旦那様〉の正体を暴《あば》きたい。いったい何人の女たちが殺され、闇に葬られたのか明らかにしたい。

「何もしないまんまじゃ、明日から飯が喉を通らねえような気がする」

気がするだけで、腹が減ったら食えるだろうし、喉が渇けば水が旨いだろうし、疲れたら眠くなって寝るのだろう。北一なんか、そんな野郎なのだ。

だけど、そんな野郎でも、〈大日那様〉をこのままにしたくはないのだ。

喜多次は一抱えの焚き付けを運んでくると、釜の前に腰を据えた。小枝や小さい板きれは手で折り、紙くずは軽くまとめて釜に投げ入れ、火かき棒で突く。気の毒ばたらきの忠四郎とここで言い合いをしたとき、喜多次がむしゃくしゃの勢いで釜に投げ込んでしまった火かき棒は、無事手元に戻っている。

釜が燃える。夜は更ける。北一は鉋をかけ続け、両膝がだんだんと笑ってくる。

千駄ヶ谷の森の奥の闇をそのままにしておいたら、この先の人生で「笑う」ことができるのは、おいらの膝だけだろうと北一は思う。

「……その、八助って荷運び屋は」

重たい沈黙をちょびっとだけ剝《は》がして、喜多次が呟いた。北一が思わず手を止めてしまうと、

「休むな」

「あ、はい」

しゅっ、しゅっ、しゅっ。

「本人も気づいてなかっただけで、けっこう昔から少しずつ気が触れてたんだよ」

たいてい、そういうもんなんだ、と言う。

「あるところにくっきり線があって、その手前はまともで、越えたら気が触れたってわけじゃねえ。餅が煮とけるみたいに、正気もだんだん溶けてく。善《い》いことと悪いことの境目も溶けてく。そうでなかったら、続けて仕事を引き受けるわけがねえ」

喜多次の言うことを嚙みしめて、北一は考えてみる。

「一つの仕事と次の仕事のあいだは、けっこう年月が空いていたらしいんだ」

だから、まともな心地を取り戻した暮らしの方が長いはずで、そのあいだにとびとびに悪夢のような「仕事」が入り、八助はちょっとずつ蝕《むしば》まれていったのではないか。

喜多次は首を振る。「それも含めて、八助がどこまで本当のことを白状したのかわからないと言ってるんだ」

あてにならない。八助の言葉も、記憶も。

「大げさに言っているのかもしれねえし、少なめに言っているのかもしれねえ。全くのでっち上げではなくても、細かいところは違っているかもしれねえ。なにしろ、お恵さんが聞き出した時点でも、二十五年ぐらいの年月がかかってた事件なんだから」

ただ、〈大旦那様〉が死んで「仕事」が切れ、悪事の後始末をしなくてもよくなった代わりに、褒美《ほうび》の金品という旨味も失って、それでようやく八助の「おかしさ」が表面に出てきたというのは、腑に落ちる——いっそ冷酷なほどの淡々とした口調で、喜多次は続けた。

「ずっと自分の内側の暗がりに潜ってて、顔を出したら完全に気が触れきって、やらかしたのは家族の皆殺しだ。そんな野郎の言うことを頼りに、しかもいちばん旧い事件は三十年前だって？」

「二、二十八年前だよ」

「そういうのを五十歩百歩というんだ。何も探せるもんか」

そうかもしれない。だけど北一は諦めたくない。お恵もその気持ちを汲んで、約束してくれたのだ。

——本当にそんな役に立つ犬がいるのなら、探索に行きましょう。あたしが案内します。

おいらの犬じゃねえのに、自慢たらしく軽々しいことを言った。おいらはホントに考えなしだ。

胸の奥に硬いしこりが生じて、どうやっても消えない。苦しい。しゅっ、しゅっ、しゅっ。膝が笑うのを通り越して震え出す。

焚き付けの山の向こう側から、犬の吠える声が聞こえてきた。わん、うわん。そして低く唸る音。続けて、ぅわん、ウウウわんと、ちょっと高めの吠える声。そして鼻息。

近づいてくる、軽い足音。広い釜焚き場を横切って、しっかりと厚みのある犬の肉球が地べたを叩く音。噂をすれば影がさす、だ。

うん、おいらはこいつらの飼い主じゃねえ。こいつらがおいらの親分だとしても、おいらは子分失格だ。だって声と足音だけじゃ、シロとブチの見分けがつかねえんだから。

釜から溢れる赤い光のなかに、犬たちが姿を現した。

「おまえら、間が悪い」

喜多次は不機嫌そうに唸ると、二匹を出迎えた。別に頭を撫でるわけじゃない。ただ、まるで目上の人が来たかのように、当たり前のように立ち上がる。

シロは尻尾を立て、ブチは耳をきりりと左右に張って、板きれに向き合っている北一のそばに寄ってきた。そこらに散っている鉋くずをくんくんと嗅ぎ始める。

「それは食い物じゃねえよ。ごめんな、今夜は手ぶらなんだ。次はまた芋でも持ってくるからさ」

北一は鉋を置き、シロとブチの鼻先を軽く片手で拝んだ。こいつらの口に入ったらいけないから、鉋くずを掃除しなきゃ。

シロとブチはその場に尻を下ろした。北一の言葉がわからず、やっぱり何かくれると待っているのだろうか。それとも、何か言いたいことでもあるのだろうか。

「……なんだよ、おまえら」

喜多次は腹立たしそうだ。シロとブチは首だけよじってそっちを見た。で、すぐ北一の方に顔を戻した。

北一には、二匹が北一と喜多次を取りなそうとしているみたいに感じられた。おまえたち、喧嘩しているのか。争いはよくないぞ。

北一は泣けてきそうな気持ちのまま、その場にしゃがみ込んだ。それでは足りずに、ちゃんと正座した。そして二匹に言った。

「おいら、おまえたちにまた力を貸してもらいたいんだ。頼めるかい？」

シロとブチはまばたきをして、耳をぴくりと動かす。シロは北一を見ている。ブチは振り返って喜多次を見る。

「食い物をもらって、味を占めてるんだな」

喜多次は突っ立ったまま、にわかにがりがりと頭を掻きむしった。

「ったく、何なんだよ、あんたもこいつらも」

犬の鼻をあてにして、何を見つける？

「女たちの亡骸は、屋敷のまわりに埋められてるんだよな」

最初のおとよとて、そう遠くまで運ばれたわけではなかった。

「二十年も昔の亡骸じゃ、もう無理だ。でも、いちばん最後の事件は五年前とか言ってたよな。それなら何とかなるかもしれねえ」

北一は目を丸くした。「シロとブチに女の亡骸の臭いを嗅がせて、同じ臭いを探してもらうのかい？」

ものすごく嫌そうな顔をして、「バカか」と喜多次は言った。「墓場に行くんだ。こいつらに墓場の臭いをたっぷり嗅がせて覚えさせるんだよ。でも、それだけじゃ足りねえ。俺たちも訓練しねえと」と、喜多次は凄《すご》む。「こいつらを使いこなせるようにな。あんたが考えてるほど、楽なことじゃねえぞ」

そのとき、湯殿の方から、

「お〜い、釜焚き、寝ていやがるのか！」

わんわんと響き渡るほど大きなお叱りの声が飛んできて、あとで考えたら本当に申し訳なかったのだけれど、北一は笑ってしまった。

やってみたら、確かに難しかった。

シロとブチに、こっちの思うとおりに動いてもらうには、ただ命令したり、引っ張ったり、指さしたりするだけでは全然駄目だ。二匹に「動いていただく」つもりで、こちらの意図が伝わるようにふるまわなくてはいけない。横柄《おうへい》な態度もいけない。

シロとブチの首に縄や綱をつけるのも、あくまでも、こっちが二匹と逸《はぐ》れないようにするためだ。気の毒ばたらきの一味の臭いを追っかけたときには、北一はそこまで考えが届いていなかった。

躰の大きなシロは、片耳が千切《ちぎ》れ片眼が半《なか》ば潰れているが、びっくりするくらい俊敏《しゅんびん》に動くし、力持ちだ。小さくて華奢なブチは脚力《きゃくりょく》が強くて足が速いだけでなく、二階家の庇ぐらいの高さは平気で飛び越えてしまう。二匹のそういう違いも、一緒に走り回ってみなければ、実感としてつかめなかった。

喜多次はまるでお稲荷さん巡りをするみたいに気楽に「墓場を巡って臭いを嗅がせる」と言って、実際、猿江から大島村《おおじま》一帯で墓のあるところをいくつも目星をつけていて、二人と二匹は夜な夜《よ》な《よ》そこらを駆け回った。深川十万坪の田畑ばっかりのところだから、誰かに見られる心配はごく少ないけれど、見られたら怪しまれること請け合いだ。それと、夜中の訓練を始め

て四、五日経ったころ、猿江の作業場に糊《のり》を作りに来てくれた農家の婆ちゃんが、

「このごろ、夜中になるとやたらと犬の吠える声がするって、孫が怖がってしょうがないんだよね」

と、こぼすのを聞いて身が縮んだ。すんません、すんません。もうすぐやめます。でっかいシロはおとなしいんだけど、小さいブチは気が荒くて、走り回ってると高ぶってわんわん吠えちゃうんだ。

さて、七日目の真夜中過ぎ、

「あそこは墓じゃねえけど、確かに死人が埋まってたところだから、行ってみるか」

喜多次がそう言い出し、去年の五月雨《さみだれ》のころだったか、北一が喜多次の親父さんの（ものと思われる）骨を掘り出した、五本松《ごほんまつ》そばの地主・井口《いぐち》家の離れへと足を向けた。

「あれから、親父さんの骨に手を合わせることはあるのかい」

北一の問いかけが聞こえなかったのか、聞こえないふりをしたのか。喜多次はシロの頭を離れの方へ向けようとしながら、

「何も臭わねえか。もうだいぶ経ってるもんな」

北一が連れている――じゃなくて、逸れないように連れだってもらっているブチの方は、最初から井口家の離れには興味がなく、しきりと反対の方に北一を引っ張っていこうとする。しょうがないからついていったら、あぜ道の枯れ草のなかに、カラスかトンビらしい鳥の死骸が落ちていた。

「そんなもん噛んじゃ駄目だ。落ちてる鳥は、病か毒で死んでるんだから」

そうなの？　というように、ブチはくりくり眼《まなこ》で北一を見上げ、わん！　と吠えた。

「わかったら、目を合わせるだけでいいよ。吠えるのは、吠えなきゃならねえときだけだ。そういうときは、おいらが先に吠えるから。わぉん、わぉ～んて。そしたら応えてくれよ、な？」

ブチと向き合い、ホントに吠えてみせながら言い聞かせる北一を、喜多次とシロは夜目にも白い目で見ている。

深川十万坪に点在する小さい墓場をいくつも巡り、細いあぜ道を前後して走って猿江御材木蔵《おざいもくぐら》の方へと戻ってくると、なぜかしらぽつんと提灯の灯《あか》りが見えた。作業場の近くに、誰かが立っているようだ。

何かあったんだろうか。胸騒ぎを覚え、北一はブチを急がせて先に立った。

「おい、ちょっと待った」

喜多次の声を振り切って駆けた。無印のぶら提灯を手に作業場の前に立っているのは――青海新兵衛だった。

「やあ、ようやく捕まえたぞ」

は？　何で？

「ここ数日、夜中になると犬を連れて駆け回っているのはどこの誰かと思えば、北さんだったか」

あ痛ぁ。何で気づかれてんだよ。新兵衛が用人として仕えている椿山家のお屋敷は、確かにこのすぐ近くだ。でも、「若様」こと栄花と瀬戸殿の枕辺《まくらべ》をお騒がせしてはいけないから、真ん前の道を通るのは避けていたのに。

北一が困っているうちに、喜多次がシロと一緒に追いついた。新兵衛は、末三じいさんや高橋の碁会所の主人に対するときと同じ笑顔で、

「北さんの朋輩《ほうばい》かな。邪魔立てして申し訳ない。私は北一の商売仲間の青海新兵衛と申す。以後、お見知りおきを」

喜多次とシロは、見事に同じ、はっつけたような無表情でしんとしている。ブチはぶんぶん尻尾を振っている。

「で、そこもと二人と二匹は、いったい何をしているのかな？」

世間には、黙って立っているだけで犬猫に懐かれる人がいる。新兵衛がその口だった。シロもブチも新兵衛のくたびれた袴の折り目に頭をこすりつけ、鼻をふんふん鳴らしてついてゆく。犬がそうなってしまうと、連れだっていただいていい、いる北一と喜多次は逆《さか》らいようもなく、真夜中の欅屋敷に引っ張られていってしまった。

で、「いったい何をしているのか」白状する羽目にもなった。

もちろん、北一とてたちまちゲロったわけではない。目的が大名の下屋敷をひそかに探ることなのだから、旗本の椿山家に仕える新兵衛を巻き込むわけにはいかない。下手を打ったと

き、どんな迷惑がかかるかわからないからだ。

でも、眠気と疲れと食い気には勝てなかった。

新兵衛は初手から上機嫌で、二人と二匹を台所に招き入れると、

「若も瀬戸殿もずっと本邸に滞在しておられてな。私も留守居が寂しくなってきたところだ。まあ、入ってくれ、掛けてくれ。二人とも、駆けずり回って腹が減ってはおらんか？　私の夕《ゆう》餉《げ》の残り物ですまんが、芋汁《いもじる》がある。冷や飯を足して雑炊にできるが、どうだ？」

食べ物の話が出てきたら、喜多次は目がらんらんで、ぜんぜん無表情ではなくなった。こいつ、餓鬼《がき》だ。

「犬たちには水をやろう。北さん、そこの水瓶から汲んでやってくれ。やたらに食い物を与えてはいかんと思うが、そうか、ふかし芋が好物か。あるぞ。ちょうど昨日、まとめて壺焼《つぼや》きにしておいたのだ」

壺焼きで作る焼き芋は甘くて旨いが、手がかかる。それ、犬にやっていいのか。

「いいともさ。私も一人飯には飽きた」

竈に火が熾《お》き、広い台所に芋汁の温かい匂いが漂うと、北一は腹が減って、でも眠気もさして、ついあくびを漏らしてしまった。毎夜、長命湯で終い湯まで喜多次は釜焚きをし、北一は鍛錬をし（ここ何日かは、板きれを前後に配して、躰をよじりながら前後交互に鉋をかけ続けるという荒技をやらされている）、それから犬たちと遠っ走りをしているのだから、疲れて眠たいのは当たり前だった。

腹が減っているのも、夜気で冷え切っているのも、二人と二匹、みんな同じだった。そこへ新兵衛が福の神然としたニコニコ顔で食い物を出してくれたのだから、ひとたまりもなかったのである。

ひととおりの事情を話し終えるころには、腹もくちくなって、北一は瞼も躰も重くなっていた。

「何か掛けてやらんと、風邪を引くな」

土間から上がった板の間の方へ目を投げて、新兵衛が言う。北一もそっちを見て、ぎょっとした（一瞬だけ眠気も飛ぶほどに）。喜多次が板の間でごろ寝しているのだ。

「わ、何だこいつ！」

「かまわん、かまわん」

シロとブチもいつの間にか、竈の前で丸くなっている。納戸《なんど》から綿入れを取り出して、喜多次の躰に掛けてやりながら、新兵衛は言った。

「北さんは、私を……というか、栄花様の椿山家を巻き込みたくないと思っているのだろうが」

もちろんだ！　がっくんがっくんうなずくと、北一の鼻がいびきみたいに鳴る。

「しかし私にも、犬を入れる籠《かご》を用意するぐらいの手伝いはできるぞ」

眠気に負けそうで、新兵衛が何を言っているのかよく聞き取れない。犬を入れる？　籠に？　あくびを呑み込みながら、かろうじて言った。

「シロとブチは、走ってどこへでも行かれます」

「深川の端から千駄ヶ谷の森まで、綱《つな》で引いていくのかね。無理無理。必ずどこかの番屋で止められるぞ」

それ……あんまり考えてなかった。

「夜が、更けてからなら」

「昼間よりも、むしろ目立つだろうな」

誰にも見咎《みとが》められず、シロとブチの鼻を混乱させぬためにも、千駄ヶ谷の近くまでは、犬たちは籠に隠しておくべきだと、新兵衛は力説した。

「四谷の大木戸は、もちろん避けて行くつもりなのだろう？　だったら尚更《なおさら》だ。犬たちが目立たぬよう、素早く移動せねばな」

そして犬を使わせていただく北一たちと一緒に、真夜中まで身を潜《ひそ》めておく場所も要る、と言う。

「お恵さんに相談してみます」

「その草の女か。そうだな、それが手っ取り早いだろう。しかし、犬籠は私が調達しよう。実は、椿山様は犬好きでいらしてな」

本邸には大小四匹の犬が養われているのだそうな。

「瀬戸殿が犬嫌いなので、ここには寄せ付けておらんが、私は本邸に呼ばれると、たいていお犬様どもの散歩係を任されるので」

お犬様ども。新兵衛とどっちが上なんだ。

「別邸の用人など、それぐらいのものなのさ。犬は可愛いから、私はまったく気にせんが」

そんな次第で、新兵衛は犬にまつわる品物には詳しいという。

「そんなら、有り難くお願いします」

北一が居眠り半分でぺこりとすると、新兵衛の顔に喜色《きしょく》が広がった。とても丑三《うしみ》つ時（午前二時）とは思えない笑顔である。

新兵衛さん、嬉しそうだな。ところで妙な音が聞こえるけど、これ、何だ。おいらの鼻息？　じゃねえ、喜多次のいびきだ。こいつ、遠慮ってもんがなさすぎ……。

文句も眠気に溶けてゆく。

「ところで北さん、その帯の脇に結びつけてあるのは、組紐か？」

北一はハッと目を覚ました。組紐。ああ、お里にもらったものだ。

「へえ。栗山の旦那の……えっと、栗山の旦那から、お年玉でちょうだいしましたんで」

新兵衛は目を細める。「それはいいものだ。大事に使えよ。おまえさんの命を託すに足りるほどの逸品《いっぴん》だ」

本当なら、シロとブチを繋ぐにもその紐が欲しいところだが、今からでは間に合わんか。惜しいなあ、この先のことも考えて、作ってもらうといいぞ、きっと値が張ろうが——新兵衛の呟きを子守歌に、いつの間にか北一も寝てしまった。

十一

相談を持ちかけると、お恵はてきぱきと動いてくれた。夜更けまで身を隠しておく場所については、北一に言われる前から段取りをしていたようだった。

「それでも、大きな犬を入れて運べる籠は、あたしじゃ調達できません。北一さんのお知り合いにお願いします」

やりとりの繋ぎは、北永堀町の番屋の書役に頼んだ。風邪が治って元気を取り戻した書役は、いつもの温和な小父さんで、何も訊かずに繋ぎ役を務めてくれた。

段取りには、まあ最初からあてにしてはいなかったけれど、喜多次はまったく顔を出さなかった。北一とお恵でやりとりをして、新月まであと五夜ばかりとなったところで、小名木川《おなぎがわ》沿いの小さくて小汚い船宿で落ち合ったとき、お恵は同じくらいの年代の男を一人連れてきた。

一見して職人風の風体《ふうてい》だったけれど、北一はすぐぴんときた。

「杢市さんですかい」

言われて、男はひょうひょうと頬を緩めた。「あんたが北一さんだね」

二十八年前の事件を掘り起こそうという、酔狂《すいきょう》な文庫屋さんだね、と言った。

「おいらはまだお店を持ってねえんで、ただの文庫売りで」と、北一も軽く返した。「杢市さんは、おいらに手を貸してくれる酔狂なお人なんですね」

杢市はちらりとお恵を見ると、笑った。「赤坂口側から千駄ヶ谷の森に入った先に、手頃な小屋を見つけておいた。昔はそこにあった商家の寮の薪小屋だったらしいが」

寮の母屋《おもや》は火事で焼けてしまい、薪小屋だけが残っているのだという。

「千駄ヶ谷の森と大雑把《おおざつぱ》に言っても、かなりの広さがある。森の縁をめぐるように千駄ヶ谷村、原宿村、甲州街道の内藤新宿、鳴子宿《なるこじゆく》、角筈村《つのはず》などが点在していて、人が住み着いているんだが、件《くだん》の〈大旦那様〉の屋敷や、この焼けてしまった商家のように、森のなかにぽつんと建っている家屋敷も確かにあって」

その来歴や内情は、わかりにくいことが多い。

「地主と名主《なぬし》と御番所、あるいは代官所が把握《はあく》していればいいことで、まわりの村や宿場の者どもには関わりがないことだからな」

むしろ、今の〈大旦那様〉の屋敷のように、函川家という立派な大名の下屋敷になってしまえば、うんと風通しがよくなる。

「少しばかり近隣の評判を聞き込んでみたが、函川様の下屋敷では、近隣の村の衆がよく働いているようだ。いい青物が出来て、軍鶏と家鴨《あひる》が育ち、村の衆は小銭を稼いで潤っている」

北一たちはこのとき、小名木川沿いの小汚い船宿の裏手に集まっていた。市中には梅の香りが漂い始めていたが、掘割の水面《みなも》を滑ってくる風は冷たくて、鼻先と耳たぶが冷える。でも、腹の底から冷えを覚えるのは、たぶん杢市の語りのせいだ。

いったい何人の女が酷く命を奪われているのかわからない屋敷が、今は一変して、そこで働く人びとの幸せを生み出している——

この世には神も仏もなく、恨みを呑んだ亡霊もいないのか。だとしたら、八助を苦しめ追い詰めた女たちの亡霊は何だったんだろう。

「まさか、屋敷を間違ってるってことはありませんよね?」

間違っている方が、いっそ腑に落ちる。だが、お恵はかぶりを振って、「間違いようがありません」

杢市も、件の屋敷が函川家の下屋敷になったとき、自分の目で様子を確かめたくて足を運んでみたという。

「悔しかろうが、同じ屋敷だ。住まう者によって、建物は善悪どちらにも転ぶんだな」

ふつう、下屋敷には大名家や旗本の妻子は近づかない。だから規範も緩く、ともすると中《ちゅう》間《げん》部屋が博打《ばくち》場になったり、奥女中が役者や間夫《まぶ》を引き入れて遊蕩するけしからん隠《かく》れ家《が》になったりもするのだが、函川屋敷にはそんな気配もないという。

杢市は北一に問うてきた。「北一さん、鳥には詳しいかね」

へ? 「ほとんど知りません」

卵だって、食ったことも数えるほどだ。

「そうか。家鴨や鶉はおとなしいが、軍鶏は気が荒いし、警戒心が強い。〈大旦那様〉が立派な竹垣を巡らせて軍鶏を飼っていたのは……というより、座敷牢に通じる秘密の通路の出入口があるところに軍鶏を放っていたのは、万に一つ、囚われの女があそこから外へ逃げようとしたら、軍鶏が騒ぐので、すぐわかるからだろう」

胸が悪くなるような手配りである。

「だから、犬どもを使って周辺を嗅ぎ回らせるなら、鶏小屋にはくれぐれも用心しねえと。犬は鳥の匂いに引っ張られるからな」

「おいらよりずっと賢い犬たちだから、そんな心配は要らねえですよ」

お恵も杢市も、冗談だと思ったらしい。冗談じゃない、大真面目で本当のことなんだってわかったときには、手練れの草であるこの二人がどんな顔をするだろうと思うと、北一はちょっとだけ元気が出た。


逸りながら、恐れながら、駆け回りながら待った新月の日の夕暮れどき――

長命湯の釜焚き場に集まって、新兵衛が大八車に載せてきてくれた大きな籠の蓋を跳ね上げ、口笛に応じて現れたシロとブチを中に入れた。重たいシロが飛び乗ると、荷台がガクンと下がった。

「ご覧のとおりのガタボロだが、途中で動かなくなることはなかろう。好きなように使ってくれ」

新兵衛の厚意の大八車を、喜多次は不審そうにあちこち叩いてみていた。頼むからやめてくれよ、そういうの。

北一はシロとブチに言った。「これから大川を越えて、町なかを横切って、ちょっと遠くまで行くからな。おとなしく寝ててくれ。すまねえな」

二匹に途中で水をやるために、喜多次は（笑っちゃうくらい）大きな瓢簞《ひょうたん》を持ち出してきた。それと、あちこちの墓場からちょっとずつ持ち帰ってきた土を集めた麻袋。

北一が喜多次を借り出してしまうので、今日の長命湯は休みになるのかと思っていたら、爺ちゃんが釜焚きを代わるという。一晩くらいはかまわねえよ、けどわしは寒がりだから、今夜の湯は熱々になるなあ。居眠りしちまうと、湯屋ごと盛大に燃やしちまうかもしれんなあ――頼むからやめてくれよ、そういうの。

「ようやく若が本邸からお戻りになり、次の絵の準備にかかっている。北さん、この件が気の済むように片付いて、また商いに専心できるのを待っているぞ」

新兵衛はそう言って、北一たち二人と二匹を見送ってくれた。

「深川にいるうちなら、誰かに見られても、愛想笑いして先を急ぐといい。私がもっともらしい話を広めておく」

「お願いします！」

暮れかかる深川の町を抜け、橋番がいる両国橋と永代橋《えいたいばし》を避けて新大橋《しんおおはし》を渡ったところで、お恵が加わった。そこからはお恵の案内で、なるべく人目に立たない道筋を選び、お城の赤坂口を目指して西へと進んでいった。

赤坂では、目的の薪小屋に通じる小道の入口で、杢市が待っていた。夫婦と倅二人の一家で夜逃げか？　それにしちゃ時刻が早いなあ、という一行は、千駄ヶ谷の森へと踏み入った。小道はほとんど枯れ藪のなかに埋もれている。大八車は目立たないように隠し、喜多次がシロを、北一がブチを引いて歩くことにした。

薪小屋は吹けば飛ぶような代物《しろもの》だったけれど、きれいに掃除してあった。犬たちも北一たちも足を休ませ、杢市が持参してくれた握り飯を頬《ほお》張《ば》り、森のなかの（お恵が歩いて確かめてい る限りの）道筋や目印になりそうなもの、目的の屋敷の位置、近くの武家屋敷の辻番が見廻る（可能性のある）範囲などを記した切絵図を囲んで、最後の打ち合わせをした。

北一とブチと杢市、喜多次とシロとお恵。この二手で南北に分かれて屋敷に近づく。竹垣に囲われた鶏小屋と、その中の隠し通路の出入口を確かめるのは、南側分担の喜多次の役目になった。北一は少し残念だったけれど、鶏小屋に近づく危険はわかりきっているから、音もなく動ける喜多次の方がいいに決まっている。

お恵が頭巾《ずきん》まで揃っている黒装束《くろしょうぞく》を、杢市が背中にしょってても邪魔にならぬよう柄を短く詰めた鍬《くわ》を揃えておいてくれた。犬たちのために、予備の縄もある。荒縄だとざらざらだから と、シロとブチの首に掛ける輪っかのところは、洗いざらしの柔らかい布でくるんであった。

なんかもう、おいら役立たずですみません。

「夜中になるまで休もう」

杢市に促されると、喜多次は真っ先にシロとブチのあいだに入って、ごろりと横になった。

「おまえさあ！」

北一は、本気で怒りたくなった。

「この前、欅屋敷の台所でも、新兵衛さんそっちのけでぐうぐう寝てただろ。気が緩むの、早すぎねえか？　厚かましいとか思わねえの？」

「思わねえ」

寝心地がいいように腕枕を工夫しながら、喜多次は返事をよこした。「ぜんぜん思わねえ」

北一は鼻白《はなじろ》んだ。お恵は知らん顔をしており、杢市は面白そうに見物している。

「青海ってお武家さんには、犬どもが懐いてたから、信用した。今は、油断だの厚かましいだの言ってる場合じゃねえ。あんたこそ、頭だいじょうぶか」

知らん顔をしていたお恵が薄く微笑んで、「これをかぶって」と、蓑《みの》を差し出してくれた。

「火を熾《おこ》せないから、寒いでしょう」

そうだよ。ぬくぬくしているのは、犬たちのあいだに収まっている喜多次だけだ。北一は思いっきり口を尖らせて、何も言わずに蓑をかぶった。

当たり前だが、たいして眠れやしなかった。そろそろ頃合いだと杢市が声をかけてくれるよりもずいぶん前に、北一は薪小屋の闇のなかで目を開いていた。自分の心の臓が打つ音を聞いていた。

身支度をし、また犬たちに水を飲ませ、引き縄をつけてから、麻袋の中の土を鼻先に持っていって、臭いを嗅がせた。土はそれぞれ少しずつ分けて持ち歩くことにした。

月がないだけでなく、あつらえたような厚い雲が夜空に蓋をして、星も見えない夜だった。夜の闇と森の闇の底、杢市が先に立ち、目印になるように（鉄砲の種火《たねび》を入れる火皿を工夫し

たものだという）腰につけている小さな灯を頼りに、北一とブチはあとを尾《つ》いていった。

切絵図によれば、函川家の下屋敷までは大した道のりではないはずなのに、ブチの鼻息に合わせて呼吸しているせいか、北一はすぐと息が切れてきた。北一が探し当てていこうとしているところは、由緒ある譜代《ふだい》大名の下屋敷ではなく、〈大旦那様〉の血塗《ちぬ》られた屋敷なのだから、近づくにつれて呼吸が苦しくなり心の臓が締め上げられるのも当然のことなのだ。そこは、ほんの四年ほど前までは、この世でいちばん地獄に近い場所だったのだから。

「灯が点いている」

杢市が足を止めて、前方の夜の闇の向こうを指さしてみせた。なるほど、米粒くらいの明かりが、北一が見ているうちにつうっと横に動いて、消えた。

「屋敷に火の見櫓《やぐら》はない。あの高さは、一階の庇の上だ。見張り番が廻っているんだろう」

見張りがいるなんて、函川家の誰かが滞在しているのかもしれない。

「面倒になりますよね」

「いや、函川家の御正室は下屋敷を訪れたことさえない。誰か滞在しているにしても、家臣だろう。俺が知っている限り、普段は若党《わかとう》が一人二人、裏庭で木刀《ぼくとう》をふるっているだけだ」

囁《ささや》き声でやりとりしながら、木立《こだち》を抜けて進んでいく。千駄ヶ谷の森の木々は幹が太く、丈も高く、夜の闇のなかにいっそう暗く立ち塞がって、北一を阻《はば》もうとしているかのように思えた。

ブチは夜中の散歩を楽しむように、ずっと尻尾を振っていたが、屋敷のぜんたいが見えるほど近くに寄ると、耳を三角に立て、尻尾の動きを止めた。

「……何か臭うのか？」

北一が小声で尋ねても、くりくり眼で見つめ返してくるだけだ。でも、吠えようとはしない。口のあいだからベロを覗かせて、はあはあしている。

「いい子だな。静かに進もう」

ほどなく、二人と一匹は屋敷を囲む生け垣にぶつかった。そこからは生け垣沿いに右へ進む。

この生け垣の木は犬槙《いぬまき》だと、杢市は教えてくれた。「高木だから、昔から植えられていたなら、もっと高く伸びているはずだ。抱え屋敷になったとき、新しく植え替えたのかもしれない」

「いい匂いがするっていう、花茨は？」

「今の時季じゃ、花は咲かない。近づかないとわからないが、鶏小屋のある反対側の方じゃないか」

ブチはおとなしく、北一についてくる。何かに興奮して早足になるわけではないけれど、耳は立てたままだ。何となく、この場所を嫌がっているように見えるのは、北一の思い過ごしだろうか。

生け垣に近づきすぎず、身をかがめて進んでいく。北一は、そこここに灯されている灯籠《とうろう》を数えた。だだっ広い屋敷ではない。二階はあるが、一階部分の上に一間《ひとま》か二間《ふたま》が乗っかっているだけの造りだ。藁葺き屋根は分厚く、四方の角は一段と高く持ち上がっている。

人の声は聞こえない。動きもない――と思っていたら、さっきとは違う場所で、また明かりがゆっくりと闇を横切ってゆく。今度は縦長の提灯の形に見えた。提げるのではなく、片手で持てる弓張《ゆみは》り提灯だろう。やはり、見張りが廻っているのだ。

「今がちょうど、見張りの時刻なのかもしれない」

杢市が囁き、北一に（しゃがめ）と手振りをした。北一がしゃがむと、ブチも舌を出しながら、すぐ傍らに尻をおろした。

提灯の火がふつっと見えなくなった。屋敷の陰に入ったのだろう。杢市が腰を上げ、前屈みのまま進み始めた。北一とブチも続いた。

こうしてゆっくりと屋敷のまわりを半周し、申し合わせていた地点で、喜多次たちと合流した。

「鶏小屋、静かだったな」

声を押し殺し、北一は言った。喜多次はシロの首を撫でてやりながら、

「隠し通路は埋まってた。水が溜まってたぜ」

「水？」

「雨水でしょう」と、お恵が言う。「壁をしっかり固めていないと、年月が経つうちに染みてきてしまうんです。これだけの森のなかだから、地下水が出てもおかしくはないし」

どっちにしろ、もう隠し通路は使えない。誰かが使っている形跡もなく、入って調べること

もできない。

「見張りの灯を見たか」

「ええ、誰か滞在しているようね。ぴりぴりしている様子はないけれど」

北一と喜多次は、ひとしきりシロとブチを撫でてから、小分けにした墓場の土を鼻先に持っていって、じっくりと嗅がせた。

とっとと森のなかの探索にかかろう。もともと、屋敷の内側に怪しい臭いの源があるなんて、恃んではいなかった。八助の「仕事」は、女の亡骸を屋敷の外に運び出して始末することだったのだから。

「だけど、森から出たわけはねえんだ」

この森が与えてくれる暗がりを無駄にしたわけはない。

「よし、行こう」

手はず通りにまた二手に分かれ、森のなかをうねうねと進んでゆく。真《ま》っ直《す》ぐでは嗅ぎ落としが出やすいから、蛇《へび》のようにうねるのだ。屋敷から遠ざかり、また戻って近づく。遠ざかり、また戻って近づく。

北一とブチと杢市が三度目に屋敷に近づき直し、遠ざかってゆこうとするとき、

「お」

杢市が低く声を発して、身をひねるようにして地面の上の何かを避《よ》けた。そして、背中にしょっていた柄を詰めた鍬をさっと抜くと、それを足元に投げつけた。

ばすん！　枯れ葉と枯れ草を舞い上げ、湿った土を飛ばしながら、何かが鍬の柄に噛みついて、杢市の足のすぐ横で閉じた。大人の頭ほどの大きさがある狐罠《きつねわな》だ。杢市が腰につけている小さな灯に、とげとげした牙《きば》のような金具が光った。

北一は震え上がった。なんでこんなところに罠があるんだ。杢市はきわどく避けても、北一とブチが突っ込んでかかってしまったら、大変なことになったろう。それを防ぐために、杢市は鍬で罠を作動させてくれたのだ。

助かった――と胸をなで下ろしたが、安心するのはまだ早かった。ブチは北一よりも驚いており、耳が立ち目が丸くなり、尻尾がぴんと伸びて、前足も後ろ足も突っ張っている。

「わん！」

吠えたかと思うと、北一を引っ張って、狐罠と反対の方向へ、屋敷からさらに遠ざかる森の奥へと、猛然と駆け出した。北一は瞬時に判断を迫られた。ブチを引き留めるか、縄を手放して勝手に走らせてしまうか、ブチについていって引き戻すか。

判断するより先に、手のひらが焼けるように熱くなって、北一は引かれて走り出した。

待て、待て、待ってくれ。大声を出すわけにはいかない。ブチも一声吠えたあとは、恐怖と驚愕《きょうがく》に追われてただただ走っている。捕まえて宥めてやらなければ収まらない。こいつは勇敢だけど気が荒いし、短気なんだ。北一は両手で縄をつかんだ。

杢市は後ろに置き去りだ。北一は必死にブチについてゆく。藪に足をとられて遅れると、すぐ引き倒されそうになる。足を踏ん張ってブチを引き戻そうとすると、一瞬だけ上手くいくけれど、次の瞬間にはもっと強い力で引っ張られる。倒木なんかものともせずに飛び越える上に、ブチは興奮すると、小さい躰でシロよりも力持ちになる。

闇の森を抜け、何度も木の幹に頭をぶつけそうになりながら、どれぐらい走っただろう。ようやくブチの足が緩み、北一はあえぎながら呼吸を整えられるようになった。ブチの縄を強く引いてはいけない。こっちが近寄っていって、弛《たる》みをつくるんだ。

「どう、どう。落ち着いたかい？」

犬と馬は違うんだろうけど、他に呼びかける言葉を思いつかない。

「びっくりしたよな。おいらも、口から魂《たましい》が飛び出しそうになったよ。よしよし」

弛ませた縄を引き寄せながら、ブチに近づいてゆく。ブチはまだ足を止めたわけではない。北一を緩く引っ張りながら移動して――

耳を立てたまま、鼻面《はなづら》を地面に近づけて、何かを嗅ぎ始めた。それから、その「何か」を追うように、小走りで藪のなかを進み出した。

屋敷からは遠く離れた。振り返っても、雲が厚いせいで、夜空を切り取る藁葺き屋根の輪郭を確かめることはできない。明かりも見当たらない。真っ暗、真っ黒、湿っぽい夜気と土。

「今度は何だよ、ブチ。もう驚かせないでくれよ」

半笑いで話しかけることができるくらい、北一も落ち着いてきた。息も鎮まった。おつむりが廻る。お恵も杢市も、森に罠があるなんて言ってなかったし、知らなかったのだろう。こんなの、初めてなんだろう。

——ごく最近、屋敷の庭かまわりに獣が出たんだ。狐か狸か鼬《いたち》か、鼠《ねずみ》よりは大きいもの。作物を荒らしたか、鶏小屋を襲ったか、畑を耕す村人を脅かしたか。それで、函川屋敷の人びとが罠を仕掛け、夜も見廻りをしていたのだ。

腑に落ちたら、いっそう落ち着いてきた。北一は深く呼吸をして——気がついた。

泥水の臭いに。

ブチが頭を持ち上げ、低く唸った。北一は藪を分け、視界を邪魔する垂れ下がった木の枝と枯れた蔦《つた》をくぐった。

目の前に、小さな沼があった。いや、沼にしては小さい。水たまりと言うには大きい。あの薪小屋二つ分くらいの大きさだろうか。

ブチが立ち止まったところが、地面が乾いているぎりぎりの縁だ。そこから先は、沼の水の溜まっているところまで、かなりの傾斜になっている。おまけに、どっぷりとぬかるんでいる。

真夜中の森、月も星もなく、北一は明かりも持っていないのに、なぜそんなことが判るのか。

小さすぎる沼の向こう岸に、蠟燭が何本も立ててあるからだった。その明かりのおかげで見えるのだった。

ざっと十本ばかりだろうか。長さはとりどりだ。ぬかるみに直に立ててある。そして、それらの明るい蠟燭を家来のように左右に従えて、大きめの鳥の巣箱が立っていた。いや、巣箱のようだが巣箱ではない。三本脚の上に、ミカンや柿を入れる木箱ぐらいの大きさの筐《はこ》が載っていて、その筐には簡素な屋根がついている。合掌《がっしょう》造りだ。

つまり、これはお社《やしろ》なのだ。その証《あかし》に、筐には観音開きの扉もある。あれを開けば、ご神体かお札《ふだ》が奉《まつ》られているのではないか。

変な場所に、変な形のお社。この沼の神様なのかな。三本脚が妙ちきりんに長いのは、ぬかるみの泥はねから守るため？

シロが低く唸っている。北一はその頭を撫でてやって、繋いでいる縄を手首から外し、傍らの木の枝にぐるぐると巻き付けた。

「おいら、向こう側に行ってみるからな。おまえはここで待っててくれ」

沼はぬかるみに縁取られ、水際から上がったところには太い木の根や藪がこんがらがっている。ぐるりと回っていかれそうな感じはしない。何しろ不案内の場所だから、うっかり沼の縁から離れたら、また戻れないかもしれない。

北一は覚悟を決め、沼を渡っていくことにした。水際に近いところを足で探って進めば、こんな小さい沼だから、溺れる気遣いはない。ただ、できるだけ濡《ぬ》れないようにしないと、凍《こご》えてしまう。

どうしよう……考えて、帯の横に付けている、お里の組紐を思い出した。両端に留め具がついていて、片方は何かを挟めるようになっているし、長さも充分ある。組紐の一端を、ブチの縄を巻き付けたのと同じ木の、もっと太い枝を選んで巻き付けた。巻いたところに留め具を差し込んで、引いてみる。頼もしい手応えがある。

次は反対の端の留め具を自分の帯の奥に突っ込んでから、一重、二重に組紐を胴に巻き付けた。組紐にはうんと余裕があり、沼の水際の泥のなかに垂れ下がっている。

北一はその場で草鞋《ぞうり》を脱いだ。泥のなかを歩くには、裸足の方がいい。

「行ってくるからな」

組紐を片手でしっかり保持しながら、ぬかるみの先に足を踏み出した。膝下まで水が上がってくる。ブチは耳も尻尾も立てて、真っ黒な瞳で北一を見ている。呼気が荒い。

一歩、二歩、三歩。足の裏にあたる泥が気持ち悪い。くるぶしのあたりを何かがこすった。魚か蛙《かえる》か、枯れ葉か藻《も》か。

対岸の巣箱のようなお社。燃える蠟燭。その炎のゆらめきだけを見据えて進んだ。わん、とブチが吠えた。「大丈夫か」と問われたみたいだ。

「平気、平気」北一は声に出して返事をした。「ほら、もうすぐだ」

お社がよく見えてきた。新しいものではなさそうだ。忘れられた水神様《すいじんさま》なのかもしれない。あるいは、ここは大きめの雨水溜まりに過ぎなくて、干天《かんてん》が続けば地べたは渇き、ちょっとした窪地《くぼち》になってしまうのであって、このお社はぜんぜん別の神様の、見捨てられた旧居なのかもしれない。

だけど、今も蠟燭を灯している誰かがいる。

北一は対岸のぬかるみに足を掛けた。力を入れて上がろうとすると、足はずぶりと沈んでしまう。組紐にはまだ余裕がある。もう少しお社に近づこうか。

しかし、蠟燭が灯されているあたりでは、水が急に深くなっていた。しかも、明かりのおかげで水面にかすかな波紋《はもん》ができているのが見えた。このお社のすぐ下あたりから、池の底の方で水が湧き出ている。ごく小さな流れだが、確かに見える。

北一は、躰に巻いた組紐をいったんほどくと、投げ縄の要領で、お社の近くの木立の枝に巻き付けた。引っ張る。ぐんと手応え。これを伝ってぬかるみの水際に上がろう。

妙案だった。足は泥に沈むが、躰はちゃんと引き上げられる。四歩で枯れた下草のところまで上がり、息を整えながら、また組紐をしっかりと躰に巻き直した。

蠟燭を蹴倒してしまわぬように注意深く、水際から身を乗り出して、お社の正面へ上半身を伸ばす。観音開きの扉に、錠前《じょうまえ》はない。丸い取っ手を引っ張れば、玩具《おもちゃ》を動かしたみたいな軽い手応えで、両の扉がいっぺんに開いてしまった。がたついている。こうして間近にしてみると、三本の脚もけっこう危なっかしい状態だ。強く押されたら、倒れてしまうだろう。

北一は慎重に動いて、お社の筺のなかを見た。

これが旧いお社で、沼の水神様のものであるらしいという推測は、どうやら当たりであったようだ。筺の奥には、とぐろを巻く白蛇《はくじゃ》の姿を描いた、丈《たけ》の短い軸が掛けてある。おそらくこれがご神体だろう。いいかげん傷《いた》んでいてぼろぼろだが、左右の端は錦織《にしきおり》で綴《と》じてあるものだ。白蛇の絵の下には、無数の小さい蛇みたいにのたくった手跡で、（たぶん）この白蛇神様《しろへびがみさま》の由来や縁起について書き記してあるのだろう、漢字が並んでいる。

しかし、筐の内部にあるのは、それだけではなかった。

筐は底が深く、観音開きの扉は、それよりも丈が短い。うんと首を伸ばして覗き込まないと、筐の底の方は見えないのだ。

北一は見た。最初は何だかわからなかった。

いちばん上に、懐帳面か過去帳みたいな冊子《さっし》が載っけてある。その下には――

これは何だ。

北一の頭のなかで、認識がちかちかした。心のなかで、感情がざわざわした。

これは、何だ。

履き物だ。

草履。下駄。すっかり傷んで汚れているが、もとの色合いがちゃんとわかる。混色織りの鼻《はな》緒《お》。下駄は斜めにすり減っている。その下に丸めてあるのは脚絆《きゃはん》か。蔓草《つるくさ》模様が残っている。

いったい、何人分あるんだ。

これだけの履き物。なぜ、こんなところに詰め込まれている？

奉られている？

大事に――とってあるんだ。

この履き物の主は、もう自分の足で歩くことはない。履き物は要らなくなった。だけど、思い出を残すためにとってあるんだ。

これは全部、女の履き物だ。

北一は震える手を伸ばし、懐帳面か過去帳のようなものをつかもうとした。

そのとき。

がつん、と右肩の後ろで音がした。痛みに、そこで火花が散るような感じがした。

「く、く、くゎ」

北一が振り返るよりも先に、怒声《どせい》が聞こえた。臭い。すごく臭い、誰の呼気だ、これは。

「く、く、くくく、くゎ……くぁえせぇぇぇぇ」

二度目に殴られる前に、北一は身をよじって横様に倒れた。何かが空を切り、ぬかるみにぶつかって派手な跳ねをあげた。その跳ねをかぶるよりひと呼吸早く、北一は顔から沼の水に突っ込んだ。足が滑り、お社の下の深みの方へと躰が沈む。

誰かが北一につかみかかってきた。つかんで持ち上げようとしている？　いや、泥水の下へ頭を沈めようとしている？　ブチが吠えている。駄目だ、ブチ、水に飛び込むな。

お里がくれた組紐を握りしめ、指がちぎれてもかまわないほど強く握りしめ、北一は思い切って躰を持ち上げた。何の手がかりもなかったら、この動きはできなかった。組紐で枝と繋がっていたからこそ、できたことだ。

北一の勢いに、つかみかかっていた誰かが後ろによろけて水に落ちた。その隙《すき》に、北一は必死に水辺に上がり、体勢を立て直して沼の方へと向き直った。総身が泥水に濡れ、腐ったような臭いがしていた。

ブチが吠えている。沼の泥水のなかで、北一をつかんで沈めようとした奴が起き上がる。泥にまみれ、髪は藻をかぶったよう。骸骨《がいこつ》みたいに痩せこけて、薄い半纏《はんてん》だか小袖だかわからないものが、半ば脱げてしまって腰に巻き付いている。

まばたきするほどのあいだ、喜多次かと思った。すごく申し訳なくて面目《めんぼく》ないけれど、ホントにまばたき一回し終えないくらいの刹那《せつな》だったから、ごめんよ。

「く、くぁえせぇよぉぉぉ」

がりがり骸骨は、まだ両手を挙げて、北一につかみかかろうとする。爪が猛禽《もうきん》みたいに伸びている。歯を剝き出して泡を噴いている。

返せ？　さっきから「返せ」って言ってるのか。北一が、筐から何か取り出したと思い込んでいるらしい。

「そ、そぉ、れは」

泡を飛ばして、そいつは唸る。

「おお、だんな、さまのぉ、おたからぁ、だ」

北一の頭のなかで、音がつながって言葉になった　それはおおだんなさまのおたからだ。

——それは大旦那様のお宝だ。

本当にそう言ったのか、こいつ。

とっさに、北一は両手を挙げて見せた。

「おいらは何も取ってねえ」

がりがり骸骨の泥をかぶった顔、唯一白い、白目のなかで、針の頭みたいな黒目が泳いだ。

北一は何も取ってないし、持ってない。手をひらひらさせてやる。

その意味がわかったのか、がりがり骸骨は沼の水を掻《か》いて、大急ぎでお社の方へ戻ろうとした。喉の奥で唸り、泣くような声をあげている。

こっちに背を向けた。それで、うなじのすぐ下に、彫りものがあるのが見えた。大きく一文字、

「犬」

いぬだ。人に追い使われ、言いなりになる犬。

北一は、総身の血が逆流するような気がした。

――犬のようなガキがいた。

八助が言っていたのは、こいつのことだ。二十八年前はガキでも、今は立派な大人を通り越しているはずなのに、「返せ」という言葉さえちゃんと言えない。唸ったり呻いたりするしかできない。たぶん、誰にも教えてもらえず、育ててもらえなかったからだ。おまえは犬でいいと見限られて。

だけど、こいつは〈大旦那様〉と地頭の手下だ。〈大旦那様〉が死に、地頭もいなくなり、屋敷が函川屋敷になってからこっち、こいつだけがこの森に残って、〈大旦那様〉のおぞましい「お宝」を、旧くなって傷んだ白蛇神様のお社にしまい込んで、大事にしていたんだ。蠟燭を灯し、拝んでいたんだ。

宝物を隠しておく、犬のように。

もう、そうはさせねえ。こいつを捕まえる。

「うっそだよ！」

北一は大声を張り上げた。がりがり骸骨の犬野郎は、沼の水を掻き立てながら、大慌てで躰の向きを変えようとする。

「あの帳面だろ？　おいらが持ってるよ。ほら！」

取り出して、片手で頭の上にかざして見せびらかしたのは、北一の懐帳面だ。だが、がりがり犬野郎にはわからない。悲しいくらいあっさり鵜呑《うの》みにして、ものすごい勢いでこっちに戻ってくる。

いいぞ、近づいてこい。もっともっと、近くに来い。俺の足が届く間合いまで来い。

殴るんじゃ、避けられる。奇襲《きしゅう》だ。蹴るんだ。

片手でお里の組紐を握りしめる。今度こそ指が切れてもいい。この一撃を繰り出せるなら。

駒形堂のそばでくらった、けちな掏摸野郎からくらった、あの一撃。北一にも出せるかどうかわからない。鉋かけばっかりやらされて、あんなものが鍛錬になってるのかどうか、わかりゃしねえ。

だけど、今蹴らなくて、いつ蹴るんだ。

がりがり犬野郎が迫ってきた。白目のなかで泳ぐ黒目。涙が溜まっているのが見えた。

おまえには、泣くほど大事なものなのか。そんなに大事なお宝なのか。

息を吸い込み、一気に止めて、北一は蹴りを繰り出した。

当たった。がりがり犬野郎の頭の横に、北一の右足の甲が当たったった。犬野郎が吹っ飛び、沼の水に落ちる。着地した北一の足が滑り、バカみたいに見事にすってんころりん、背中から沼の水際に落っこちる。頭を打つ。痛《いて》ぇ。

ブチが吠えている。いや、ブチじゃねえ。シロだ。すぐ近くだ。水を掻く音もする。北一は目の前が暗くなり、胸が悪くなって吐きそうなのに、総身の力を振り絞って声をあげた。

「その、お社の、なかだ！　そのなかに、ある！」

水に落とすなぁぁぁ！　と叫んだ。

誰かが水に飛び込んだ。北一さん、とお恵の声がする。ブチは無事だ。シロも無事だ。吠えている。鼻息も聞こえる。北一はまだお里の組紐を握っている。命を託すに足る強さを握りしめている。

十二

北一の叫びに応え、躊躇《ちゅうちょ》なくあの黒い沼の泥水に飛び込んで、白蛇神様のお社が傾かないよう、筐の中身が水に落ちないようにしてくれたのは、喜多次だった。おかげで、筐のなかにぎっちり詰め込まれていた女物の履き物も、懐帳面みたいなものも無事だった。

それらはすぐ北永堀町の自身番に運ばれ、保管されている。沢井の隠居旦那が来て、いろいろ調べてくださっているのだが、

・懐帳面みたいなものは、確かに懐帳面である。
・ぎっしりと書き込みがある。年月日があるところから推して、日記だろう。ただし文字には符丁《ふちょう》が使われており、読み解かねば中身がわからない。

取り急ぎ、そこまでのことを教えてもらえた。

あの「犬」の彫りものをした男は、北一に頭を蹴られて気を失い、沼の底に沈んでいるのを、杢市が引き上げた。お恵が奴の胸と腹を圧《お》し、泥水を吐き出させたら息を吹き返したので、新兵衛の大八車に乗せて、夜が明けてしまう前に、大急ぎで長命湯へ引き返した。ついでに言うと、足が痛くてどうしようもなくなった北一も、途中からシロとブチの籠の横に乗っけてもらった。泥まみれの自分の躰も臭ったが、それよりもっと、がりがり犬野郎の方が臭くて往生《おうじょう》した。

がりがり犬野郎は、長命湯の奥に寝かされて、いったんは目を開き口を動かすことができるくらいになった。水も飲んだ。でも、話はできなかったし、譫言《うわごと》も支離滅裂《しりめつれつ》でわけがわからない。そして二日目の夜に高い熱を発し、呼気にごろごろと濁《にご》った音がまじるようになったと思ったら、翌朝には息絶えてしまった。口の端に血の泡がついていた。

病に詳しい杢市が一瞥して、

「溺れて肺腑に水が入ったことから肺炎を起こしたんだろう。でも、よほど躰が弱っていなければ、一晩で死んでしまうのはあり得ねえ」

暗に、北一のせいではないと言ってくれた。

気遣いはありがたいが、北一はまだぜんたいに悪い夢のなかにいるようで、いろいろなことの感じ方が鈍《にぶ》くなっていた。

栗山の旦那が押っ取り刀で長命湯まで来てくださり、犬野郎の検視をした。やはり肺腑に水が入って腫れているという。念入りに躰を検《あらた》めても、「犬」の彫りものがあることと、飢え死に一歩手前というくらいに痩せ衰えているということしか、身元につながる手がかりは見つからなかった。

検めが終わると、お恵と杢市と二人で、犬野郎の亡骸をひそかに葬る手配をつけてくれた。二人の〈草〉に頼り切りなのは、北一が動けなくなってしまったからである。

がりがり犬野郎と一緒に大八車で長命湯に帰ってきて、喜多次が寝起きしているところで休ませてもらい、一晩あればよくなるだろうと思ったのに、したたか泥水を呑んだのがいけなかったのか、それから何日もしつこい腹下しに悩まされた。一蹴りを決めた右足の甲も、痛みが引くどころかどんどん腫れ上がり、ちゃんと地べたに着くことができないし、履き物も履けない。これも杢市の診立《みた》てでは、

「甲の骨が折れてはいないが、ひびが入っている」らしくて、情けねえこと情けねえこと。

結局、新月が上弦《じょうげん》の月まで太るあいだ、ずっと喜多次のねぐらでへこたれていたというお粗末な次第だ。ただ富勘長屋には、様子を見に来た新兵衛が時をおかずに「怪我をしたが、私のところで静養している」と知らせてくれたので、余計な心配はかけずに済んだはずである。

お社の筺の中身をそっくり救い出すとき、（縄や組紐で岸に躰を繋ぐこともせずに）沼の泥

水をかぶった喜多次は、怪我もせず腹も下さず、ぴんぴんしていて、翌日から平然と焚き付け集めに出かけ、釜焚きをこなした。まだまだ鍛《きた》え方が違うのだ。まいりました。

耳が遠く目が遠く、何があっても驚かず、日々楽しそうな長命湯の爺ちゃん婆ちゃんたちには何も変わったところはなく、弱っている北一に親切にしてくれた。あと、北一と喜多次が同じところにいるのは、その後の様子や判明した事柄を折々に知らせてくれるお恵と杢市にとっても手間が省けたことだろう。それぐらいの益がなかったら、北一はホントに薄い頭をさらに丸めないと申し訳が立たない。杢市は長命湯の湯殿を（どこがいいのか知らないが）気に入ってしまい、来るとひとっ風呂浴びていくようになった。

さて、沢井の隠居旦那は、自身が乗り出すだけでなく、政五郎親分に話を通して小者の手を借り、千駄ヶ谷の森のあの近辺にある武家屋敷や商家の寮、お寺さんなどに聞き込みをさせた。その結果、少しだけれど収穫があった。

まず、最悪で最良のときにばくん！と動いて、結果的には道を開いてくれることになった狐罠は、森のあの一帯を北に抜けた先にある大名屋敷が、庭に入り込んでくる狐狸《こり》に往生して仕掛けたものだった。ただし、やたらな数を、やたらと念入りに仕掛けたせいで、森を抜けて歩く人びとにも怪我人が出てしまい、慌てて取り去る羽目になったのが昨年の夏から秋にかけての出来事だそうで、杢市があの夜きわどく避けたのは、取り去り残されたものだったようである。

この武家屋敷はもちろん下屋敷で、函川屋敷とはまるっきり逆の、身分と貧富にかかわらず羽目を外して遊びたい輩《やから》が集《つど》う隠れ遊興場と化しており、そのせいで真夜中でも屋敷の内外をうろつく者が多かった。森の獣が近づいてくるのも、その獣を狩るための罠に人がかかってしまったのも、そういう裏事情があったからなのだ。

さらに、この聞き込みのなかで、近隣の辻番の番人や、ここらを通ることのある行商人、担ぎ売りの農夫、森に薪を拾いに行く村人、それこそ博打をしに通っているであろう遊び人たちから、

「四年ぐらい前からかねえ」「一昨年ごろからか」「去年の夏だったかしら」「え、いつだったかなあ」

森の外れを通りかかると、

「がりがりに痩せこけた」「案山子《かかし》が立って歩いているような」「あんなのは人じゃねえよ、亡《もう》者《じゃ》だよ」「死神《しにがみ》だ」「骸骨がもしゃもしゃの長い髪をかぶってるみたいな」「薄汚い帷子《かたびら》を着た」

恐ろしい風体《ふうてい》の男（らしき者）を見かけたことがある、遭遇したことがあるという話を聞き集めることができた。誰も「犬」という彫りものを目にしてはいないが、もつれた長い髪と、骨と皮とに痩せこけているという点は、がりがり犬野郎と合っている。それと、遠目からも正気のようには見えなかったという点も。

町場に暮らしている者にはわかりにくいことだが、森にはそうやって、行き場のない者、様々な事情で人別帳《にんべつちょう》から外れてしまった者が棲《す》みつくことがあるという。もちろん、たいていは冬を越せずにどこかへ姿を消してしまう。そのまま森で死んでしまうこともあるだろう。

森で拾ったり狩ったりしたものだけでは食えないから、日雇い仕事を探しに出てきたり、街道で物乞《ものご》いをすることもあるという。

おそらくは子どものころから〈大旦那様〉に飼われ、屋敷のなかで下男働きをさせられ、きちんと躾《しつ》けられることも読み書きを教わることもなく、ただただ犬のように〈大旦那様〉とその御用掛《ごようがかり》である地頭に付き従ってきたがりがり犬野郎は、〈大旦那様〉が死んで、屋敷が函川屋敷になったら居場所が失くなってしまった。だけど〈大旦那様〉の大事なものをお供《そな》えしてある沼から離れがたくて、森に棲みついていたのだろう。

さすがの政五郎親分の小者でも、お恵と杢市でも、あの小さくて旧い白蛇神様のお社の由縁《ゆかり》は突き止められなかった。ただ、ご神体の軸に添えられているのたくったような字は、どうやら北一たちが知っている漢字ではなさそうで、右から左に読み解けるものではないということは判った。

「いにしえの、霊力のある白蛇神様なんじゃねえか。あの犬野郎には、お社を勝手に使った罰《ばち》が当たったんだな」

強い感情はまじえずとも、珍しく喜多次がそんな言葉を選んで口に出したので、北一も「うん」と応じておいた。

犬野郎があのお社を「勝手に」使ったのか、〈大旦那様〉か地頭があのお社を「勝手に」おぞましい思い出の小さな蔵として使ったのを、犬野郎はただ忠犬として守っていただけなのか、どっちかわからない。わからないけど、あのお社のおかげで残った悪事の証があることは確かで、それは神意だと、北一も思うのだ。

八助は亡霊に祟《たた》られておかしくなったのに、〈大旦那様〉は大往生だった。あの屋敷には亡霊は憑《つ》いたりしておらず、今はそこに関わる者たちが安楽に暮らしている。亡霊も地獄も怨《おん》霊《りよう》も鬼もないのならば、せめて神意ぐらいは信じたい。そう思った。

新月の夜の探索で、シロを連れて屋敷の南側を巡った喜多次は、生け垣の一部に花茨が植えられているのを見つけた。花がなくとも葉の形で、お恵が見分けて教えてくれたという。

「軍鶏は二、三羽しかいなかったな。肉にして売られちまったか、屋敷で軍鶏鍋にして食われちまったか。あんたも、軍鶏鍋でも食って精を付けた方がよさそうだぜ」

「腹具合がよくなってからにするよ」

見張りの提灯が行き来するのは、喜多次もお恵も見たけれど、気にしなかったそうだ。

「月がねえから、用心してたんだろう。武家屋敷じゃ珍しいことじゃねえよ」

そうなのか。ひとつ覚えた。

喜多次は大雑把というよりは（はっきり言って下手くそな）絵を描いて、南側のどこにどんなものがあったか教えてくれた。ここが鶏小屋、ここに花茨の植え込み、ここにごみ捨て場があって、こっちに肥《こえ》だめ。

「ごみ捨て場はきれいに掃除されてて、落ち葉と枯れ葉が掃き集めてあるだけだった。肥だめは、誰かがうっかり落ちないように蓋をしてあった」

その蓋に使われているのが、底の浅い木箱というか、縁のついている四角い荷台のようなも

ので、

「大きさは、こんなもん」

人が両手で楽に抱えて持てるくらいだ。

「その荷台がいくつもあってさ。二畳分ぐらいの肥だめに桁《けた》を渡したところに、並べて伏せてあった。横にも重ねてあった」

新しいものには見えなかった。もしかしたら、〈大旦那様〉のころから使われているものかもしれないと思ったから、近づいてよく検分してみたという。

「そしたら、底に薄い焼き印が残ってたんだ。こんな形の」
○のなかにバツ印を描き、バツ印のぶっちがいのところに小さい黒丸を打ってある。
「紋章《もんしょう》か、屋号かな」

「わからん。俺は市中で見かけた覚えがねえ。あの女も知らないってさ」

お恵さんと呼べよ。北一もこんな印は知らない。『江戸買物独《ひとり》案内』を開いて出てくる商家の屋号なら、三人のうち一人くらいは見覚えがあるだろう。他に何のあてもなく探すのは大変だけど、この珍しい形は覚えておこう。

上弦の月を釜焚き場で眺め、ゆっくりと躰をならすぐらいの感じで鉋かけをして、翌朝、北一はようやく富勘長屋に帰った。

「おかえり。寝込んでいたんだって？　そういやぁ、痩せたねえ」

「北さん、大丈夫かい」

「今朝は何か食べた？　おかゆ煮てあげようか」

店子仲間が案じてくれる。当たり前の人の温《ぬく》もりが嬉しかった。

「青海様は心配ないっておっしゃっていたし、北さんの顔を見てほっとしたけど……」

いつも口うるさくて、賑やかなだけだと思っていたおきんが、小さな声でこう言った。

「何だか北さん、ちょっと形相《ぎようそう》が変わっちゃった感じがするよ。早くもとの北さんに戻ってね」

それを聞いて初めて、北一は自分が変わってしまったこと、もとには戻れないかもしれないことを知った。

謎が解けきらないと、戻れないのか。真っ暗な闇の底で泥を浴びながら、がりがり犬野郎と命の奪《と》り合いをやったから、もとには戻れないのか。

それでも、日は昇るし日は沈むし、飯は少しずつ旨いと感じるようになったし、足の痛みがとれたら振り売りも始めて、待ってたよ、ここんところ顔を見せなかったね、と声をかけてくれるお客さんに会うと、鼻先がつんとするくらい嬉しかった。

冬木町のおかみさんは、目が見えないかわりに他の勘がとびっきり鋭いから、北一の様子がおかしいことなんか、ばればれにお見通しのはずだ。だけど何も訊いてこないし、訝っている様子さえ見せない。その完璧な「何もないよ」ぶりが、おかみさんが確実に何かを察して、その上で黙っていることを表していた。きっと、北一の様子が（おかみさんの勘の示すところ）あまりに変すぎるから、慎重に様子を見てくださっているのだろう。それくらい、北一を信用してくださってもいるのだろう。

その思いやりに甘えて、北一はだんまりを続け、何も隠していないふりを続けた。命がけの岡っ引きの真似事から離れ、文庫売りに専念した。

篋のなかにあった懐帳面の中身が読み解けたという知らせを聞かぬまま、お恵と杢市の顔を見ることもなくなって、暦がめくれ、桜が咲き始めた。そのあいだに富勘とは何度か会って、またとね以の飯をおごってもらった。経緯《いきさつ》を話して聞かせると、富勘は酒をあおりながら、

「勘弁しておくれよ」と言った。

「北さん、戻ってきてから、村田屋治兵衛さんを見かけたかい」

北一の方こそ、治兵衛のことを訊こうと思っていたところだった。このごろ、とんと顔を見ない。

「この件とは関わりないよ。大番頭の箒三《ほうぞう》さんが腰を痛めて、ほとんど動けなくなってるもんだから、大変なんだ。興兵衛さんも治兵衛さんも、自分たちが寝込んだってお店は回るが、箒三さんがいなかったら何にもできないって嘆いていなさる」

そうか。箒三さんには悪いが、おかげで北一は、治兵衛の物干し竿みたいな長身を見かけて、慌てて逃げたりしないで済んでいる。

翌日、振り売りに行く先行く先で、市中の桜の名所が大賑わいだという噂を聞き、桜の朱房の文庫を早々に売り切って、作業場の方へ戻る途中のことだった。手押し車に、縁のついた四角くて浅い荷台みたいなものを積んで、印半纏《しるしばんてん》に股引の男が一人、横町から出てくるのを見

かけた。

荷台はいくつも重ねてあった。それに何かを入れて届けて、空荷《からに》にして帰るところなのだろう。北一は男に声をかけた。印半纏の襟には〈植半《うえはん》〉の二文字があった。

「うちは苗屋でございますよ。庭木になる花と木《ぼく》ものの苗を商ってます」

苗屋か。北一は男の荷台を指さした。「商売ものの苗は、これに入れて運ぶんで？」

「ええ、さいですよ」

「どこの苗屋も同じですかね」

「さあ……だろうと思うけど」

「苗屋や苗問屋には、こういう荷台がいっぱいあるってことですよね」

「まあねえ。商いに要りますから」

北一は男に頼んで、空の荷台を一つ売ってもらった。それを小脇に抱え、天秤棒を揺さぶりながら大急ぎで長命湯に向かった。折良く、喜多次も焚き付け集めから戻ったところだった。

「おまえが見た、肥だめの蓋にされてた荷台って、こういう形のもんか？」

喜多次はすぐとうなずいた。二人で荷台を検め、裏返してみると、〈植半〉の焼き印があった。

「苗屋なら、おいらたちあてがあるよな？」

気の毒ばたらきの指南役、六ト屋の忠四郎だ。

一人じゃ心細かったのか、呼び出された忠四郎は仲間を連れてきた。先の気の毒ばたらきで組んでいた生薬屋《きぐすりや》「升生《ますしょう》」の奉公人で、〈イノ〉と呼ばれていた男。病で血を吐いて寝ている女房に、朝鮮人参を呑ませたがっていた男だ。

「いい加減に勘弁してくださいよ。文庫屋にあった大金はちゃんと返したんだし――」

不満たらしく口を尖らせる忠四郎は、釜焚き場の闇の向こうからシロとブチが出てくると、いっぺんでしゅんとなった。イノの方は最初から縮み上がっていて、今にも暗闇のなかで首をへし折られ、釜に放り込まれるのではないかと怯えているようだった。

「よく見ろ、この印」

北一は写し取っておいた「〇のなかにバツ印、バツのぶっちがいに黒い小丸」の図を、二人の鼻先に突きつけた。

「苗や種を扱う六ト屋や、生薬の元になる草木を苗から育ててる升生のあんたらなら、この印を使ってたお店に心当たりがあるんじゃねえか」

忠四郎とイノは顔を見合わせ、犬どもが唸ると、雷に怯える女の子同士みたいに、ひしと身を寄せ合った。

「こんな印、知りませんよ」

「知らねえじゃ済まねえ。探せ」

「わ、わ、わわわわかったよ」

「ちゃんと探せ。死ぬ気で探せよ」

火かき棒を肩に担ぎ、ちょっと首をかしげながら、喜多次が言う。「ホントのホントに閻魔《えんま》様《さま》に誓って、すぐ思い当たるお店の印じゃねえんだな」

だな？　の凄むような問いに、二匹の犬が唸って唱和《しょうわ》する。忠四郎は豆腐みたいな顔色になったし、イノは泣き出しそうになった。

「ホントのホントに閻魔様に誓って知りません」

「さが、さが、探してみます、はい」

北一も凄んだ。「この印を探し出せたら、おまえらが気の毒ばたらきでやっつけてきたことの何倍も、何十倍も、世の中の役に立つ。死んだら極楽へ行けるぞ」

自分の口からこんな言葉が出てくるなんて、北一はちょっと痛快で、そして嫌だった。その心の揺れが顔にも出ていたのだろう。忠四郎は北一を上目遣《うわめづか》いで見ると、

「兄さん、去年の暮れに会ったときと、人相が違うね。何か、よっぽど嫌なことでもあったのかい」

「うるさい」

荒い語調に、ブチが反応した。耳が三角になり、尻尾を立てて立ち上がる。それを見た忠四郎の顔が、豆腐を握りつぶしたみたいにくしゃくしゃになった。

「す、すいませんすいません」

北一は、忠四郎とイノを釜焚き場の外まで連れていった。忠四郎は早くここから立ち去ることばかり考えているようだが、イノはなぜか、何度も振り返った。喜多次か、長命湯の釜か、

その両方が襲いかかってこないのを確かめずにいられないみたいに。

と思ったら、早口に言い残すように、

「おれの女房は、あのときの稼ぎで買えた薬が効いて、少しよくなってきてるんだ」

だから許してほしいとか、気の毒ばたらきはただの悪事ではないのだとか、言い訳がましい口調ではなかった。北一に聞かせたいから言っただけだ。

だから、北一も言ってやった。

「よかったな」

それから、その場に座り込んで、両手で自分の顔を覆った。

犬たちがひたひたと近づいてきて、両側から寄り添ってくれた。その温《ぬく》もりを感じながら、北一は吠えるように声をあげて泣いた。長命湯の釜は、いつものように赤く燃えていた。

そう長くは泣かなかった。泣き止《や》むと、自分の身の毒が抜けたのがわかった。涙を拭って立ち上がり、夜気を胸いっぱいに吸い込んで吐き出して、北一はもとの北一に戻った。


それから三日後、北永堀町の番屋の書役から、沢井の隠居旦那の言伝《ことづて》を受け取った。小さい結び文で、そこには、白蛇神様の筐の中にあった懐帳面の符丁を、ひらがなに置き換えられる部分だけだが読み解くことができた、と記してあった。

――〈とよ〉と〈すえ〉。二人の女の名前が出てきた。

この符丁は手強《てごわ》くて、読み解きの鍵《かぎ》になるものがなかなか見つからなかったという。隠居旦那の心当たりで、この手の符丁を扱うことがありそうな者には片っ端から解読を頼んでみたが、いい知らせはこなかった。

困った隠居旦那は、文書に詳しいおでこの三太郎を訪ねた。するとおでこは、

「手前の友だちが、こういうものを解くのを得手《えて》にしております」

と、早急に写しを作って、長崎に住まっているというその友だちのところへ送ってくれた。そして結局は、他の誰よりも早く、この長崎の友だちが鍵を見つけて、まずはひらがなの部分を読み解いて知らせてくれたのだという。

おとよと、お末。

やはり、あれは日記だったんだ。〈大旦那様〉が手にかけた女たちのことを記した日記。

——漢字の符丁は、ひらがなと比べようがないほど困難であるそうだが、道は見えた。必ず全てを読み解いてみせる。

忠四郎とイノからは、まだ何も言ってこない。忠四郎は犬が怖いし、イノは女房が大事だし、地獄の炎が溢れているみたいな長命湯の釜もおっかなくてしょうがないようだから、一生懸命に聞いたり探したりしているはずだ。それでも、すぐには見つからないということは、あれが屋号や家紋だとしても、今はもう使われていないのだろう。お店なら廃業している。家なら、離散している。

もう、次の女が掠われることはない。

——だったら、いくらだって待てる。

三十年近い歳月を、誰にも知られぬまま闇の底に沈んでいた悪だ。ここで短気を起こす理由はない。待ってやる。

＊

「生きてるうちに、いっぺんぐらい、大久保《おおくぼ》の躑躅《つつじ》を観に行きたいわねえ」

井戸端で洗い物をしながら、お秀とおきんがそんなおしゃべりをしているのが聞こえる。今日はもう汗ばむほどの陽気で、照りつける陽ざしが眩しい。二人のそばではお秀の娘のおかよも水遊びをしているようで、

「あんまり水に濡れちゃだめよ、おかよちゃん。ぽんぽんが冷えちゃうからね」

「あら、おしかさん、それも洗い物？　ついでに片付けちゃうから、こっちにちょうだいよ」

「悪いわねえ。そんなら、済んだらおいでなさい。うちの人が団子《だんご》を買って帰ってくるから」

「わあ、嬉しい！」

飛び交う嬌声《きょうせい》を聞き流しながら、北一は一人で土手《どて》に座っている。富勘長屋の裏手には細い掘割が通っていて、長屋の物干し場とのあいだには土手が築かれており、毎年律儀《りちぎ》に花を咲かせてくれる一本桜がある。

ほかには何もないけれど、こうして葉桜の下に座っていると風が心地いいし、気が休まる。

昼過ぎだが、北一は怠《なま》けているわけではない。朝早くから一仕事を済ませて、物干しにぶら下げた洗い物の乾き具合を確かめに、いったん長屋に戻ってきたのだ。ついでにちょっと土手

に腰掛けたら、気持ちよくって動けなくなってしまった。おいらも早く何か食って、作業場に行かないといけないのになあ。

目をつぶる。瞼の裏に何も浮かばない。ようやく浮かばなくなった。北一は深く息をつく。

あの懐帳面に記された符丁の解読は、なめくじが這うように粘り強く進められている。つい先日、これが「いつ、誰に、何のために、いくら払ったか」という詳細な帳簿でもあることがわかったと、沢井の隠居旦那が知らせてくださった。

最初は、女の亡骸を始末する係だった八助への手間賃《てまちん》が、まず読み解けた。それが糸口になって、女を掠ってあの屋敷まで運んだり、女の身柄を買い受けたり、つまり〈胸くそ悪い言葉を使うならば〉女を調達するために〈大旦那様〉に雇われていた者たちがいたことが判明した。こいつらは筋者《すじもの》であったらしく、悪事をする者同士の相身互《あいみたが》いで、金さえちゃんと払えば済んでいたようだ。ただ、そんな筋者たちでさえ、亡骸の始末は嫌がったのだろう。そうでなければ、わざわざ八助を雇わねばならなかったわけがない。

わかった事柄については、毎夜の鍛錬のついでに、喜多次にもいちいち知らせた。この話をしたときには、

「亡骸の始末も、子飼いのがりがり犬野郎にやらせりゃあ、無料《ただ》で済んだろうにな」

と北一が〈うんと毒のある口調を気取って〉呟いてみたら、喜多次は素《そ》っ気《け》なくこう言った。

「犬野郎一人だけじゃ、そういう後始末はできなかったのさ。まあ八助も、最初は泡を食いま

くって、亡骸の着物を剝ぐことさえ思いつかなかったんだけど……」

その後は少しずつ経験から（また胸くそ悪い言い方をするならば）学んで、亡骸が見つからぬよう始末できるようになった。それも八助だからであって、がりがり犬野郎では無理だったろう、と。

沢井の隠居旦那からの知らせを追いかけるように、気の毒ばたらきの忠四郎も釜焚き場にやってきた。この印を屋号にしていたお店を見つけた、たぶん間違いない、と。

「うちと同じ、苗と種の問屋だったんだけど、生薬の素になるものばっかりを扱ってる、ちょっと変わった問屋だったらしい」

灯台もと暗しというやつで、忠四郎のひい婆ちゃんが覚えていたのだという。

「ただ、もう三十年も前に廃業してるんだよ」

おとよの事件が起こる前に、そのお店はなくなっていた――

「跡取りの一人息子が辰巳《たつみ》芸者に入れあげてさ。嫁に取ろうとしたんだけど、この芸者には性《た》質《ち》の悪い紐がつながってて、揉めに揉めて」

すると二人は、この世で無理矢理引き離される前にと、手を取り合ってあの世へ行ってしまったのだという。気の毒ばたらきなんかやらかしているくせに、忠四郎は妙に真面目に「相対《あいたい》死《じ》に」という言い方をしたが、つまり心中である。

「そんな形で大事な息子を亡くして、まずおかみさんががっくり弱って、あとを追うように死んでしまった。残された旦那は、その弔《とむら》いが終わったら、いきなり廃業するって言い出して」

商いも、持っていた家作もそっくり売り払って金に替え、奉公人たちに涙金《なみだきん》を分けてやると、煙のように姿を消してしまったのだそうな。

「生薬屋だったら株仲間があって、お上に届け出ないと、勝手に開業も廃業もできないから記録が残るんだけどさ。種苗屋《しゅびょうや》だから、きれいさっぱりお店をたたまれちまったら、何も残らない」

まったくだ。よくぞ覚えていてくれた。

「あと、この問屋じゃ、他所《よそ》のお店では〈大番頭〉と呼ぶところを、〈地頭〉って呼ぶ習わしがあったらしい。何か意味があったんだろうけど、そこまではひい婆ちゃんも知らなかった」

それだけ聞けば、もう充分だった。

「ひい婆ちゃんによろしく言ってくれ」

「役に立ったかい？」

シロとブチのいない夜だったのに、忠四郎が忠犬みたいな顔をしていた。

釜に焚き付けを投げ込みながら、喜多次が問うた。「イノのおかみさんの具合はどうなんだ」

忠四郎は、いないないばあをされたみたいに面食《めんく》らった。

「このところは……ずっと調子がいいようだよ」

言ってから、小声で「ありがとう」と言った。それからもっと小声で、「何か、すまねえ」と言った。

北一は黙って、鍛錬に励んでいた。このころには、荒縄をぶん回して飛んだり跳ねたり、地べたで腕立てをしたりと、鍛錬の内容が増えていた。

大事な一人息子を芸者に奪われ、落胆した女房が死に、幸せだった暮らしが跡形もなく崩れ去った。それがきっかけで、〈大旦那様〉は女を憎むようになったのか。だとしたら、おとよをはじめ、毒牙《どくが》にかけた女たちは、息子を奪った辰巳芸者と顔が似ていたのだろうか。何か共通するものがあったのだろうか。

それがどうした。納得なんかいかねえ。北一は荒縄をぶん回し、喜多次は釜の前で石になったように動かずに、その夜は更《ふ》けていった。

村田屋には腰痛が治った箒三が戻ってきて、治兵衛も店先に落ち着くようになった。いつ、どんな形で、誰の口から治兵衛に事実を打ち明けるのか、沢井の隠居旦那が「まだだ」とおっしゃるので、北一も先回りして気を揉むのはやめにしている。

冬木町のおかみさんは、いまだに何も言わないし尋ねてもこない。北一が切り出すまで待ってくれているのだろう。治兵衛がすべてを知るときが来たら、そのときこそ、冬木町のおかみさんにも、北一の言葉で、千駄ヶ谷の森の闇の話をしようと決めている。

やっと締めくくりがついた。だから、こうして座っていられる。瞼の裏の闇に呑み込まれることなく、目を閉じて。

――そろそろ動かねえと、ホントに居眠りしちまうな。

瞼を開き、ふうと息をしたとき、すぐ近くから呼びかける声が聞こえてきた。

「もし、そこの人」

声の方を振り仰ぐと、土手に男が一人立っていて、北一を見おろしていた。

「すまないが、教えてもらえないだろうか。この近くに富勘長屋という長屋があって、文庫売りの北一さんという人が住んでいると聞いてきたのですが……」

男は手をあげて、まさに北一の住まっている、傾きかけた長屋を指さした。

「あれが富勘長屋だろうか」

北一は立ち上がり、着物の尻をはたいた。無精《ぶしょう》たらしく座ったまま口をきいていい相手ではない。この人は商人でも職人でもなく、そこらの使い走りでもない。

歳は三十路《みそじ》くらいだろうか。もう少し上か。月代《さかやき》は剃《そ》らず、髪は頭の後ろで一つに束ねている。十徳《じっとく》を着て雪駄《せった》を履いているが、どっちもかなりくたびれている。そして手には道具箱を提《さ》げて——

びっくり仰天の型破りな髪結いではない限り、医者に決まっている。町医者の先生だ。提げているのは道具箱じゃなく、薬箱だ。

「はい、あれが富勘長屋でござんす。文庫売りの北一は、ここにおります」

ぺこりとしてから顔を上げると、十徳の人は柔和に笑った。

「ああ、これは失礼しました」

丁寧な口調。笑うと、目じりの笑い皺が深い。北一は、そのいい顔つきに見惚《みと》れてしまった。

「ずいぶん前のことになりますが、所要があって深川へ来たとき、花の絵柄がついた美しい文庫を買い求めました。今日それを思い出しまして、あのとき買った店を探して来たんですが……」

不躾《ぶしつけ》な調子にならないよう、北一はゆっくりと言った。「その文庫屋は、もう見つからねえはずです。去年の暮れ前に、火事で焼けてしまったもんですから」

ええ、ええ。相手はうなずく。「町の人に、そう教わりましたよ。それで、同じ文庫が欲しいのなら、富勘長屋の北一という文庫売りの人を訪ねるといいと」

北一は身を折って頭を下げた。「そうでしたか。このつまらねえ顔を探してお運びくださり、お礼申し上げます」

下を向いているうちに、込み上げてくるものが顔に出ないように、嚙みしめた。

町医者の先生。お供も連れず輿《こし》にも乗らず、一人で道具箱を提げて、古着の十徳を着て薄べったい雪駄を履いて歩いてきた。腕はよくても、貧乏医者だ。

——おまけに、目のあたりがお染さんに生き写しだもんな。

この先生は、お染の息子だ。ようやく捜し当てたのに、再会する前に放火《つけび》の咎人《とがにん》になって死んでしまったから、おおっぴらに名を呼ぶことさえできなくなってしまった母親の名残《なごり》の場所を訪ねてきたのである。北一だけでなく、文庫屋で働いていたお染を知っている者を見つけては、できるだけ会おうとしているのかもしれない。

「先生がおっしゃる花の絵柄の文庫は、朱房の文庫と申します。確かに深川元町の文庫屋の商いものでござんした。わざわざお求めにおいでくださって——」

お染さんも喜んでいるだろう、とは言えない。口が軽いのはいけない。せっかちもいけない。この先生だって、お染の悲しい出来事があってから、今まで時をおいて、ほとぼりが冷めるのを待っていたのだ。

「あいにく、今おいらの手元には、大した数はありません。先生のお好みの絵柄を伺って、型見本を見ていただくのがよろしいと思います」

お染にそっくりな目元の医者は、「やあ、先生とは……」と気恥ずかしげに言う。

「だって先生でしょう。見りゃわかります」

「貧乏暇なしの町医者ですよ。私は菊地《きくち》順庵《じゅんあん》と申します」

「順庵先生、毎度ありがとうございます」

二人で土手を歩いて引き返す。水面を渡ってくる風に、医者の十徳の裾が翻《ひるがえ》る。初夏の日差しが細波にきらめく。

眩しさに、北一は目を細めた。瞼の裏にまで光が満ちた。

初出

本書は、月刊文庫「文蔵」二〇二二年九月号〜二〇二四年一・二月号の連載「気の毒ばたらき」を加筆・修正し、「化け物屋敷」を書き下ろして加えたものです。

〈著者略歴〉
宮部みゆき（みやべ　みゆき）
1960年、東京生まれ。87年に「我らが隣人の犯罪」でオール讀物推理小説新人賞、92年、『龍は眠る』で日本推理作家協会賞、『本所深川ふしぎ草紙』で吉川英治文学新人賞、93年、『火車』で山本周五郎賞、97年、『蒲生邸事件』で日本SF大賞、99年、『理由』で直木賞、2001年、『模倣犯』で毎日出版文化賞特別賞、02年に同書で司馬遼太郎賞、07年、『名もなき毒』で吉川英治文学賞、そして22年にこれまでの功績に対し、菊池寛賞を受賞。
他の作品に、『桜ほうさら』『〈完本〉初ものがたり』『あかんべえ』『ぼんぼん彩句』、「きたきた捕物帖」「三島屋変調百物語」「ぼんくら」シリーズなどがある。

気の毒ばたらき
きたきた捕物帖（三）

2024年10月29日　第1版第1刷発行

著　者　宮部みゆき
発行者　永田貴之
発行所　株式会社PHP研究所
東京本部　〒135-8137　江東区豊洲5-6-52
文化事業部　☎03-3520-9620（編集）
普及部　☎03-3520-9630（販売）
京都本部　〒601-8411　京都市南区西九条北ノ内町11
PHP INTERFACE　https://www.php.co.jp/

組　版　朝日メディアインターナショナル株式会社
印刷所
製本所　TOPPANクロレ株式会社

ISBN978-4-569-85809-8

PHP文芸文庫

きたきた捕物帖

宮部みゆき　著

著者が生涯書き続けたいと願う新シリーズ第一巻の文庫化。北一と喜多次という「きたきた」コンビが力をあわせ事件を解決する捕物帖。

PHP文芸文庫

子宝船

きたきた捕物帖（二）

宮部みゆき 著

宝船の絵から弁財天が消えた？　謎解き×怪異×人情が愉しめる、「こんな捕物帖、読んだことない」と話題沸騰の人気シリーズ第二弾！

PHP文芸文庫

桜ほうさら（上・下）

宮部みゆき　著

父の汚名を晴らすため江戸に住む笙之介の前に、桜の精のような少女が現れ……。人生のせつなさ、長屋の人々の温かさが心に沁みる物語。